LE SANG D'ODIN

Óttar Martin Nordfjörd

LE SANG D'ODIN

Traduit de l'islandais
par Róbert Guillemette

PRISMA NOIR

Titre de l'édition originale islandaise :
SÓLKROSS

Coordination éditoriale : Sylvie Roussel - Valérie Langrognet
Édition et correction : Véronique Cezard
Maquette couverture : Jim Sabourin
Photo de couverture : Getty Images
Mise en page : Nord Compo Multimédia
Studio de fabrication : Flora Bellanger

ISBN : 978-2-8104-0362-2
Dépôt légal : mars 2013 – N° d'impression : 1301.0002
Achevé d'imprimer par : CPI Aubin Imprimeur (France)

PEFC
PEFC / 10-31-1601

Depuis 2009, Prisma Media met en place une politique d'achat éco-responsable. Ainsi, près de 100% du papier de nos magazines est certifié PEFC ou FSC® (gestion durable des forêts). La fabrication des livres des Éditions Prisma s'inscrit également dans cette démarche.

Notes

Hof était le nom que les Vikings donnaient aux édifices où ils accomplissaient leurs rites païens. On n'en a trouvé trace ni en Islande ni ailleurs, car ils furent anéantis, ou remplacés par des églises, lors de l'avènement du christianisme.

En 1938, une équipe spéciale fut envoyée en Islande par le parti national-socialiste allemand à la recherche des temples des Vikings, premiers occupants de l'île au xᵉ siècle. Heinrich Himmler, chef des SS, avait pour dessein d'en faire un symbole unificateur des peuples germaniques. Les nazis menèrent leurs recherches dans le sud-ouest de l'Islande.

Toutes les thèses exposées dans ce livre qui relèvent de l'archéologie, l'histoire, la géographie, la mythologie, la symbologie, la théorie des nombres, la géométrie et l'ethnographie reposent sur des arguments valides et ont fait l'objet de multiples publications, articles et conférences.

CROIX SOLAIRE

DU DISTRICT DE RANGÁRVELLIR

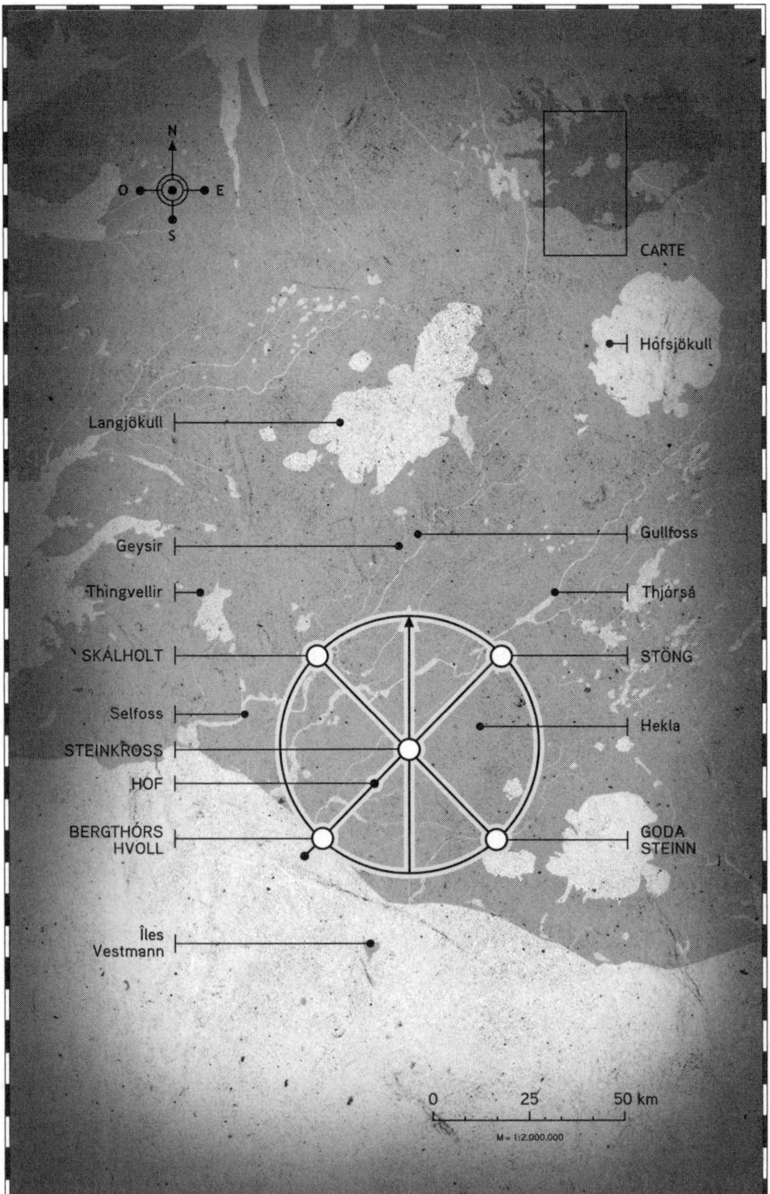

Prologue

Les rayons du soleil qui effleuraient le sommet du glacier blafard venaient se poser sur le visage buriné de Ketill Hængur. Une nouvelle journée commençait sur cette île lointaine, au nord de toutes les autres terres. Ketill venait d'y passer deux longs hivers avec sa femme Ingunn et les autres membres de l'équipage. Il regrettait Naumudalur, la vallée norvégienne de ses origines, où tout retour était désormais impossible. Hors de question après le meurtre des fils d'Hildirídur, qui étaient non seulement les représentants du roi Haraldur Beaux-Cheveux au pays de Hálogaland, mais également ses amis chers. Et, ce qui n'arrangeait rien, Ketill avait raflé les abondantes richesses des deux frères et les avait emportées avec lui jusqu'ici, dans cette île septentrionale où Ingólfur Arnarson était confortablement installé depuis quelques années, et que l'on appelait Islande.

– À quoi penses-tu ? demanda Ingunn.

Un vent froid glissait sur sa chevelure blonde relevée en tresse à la nuque. Elle tenait dans ses bras leur fils âgé de quelques mois.

– À rien, répondit Ketill, les yeux fixés sur le soleil rouge incandescent par-delà le glacier.

Les détails de l'attaque contre les fils d'Hildirídur remplissaient toujours sa mémoire. Les flèches enflammées qui fondaient sur leur demeure, les hurlements de ceux qui brûlaient à l'intérieur, l'odeur des chairs qui grillaient.

– À la Norvège ? demanda Ingunn.

Elle l'avait vu dans ses yeux.

– Non, à lui, mentit Ketill en posant la main sur la tête de l'enfant.

– Une belle troupe que nous avons là, dit-elle en souriant.

Ils avaient quatre autres fils qui les avaient suivis dans leur exil en Islande : Stórólfur, Herjólfur, Helgi et Vestar.

– Hrafn surpassera ses aînés, affirma Ketill en caressant l'enfant. Ce sera un homme illustre. Tu verras.

Ingunn posa un baiser sur la joue de Ketill.

– Comme son père.

Elle rentra dans la grande demeure rejoindre les autres qui prenaient leur repas. Les habitants du domaine de Hof s'étaient levés très tôt ce matin-là, car ce n'était pas un jour comme les autres : la pierre angulaire de leur temple allait être posée. C'est pour cela que les hommes portaient toutes leurs armes, et que les femmes avaient mis des robes et des capes aux couleurs vives, et s'étaient richement parées de broches et de colliers de perles.

Ketill Hængur, pour cette même occasion, s'était campé sur le pré devant la ferme, le casque sur la tête et l'épée pendant dans son fourreau à la ceinture. D'une main, il tenait une hache et de l'autre un bouclier. Du centre du bouclier rond rayonnaient quatre sillons que Ketill avait gravés dans le bois, puissante croix solaire magique que devait affronter tout ennemi. Cet emblème immémorial, qui symbolisait le voyage du soleil à travers le ciel entre le mois de *thorri* et celui de *mörsugur*, fascinait Ketill depuis l'enfance. Ayant commencé très jeune à retracer la course du soleil à l'aide de divers outils et accessoires, il savait mieux que tout autre que les jours allaient très prochainement devenir plus longs que les nuits, que Skinfaxi allait l'emporter sur Hrímfaxi[1] et que la lumière du jour dévorerait les ténèbres de la nuit.

Le soleil continuait à s'éloigner du glacier qui dominait tout le sud du pays. Ce glacier couronnait la montagne qui indiquait la limite sud-est des terres que Ketill s'était attribuées, entre les deux rivières torrentueuses que l'on avait appelées Thjórsá et Markarfljót. Il avait octroyé des terres aux alentours à ses fils et aux autres membres de l'équipage, réservant pour sa propre résidence la prairie située à l'ouest de Vatnsdalsfjall. Le lieu avait été nommé Hof, et le moment était venu de construire le temple lui-même, qui devait être consacré à Odin. Cette sacralisation était aussi la confirmation que Ketill s'installait définitivement sur l'île du Nord. Il allait œuvrer avec les autres colons, qui avaient fui eux aussi la tyrannie du roi Haraldur Beaux-Cheveux, à la création d'une nouvelle société.

Même après deux ans, la traversée de l'exil restait vivante dans sa mémoire. La demeure des fils de Hildirídur était encore la proie des flammes à Torg lorsque Ketill et son frère adoptif, Baugur, s'étaient précipités chacun à bord de son *knörr* bondé, avec soixante hommes d'équipage, et mirent le cap à l'ouest dans le but d'atteindre l'Islande. Après neuf jours de navigation difficile, ils atteignirent la côte Sud et débarquèrent à l'est de la rivière Thjórsá. Le pays était couvert de végétation entre le littoral et la montagne, mais il faisait quand même très froid. Cela dit, Ketill était certain d'avoir pris la bonne décision, bien que la vie fût rude dans un climat aussi ingrat : ici, il était libre, contrairement à la Norvège où Haraldur régnait en maître absolu.

– Modeste est mon domaine, mais il est mien, récita le chef du temple à voix basse en parcourant du regard les terres qu'il s'était attribuées et les montagnes qui les encadraient – les noirs sommets qui délimitaient son univers et reflétaient sur terre la loi céleste des dieux.

---

1. Skinfaxi et Hrímfaxi sont les chevaux qui portent respectivement le dieu du Jour et la déesse de la Nuit à travers le ciel. *(N.d.T.)*

C'était le moment propice pour ériger un temple consacré à Odin. Ketill le savait, les ombres sur le flanc des montagnes le lui indiquaient. On était au début d'*einmánudur*, le mois consacré au dieu des Corbeaux. La cape bleue de Ketill ondula lorsqu'il fit volte-face pour enjoindre à sa femme et à ses gens d'apporter l'argent et les montants du trône, car la construction du temple devait commencer sans plus attendre.

Avant d'ouvrir la porte d'entrée, Ketill tourna un bref instant son regard vers le sud-est où la masse du glacier touchait au ciel. Sa clarté projeta des reflets sur le nasal du casque et le fer de l'épée. Le soleil, entouré d'un anneau d'or, reposait au sommet des neiges glacées dans le lointain. En prenant de l'altitude, l'anneau se transforma peu à peu en rayons solaires étincelants – une éclatante croix solaire tout en haut dans le ciel.

MERCREDI 21 MARS 2007

Un bon coup d'œil
avant d'entrer
permet de repérer
toutes les issues,
car rien ne révèle
qui dans la salle
est ennemi à l'affût.
(*Hávamál*, str. 1)

1

Quartier Vesturbær de Reykjavík.

Un silence de mort envahit subitement la maison. Le visiteur imprévu relâcha la pression de ses doigts sur le cou blême de la jeune fille. Le corps sans vie heurta le bois dur du plancher, et l'écho du choc se répercuta dans le couloir.

L'intrus arracha son passe-montagne, épongea la sueur de son front et souffla brutalement. Il n'avait pas eu l'intention de tuer la femme de ménage de Baldur, mais elle s'était trouvée au mauvais endroit au mauvais moment. Il avait bien fallu.

L'assassin retourna dans le bureau de Baldur qu'il avait dû quitter quelques minutes auparavant, lors de l'apparition de la femme de ménage. Il y régnait un grand désordre après l'affrontement avec le maître des lieux, Baldur Skarphédinsson, l'archéologue bien connu. Une carte griffonnée en tous sens du district de Rangárvellir, les débris de lunettes à monture dorée, une pipe en bois, un cendrier, divers objets de l'époque viking, des livres et des carnets de notes étaient entre autres choses éparpillés dans toute la pièce. Baldur gisait lui aussi sur le plancher, immobile. De la blessure qu'il portait à son cou, un sang rouge sombre s'épanchait sur le parquet de chêne clair. Une ceinture de cuir ensanglantée, instrument de sa mort, était à côté de lui.

En se débattant, Baldur avait réussi à griffer jusqu'au sang le bras droit de son visiteur. Ce dernier était conscient du danger, la police savait tirer parti de tels indices. Il inspecta donc les doigts du cadavre avec minutie. *Qu'est-ce que je vais bien pouvoir en fiche ?*

Puis il écarta la question. Baldur était mort, c'était l'essentiel. Il n'y avait plus à s'inquiéter de l'archéologue, ni du secret qu'il avait découvert et qui allait maintenant replonger au fin fond du passé, là où était sa place.

Le visiteur prit une profonde inspiration et se tourna vers le sac de toile déchiqueté qu'il avait apporté et déposé à l'entrée du bureau. Le moment était venu de mener à bien la tâche qu'il devait accomplir. Il réfléchirait ensuite à un moyen de se débarrasser du corps.

Le meurtrier coupa la ficelle et ouvrit le sac, faisant apparaître huit chats morts, tous étranglés. Il se saisit du premier, trancha sa laisse d'un coup de couteau et commença le rituel de la cérémonie.

2

– Plus que deux jours avant le week-end, soupira Embla en gravissant, à la tête de sa troupe de gamins piaillards, les marches du perron du Musée national.

Elle pestait en silence contre la corvée dont elle avait écopé, guider des scolaires de dix ans à travers les salles du musée.

En être là après douze ans de fac. Embla considéra avec un sourire hésitant la classe des petits excités. Son père avait peut-être raison, elle aurait dû choisir la médecine comme sa grande sœur, pas l'archéologie. Son amour-propre souffrait du fait que sa sœur, de deux ans seulement son aînée, avait déjà un mari et deux enfants. Embla, elle, était encore célibataire et n'aurait pas son premier enfant avant au moins neuf mois.

– Bon, les enfants…

Embla cessa de penser à tout ce qui laissait à désirer dans sa vie, elle ruminait beaucoup trop ces choses-là de toute façon. Elle s'arrêta devant la première vitrine, celle qui contenait la célèbre figurine de Thor, du xe siècle.

– Cette statuette représente Thor, dieu du Tonnerre, tenant son marteau Mjöllnir des deux mains. Ce marteau ressemble beaucoup à l'Ânkh égyptien, la croix que portaient les pharaons. C'est peut-être l'indication qu'une idée née très loin dans les pays du Sud aurait pu faire tout ce chemin jusqu'à notre petite Islande.

Il était clair que les gamins se fichaient complètement du passionnant savoir avec lequel elle avait cru capter leur attention. Ils se trémoussaient et gloussaient en échangeant des bourrades.

Au lieu de se décourager, Embla se reprit et entraîna les enfants devant une grande carte où figuraient l'Europe, l'Afrique du Nord et le Moyen-Orient.

– Vous voyez ici que les Vikings étaient d'incroyables voyageurs, dit-elle en désignant la carte multicolore. L'essor des Vikings a commencé en 793, quand ils ont attaqué un monastère sur la côte Est de l'Écosse. Ils s'en prenaient de préférence aux églises et aux monastères, car ils savaient qu'on y trouvait les plus grands trésors. Le clergé, par vengeance, les a décrits comme des sauvages ignorants, et ils ont malheureusement gardé cette réputation jusqu'à nos jours. La vérité, bien au contraire, est que les Vikings étaient les meilleurs navigateurs de leur temps. Et ils avaient de vastes connaissances en astronomie, en mathématiques, dans l'art de la guerre, la sculpture... pratiquement dans tous les domaines. Une véritable puissance mondiale.

Si Embla avait eu du mal à intéresser les enfants auparavant, la partie était désormais définitivement perdue. Quelques élèves formaient un cercle à part ; ils chuchotaient et lançaient des regards dans sa direction en ricanant. Elle continua comme si de rien n'était.

– Comme on peut le voir, ils ont étendu très loin leur domination. Ils ont soumis l'Angleterre, une partie du nord de la France, la Scandinavie et la Russie. Leurs routes maritimes allaient de l'Amérique du Nord jusqu'à Constantinople et en Afrique.

Elle leur adressa un sourire.

– On raconte que Christophe Colomb lui-même, avant de « découvrir » l'Amérique, est venu en Islande, et que c'est ici qu'il a entendu parler d'un vaste pays au-delà de l'océan Atlantique : il s'agissait des terres découvertes par Leifur le Chanceux.

Il n'y avait rien à faire. Les enfants ne semblaient pas être intéressés le moins du monde par ce qu'elle leur débitait. Quelques-uns se mirent même à errer dans le musée, vite rejoints par d'autres.

– Non, les enfants. Restez groupés, hasarda-t-elle, sans réel résultat.

Elle ne contrôlait pas la situation, tout simplement, et les enfants le savaient bien.

Une fille pourtant restait immobile et examinait la carte avec un grand intérêt à travers les épais verres de ses lunettes.

– Maman m'a dit que beaucoup de mots anglais viennent des Vikings. C'est vrai ?

– Comment ? fit Embla distraitement en suivant des yeux les autres enfants qui s'éparpillaient dans le musée à une vitesse record.

Elle n'arrivait pas à repérer les institutrices, elles semblaient s'être évaporées.

– Une minute, dit-elle à la fille aux lunettes avant de se diriger vers l'escalier de l'entrée.

Elle finit par apercevoir les instits qui tuaient le temps, une cigarette entre les doigts, à quelque distance du musée. Embla sentit l'agacement la gagner. Nul doute qu'elles s'estimaient en congé, et qu'elle devait s'occuper toute seule des gamins.

Embla rentra à l'intérieur du musée et considéra les enfants qui s'agitaient en tous sens. Elle inspira profondément par les narines, à travers ce nez criblé de taches de rousseur et concave au niveau des ailes que quelqu'un avait un jour comparé à un toboggan de piscine. Elle regretta soudain amèrement les études qu'elle avait poursuivies et la vie qu'elle avait choisie. Pourtant, au lieu de s'effondrer sur place, en face de tous ces mômes, elle serra les dents et hurla sans même y penser, sous le coup de la colère :

– Tout le monde ici ! Tout de suite !

Les enfants se raidirent et obéirent sans broncher. Ils avaient reconnu le ton de leurs maîtres et de leurs parents, et tous adoptèrent pour l'occasion une mine plus sage : celle des dimanches.

– Merci, dit Embla comme pour s'excuser.

Elle arrangea la courte frange de ses cheveux et la jupe vert foncé qui lui descendait aux genoux. Pour s'apaiser, car elle perdait rarement son calme. En général, elle contenait sa colère au plus profond d'elle-même et affichait un sourire. Son bref emportement avait cependant porté ses fruits, il lui avait permis en un éclair de faire comprendre aux enfants qui était aux commandes. Et elle en tirait indéniablement une certaine fierté.

– Vous n'avez pas répondu à ma question.

La fille aux lunettes, la première de la classe, sans doute, revenait à la charge.

– C'est exact, répondit Embla qui reprit une pose adéquate en réajustant sa veste brune. L'influence des Vikings est encore visible dans la langue anglaise, car les Anglais leur ont emprunté de nombreux mots à l'époque où leurs contacts étaient très étroits.

Elle redevenait elle-même à présent, la gentille et courtoise Embla sur laquelle tous pouvaient compter.

– Pour les œufs, par exemple, que nous appelons *egg* en islandais, quel est le mot anglais ? demanda-t-elle à la surdouée, lui arrachant un sourire.

La réponse fut immédiate.

– *Egg*, tout simplement.

– Exact. Et les mots pour gâteau et sœur, qui se disent *kaka* et *systir* en islandais ?

– *Cake. Sister*, répondit aussitôt la petite savante.

– Ce sont là seulement quelques exemples qui montrent comment le vocabulaire des Vikings s'est introduit dans la langue anglaise.

Embla croisa ses bras fluets, nettement plus à l'aise que quelques instants auparavant.

– On reconnaît aussi leur influence sur Noël, qui est *Yule* pour les Anglais et *Jól* pour nous. Car c'était le nom que les Vikings donnaient à la fête qu'ils célébraient en plein hiver. On pense que cela vient d'un mot qui voulait dire « roue », et qui est *hjól* de nos jours.

– *Jólahjól*, la roue de Noël ! lança un grand échalas aux cheveux châtains.

Toute la classe éclata de rire. Embla rit avec eux.

– Les Vikings voyaient chaque année comme une roue, ou comme un cercle divisé en quatre parties par les saisons, et c'est à Noël que cette roue commençait à tourner. Ils mangeaient alors du rôti de porc, comme nous le faisons aujourd'hui, ils allumaient une bûche de Noël, s'embrassaient sous une branche de gui et décoraient leur arbre de Noël.

– Ils avaient des arbres de Noël, les Vikings ? s'écria un garçon brun aux lèvres proéminentes qui ne pouvait contenir son étonnement.

Embla parcourut la classe du regard, percevant aussitôt l'intérêt que le sujet avait suscité chez les enfants. Leurs yeux curieux étaient rivés sur elle.

– Oui, ils croyaient en l'arbre toujours vert – l'arbre de vie qui reliait la totalité de ce qui existait dans leur univers.

– Vous voulez dire le frêne Yggdrasill ? demanda la fille aux grosses lunettes.

– Exactement, approuva Embla, enchantée par la science de la fillette. L'arbre d'Odin, le dieu suprême. Le premier arbre de Noël du monde avait en fait une origine païenne, il était consacré au dieu Thor.

Elle se dirigea vers une autre vitrine, suivie cette fois par les gamins désireux d'en savoir plus sur leurs ancêtres.

– Vous pouvez voir ici des armes vikings et des objets en argent. Les Vikings aimaient beaucoup ce métal et ils possédaient souvent de véritables trésors.

– Comme les pirates, alors ? demanda, tout ébahi, le gamin aux lèvres proéminentes.

Ces Vikings étaient clairement beaucoup plus intéressants qu'il ne l'avait cru. Embla sourit de la comparaison qui n'avait certes rien de surprenant. Les pirates étaient à la mode depuis plusieurs années.

– Oui, et ils enterraient même leurs trésors comme les pirates, pour pouvoir les emporter au Valhalla, le paradis des Vikings.

– En Islande aussi ? demanda la bonne élève, un tantinet jalouse de son petit camarade qui posait lui aussi des questions et attirait ainsi l'attention de leur guide.

– Bien entendu ! répondit Embla, le visage rayonnant. Il y a des trésors enterrés dans tout le pays. Il ne reste plus qu'à les découvrir.

Un murmure traversa la troupe enfantine. Ils la trouvaient maintenant franchement passionnante. La question suivante ne la surprit pas tout à fait.

– Comment vous appelez-vous ? demanda le grand échalas.

– Embla Thöll Vilhjálmsdóttir, répondit-elle en articulant soigneusement.

– Quel âge avez-vous ? demanda-t-il.

– Trente-deux ans, répondit Embla, sans le remercier de le lui avoir rappelé.

– Vous avez des enfants ?

– Non, répondit-elle abruptement.

– Pourquoi ? poursuivit le garçon.

– C'est comme ça, dit-elle en avalant sa salive.

Ce n'était ni l'endroit ni le moment de revenir sur cette histoire, qui était un sujet de tension entre elle et son fiancé, Adam Swift. Il ne voulait pas d'enfant tout de suite, elle en voulait un au plus vite. Cette divergence avait creusé un sérieux écart entre eux et menaçait leur relation.

– On vous a déjà dit que vous ressemblez drôlement à Julia Roberts ? demanda le garçon aux lèvres proéminentes, provoquant à nouveau l'hilarité de la classe.

Embla leur adressa un sourire enchanteur. Il est vrai que ses cheveux roux lui valaient parfois d'être comparée à l'actrice, alors qu'elle-même trouvait la comparaison peu justifiée. Mais si les autres voulaient voir une ressemblance, après tout pourquoi pas, elle n'allait pas les détromper.

– Allons, ça suffit comme ça. C'est des Vikings qu'il est question ici, pas de moi, notifia-t-elle à la classe.

– Mais vous êtes beaucoup plus jolie, continua le garçon, et les rires fusèrent à nouveau.

– Merci pour le compliment, dit Embla en tapotant gentiment la tête de l'enfant, mais nous devons continuer notre visite, sérieusement. Sinon, vos instituteurs ne seront pas contents de moi.

La vitrine suivante, dont le contenu se trouvait sous le niveau du plancher, montrait l'intérieur d'une sépulture païenne.

– Voici un bon exemple de rites funéraires vikings. Ils emportaient dans l'au-delà leurs armes et d'autres objets personnels.

L'échalas montra du doigt le casque viking à l'intérieur de la tombe.

– Il manque les cornes ! cria-t-il, tout excité par sa découverte.

Une fois de plus, les autres éclatèrent de rire ; il était clair qu'ils s'amusaient tous comme des fous.

Embla lâcha un soupir :

– Non, il n'y a jamais eu de cornes sur les casques des Vikings. Il s'agit d'un pur malentendu, comme tant d'autres choses à leur sujet. C'est seulement au cours des dernières années que les savants ont commencé à comprendre leur civilisation, et les liens très forts qu'ils avaient avec le patrimoine culturel des autres grandes nations, comme les Romains, les Grecs et les Égyptiens.

À cet instant, Embla ne vit que des regards perplexes, à l'exception de la surdouée qui avait commencé à prendre des notes. Elle se rappela qu'elle ne s'adressait pas à des adultes, mais à des enfants.

– Voyons, qui veut essayer une épée de Viking ? dit-elle pour rétablir le contact.

Une forêt de mains se dressa tandis que les gamins criaient à tue-tête :

– Moi ! Moi !

– Suivez-moi. Nous avons ici une pièce spéciale pleine d'objets vikings avec lesquels vous pourrez vous amuser.

Embla prit la direction de la salle de jeux tout au bout de l'étage, entraînant avec elle le cortège des enfants enthousiasmés. Au même instant, une des gardiennes du musée, une femme d'âge mûr nommée Ágústa, accourut vers elle.

– Ah, te voilà. Je t'ai cherchée partout, lui dit-elle, haletante.

– J'étais dans la section viking avec les enfants. Il y a un problème ? demanda Embla en voyant la sueur perler sur le front d'Ágústa. Il n'y a rien qui nous presse, tu sais. Notre métier, après tout, c'est les antiquités, ajouta-t-elle en souriant de sa propre boutade.

Le visage d'Ágústa resta impassible.

– Un appel urgent pour toi, répliqua-t-elle en lui tendant un téléphone sans fil.

Embla saisit l'appareil et masqua de sa paume le côté micro.

– Qui est-ce ? chuchota-t-elle.

– La police, répondit Ágústa, à voix basse elle aussi.

Embla resta muette d'étonnement.

– C'est Baldur Skarphédinsson, poursuivit Ágústa, encore un peu essoufflée.

– Quoi ?

Une sourde appréhension assaillit Embla. Ágústa ne cilla pas.

– Je crois qu'il lui est arrivé quelque chose, murmura-t-elle.

Son visage s'était assombri.

3

À côté de la statue du *Navire solaire*, en bordure du boulevard Maritime, un homme d'une quarantaine d'années, vêtu d'un pull de laine effiloché et de jeans bleus élimés, fixait d'un air maussade les vagues qui se brisaient sans arrêt sur les rochers du rivage. Il s'appelait Sæmundur Loftsson et il était complètement absorbé dans ses pensées. Ce jour-là était un jour crucial dans sa vie. Un mercredi 21 mars. Un équinoxe de printemps qui tombait pile le jour du dieu Odin. Pour la première fois depuis que Sæmundur avait redonné vie à l'Ordre de la Croix Solaire, quelques années auparavant.

L'heure est donc venue.

Il tira encore une bouffée de son cigarillo et poussa un soupir, d'impatience et d'appréhension à la fois. Il avait devant lui une longue et fatidique journée, qui devait tout bouleverser. Il s'était déjà acquitté de quelques tâches urgentes, et la prochaine était imminente – aller chercher Tobias. Sæmundur prit une profonde inspiration. Il avait hâte de rencontrer enfin le Norvégien, qui était un des membres les plus zélés de l'Ordre. Après tout ce temps, toutes les conversations téléphoniques, les intrigues et les préparatifs en vue de ce jour.

La bise froide du Kollafjördur glissait sur les cheveux blonds de Sæmundur. Sa grande taille, ses doigts épais et son cou puissant lui donnaient presque des airs de troll. Une impression de force nullement atténuée par la grande barbe blonde, les sourcils touffus et un visage aux traits rudes. De fait, Sæmundur était un fermier du district de Rangárvellir. Il était né et avait grandi à Stóra-Hof ; il était rompu aux durs travaux depuis ses jeunes années.

Un couple de Thaïlandais apparut sur la plateforme d'observation et s'assit sur un banc à côté de la carcasse métallique du navire viking. Sæmundur les regarda de travers et sentit aussitôt la colère monter en lui.

– Maudites sangsues, marmonna-t-il en tirant sur son cigarillo.

Sæmundur avait en aversion les Asiatiques et les Slaves qui envahissaient son pays après avoir fui le leur comme les rats quittent un navire, et venaient tenter leur chance dans les pays du Nord. C'était une des raisons pour lesquelles il avait fait renaître le vieil ordre viking symbolisé par la croix solaire. Il était convaincu que rien d'autre ne pourrait débarrasser le monde nordique de ces parasites.

Et, bien sûr, il ne faut rien dire à voix haute, pensa-t-il en jetant le mégot du cigarillo dans la mer. Sous peine d'être catalogué de raciste. Ou de xénophobe. C'était justement ce mot-là que sa femme Lovísa avait employé à l'heure du souper. « Xénophobe », l'avait-elle appelé en présence de leur fille, elle avait aussi parlé de psychologue, de psychiatre et même de l'asile. Comme si c'était *lui* qui n'avait plus sa tête, et non pas tous les autres en vérité, tous ces Islandais qui ouvraient leurs bras et leurs frontières à ces vauriens, sans piper mot, de peur de se faire traiter de racistes. Sæmundur n'arrivait pas à comprendre : pourquoi personne ne voyait-il d'injustice quand de parfaits inconnus profitaient d'office de tous les avantages pour lesquels nos ancêtres s'étaient battus ou avaient donné leur vie ? et pourquoi traitait-on de raciste celui qui tentait d'empêcher la disparition pure et simple de notre culture, déjà bien menacée en raison de notre petit nombre ? Tout cela était un déni du bon sens. On avait décrété du jour au lendemain qu'il était louable de se taire et de permettre aux étrangers de venir s'installer, avec leurs croyances et leurs coutumes, et d'affaiblir par là même la civilisation que les Islandais avaient mis plus de dix siècles à bâtir.

Sæmundur secoua la tête.

– Quelle incroyable sottise, murmura-t-il en fixant du regard les deux Thaïlandais.

Il avait hâte de regagner son district de Rangárvellir, les terres de ses ancêtres – la lignée d'Oddi et de Ketill Hængur – d'où il pourrait commencer à combattre cette tumeur de la société islandaise.

Le jeune Thaïlandais s'était rendu compte de l'intérêt que leur portait Sæmundur.

– Qu'est-ce qu'il y a ? interrogea-t-il avec un fort accent en fronçant les sourcils.

Sæmundur s'approcha du couple.

– Pourquoi est-ce que vous ne déguerpissez pas vite fait chez vous ? ! dit-il d'un ton brutal.

– Non, dit aussitôt la Thaïlandaise à son petit ami. Viens, on s'en va.

– C'est ça. Dégagez ! rugit Sæmundur.

Le petit gars n'était cependant pas disposé à subir sans rien dire l'intolérance de ce géant islandais.

– Nous avons parfaitement le droit d'être ici, autant que toi, fit-il en serrant le poing.

– Tu as fait quoi pour l'Islande, toi ? Et tes parents ?

Sæmundur bouscula le garçon qui tomba sur la plaque de béton et s'écorcha le bras.

– C'est clair, non ? Tu me dégoûtes, lança-t-il au jeune Asiatique étendu sur le sol.

– Partons, supplia la fille en s'agenouillant au côté de son ami.

Cet individu violent la terrifiait et elle ne voulait pas attiser sa colère. Elle et son ami s'étaient déjà heurtés aux préjugés des Islandais, mais la haine de cet homme était manifestement bien plus alarmante.

Trois femmes en vêtements de sport qui s'approchaient du *Navire solaire* comprirent aussitôt ce qui se passait et accoururent.

– Qu'est-ce que ça veut dire ? lança l'une d'elles en s'agenouillant près du jeune homme.

– Comment ça ? Nous n'allons tout de même pas nous laisser faire ! répliqua Sæmundur en toisant méchamment les femmes.

L'importance de cette journée unique lui revint subitement à l'esprit. Lui-même, Tobias et d'autres membres de l'Ordre en divers endroits d'Europe du Nord allaient aujourd'hui franchir le premier pas vers l'éradication de ce cancer.

– Laissez-le tranquille, continua la femme, ou j'appelle la police.

– Vous ne comprenez donc pas ? Ils nous volent notre pays, sous notre nez, reprit-il en pointant le couple de l'index. Nous devons nous défendre. Nous devons nous battre contre eux pour reprendre ce qui nous appartient.

– Je ne sais pas ce que vous avez bu, mais il est clair que vous avez besoin d'aide.

Sæmundur rit.

– Moi ? Pas du tout, c'est cette engeance qui a besoin d'aide.

Il pointait à nouveau le doigt vers le couple thaïlandais.

– Et vous aussi, conclut-il en examinant les trois femmes, l'une après l'autre. Je suis *le seul* ici qui n'ait pas besoin d'aide. Attendez, et vous verrez bien. La guerre a commencé !

Le fermier repartit d'un pas pesant vers sa voiture, une Land Rover rouge sang, ouvrit brutalement la portière et se laissa tomber sur le siège du conducteur.

– Cinglé ! cria la femme dans sa direction.

Elle aida le garçon à se relever. Sæmundur ignora calmement l'invective, il en avait l'habitude avec sa femme, et démarra en faisant rugir le moteur comme un fauve. Il brûlait de rencontrer Tobias et de commencer la purification – par la réunification.

– Quel dommage que Baldur n'ait pas voulu être des nôtres, murmura-t-il en fonçant sur le boulevard Maritime.

4

Le policier raccrocha. Embla resta plantée sur place, le téléphone collé contre l'oreille, sans dire un mot.

– Alors ? demanda Ágústa.

– Les flics vont venir ici. Ils disent qu'ils ont besoin de mon aide, annonça Embla en rendant son téléphone à Ágústa.

Son oreille, petite et délicate, était toute rouge après avoir subi la pression de l'appareil pendant qu'elle écoutait les explications du policier.

– Qu'est-ce qui est arrivé à Baldur ? demanda Ágústa.

– Je ne sais pas. Le flic n'a pas voulu me le dire.

Elle avala sa salive.

– Il m'a seulement dit qu'il avait un besoin urgent de mon aide et qu'il arrivait de suite.

Sans attendre d'avoir un nœud dans l'estomac, elle jeta un coup d'œil dans la salle de jeux du musée. Les enfants qui lui emboîtaient le pas quelques minutes auparavant étaient maintenant déchaînés. Ils brandissaient des épées en plastique, affublés de casques et de boucliers vikings. Elle réfléchit à ce qu'elle devait faire en tripotant machinalement une de ses boucles d'oreilles en argent.

– Tu veux bien les surveiller un moment ?

– Bien sûr, répondit Ágústa, avant de jeter à son tour un regard dans la salle.

Le spectacle de la marmaille surexcitée la refroidit aussitôt.

– Qu'est-ce que je suis censée faire ? demanda-t-elle d'un air dégoûté.

– Je vais chercher les instits. Il va bien falloir qu'elles s'occupent de leurs gamins puisque la police a besoin de moi. Tu ne crois pas ?

Un doute assaillit Embla, pouvait-elle vraiment s'absenter de son travail à cause d'une enquête de la police ? Cela lui semblait bizarre, et en outre ce n'était pas du tout son genre.

– Si, probablement, acquiesça Ágústa, aussi déconcertée que sa collègue. Va donc chercher les instits, elles vont devoir prendre la situation en main si la police a besoin de toi maintenant.

– Tout à fait, dit Embla, sans hésiter davantage.

Elle retraversa d'un pas vif l'étage du musée, passant devant les innombrables objets vikings et autres antiquités. Les talons de ses bottes de cuir noir claquèrent sur les marches de l'escalier quand elle descendit vers la sortie.

Les deux institutrices poireautaient toujours devant le bâtiment. Elles avaient entamé l'une et l'autre une nouvelle cigarette, fermement décidées à consacrer à la tabagie le temps pendant lequel elles échappaient à leurs élèves.

– Hein, la visite est déjà terminée ? demanda l'une d'elles, la trentaine bien bronzée style cabine et les cheveux quasiment jaunes.

Sans doute le résultat de visites répétées dans les salons de coiffure, pensa Embla.

– Désolée, mesdames, mais je dois partir.

– Mais les enfants doivent rester avec vous jusqu'à midi. Et il est seulement onze heures, dit l'instit bronzée en consultant son portable rose.

– Je sais, mais il y a un imprévu et je dois partir, répéta Embla.

Elle reboutonna sa veste de velours brun. Le soleil avait beau briller, on était tout de même en mars.

– Je suis désolée, ajouta-t-elle pour la forme.

– Il n'en est pas question, déclara l'autre femme, d'apparence nettement moins artificielle que la première.

Elle écrasa sa cigarette sous son talon de caoutchouc.

– Les enfants ont droit à une visite en règle du musée, pas à une simple halte.

– Je suis désolée, mais je dois partir, répéta Embla assez platement.

Elle n'avait pas l'assurance nécessaire pour faire face aux deux femmes qui voulaient la renvoyer à l'intérieur du musée.

– Partir où, si ce n'est pas indiscret ? lança la bronzée.

Avant qu'Embla ait pu ouvrir la bouche, une voiture de police banalisée descendit en trombe l'allée du musée et freina dans un soubresaut. Le chauffeur baissa aussitôt sa vitre.

– Embla Thöll ? s'enquit le policier courtoisement en examinant les trois femmes.

Il avait le teint mat, le cheveu ras, une barbe de deux jours et des yeux bruns. Il portait un costume noir ordinaire sans aucun signe distinctif.

Embla leva la main, presque comme une écolière du primaire.

– C'est moi.

– Mon nom est Hördur, je suis de la police. Venez, nous n'avons pas de temps à perdre. Je vais vous conduire sur les lieux.

Il ouvrit la portière à son intention.

Embla se tourna vers les institutrices et leur lança :

– Comme vous pouvez le voir, mes chères amies, l'affaire est d'importance. Désolée. Les enfants vous attendent dans la salle de jeux. Au revoir.

Elle leur adressa un gracieux sourire et monta dans la voiture qui démarra aussitôt. Elle se hâta d'attacher sa ceinture, car le policier mettait les gaz et l'aiguille du compteur bondit sur le cadran.

– Excusez cette précipitation, mais chaque seconde compte, dit l'homme sans quitter des yeux le rond-point droit devant lui.

– Ça ne fait rien, dit Embla en agrippant la poignée située au-dessus de sa tête.

Rouler dans Reykjavík à une telle allure, voilà qui était tout à fait nouveau pour elle.

Hördur se lança dans le rond-point, ignora la première à gauche et s'engagea dans Sudurgata. Il mastiquait un chewing-gum avec frénésie.

– Pouvez-vous me dire ce qui se passe ?

Pourquoi diable se trouvait-elle dans la voiture d'un flic qui conduisait à tombeau ouvert dans l'étroite Sudurgata, à deux doigts de l'inquiétante pente abrupte qui dominait le petit lac de Tjörnin ?

– Nous avons contacté l'université et ils nous ont communiqué votre nom, répondit Hördur aussitôt. Vous êtes bien une spécialiste de tout ce qui concerne l'ásatrú, la vieille religion païenne ?

Embla était déconcertée, la question lui semblait tellement vaste.

– Peut-être pas *tout* ce qui concerne l'ásatrú, mais je connais le sujet.

La réponse fit tiquer Hördur.

– On nous a affirmé que, de tous les universitaires, vous êtes la plus calée en la matière. C'est exact ? dit-il en appuyant le ton.

– Je connais le sujet, bien sûr. En passant d'une discipline à l'autre pendant douze années d'études, j'ai certainement appris beaucoup de choses sur l'ásatrú, la période viking et la mythologie norroise.

Embla n'allait certes pas expliquer à cet inconnu pourquoi elle avait amassé toutes ces connaissances en islandais, en histoire, en ethnologie et tout dernièrement en archéologie. D'aucuns – en premier lieu son père – auraient mis cela sur le compte de la paresse, mais Embla elle-même savait que c'était lié à son incapacité d'achever quoi que ce fût. C'est pour cette raison que sa thèse de doctorat restait indéfiniment en suspens, comme un cauchemar, cette fichue thèse qui seule pouvait l'absoudre d'avoir passé un tiers de sa vie cloîtrée dans les murs de l'université.

– Dans ce cas, vous pourrez nous dire de quoi il ressort.

La voiture s'arrêta devant le panneau stop au coin de Túngata et Sudurgata. Hördur jeta un bref coup d'œil à Embla avant de remonter Túngata à toute allure.

– Comment cela ? Qu'est-il arrivé à Baldur ?

Le moment était venu, lui semblait-il, d'obtenir quelques réponses claires.

– Nous n'en sommes pas sûrs, répondit Hördur.

La voiture dépassa l'ambassade du Canada, puis celle de Russie, et tourna aussitôt, juste avant l'église catholique, pour dévaler dans Ægisgata.

– Vous le connaissez ? demanda-t-il après un bref silence.

– Oui, évidemment, il a été mon prof.

Hördur manifesta un intérêt soudain.

– Vous êtes donc au courant de ses recherches archéologiques ?

– Bien sûr, répondit vivement Embla. Baldur est connu pour ses théories audacieuses sur l'origine des Islandais, et encore plus à cause des réactions du milieu universitaire face à ces théories.

– Pourquoi dites-vous cela ?

– Eh bien, les spécialistes des disciplines voisines ont dénigré ses théories, au point que l'on pense qu'il ne serait pas parti en retraite de son plein gré, si vous voyez ce que je veux dire.

– Viré pour des théories archéologiques ? Un peu fort, tout de même…

– Qu'est-ce qui s'est passé ? Il lui est arrivé quelque chose ? demanda Embla avec inquiétude.

Hördur continua à mâcher son chewing-gum sans dire un mot. Ses yeux ne quittaient pas la route.

– Vous ne pouvez pas me répondre ?

– Non, désolé.

Hördur tourna et descendit dans Bárugata, où il ralentit aussitôt. Dans le bas de la rue, plusieurs voitures de police et une ambulance étaient stationnées devant une maison blanche de deux étages – le domicile de Baldur Skarphédinsson. La rue avait été fermée à toute circulation avec un ruban jaune, mais un policier laissa passer Hördur.

– Qui peut me répondre, alors ? demanda Embla avec irritation.

– Mon chef.

Hördur se gara devant la maison de Baldur. Il indiqua un homme chauve qui se tenait au milieu du jardin, entouré de nombreux autres policiers et infirmiers.

– Mais allez-y doucement avec lui, je vous en prie, ajouta-t-il.

– Pourquoi donc ? demanda Embla, étonnée.

Hördur s'assombrit et continua à regarder droit devant lui.

– Parce que Baldur est son frère.

5

À environ deux kilomètres de là, assis sur un banc devant l'hôtel Reykjavík Centrum, dans le centre-ville, Tobias Petersen attendait Sæmundur Loftsson. Bientôt quadragénaire, il avait des cheveux longs très bruns ramassés en catogan et de fortes mâchoires. Ses yeux étaient d'un bleu limpide, presque transparent, qui attirait l'attention. De petite taille, il portait un pantalon d'hiver noir et un anorak clair bien rembourré : il faisait nettement plus froid ici qu'à Oslo, où il habitait.

Tobias avait atterri la veille à Keflavík. Il avait fait la connaissance de Sæmundur sur Internet environ un an auparavant, et il était maintenant arrivé en Islande. Divers sentiments s'agitaient dans son esprit : espoirs, doutes et surtout curiosité. Si Sæmundur disait vrai, Tobias se trouvait au seuil d'un voyage qui pouvait bouleverser le cours de sa vie.

Il se leva et consulta sa montre. Onze heures et quart. Sæmundur devait bientôt arriver. Devant lui se dressait l'hôtel où il avait passé la nuit, accolé au restaurant Fjalakötturinn. Sur le trottoir, un épais châssis de verre permettait d'entrevoir ce qui se trouvait en dessous : les vestiges de la première habitation humaine en Islande, construite vers l'an 870. Tobias s'imagina que c'était là qu'avait vécu Ingólfur Arnarson, le premier colon de l'île. L'ennui, c'est que cette habitation était située en plein centre-ville, ce qui empêchait les archéologues de chercher dans les alentours le site du temple de ce pionnier viking.

Ce qui n'était pas le cas du temple d'Odin que Sæmundur pensait avoir trouvé !

Tobias en eut la chair de poule. Si le fermier islandais avait raison, cela voulait dire que sa quête aboutissait enfin – après tant d'années. Tandis qu'il était plongé dans ses pensées, une Land Rover rouge sang arriva à vive allure dans Adalstræti et s'arrêta devant l'hôtel. Sæmundur, le conducteur, en descendit prestement et s'approcha de Tobias.

– Tobias Petersen ? demanda l'Islandais, les yeux brillants d'anticipation.

Tobias opina sans répondre. Les photos reçues sur Internet n'avaient donné aucune idée du gabarit de l'Islandais, qui était beaucoup plus grand et large de carrure qu'il ne l'avait supposé. Une physionomie rude que ne démentait pas, remarqua Tobias, le manche en os du couteau que Sæmundur portait dans un fourreau accroché à sa ceinture.

– Bienvenue en Islande, dit Sæmundur en danois, en lui tendant la main avec un large sourire.

– Merci, répondit Tobias en norvégien, en lui rendant son sourire. C'est un grand honneur pour moi de rencontrer en personne – il hésita une seconde – le fondateur de l'Ordre.

Sæmundur dressa aussitôt l'index.

– Pas le fondateur, corrigea-t-il. Je n'ai fait que le ressusciter. Ce sont nos ancêtres, Ingólfur Arnarson, Skallagrímur Kveld-Úlfsson et Ketill Hængur qui ont fondé la confrérie, précisa-t-il en prononçant ces noms avec révérence, comme s'il voulait ainsi affirmer sa propre appartenance à la chaîne qu'ils avaient créée des siècles plus tôt.

– Oui, bien sûr.

Tobias regretta aussitôt de s'être exprimé si maladroitement.

– Pour garder le secret des proportions des croix solaires, n'est-ce pas ? ajouta-t-il comme pour faire preuve de sa connaissance de l'ordre séculaire.

Sæmundur acquiesça.

– Exactement, comme les francs-maçons l'ont fait pour les proportions des cathédrales du continent européen.

Les yeux de Sæmundur parcoururent l'espace autour de lui, d'abord les maisons du centre-ville puis le ciel qui déployait sa voûte bleue et lumineuse sur toute la capitale islandaise.

– Ce sont les nombres sacrés, les proportions venant des dieux eux-mêmes, qu'il fallait préserver du commun des mortels au moyen de confréries, de règles et de guildes.

– Et tu as acquis la certitude que ce genre de confrérie a existé ici ?

– Pas moi personnellement. C'est Baldur Skarphédinsson qui a émis cette hypothèse avant tout le monde, précisa Sæmundur en abaissant son regard vers son visiteur.

Le nom de Baldur toucha manifestement Tobias à vif.

– Et il n'a pas voulu coopérer ?

– Non.

Sæmundur se tut. Divers souvenirs liés à Baldur remontèrent importunément à la surface. Ils se connaissaient effectivement de longue date et avaient été en excellents termes jusqu'à ce que leur amitié prît fin.

– Tant pis pour lui, ajouta le fermier dans un soupir avant de se tourner vers son véhicule. Viens, nous devons maintenant prendre la route du temple. Il n'y a pas de temps à perdre.

Tobias saisit sa lourde valise et se dirigea vers le coffre du 4×4. Sæmundur l'arrêta aussitôt.

– Non ! Pose-la sur le siège arrière.

– Elle est tellement énorme, il n'est pas préférable de la mettre dans le coffre ?

– Il n'y a pas de place. Le coffre est plein.

Sæmundur arracha la valise des mains de Tobias et la coinça de force entre les sièges. Après quoi les deux hommes s'installèrent à l'avant. Sæmundur considéra son passager.

– Paré ? demanda-t-il.

Son sourire découvrit des dents jaunies par le tabac au bord des gencives.

– Je n'arrive pas à croire que je suis ici, répondit Tobias en souriant à son tour. Et que ce jour est enfin arrivé.

– Tout s'accomplira, renchérit Sæmundur. Le monde nous écoutera enfin, après les sacrifices d'aujourd'hui. Je te le promets. C'est écrit dans le ciel, déclara-t-il avec force.

Il démarra et mit le cap sur Stóra-Hof, dans le district de Rangárvellir – le temple millénaire qui allait devenir le symbole unitaire de l'Europe septentrionale.

6

Une grande effervescence régnait autour de la maison de Baldur. Des policiers arpentaient les lieux en scrutant les parterres et les pelouses détrempées, des infirmiers attendaient à côté de leur ambulance et un groupe de journalistes qui avaient eu vent de l'affaire formait une grappe collée au muret qui séparait le jardin du trottoir.

Embla descendit de la voiture et suivit Hördur vers le jardin. Avant toute autre chose, elle remarqua trois corbeaux perchés sur le rebord du toit de la maison voisine. Ils croassaient en martelant de leurs becs noirs comme le charbon la gouttière de fer-blanc, produisant ainsi un son métallique qui résonnait dans toute la rue. Ces grands corbeaux étaient communs à Reykjavík, surtout en cette saison. Si elle avait été sujette à la superstition, Embla aurait vu en leur présence un très mauvais signe, le corbeau étant annonciateur de mort dans les croyances populaires islandaises.

– Par ici, dit Hördur en entraînant Embla à l'intérieur du jardin.

Ils passèrent devant les journalistes surexcités à la vue d'un visage nouveau.

– Qui est-ce ? demanda une femme de RÚV, la télévision publique, en brandissant son micro devant eux.

– Quel est son lien avec l'affaire ? demanda un reporter du journal *Fréttabladid*, stylo et bloc-notes en suspens.

– Elle est soupçonnée du meurtre ? demanda un petit jeune à la coiffure bizarroïde.

Visiblement plus culotté que les autres, il travaillait pour Canal 2, la chaîne de télévision privée.

– Du meurtre ?

Hördur s'arrêta pile en répétant ce mot avec irritation.

– Quel meurtre ?

– Ne jouez pas la comédie, dit le petit jeune en pointant son micro vers le policier qu'il avait réussi à stopper dans son élan. On se doute de certaines choses même si vous ne voulez rien nous dire. Est-ce que l'enquête serait au fond d'une impasse, des fois ?

Hördur considéra le micro dressé sous son nez, puis l'objectif pointé vers lui par le coéquipier du journaliste, un cameraman rondouillard.

– On dit dans une impasse, pas au fond, dit-il gravement, sans daigner répondre à la question.

Puis il reprit le chemin de la maison de Baldur en compagnie d'Embla.

Dans le jardin, ils suivirent l'allée de dalles qui menait d'un côté aux marches du perron de la porte d'entrée, et de l'autre à la pelouse où se tenait, la mine sombre, Grímur Skarphédinsson, supérieur hiérarchique de Hördur et responsable de l'enquête. Contrairement aux autres enquêteurs, il portait l'uniforme foncé de la police : Grímur appartenait à la vieille école et croyait encore au pouvoir de l'uniforme.

– Voici Embla Thöll, dit Hördur à son chef.

– Enfin, dit Grímur d'une voix grave en tendant la main.

De discrètes lunettes cerclées d'acier surmontaient une épaisse moustache grise. La petite soixantaine, évalua Embla. Une multitude de minuscules vaisseaux sanguins rouges et bleus sillonnaient les ailes de son gros nez.

– Bonjour, dit Embla en prenant la main moite du commissaire.

La gravité de l'affaire lui apparut subitement en voyant le visage de Grímur, le frère de Baldur. Malgré son air décidé et son statut de chef, son regard était lourd des ténèbres qui venaient de s'abattre sur lui.

En dépit du tumulte ambiant, Grímur en vint rapidement au fait.

– Nous avons trouvé dans un parterre un objet susceptible de nous donner une piste.

Il fit un signe à un policier qui accourut vers eux et tendit à Grímur un sachet transparent. Il contenait un pendentif en bois flotté de couleur claire qui paraissait assez ancien.

– Qu'est-ce que c'est ? demanda Hördur.

– Une rune magique, c'est bien ça ?

Grímur demanda confirmation en se tournant vers Embla, sans s'embarrasser de formule de politesse ni de préambule. Il voulait la mettre d'emblée dans le vif du sujet, c'était clair.

Elle ne se fit pas prier et examina aussitôt le contenu du sachet. Ce n'était pas une visite de courtoisie. Elle était là pour mettre son expertise à contribution dans une enquête de la police, et sans perdre de temps. Elle était bien aise de ne pas décevoir le policier, car elle connaissait parfaitement le symbole gravé dans le morceau de bois :

– C'est Ægishjálmur, le heaume d'Ægir, dit-elle en hochant la tête.

– Ægishjálmur ? répéta Grímur.

– Oui, la plus connue des runes magiques islandaises, et aussi la plus ancienne, expliqua Embla. Une protection souveraine contre les forces du mal.

Hördur examina le sachet.

– Ce n'est pas ça que Björk a fait tatouer sur son bras ? demanda-t-il en mastiquant bruyamment son chewing-gum.

– Enlève-moi cette cochonnerie de ton bec ! dit Grímur sèchement.

Cette désinvolture lui semblait tout à fait déplacée au vu des circonstances.

Hördur retira son chewing-gum en prenant l'air penaud d'un gamin qu'on vient de gronder. Il l'enveloppa dans un morceau de papier et le fourra dans sa poche.

– Continuez, reprit Grímur comme si de rien n'était.

En dépit de cet incident embarrassant, Embla répondit au jeune policier :

– Non, le tatouage qu'elle porte s'appelle Vegvísir. Il s'agit d'une autre version, très prisée elle aussi des membres de l'association Ásatrú.

– L'association Ásatrú ? s'emporta Grímur à nouveau. Baldur a fait partie de cette organisation.

– Non, je ne voulais pas dire que ce symbole appartenait à un membre d'Ásatrú, rectifia Embla. Il est très populaire parmi toutes sortes de gens qui croient au pouvoir de la magie, ou bien qui sont païens.

Embla hésita à en dire davantage et se rembrunit. Elle décida néanmoins de mentionner un détail supplémentaire, un peu plus sinistre, en rapport avec ce signe runique.

– Je ne sais pas si c'est important, mais il a aussi un attrait spécial pour les néonazis.

– Les néonazis ? répéta Grímur, étonné.

– Oui, comme vous pouvez le voir, il est formé de huit runes identiques qui se déploient à partir du centre. Cette rune est une dérivée d'Algiz, dit Embla en pointant l'index vers le pendentif. Un certain Guido von List, qui était un des principaux idéologues nazis, a fait un grand usage de cette rune, qui a ainsi été incorporée dans leur univers symbolique. De là vient son lien actuel avec certains groupes néonazis, précisa-t-elle, impassible.

Les policiers restèrent silencieux. Aucun doute, ils avaient bien fait de faire venir cette érudite sur le terrain.

– Attention, ce que je dis n'implique pas les néonazis dans cette enquête, mais c'est tout de même un détail important concernant Ægishjálmur, ajouta-t-elle, bien qu'elle n'eût pas la moindre idée de quoi il retournait dans cette affaire.

– Voilà qui explique bien des choses, affirma Grímur sentencieusement en approchant le sachet de son visage buriné.

– Où avez-vous trouvé ce signe magique ? demanda Hördur.

Grímur indiqua un arbuste près des marches du perron.

– Là-bas. L'intrus l'avait sans doute sur lui, je ne me rappelle pas avoir vu cet objet chez Baldur.

– C'est un objet qu'on porte à son cou, pour que le signe magique soit en contact avec le torse, expliqua Embla.

Ces mots touchèrent à vif Grímur qui avait gardé le sachet devant son visage, fasciné par le signe gravé.

– J'avais bien dit à Baldur de ne pas fréquenter ces connards d'Ásatrú.

Sa voix se brisa alors qu'il murmurait ces mots.

– Je lui avais bien dit que dans nos services on tombait régulièrement sur des ordures néonazies qui avaient des rapports avec eux.

Il écarta le sachet et baissa la tête, visiblement bouleversé.

Hördur posa prudemment la main sur l'épaule de son chef.

– Grímur, dit-il doucement, tu devrais prendre un congé. Nous nous chargerons de tout ça.

– Un congé ? répéta Grímur, dont le chagrin se mua en colère en une fraction de seconde. Pas question de prendre de congé, Baldur a besoin de moi.

– Il faut que tu prennes du repos, et nous sommes tout à fait capables de mener cette enquête sans toi, insista Hördur.

Il avait essayé à plusieurs reprises de convaincre son chef de rentrer chez lui et de lui laisser cette affaire. En vain. Grímur était déterminé à mettre lui-même la main au collet du coupable.

Le commissaire soupira en dégageant son épaule.

– Entrons, lança-t-il en gravissant les marches qui menaient à l'appartement de son frère comme s'il montait à l'assaut.

Hördur poussa un soupir et se tourna vers Embla :

– Êtes-vous prête à nous faire une démonstration de votre savoir en civilisation nordique ancienne ?

– Que voulez-vous dire ? C'est justement ce que je viens de faire, répondit Embla qui pensait à son exposé sur Ægishjálmur.

– Si seulement c'était aussi simple que ça.

Hördur parcourut du regard la foule de ses collègues à l'œuvre dans le jardin.

– Ce n'est pas pour cette petite rune que nous vous avons appelée.

– Pour quelle raison, alors ?

Il était grand temps qu'elle sût pourquoi elle se trouvait projetée dans une enquête policière qui concernait Baldur Skarphédinsson, pensa Embla.

Quelques secondes s'écoulèrent.

– Suivons Grímur, répondit finalement Hördur, ce n'est pas vraiment possible d'expliquer ça avec des mots. Il faut que vous voyiez le bureau de Baldur de vos propres yeux, ajouta-t-il en précédant l'archéologue à l'intérieur de la maison.

7

On pensait tout de suite à un musée en entrant chez Baldur. Il y avait dans le vestibule divers objets très anciens, datant de l'ère viking. Embla savait très bien que le professeur s'était enrichi en achetant et revendant des actions aux premiers temps du boom financier de l'Islande. La fortune ainsi acquise lui avait permis de se consacrer exclusivement à ses recherches archéologiques.

Parmi les pièces uniques dont s'enorgueillissait cette demeure figuraient des peignes, des broches et des fibules datant des Vikings. Baldur avait par ailleurs fixé au mur du salon une immense carte de l'Islande, sur laquelle il avait dessiné trois grands cercles, chacun avec une croix au milieu, dans le quart sud-ouest du pays. Cela ne pouvait surprendre Embla, qui savait que ces cercles étaient au cœur de la théorie de Baldur sur la colonisation de l'Islande. Une épée viking était accrochée sur le mur du corridor et, par une incroyable coïncidence, une grande flaque de sang s'étalait exactement sous sa pointe.

– Mon Dieu, dit Embla à voix basse en fermant les yeux.

Une brutale appréhension s'empara d'elle.

– Baldur ? chuchota-t-elle.

– Non. C'est sa femme de ménage qu'on a trouvée étendue ici. Elle a été frappée à la tête et… et puis étranglée, dit Hördur avec une pointe de compassion dans la voix. Elle était morte quand nous sommes arrivés.

Le cœur d'Embla se mit à battre plus vite, et la sueur perla sur son front. Elle sentit aussi un nœud se former dans sa gorge. Cette facette de la réalité ne lui était pas du tout familière.

Sa réaction ne passa pas inaperçue, et Hördur la comprenait parfaitement. Lui-même avait mis beaucoup de temps à s'habituer à rentrer chez lui, auprès de sa femme et de sa fille, après des journées de travail comme celle-ci.

– Je suis désolé de vous avoir fait venir ici, mais nous avons vraiment besoin de votre aide. Nous ne pouvons rien faire sans vous. Il faut que vous soyez forte, dit-il en manière d'encouragement.

Embla serra les dents et rouvrit les yeux.

– Venez, dit Hördur en la précédant dans le couloir.

Ils dépassèrent la sombre flaque de sang, puis la porte de la cuisine, et pénétrèrent plus avant dans la maison.

Tout l'appartement de Baldur était décoré dans le même style, avec d'anciens objets vikings, des statues et des cartes d'Islande et d'autres pays, tels que le Danemark et l'Angleterre ; sur toutes ces cartes, Baldur avait dessiné les mêmes cercles étranges qui délimitaient de vastes étendues de territoire à l'intérieur desquels s'entrecoupaient deux lignes pour y former une croix. Le policier et l'archéologue retrouvèrent Grímur devant une monumentale porte sculptée.

– C'est le bureau de Baldur, dit le commissaire, la mine sombre.

Les symboles sculptés dans la porte n'avaient rien d'étrange pour Embla, compte tenu de l'univers mental qui avait été celui de Baldur depuis son enfance. Un superbe dragon gravé dans le bois, le dragon Fáfnir sans aucun doute, déroulait ses anneaux sur lui-même pour parvenir à mordre sa queue, un motif courant de l'art des Vikings. À l'endroit où la gueule attrapait l'extrémité de la queue, dans le coin supérieur gauche de la porte, trois runes se dressaient à côté d'un personnage borgne qui portait un bracelet. C'était bien sûr Odin, dont la parure s'appelait Draupnir. À l'intérieur du cercle dessiné par le corps du dragon, Baldur avait fait graver d'autres runes, mais qui semblaient comporter des lacunes : ici et là une rune manquait, comme sur les authentiques inscriptions runiques des stèles de pierre rongées par les intempéries au fil des siècles.

Embla posa ses doigts délicats sur le dur relief des caractères vikings et les parcourut l'un après l'autre.

– Vous les comprenez ? demanda Hördur.

– Oui.

Embla jouait machinalement avec une de ses boucles d'oreilles.

– C'est une inscription runique à la mémoire de Ketill Hængur, le premier occupant du district de Rangárvellir, gravée par ses fils. Mais je ne l'ai jamais vue auparavant, dit-elle en adressant tour à tour à Grímur et Hördur un regard stupéfait. On n'a jamais trouvé en Islande une seule inscription runique datant de l'époque viking.

– Vous ne pensez tout de même pas que ces runes sont basées sur une inscription réelle ? demanda Grímur sèchement en mettant la main sur la poignée de la porte. Vous savez bien que Baldur ferait n'importe quoi pour étayer ses idées sur l'origine des Islandais. Même des faux, ajouta-t-il.

Il partageait manifestement l'irritation de nombreux universitaires à l'égard des théories de son frère.

– De plus, la tâche qui nous attend est bien plus redoutable que la traduction de quelques runes. Êtes-vous prête ?

– Je ne sais pas, reconnut Embla. Je ne suis même pas sûre d'avoir envie de voir ce qu'il y a derrière cette porte.

– Ne craignez rien, dit Grímur en se raclant la gorge. Baldur n'est pas dans son bureau.

Le commissaire écarta alors la porte qui grinça sur ses gonds. Au même instant, une odeur douceâtre de tabac à pipe envahit leurs narines et le bureau de Baldur s'offrit à leurs yeux.

Le cœur d'Embla cessa littéralement de battre pendant un instant. Elle n'avait jamais rien vu de semblable, et pourtant elle connaissait très bien, dans le moindre détail, la scène qu'elle avait sous les yeux.

– Mon Dieu, murmura-t-elle, frappée de stupeur.

– Comprenez-vous maintenant pourquoi nous avons besoin de votre aide ? demanda Grímur en pénétrant le premier dans le bureau ensanglanté de Baldur.

8

Le ciel était lourd de nuages au-dessus du cimetière de Jelling, dans le sud du Danemark. Christian Larsson leva les yeux. Il allait bientôt commencer à pleuvoir. Sans se laisser impressionner, il continua de descendre dans la direction des deux pierres runiques.

Il y avait beaucoup de touristes sur les lieux. Rien de plus normal dans cette localité du Jutland qui fut la capitale viking du Danemark, l'endroit où vécut le premier roi de ce pays, Gormr le Vieux, et où il fut enterré ainsi que son épouse. L'aspect de Christian contrastait fortement avec celui des autres visiteurs du cimetière qui, vêtus d'anoraks aux couleurs criardes, contemplaient le haut lieu historique avec un parapluie ou une carte à la main. Christian, qui tenait en laisse un grand doberman, portait des godillots noirs avec des renforts d'acier aux orteils, un pantalon militaire étroit, des bretelles rouges et un anorak noir dont le dos était couvert de symboles païens. Il avait la boule à zéro, un piercing à un des sourcils et un tatouage qui s'étendait jusque dans le haut du cou. Il avait également fait tatouer sur les jointures de sa main droite les lettres ODIN.

Instinctivement, les touristes s'écartèrent en le voyant s'approcher.

Droit devant lui se dressaient les pierres runiques de Jelling, l'exact milieu de la croix solaire danoise qui s'étirait sur un territoire d'une étendue considérable. Christian s'arrêta un instant et prit une profonde inspiration, se délectant de l'aura du cercle sacré que liaient au pays quatre endroits spécifiques du périmètre : Trehøje au nord-ouest, Århus au nord-est, Odense (le siège d'Odin) au sud-est du cadran solaire et Ribe au sud-ouest, l'endroit où fut construite la première église danoise.

Et certainement pas par hasard, se dit Christian.

L'emplacement choisi pour cette église, l'un des points sacrés de la croix solaire, occupait une place de première importance dans la vision du monde des Danois de cette époque.

Le chien qui voulait continuer à avancer arracha Christian à sa méditation sur la croix solaire. Il parcourut donc les derniers mètres qui le séparaient des pierres ; ces pierres runiques connues dans le monde entier, les plus célèbres de toutes. Cela n'était pas seulement dû à leur beauté et à leur excellent état de conservation, mais aussi parce que des hommes illustres les avaient érigées. La première était un monument que Gormr le Vieux dédia à la mémoire de son épouse, la seconde fut élevée à la mémoire de ses parents par Haraldur Dent-Bleue. Ce dernier, qui christianisa le Danemark et la Norvège, voyagea plus loin que la plupart des autres Vikings. C'est pourquoi son surnom parut tout à fait approprié, mille ans plus tard, pour baptiser une innovation majeure des temps modernes : *Bluetooth*.

Christian se pavanait au milieu des touristes qui prenaient des photos des pierres runiques, et il sentait leurs regards fixés sur lui. Il en avait l'habitude, son aspect n'était pas ordinaire et le désignait comme appartenant à un groupe connu et redouté de tous : les néonazis. En d'autres circonstances, Christian aurait poussé des rugissements pour faire frémir ces touristes, mais ce jour-là il se trouvait à Jelling pour accomplir une tâche spécifique, pas pour faire le clown.

Il prit position entre les deux grandes pierres et les contempla. Si Sæmundur Loftsson et lui étaient dans le vrai, il y avait eu un temple païen ici même, sous ses pieds. Christian sourit en levant son visage vers les remparts célestes des nuages noirs. Il n'en doutait pas un instant, là-haut les dieux suivaient en ce moment précis le moindre de ses gestes. Et surtout celui qui dominait les autres, avec ses deux corbeaux juchés sur le dossier du trône, de chaque côté de leur maître.

– Le moment est venu, mon ami, chuchota Christian.

Il exerça plus de force sur la laisse du chien pour l'attirer vers lui. Le puissant animal lui résista, prêt à jouer avec son maître, mais celui-ci était dans d'autres dispositions.

À mesure que le chien se rapprochait peu à peu, Christian revit défiler dans sa mémoire des instantanés de leur vie commune. Quand il avait adopté, puis élevé le chiot. Quand il lui avait confié des secrets, à lui et à personne d'autre. Leur compagnie allait s'arrêter là, maintenant. Christian avait reçu des ordres du prêtre du temple, du maître de l'Ordre de la Croix Solaire en personne. Aujourd'hui, tous les membres de la confrérie devaient sacrifier ce qu'ils avaient de plus cher au dieu Odin, en ce jour qui lui était consacré, sur le lieu de chaque temple de la croix solaire.

– Il doit en être ainsi, dit-il en posant ses deux mains sur le museau de son meilleur ami.

Il plongea son regard dans les yeux noirs de l'animal.

– C'est seulement ainsi que nous trouverons la force nécessaire pour la réunification et le renouveau du Danemark.

Le chien lui rendait son regard et haletait, la langue pendante, excité par l'attention qui lui était accordée. Brusquement, Christian tendit le bras pour saisir le long couteau qu'il dissimulait dans son dos, au niveau de la taille. Quand ils le virent brandir ce poignard, un vent de panique gagna les touristes présents et tous prirent la fuite comme un seul homme, dans un concert de cris et d'imprécations.

Le reflet du chien apparut sur la lame d'acier dressée en l'air, juste avant que Christian frappe et égorge l'animal dont le sang gicla sur les pierres. Le chien hurla de douleur et s'affaissa sur le sol. Quelques spasmes d'agonie traversèrent sa carcasse, puis il cessa de respirer.

Une goutte d'eau froide tomba sur le front de Christian. Son regard se détacha de son ami sans vie pour se lever vers le ciel. Les nuages étaient maintenant bien noirs et il commençait à pleuvoir. Cela ne pouvait signifier qu'une seule chose pour Christian : il avait attiré l'attention des dieux. Il jeta le couteau ensanglanté et regarda autour de lui. Tous les touristes avaient disparu. Ses yeux revinrent se poser sur son ami inerte. Les gouttes de pluie mêlées au sang du chien formaient un ruisselet qui allait arroser un carré d'herbe voisin, là où s'élevait autrefois le temple d'Odin.

Christian passa la main sur son crâne rasé pour en balayer les gouttes de pluie et s'éloigna à grandes enjambées. La tâche qui avait tenaillé son esprit depuis des semaines était maintenant accomplie. Il ne restait plus qu'à voir comment cela se passait pour les autres camarades d'Europe septentrionale, et si la prophétie de Sæmundur allait se réaliser.

Tout en gravissant d'un pas léger la colline du cimetière, il sortit son portable pour téléphoner au maître de l'Ordre, afin de lui annoncer que le sacrifice de la croix solaire du Danemark était maintenant chose faite.

9

– Nous reprendrons contact plus tard, conclut Sæmundur avant de reposer son téléphone.

Il resta silencieux, les yeux rivés sur la route devant lui.

– C'était Christian, finit-il par dire d'une voix basse.

– Et ?... demanda Tobias.

Un éclair passa dans ses yeux bleus.

– Il s'est acquitté du sacrifice au Danemark.

– À Jelling ?

Sæmundur opina du chef.

– Qu'est-ce qu'il a sacrifié ? s'enquit Tobias en fronçant les sourcils.

– Son chien, répondit Sæmundur attristé, mais également satisfait de l'obéissance de Christian.

– C'est donc commencé. Les membres de l'Ordre ont vraiment l'intention de tuer leurs animaux de compagnie, commenta Tobias presque étonné.

– Bien entendu, dit Sæmundur avec une assurance qui contrastait avec le ton du Norvégien.

Il retroussa les manches de son pull-over.

– Exactement comme nous l'avons décidé, ajouta-t-il en manière de conclusion alors qu'il roulait à vive allure sur le boulevard Maritime devant Höfdi et les tours de verre qui venaient de jaillir du sol.

Tobias contemplait les eaux sombres du Kollafjördur et le mont Esja au-delà du fjord. Il se sentait rassuré, car tout se passait comme prévu, et l'environnement y était aussi pour quelque chose. Il était en Islande, sur le territoire des croix solaires qu'il ne connaissait auparavant que par ses lectures et l'étude des cartes. Tout prenait à présent une autre dimension, maintenant qu'il était arrivé au cœur de cette nature rude et rocailleuse.

– Nous nous trouvons donc, ici même, dans la croix solaire ? demanda-t-il en abaissant la fermeture éclair de son anorak.

– Oui, dans l'une d'entre elles. La croix de Reykjavík.

Sæmundur montra du doigt Esja, Akrafjall et Skardsheidi qui dominaient les lointains autour de la ville. La neige n'y avait pas encore complètement disparu et laissait comme de larges coups de pinceau sur une toile sombre.

– Et il y a une autre croix solaire derrière les montagnes.

– La croix de Mýrar ?

– Oui, établie par Skallagrímur Kveld-Úlfsson, le premier occupant de Borg, dans le district de Mýrar. Son fils était Egill Skallagrímsson.

Sæmundur sortit un cigarillo. Entre ses énormes mains, il avait l'air d'un simple cure-dents.

– L'hypothèse de Baldur, dans les grandes lignes, est que Skallagrímur, Ketill Hængur, Ingólfur Arnarson et d'autres chefs avaient fondé une confrérie entre eux seuls, et gardé ainsi secrètes les divines proportions des croix solaires qu'ils délimitaient dans le pays.

Le fermier alluma son cigarillo.

– C'est pour cette raison que l'on n'a jamais trouvé de sources faisant directement allusion aux croix solaires.

Il adressa un sourire au Norvégien en aspirant une première bouffée.

Tobias opina. Il connaissait bien l'hypothèse de Baldur Skarphédinsson.

– Sauf la *Saga de Njáll le Brûlé,* n'est-ce pas ?

– C'est exact. Sauf la *Saga de Njáll,* approuva Sæmundur. Sæmundur le Savant, ajouta-t-il en fixant les yeux bleus de Tobias, qui était l'auteur de cette saga – l'évidence même pour tout individu sain d'esprit –, était un païen convaincu. Les contes populaires sur lui et Kölski, le Diable, en témoignent.

Sæmundur prit une seconde bouffée, souffla la fumée par les narines et réfléchit un instant.

– Il connaissait l'existence de la croix solaire païenne, comme les autres membres du clan d'Oddi, car les réunions de la confrérie avaient lieu notamment à Oddi. Ce fut là le terreau qui donna naissance à la *Saga de Njáll.*

Sæmundur sourit à nouveau au Norvégien.

– Le sujet de cette saga, c'est la chute de l'ancien pouvoir païen, l'adoption du christianisme et la croix solaire de Rangárvellir. Il suffit d'y examiner le rôle des nombres, les noms des lieux et l'allégorie. On y voit alors, littéralement, renaître la croix solaire de la rivière Rangá quand on dispose de la clé des pages de ce livre, affirma Sæmundur exalté par son sujet.

– La clé fournie par Baldur, c'est bien ça ? demanda Tobias sans vraiment se rendre compte de l'impertinence comprise dans sa question.

Sæmundur ne répondit pas tout de suite. Force lui était d'admettre que c'était Baldur qui lui avait révélé tout cela, et non l'inverse. Mais il savait surtout que c'était lui, Sæmundur, qui appartenait à la lignée d'Oddi et de Ketill Hængur, et ce lien personnel avait pour lui une grande importance.

– Comme je le disais auparavant, c'est Baldur qui a le premier découvert l'existence de ce très ancien secret, reconnut le fermier en exhalant un épais nuage de fumée, mais cela ne veut pas dire que c'est lui qui a le mieux compris la nature de ce secret.

Cela dit, il ralentit car le feu devant lui passait au rouge.

Les deux hommes attendaient en silence. Tobias comprit qu'il avait touché un point sensible. Il était évident que Sæmundur avait difficilement accepté que la théorie grâce à laquelle il avait trouvé un sens à sa vie eût été formulée par un universitaire de Reykjavík. Le problème s'était aggravé lorsque le fermier avait proposé à Baldur de faire renaître l'Ordre et d'en prendre la tête : l'archéologue n'avait rien voulu savoir et avait même traité Sæmundur de fou. Depuis, ils ne se parlaient plus.

Le feu passa au vert et Sæmundur redémarra.

– De toute façon, j'ai toujours eu la certitude qu'il y avait quelque chose d'autre derrière l'installation de Ketill dans la région de Rangárvellir, reprit-il un instant après, tout à coup plus allègre. Quelque chose de plus qu'un hasard pur et simple. Je le ressentais au fond de moi.

Il jeta le cigarillo par la fenêtre.

– Tu comprendras ce que je veux dire en arrivant dans la croix solaire. On ressent clairement son énergie, tout particulièrement quand on se trouve dans le temple.

Ces mots mirent Tobias en émoi.

– Tu es vraiment sûr que vous l'avez trouvé ? Le temple que Ketill avait consacré à Odin ? demanda-t-il avec circonspection, sachant bien qu'aucun temple norrois n'avait été découvert dans le monde – pas encore, en tout cas –, et ce n'était certes pas faute d'avoir cherché.

– Tu vas voir, répondit Sæmundur dans un rictus en appuyant brusquement sur l'accélérateur.

La Land Rover bondit de plus belle sur la route du front de mer.

10

Embla était sans voix. Le bureau de Baldur faisait penser à un film d'horreur de la pire espèce. La pièce entière était maculée de sang, on en voyait sur les livres anciens, sur les bois sombres du mobilier et sur le plancher. Malgré tout, ce n'étaient pas ces éclaboussures qui choquèrent Embla et remuèrent son estomac, mais le spectacle de huit chats morts, pendus ici et là entre les murs, qui se balançaient lentement au gré des courants d'air en laissant choir une à une des gouttes de sang sur le plancher.

– Mon Dieu, murmura Embla.

Elle était stupéfaite en regardant tout autour d'elle. L'odeur douceâtre du tabac à pipe était en totale dissonance avec l'horreur ambiante.

– On ne voit pas ça tous les jours, dit Hördur d'un ton caustique.

Bien qu'il fût, en réalité, aussi bouleversé en cet instant par ce spectacle que lorsqu'il l'avait vu pour la première fois dans la matinée.

– Qui est capable de faire une chose pareille ? dit Embla dans un souffle, consternée.

– C'est pour cela que nous vous avons fait venir, répondit Grímur en la regardant gravement droit dans les yeux. Nous espérions que vous pourriez répondre à cette question.

– Pourquoi pensez-vous que je devrais savoir, *moi,* qui a fait cela ?

Embla rejeta ses cheveux sur ses oreilles, dégageant ainsi davantage son visage criblé de taches de rousseur.

Grímur haussa le ton.

– Regardez autour de vous ! Ce n'est tout de même pas une scène de crime ordinaire ! Vous devez être capable de nous dire quelque chose, s'écria-t-il en agitant les bras.

Le comportement du commissaire choqua un peu Embla, mais elle n'en laissa rien paraître. Grímur était très inquiet pour son frère, c'était tout à fait compréhensible.

– Alors ? demanda Hördur, beaucoup plus calme que son chef. Avez-vous une idée de ce que tout cela signifie ?

– Peut-être, répondit Embla.

Elle fit quelques pas dans la pièce et examina le sang et les chats, tout en s'efforçant d'ignorer la sueur froide et les frissons qui sillonnaient son dos sans arrêt de haut en bas.

– Les chats… il y en a huit ?

– Oui, confirma Hördur.

Embla hésita à poser la question suivante, mais la réponse était indispensable pour tenter de comprendre la situation.

– Où est Baldur ?

Son regard oscillait d'un policier à l'autre.

Il y eut un bref silence. C'était comme si les deux hommes souhaitaient échapper à cette question. Au lieu de répondre, Grímur inspira profondément et laissa retomber sa tête. De toute évidence, c'était pour lui une torture d'agir comme si la victime n'était pas son frère, mais il n'était pas question non plus de se retirer pour laisser l'enquête à d'autres.

– Nous n'avons pas de certitude, avoua Hördur en prenant les devants, désireux de se comporter en professionnel malgré les pénibles circonstances. Nous avons trouvé des traces de sang, que nous supposons être de Baldur, entre le bureau et le jardin. En d'autres termes, il semble s'être déplacé ou avoir été transporté entre la maison et une automobile, car la piste s'arrête dans l'allée. Et puis nous avons trouvé ceci sur le plancher.

Hördur indiqua à Embla une ceinture de cuir brun couverte de sang.

– Il semble qu'on ait utilisé cette ceinture pour exercer une pression... sur les voies respiratoires de Baldur... avec une force suffisante pour... causer un épanchement de sang...

Il trébuchait sur ces mots lourds de sens.

– Nous n'en savons rien ! interrompit Grímur. Baldur peut très bien être en vie. Et c'est pourquoi nous devons faire vite.

Ses yeux imploraient Embla.

Les paroles de Hördur renforçaient les soupçons d'Embla. Huit chats morts et Baldur : neuf victimes au total. L'utilisation d'une ceinture de cuir. Du sang répandu tout autour. Il n'y avait plus de doute quant à ce qui s'était passé dans cet endroit.

– C'est un sacrifice rituel, affirma-t-elle après un instant de réflexion.

Puis elle regarda autour d'elle une nouvelle fois, mais différemment, puisqu'elle estimait avoir diagnostiqué la symbolique du crime.

Grímur était très agité.

– C'est donc quelque chose que vous connaissez ?

– Oui, pas directement à vrai dire, acquiesça Embla, mais j'ai lu beaucoup de choses sur des sacrifices similaires. Les seuls sacrifices auxquels j'ai assisté étaient ceux de l'association Ásatrú, et ils sont extrêmement différents.

– Vous voulez dire que les gens d'Ásatrú font des choses comme ça ? demanda Grímur le visage révulsé, prêt à incriminer l'association païenne.

– Non, ce n'est pas cela que je voulais dire, rectifia Embla aussitôt. Je voulais seulement dire que les membres d'Ásatrú font eux aussi des sacrifices, mais que leurs sacrifices n'ont rien à voir avec celui-ci. Ils ne sacrifient pas d'animaux, et ils ne répandent pas de sang autour d'eux.

Son regard parcourut le bureau ensanglanté.

– À la différence des sacrifices pratiqués par les Vikings, qui étaient assurément très sanglants. En règle générale, c'étaient des animaux qu'ils tuaient, mais nul ne doute qu'ils aient aussi mis à mort des êtres humains, et tout particulièrement en offrande au plus grand de leurs dieux.

– Odin ? demanda Hördur.

Embla acquiesça.

– Les sacrifices se déroulaient à Noël, en été et au printemps. Les participants, le lieu du sacrifice et l'autel étaient aspergés du sang de la victime.

Elle montra de l'index les taches sanglantes qui les entouraient.

– Celui qui a fait cela a voulu transformer ce bureau en site sacrificiel des temps anciens.

– Vous voulez dire que ce sang serait... celui de Baldur ? demanda Grímur, horrifié, en regardant une fois de plus autour de lui.

– Je crains que ce ne soit une possibilité, répondit Embla avec sincérité.

– Il faut faire analyser ce sang au plus vite, s'empressa de dire Hördur.

Il ajouta, en regardant droit dans les yeux Grímur qui était complètement accablé :

– C'est probablement le sang des chats.

Embla et Hördur vivaient une expérience pénible en voyant Grímur réagir à tout ce qu'il voyait, surtout au moment où Embla leur apporta des précisions sur l'effroyable univers mental du meurtrier. Grímur arracha son regard des chats morts et des murs couverts de sang et se dirigea vers une grande fenêtre ouverte afin de respirer un peu d'air frais. En chemin, il aperçut sur la moquette la pipe en bois de Baldur et se baissa pour la ramasser. Il revit clairement dans sa mémoire son frère prendre l'objet pensivement dans sa main et aspirer la fumée pour l'exhaler peu après.

« Elle m'aide à donner forme à mes idées », disait-il de sa pipe. Un objet d'une sobre élégance, sans aucune de ces décorations qui, pensait-il, altéraient la qualité de la fumée. Grímur sourit intérieurement de cette affirmation sans fondement ; il ne s'était d'ailleurs pas privé de le lui faire remarquer à maintes reprises. Des polémiques acharnées pouvaient ainsi surgir entre les deux frères, sur des sujets aussi futiles que l'importance de la décoration des pipes en bois.

Pendant que Grímur était assailli par ces souvenirs, Embla se tourna vers Hördur.

– Est-ce que je dois continuer ? chuchota-t-elle, hésitante.

Elle craignait de déranger le commissaire dont l'esprit était manifestement accaparé par l'image de son frère.

– Oui ! répondit Grímur à la place de Hördur.

Il contemplait par la fenêtre le jardin paisible encore engourdi par l'hiver et décida qu'il devait se secouer. Toute information complémentaire était susceptible d'aider l'enquête et de hâter son aboutissement. *Et éventuellement de sauver Baldur,* pensa-t-il en baissant les yeux vers la pipe qu'il fourra dans la poche de sa veste.

– Ce n'est pas du tout un hasard si les chats sont au nombre de huit, poursuivit Embla en considérant les petits animaux qu'on aurait presque pu croire endormis, tellement ils avaient l'air paisibles. Car cela porte le nombre des victimes à neuf, en comptant Baldur.

– Qu'est-ce que ça peut bien faire ? demanda Grímur en se détournant de la fenêtre.

On sentait à sa voix qu'il était presque à bout, et ses yeux luisaient de désespoir.

– Neuf était un chiffre sacré pour les Vikings. Ils reconnaissaient neuf vertus, les sacrifices avaient lieu tous les neuf ans et il est dit dans une célèbre description de sacrifice humain que neuf hommes avaient été immolés à la gloire d'Odin.

Embla évita les regards douloureux de Grímur et de Hördur.

– En règle générale, les victimes étaient pendues en l'honneur d'Odin. Il était parfois surnommé le dieu des Pendus car il s'était lui-même pendu pendant neuf nuits pour acquérir la maîtrise des runes.

– Vous pensez donc que c'est un sacrifice à Odin qui a été perpétré ici ? demanda Hördur qui voulait s'assurer qu'il comprenait où elle voulait en venir.

Bien que ce ne fût pas son but, la question du policier provoqua un déclic dans l'esprit d'Embla.

– Oui, bien sûr… mon Dieu… souffla-t-elle à mi-voix en portant la main devant sa bouche. Ça n'a pas été fait au hasard, dit-elle, suffoquée. C'est complètement prémédité.

– Qu'est-ce qui vous fait dire cela ? demanda Hördur.

– Nous sommes aujourd'hui le mercredi 21 mars. C'est l'équinoxe de printemps, répondit-elle en fixant les deux hommes tour à tour, sans autre explication.

Elle avait le souffle coupé, atterrée par cette dernière découverte qui mettait directement en cause le dieu suprême de la mythologie norroise.

11

Devant la maison de Baldur, les journalistes des divers médias attendaient encore un compte-rendu de la police. Les plus chevronnés savaient que la nouvelle était de taille, ils reconnaissaient l'odeur. Le secret, le temps que cela prenait, le nombre d'intervenants. Ce serait tout simplement la grosse affaire de cet hiver.

Il y avait au milieu du groupe un jeune reporter, nommé Valgard, embauché récemment par Canal 2. Grand et très mince, les cheveux blonds coupés de telle manière que la vieille génération aurait cru à un malencontreux accident, tandis que les plus jeunes savaient parfaitement qu'il s'agissait de la toute dernière mode. De longues mèches lui recouvraient les oreilles tandis que la frange était très courte. De plus, il portait d'épaisses lunettes noires en plastique.

Valgard était plutôt satisfait de lui-même. Il avait réussi à stopper un des policiers au moment où il entrait dans le jardin de Baldur avec cette mystérieuse jeune femme. Les quelques mots échangés avec le flic pourraient passer aux infos du soir. Il disposait de ça en tout cas, à la différence des autres journalistes présents.

– C'est de la connerie, dit le gros cameraman qui accompagnait Valgard comme son ombre. Ça fait combien de temps qu'on poireaute ici ?

Valgard consulta sa montre.

– Il est midi, plus ou moins, et nous sommes arrivés à, disons... dix heures et demie.

– Ça fait presque deux heures, conclut le cameraman en bâillant. Et silence complet côté police. Tu n'as pas faim ?

– Oui, un silence inhabituel.

Valgard regarda tous ces journalistes qui attendaient impatiemment, comme lui, que la police leur donne quelque explication. Une idée le traversa subitement. Il se pencha vers le cameraman et chuchota :

– Et si on arrêtait d'attendre ?

– Qu'est-ce que tu veux dire ? chuchota l'autre de même.

– Depuis quand est-ce que les journalistes attendent les nouvelles ?

– Eh bien, c'est quand ils ont besoin de... de... tu sais... balbutia le gros cameraman.

– Orri, c'était une question rhétorique.

– OK, je comprends, dit le cameraman qui n'avait pas compris – cela se voyait à ses yeux.

– Tout est là, continua Valgard. Les bons journalistes trouvent les nouvelles, ils vont les chercher eux-mêmes. Ils ne font pas le pied de grue dehors comme ça.

– OK, dit Orri, qui ne savait toujours pas où l'autre voulait en venir.

– Garde-moi ça.

Valgard lui tendit son micro, puis il sortit son portable de sa poche et le régla sur l'enregistrement vidéo.

– Toi, tu restes ici. Tu attires trop l'attention.

Le cameraman rougit comme une tomate, interprétant ces mots comme une allusion à son embonpoint.

– Je voulais dire que ta caméra attire trop l'attention, expliqua Valgard. Il faut se tailler sa place, pas vrai ? dit-il en souriant au cameraman.

– Tailler quelle place ?

Il ne comprenait toujours pas ce que Valgard voulait dire.

– Je vais me faufiler à l'intérieur et tout enregistrer avec mon portable, répondit-il simplement.

Il inspira profondément pour se donner de l'assurance.

– Ça devrait propulser mon info en gros titre et attirer l'attention des gens qui comptent.

Il se délectait à l'avance du retentissement de son info. Elle ferait de lui une star. Le top du top en un clin d'œil. L'argent. La gloire. Les filles.

– Tu n'es pas fou ? demanda l'autre à voix basse.

– Tout dépend de tes ambitions, chuchota Valgard dans un rictus.

Puis il quitta en douce la grappe journalistique et descendit un peu plus loin dans la rue, en passant devant quelques maisons et leurs jardins proprets. Le plan de Valgard était simple. Traverser ces jardins l'un après l'autre pour pénétrer dans celui de Baldur, et de là dans sa maison. Quelques secondes suffiraient pour tout enregistrer sur son portable, et il aurait son info. Canal 2 serait alors le seul média à avoir des images de l'intérieur de la maison de Baldur. Ce n'était pas plus compliqué que ça.

Telles étaient les pensées qui traversaient l'esprit de Valgard alors qu'il sautait par-dessus les clôtures des jardins de Bárugata et bondissait furtivement de buisson en buisson. Avant même de s'en rendre compte, il se trouva face au mur du jardin de Baldur.

Le reporter appuya son dos contre les pierres froides du mur. Les policiers étaient de l'autre côté. Le son d'innombrables voix lui parvenait, augmentant son excitation et son appréhension. Son portable était bien réglé sur l'enregistrement vidéo, tout était donc prêt pour l'action.

– C'est maintenant ou jamais, murmura Valgard.

Et il sauta.

12

Un silence de mort régnait dans le bureau. Les deux policiers attendaient l'explication d'Embla : pourquoi concluait-elle que le crime n'avait pas été commis au hasard pour la simple raison que ce jour-là était le mercredi 21 mars ?

– À l'équinoxe de printemps, les expéditions vikings reprenaient, et l'on sacrifiait des êtres humains et des animaux à Odin, expliqua-t-elle en arpentant les lames claires du parquet, faisant claquer les talons de ses bottes. Non seulement l'équinoxe de printemps est aujourd'hui, mais c'est aussi le jour dédié à Odin, c'est-à-dire mercredi.

Grímur ne mit pas longtemps à comprendre ce qu'elle voulait dire. Il ôta ses lunettes et passa une main sillonnée de veines sur son crâne nu.

– À quelle espèce de fou avons-nous affaire ? murmura-t-il en baissant la tête, le regard perdu.

– Qu'est-ce que c'est, ce jour d'Odin ? demanda Hördur qui, lui, n'était visiblement pas aussi calé que les deux autres en histoire des civilisations.

– Dans nos pays d'Europe du Nord, les jours de la semaine sont nommés d'après les anciens dieux, répondit Embla. Il en était de même en Islande jusqu'à ce qu'on leur donne les noms que nous employons de nos jours.

Embla omit de mentionner l'évêque Jón Ögmundarson qui, au début du XIIe siècle, jugeait ces noms païens comme quasi blasphématoires et n'eut de cesse qu'il obtînt de les changer.

– C'est encore tout à fait visible dans des langues comme par exemple le danois ou l'anglais : *Tirsdag* et *Tuesday* sont nommés d'après le dieu Týr, *Torsdag* et *Thursday* d'après Thor, *Fredag* et *Friday* d'après Freyr... et *Onsdag* et *Wednesday* – mercredi – d'après Odin.

– L'intention du meurtrier ne semble donc faire aucun doute ? demanda Hördur.

Embla n'avait pas encore fini, car toutes les pièces se mirent subitement en place.

– Les sacrifices de printemps à Odin étaient des sacrifices guerriers. C'est alors que commençaient les expéditions guerrières des Vikings. Ils sacrifiaient volontiers un guerrier au début d'une guerre pour s'attirer la bienveillance d'Odin, car il était le dieu de la Guerre et le dieu de la Mort.

– Voulez-vous dire que ceci serait... un sacrifice guerrier ? demanda Hördur, stupéfait, en contemplant le bureau dévasté.

L'horreur de cette affaire et le mystère qui l'accompagnait semblaient ne pas avoir de fin.

– C'est possible, répondit Embla.

– Mais quelle est la guerre ?

– Désolée... dit Embla en portant un regard sagace autour d'elle.

D'un côté, elle était satisfaite, et même fière d'avoir trouvé la clé du crime, mais de l'autre elle ressentait une compassion accrue envers Grímur.

– ... je n'ai pas la réponse à cette question.

À peine avait-elle prononcé ces mots que des cris retentirent au-dehors. Quelqu'un hurla « Stop ! » et ils entendirent des pas de course sur les marches du perron. Un instant plus tard, ils virent apparaître dans l'entrée un jeune homme blond avec des lunettes noires en plastique. Il brandissait un téléphone portable au-dessus de sa tête, deux agents de police à ses trousses.

– Nous avons le droit de savoir la vérité ! criait Valgard.

Il fonçait droit vers Hördur, Grímur et Embla – et donc le bureau de Baldur –, le portable pointé sur eux.

– Arrêtez-le ! hurla Grímur aussitôt.

Il reposa les lunettes sur son nez et se rua vers l'intrus. Il ne fallait pas que les médias sachent ce qui s'était passé dans le bureau de Baldur.

– Qu'est-ce qui est arrivé à votre frère ? questionnait Valgard, qui avait pris ses renseignements, à toute vitesse. Le règlement vous permet-il de prendre l'enquête en main ? En quels termes étiez-vous avec Baldur ? Quels sont vos sentiments ?

– Empêchez-le d'entrer ! tonna Grímur vers les deux agents qui poursuivaient l'intrus.

Valgard aperçut la flaque de sang sous l'épée viking et se hâta de la filmer.

– Vous n'avez pas le droit de nous tenir à l'écart. C'est une question de démocratie et de liberté d'expression, s'écria-t-il dans le vague espoir de fléchir Grímur et les autres.

Il était de toute façon cerné et savait qu'il ne quitterait pas la maison de Baldur sans escorte.

L'un des deux agents le saisit aux épaules et lui arracha son portable.

– Qu'est-ce que ça veut dire ? Vous n'avez pas le droit de prendre ce qui m'appartient ! On n'est pas dans un état fasciste !

En un instant, Grímur était en face du jeune reporter. Ses yeux lançaient des éclairs.

– Non, c'est exact. Sinon tu serais déjà en route vers l'échafaud ! cria-t-il.

Il agrippa le jeunot par son pull-over et l'attira brutalement vers lui.

– Qu'est-ce que tu crois que tu es en train de faire ? ! ajouta-t-il sur le même ton, en postillonnant cette fois.

– Délivrer la vérité aux Islandais… répondit Valgard sans conviction.

Il était terrorisé par ce face-à-face avec le vieux briscard et n'essuya pas les postillons de son visage.

– Nous *vous* tiendrons au courant quand *nous* saurons quelque chose, compris ? Pour la centième fois ! asséna Grímur en serrant le cou du jeune homme dont la frêle carcasse semblait sur le point de se dissoudre.

– Oui, répondit Valgard toujours aussi niaisement.

La salive que Grímur avait projetée sur son visage commençait à couler sur son front.

– Bien, dit Grímur en se tournant vers les deux agents qui avaient pourchassé Valgard. Emmenez-le au poste.

– Hein ? Vous m'arrêtez ?

Valgard, stupéfait, essuya enfin son front.

– Non, répondit Grímur en lâchant le pull-over. Considère ça plutôt comme une opportunité de reportage sur les dépôts sécurisés de la police nationale. Palpitant, non ?

Le commissaire tourna les talons et repartit vers le bureau de Baldur sans s'occuper outre mesure de Valgard et des agents qui l'emmenaient.

– Ces journalistes sont de plus en plus effrontés, dit Hördur à son chef qui regagnait la pièce.

– Et de plus en plus jeunes et plus bêtes, compléta Grímur.

Il essaya de faire le vide dans son esprit et d'oublier le petit journaleux pour se reconcentrer sur le cas de son frère.

– Je vais refermer la porte, on aura peut-être la paix.

Hördur tira doucement sur le battant de la porte sculptée qui grinça sur ses gonds.

– Grímur ! s'exclama-t-il subitement.

– Quoi encore ?

Le commissaire n'était pas d'humeur à accepter de nouveaux imprévus.

Hördur s'écarta pour révéler aux yeux du commissaire et d'Embla la face intérieure de la porte maintenant fermée, et qui était restée cachée tant que la porte était grande ouverte.

– Que diable… ? dit Grímur dans un souffle.

Son visage était livide.

Cette nouvelle découverte eut le même effet sur Embla. Ses yeux, exorbités, restèrent figés pendant plusieurs secondes. Derrière la porte, le meurtrier avait tracé un des symboles les plus connus de l'histoire de l'humanité. Mais ce qui atterra les trois personnes était que ce symbole avait été tracé avec du sang, du sang qui avait dégouliné le long de la porte massive.

13

La Land Rover rouge sang filait sur la route de Sudurland à une vitesse largement supérieure à la limite légale. Elle dépassa Hveragerdi et le mont Ingólfsfjall qui domine toute la région. Plus ils s'éloignaient de la ville, plus la nature devenait sauvage et inhospitalière. Des congères apparaissaient ici et là, comme un rappel des rudes mois d'hiver qui venaient de se terminer.

– Regarde. Là-haut.

Sæmundur indiquait la cime enneigée d'Ingólfsfjall.

– On dit que c'est là qu'Ingólfur Arnarson aurait été enseveli. On n'a jamais réussi à trouver son tumulus.

Sæmundur doubla une voiture de tourisme.

– La montagne indique aussi que nous sommes sur le point de quitter son cercle, ajouta-t-il. Elle marque le point sud-est du cercle de Reykjavík.

– C'est un cercle immense, commenta Tobias très impressionné.

– Oui, Ingólfur s'est attribué un territoire très étendu à son arrivée ici : Reykjanes, Hvalfjördur, Thingvellir et cette partie du Sudurland, expliqua Sæmundur.

Ses cheveux étaient balayés par le vent qui s'engouffrait par la vitre baissée.

– Les premiers colons se sont approprié de vastes terres. Comme Skallagrímur à Mýrar et Ketill à Rangárvellir.

– Et c'est ici que l'Ahnenerbe est venue prospecter ?

Tobias examinait le paysage qui défilait devant ses yeux. C'était pour lui comme un lieu sacré. Certes, Sæmundur lui avait expliqué tout cela antérieurement, mais c'était une tout autre chose de se trouver dans le pays lui-même, et de voir chaque colline et chaque butte où les membres d'Ahnenerbe – la section du parti nazi spécialisée dans la recherche archéologique – s'étaient arrêtés, et sur lesquels il s'était lui-même sérieusement renseigné.

– Oui, Himmler a envoyé des nazis à Thingvellir, à Reykholt où avait vécu Snorri Sturluson, et dans d'autres endroits du sud-ouest de l'Islande, avec pour mission de trouver des temples consacrés à Odin.

Sæmundur pointait du doigt les alentours.

– Il voulait en faire un foyer religieux et un centre unificateur du Troisième Reich, comme son château de Wewelsburg.

– Et tu doutes qu'ils aient trouvé quoi que ce soit, dit Tobias, se référant à leur conversation récente sur Internet.

– Rien de notable, en tout cas, répondit pensivement Sæmundur. On ne mentionne nulle part un authentique temple païen que les gens d'Ahnenerbe auraient trouvé en Islande, même s'ils ont effectivement cherché au bon endroit : ici, dans le sud-ouest du pays.

Le 4×4 passa devant la route secondaire qui menait à Grímsnes. Sæmundur ne lui accorda pas un regard, il ne quittait pas des yeux la chaussée devant lui, pensant uniquement au temple de Ketill et à y parvenir au plus vite. Il revint cependant sur le sujet.

– Qui sait ? Peut-être Himmler était-il parfaitement au courant de l'existence des croix solaires ?

– Les nazis n'en étaient pas loin, interrompit Tobias. Ils brûlaient.

– C'est vrai, concéda Sæmundur, mais il leur manquait la touche finale, les connaissances que Baldur et moi avons acquises, et des pistes plus claires pour la recherche.

Le fermier ralentissait à l'approche de Selfoss. Il regarda le Norvégien dans les yeux.

– C'est pourquoi ils ont échoué, et pas nous.

Un long silence s'ensuivit, chacun des deux hommes plongea dans ses pensées. Le 4×4 traversa en trombe la rivière Ölfusá puis l'agglomération de Selfoss, et dépassa le croisement de la route de Skálholt pour se rapprocher de la Thjórsá. Avec cette rivière commençaient le district de Rangárvellir et la croix solaire de Ketill Hængur, qui, selon le *Livre de la colonisation*, avait pris possession de « toutes les terres entre les rivières Thjórsá et Markarfljót » et « s'était installé à Hof ».

En traversant la torrentueuse Thjórsá, Sæmundur éprouvait chaque fois la même sensation.

– Nous voici entrés dans la croix solaire, murmura-t-il.

Les yeux de Tobias se fermèrent malgré lui. Il était assailli par un sentiment d'étrangeté, comme s'il venait de pénétrer dans un champ d'énergie invisible aux yeux de tous, hormis de ceux qui connaissaient les secrets des proportions sacrées des Vikings. Il respirait mieux. Il était enfin à l'intérieur du cercle. Après des mois et des mois d'attente. Son avenir allait se décider ici, dans quelques heures.

– Il ne faut pas rater ça, lui dit Sæmundur.

– Rater quoi ? demanda Tobias en rouvrant les yeux.

Il vit alors de quoi Sæmundur parlait. Dans les lointains se dressait Godasteinn, point culminant du glacier Eyjafjallajökull et de tout le Sudurland – le point sud-est du cercle tracé par Ketill Hængur sur la terre.

– La Pierre d'Odin, dit Tobias.

Il ne pouvait détacher ses yeux de la cime majestueuse qui, à cause de la brume couchée à son pied, semblait flotter au-dessus des terres. Une vision divine au moment où le soleil brillait au plus haut d'un ciel clair comme une mer sans vagues.

– Nous y sommes presque, dit Sæmundur sur un ton appuyé.

Godasteinn lui faisait face, comme un vieil ami qui lui montrait le chemin de sa maison.

14

Le redoutable symbole s'exhibait devant les trois investigateurs.

– Je crois que nous avons une dette envers ce morveux de journaliste, dit Hördur, les yeux rivés sur la porte. S'il n'avait pas fait irruption comme ça, je n'aurais peut-être pas touché à cette porte.

– Comment diable avons-nous pu passer à côté de ça ? demanda Grímur, très mécontent de lui-même et de son équipe.

– Euh... balbutia Hördur, nous n'avions aucune raison de fermer cette porte pendant que nous étions dans le bureau...

Il passa la main sur son front.

– ... et puis il y avait déjà tout le reste qui accaparait notre attention, renchérit-il en manière d'excuse.

– Inutile de s'attarder là-dessus, trancha Grímur. Estimons-nous simplement heureux de l'avoir vu.

Le commissaire se tourna vers Embla et alla droit au but.

– Et celui-là, vous le connaissez ?

– Oui, bien entendu, répondit-elle, abasourdie.

Elle se rapprocha de ce symbole sanglant qui était comme un sceau apposé sur la pièce et le crime. C'était manifestement avec un doigt trempé dans le sang que le criminel l'avait tracé, un cercle avec une croix au milieu :

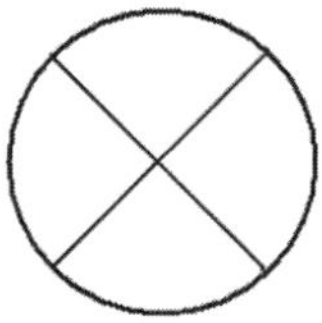

Les yeux d'Embla se détournèrent du symbole et se posèrent sur Grímur.

– C'est une croix solaire, appelée également roue solaire. Mais avec quelques degrés d'inclinaison.

Elle fit quelques pas dans le bureau, et les talons de ses bottes claquèrent à nouveau sur le plancher.

– La croix solaire est le plus ancien et le plus répandu de tous les symboles religieux de l'histoire de l'humanité. Elle représente les quatre saisons, les douze signes du zodiaque, les solstices, les équinoxes, en un mot tout le parcours du soleil pendant le cycle d'une année, continua-t-elle sur sa lancée.

Ellc cut tout à coup l'impression d'être revenue au Musée national, dans son rôle d'éducatrice.

– On a trouvé des croix solaires gravées des îles Britanniques à la Mésopotamie, c'était un symbole sacré dans la religion des Celtes et dans le paganisme nordique. L'auréole qui nimbe Jésus est aussi une croix solaire, et même les hosties ont retenu sa forme jusqu'à ce jour. On l'a parfois surnommée le *yin* et le *yang* de l'Occident, débita-t-elle machinalement, comme un jouet mécanique à ressort.

Grímur avait tiré son calepin et prenait des notes.

– Avez-vous une idée de la raison pour laquelle le criminel a tracé ce symbole sur la porte ? demanda-t-il sans lever les yeux de son carnet.

– Oui, probablement la même que la vôtre, répondit Embla sans détour en déboutonnant sa veste. Je suppose que vous connaissez les théories de Baldur, sur les immenses croix solaires dont les Vikings auraient jalonné les territoires dont ils prenaient possession ?

La question affecta visiblement Grímur qui cessa d'écrire et leva les yeux.

– Bien sûr que je connais les théories de Baldur, répondit-il, offusqué, il m'a forcé à lire ses bouquins. Mais je n'en ai pas cru un mot, pour moi, c'étaient de pures sornettes.

Ses yeux étaient à présent fixés sur la croix solaire, un peu comme s'il regrettait de ne pas s'être davantage intéressé à l'œuvre de son frère quand il en avait eu l'opportunité.

– Vous devriez peut-être accorder une seconde chance à ces théories, dit Embla en se rapprochant de la porte. Celui qui a fait cela semble bel et bien y croire, lui.

Elle examina les quatre points où la croix coupait le cercle.

– Skálholt, Stöng de Thjórsárdalur, Godasteinn et Bergthórshvoll, murmura-t-elle à peine distinctement en montrant de l'index les quatre points, à partir du nord-ouest et en suivant la marche du soleil jusqu'au sud-est.

C'étaient les endroits que Baldur considérait comme les marques indubitables de la croix solaire qu'il avait découverte dans le district de Rangárvellir.

– Mais ce sont de pures âneries, protesta Grímur.

– Vous ne comprenez donc pas ? demanda Embla en se retournant vers lui.

Elle aussi était irritée, mais par les commentaires superficiels de Grímur.

– L'important n'est pas que ces théories soient vraies ou fausses. C'est que le meurtrier se réfère à elles.

– Comment pouvez-vous en être sûre ?

– C'est l'évidence même, et vous ne le voyez pas ? répliqua-t-elle.

– Et toutes vos élucubrations sur les équinoxes de printemps, Odin, les sacrifices guerriers et les rites en son honneur ? Ce n'est pas plutôt avec tout cela que ce symbole a un lien ?

Grímur refusait d'écouter une seconde de plus ces bêtises sur l'origine des Islandais. Il avait dû les supporter pendant plus de vingt ans, depuis que son frère s'était mis dans le crâne qu'il avait découvert « le plus formidable secret de l'histoire », ainsi qu'il l'appelait volontiers lui-même : un fil ininterrompu qui reliait les Vikings aux Romains, aux Grecs et aux Égyptiens – qui reliait Odin à Mithra, à Dionysos et à Osiris.

– Bon, fit Embla avec une pointe d'hésitation, Grímur n'avait pas forcément tort. Il faut savoir qu'Odin était pour les païens du Nord une sorte de dieu solaire, car il était le dieu suprême, et la croix solaire était aussi appelée croix d'Odin.

L'aspect solaire du symbole lui remit en mémoire un autre emblème solaire, qui était à la fois beaucoup plus célèbre et indissolublement lié à la croix solaire. Un rappel qui la fit se rembrunir.

– Il y a une autre chose que vous devez savoir, puisque j'ai mentionné les néonazis tout à l'heure.

– Quoi donc ? demanda Grímur, intrigué.

– La croix solaire est l'ancêtre d'un autre symbole solaire : la croix gammée.

Embla sortit de sa poche une feuille de papier et illustra la relation par un rapide croquis.

– La théorie veut que la croix solaire ait été également portée en sautoir comme amulette, et qu'avec l'usure la croix se serait effacée aux jointures pour donner naissance à une première version de la croix gammée.

Elle montra aux policiers ce qu'elle venait de dessiner :

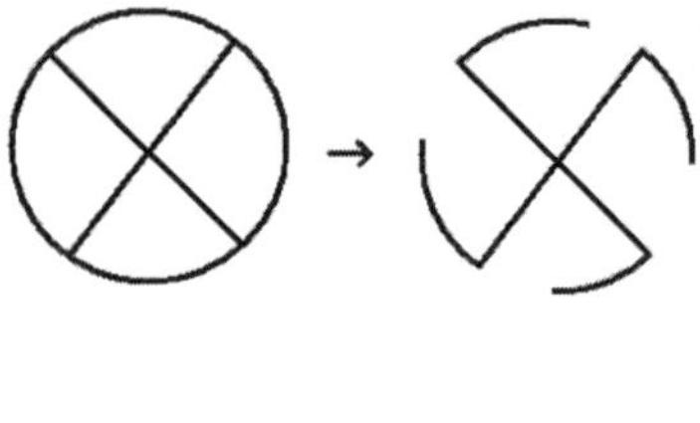

– En redressant les extrémités, on obtient la croix gammée telle que nous la connaissons, dit-elle en indiquant le second dessin.

Puis elle reporta son regard vers la porte.

– En d'autres termes, les deux symboles sont étroitement apparentés.

– Est-ce qu'on peut encore en douter ? conclut Hördur en se basant sur le symbole de la porte et le pendentif trouvé dans les buissons. Les néonazis sont derrière ça.

Embla se vit contrainte de corriger les policiers une fois de plus, au risque d'ajouter à la confusion.

– Non, ce n'est pas du tout certain. Les symboles païens comme celui-ci ne sont en fait qu'une banque de données idéologiques dans laquelle les nazis ont puisé. Les symboles eux-mêmes sont beaucoup plus anciens.

Elle revint vers le signe tracé sur la porte.

– On trouve la croix solaire et la croix gammée un peu partout dans le monde, sans aucun rapport avec les nazis, par exemple chez les hindous, les bouddhistes et les Amérindiens. Elles témoignent de la vision du monde des adorateurs du soleil pendant des siècles. Le marteau de Thor porté par les Vikings ressemble lui aussi à une croix gammée, expliqua-t-elle dans l'espoir de faire comprendre aux policiers la différence entre le nazisme et le paganisme nordique.

Grímur poussa un soupir d'agacement, peu convaincu par cette subtile nuance.

– Vous voyez peut-être la différence dans vos livres savants, mais ce n'est pas aussi clair et net dans la réalité, croyez-moi. Dans mon métier, j'ai eu affaire à des néonazis qui adorent Odin et à des membres d'Ásatrú qui ont un faible pour le Troisième Reich, affirma-t-il en se remémorant de pénibles expériences. Il n'y a aucune différence entre ces gens-là, si vous voulez connaître mon opinion.

Malgré sa schématisation rapide, la remarque du commissaire rappela à l'attention d'Embla un détail qu'elle avait complètement oublié dans l'effervescence des derniers incidents. Elle jeta un coup d'œil au bureau ensanglanté par le sacrifice, puis à la croix solaire de la porte, et pour finir elle repensa à l'Ægishjálmur dans son sachet en plastique. Elle se rendit subitement compte que ces trois éléments avaient quelque chose en commun, une unique chose qui les reliait pour leur donner un sens. *Et si Grímur avait raison ?*

– Qu'y a-t-il ? demanda le commissaire, intrigué par son comportement.

– Je viens à l'instant de me souvenir d'une autre signification de la croix solaire.

Elle se doutait que Grímur serait satisfait d'entendre ce qu'elle allait dire : il avait déjà mentionné ces gens-là par deux fois, et chaque fois sur un ton furieux. Pour une raison ou pour une autre, il avait une dent contre eux.

– Quelle signification ?

Bien qu'elle eût préféré ne pas répondre et ne pas attirer l'attention sur eux, Embla savait qu'elle n'avait pas le choix. Le fait était trop important pour être passé sous silence. Elle prit une profonde inspiration :

– La croix solaire est aussi l'emblème de l'association Ásatrú islandaise.

15

Le 4×4 de Sæmundur quitta la nationale pour la route qui, à mi-chemin entre Hella et Hvolsvöllur, mène à Stóra-Hof – et aussi à Keldur, où se trouvent les vestiges de la plus ancienne habitation islandaise.

Assis à côté du conducteur, Tobias regardait tout ce qui se présentait à ses yeux. La description que Sæmundur lui avait faite de la croix solaire de Rangárvellir était totalement éclipsée par ce qu'il ressentait maintenant qu'il était sur place. Il comprenait, en contemplant les plaines du Sudurland, pourquoi Ketill Hængur y avait établi sa croix solaire, des siècles auparavant.

Au nord-ouest, la cime neigeuse de Vördufell dominait les autres montagnes ; derrière elle se trouvait Skálholt – le point nord-ouest du cercle. Tobias regardait droit devant lui, vers le nord-est, où se dressait Búrfell, à gauche de Hekla, comme une colline artificielle posée sur la plaine ; derrière elle se trouvait, au bord de la Thjórsá, la ferme de Stöng – le point nord-est du cercle de Rangá. Puis le Norvégien se tourna vers la droite. Au sud-est s'élevait Godasteinn, qui indiquait clairement le point sud-est de la croix solaire. Et au sud-ouest le quatrième point, Bergthórshvoll.

– C'est incroyable, dit Tobias, stupéfié par les quatre sites qui délimitaient l'immense cercle sur le territoire du Sudurland.

Sæmundur affichait un large sourire. Il mourait d'envie de savoir ce que pouvait éprouver quelqu'un qui voyait pour la première fois cette vaste croix solaire, établie sur ces terres par le premier colon, plus de onze siècles auparavant.

La voiture soulevait la poussière sur la route de gravillons. Une plaine rongée par les vents s'étendait sur leur gauche, tandis qu'à main droite se dressait Vatnsdalsfjall, où la légende plaçait la sépulture de Ketill. Devant eux, la route bifurquait : tout droit, on allait vers Minna-Hof et Keldur, et à droite il y avait Stóra-Hof, où Sæmundur habitait depuis toujours.

– Nous devons passer prendre la victime avant de pouvoir commencer le sacrifice, dit Sæmundur sèchement avant de s'engager sur la route qui menait à la ferme.

Fuyant le visage de Sæmundur, Tobias regardait à travers la vitre quand il se décida à poser la question qui le taraudait – à vrai dire depuis des mois :

– Qu'est-ce que tu vas sacrifier ?

La question resta en suspens et l'atmosphère devint plus pesante, car Sæmundur, au lieu de répondre, regardait fixement devant lui la route et la ferme de Stóra-Hof. Cette pensée le travaillait visiblement, vu qu'il avait ordonné à tous les membres de l'Ordre de sacrifier ce jour-là ce qu'ils avaient de plus cher. Dans le cas des autres adeptes, cette directive concernait leurs animaux favoris. Quant à Sæmundur, si Tobias le connaissait bien, il ne prendrait pas la chose autant à la légère. Il était le maître de l'Ordre, et sa victime devrait couronner dignement l'accomplissement et le caractère sacré de cette journée.

Un instant plus tard, la Land Rover arrivait dans la cour de Stóra-Hof où Hekla, la chienne noire de la maisonnée, aboyait avec force. Lovísa Dagsdóttir, la femme de Sæmundur, accueillit les deux hommes. Nettement plus jeune que son mari, trente-cinq ans environ, elle était grande et mince, avec de longs cheveux châtains qui tombaient dans son dos. Son visage était plat et rond – un visage que certains qualifieraient d'islandais, simplement –, ses yeux d'un gris-bleu profond étaient énigmatiques. Elle portait des jeans noirs étroits et un pull-over brun.

– Et voilà, notre invité est arrivé.

Sæmundur descendit du 4×4 et présenta Tobias, puis il donna une tape affectueuse au chien, un berger islandais de pure race.

Tobias descendit à son tour du véhicule.

– Je suis très heureux d'être enfin ici, dit-il en tendant la main.

Lovísa la saisit sans se départir de son air étrange.

– Bienvenue.

Une poignée de main molle et sans cordialité.

Cette froideur n'échappa guère au Norvégien.

– Merci, dit-il en faisant comme si de rien n'était.

– Entrez, il y a du café, dit Lovísa avec un sourire forcé.

La maison de Stóra-Hof était sans prétention. Peinte en blanc, elle comptait un étage en plus du rez-de-chaussée et du sous-sol. La peinture des murs commençait à s'écailler, de même que la peinture rouge des tôles du toit. On trouvait la même simplicité à l'intérieur : l'ameublement était ancien, conçu pour durer et non pour décorer, et les pièces, de petites dimensions, rappelaient les demeures islandaises d'autrefois. Du vestibule, on pouvait soit monter à l'étage, soit descendre au sous-sol, et on apercevait en partie le petit salon : un buffet avec des statuettes de porcelaine, des photos encadrées et un téléviseur, ainsi qu'un sofa et des fauteuils recouverts de toile verte. Lovísa alla aussitôt dans la cuisine et remplit deux bols de café bien noir.

Elle en tendit un à son mari et l'autre à Tobias.

– Merci beaucoup, dit le Norvégien.

La fille unique de Sæmundur et Lovísa, âgée de quinze ans, descendit en courant dans la cuisine sans prêter attention au visiteur. Elle avait des cheveux blonds et les yeux ardents de ceux qui ont toute la vie devant eux.

– Maman, est-ce que tu as acheté ce que je t'ai demandé ?

– Ingunn, fais-moi le plaisir d'être polie, dit Lovísa.

– Pardon.

Elle tendit sa petite main.

– 'jour.

– Bonjour, enchanté, répondit Tobias.

– Tu es allée à Selfoss ? demanda Sæmundur.

– Non, à Hella.

– Maman aurait pu aussi bien aller à Selfoss, ça lui a pris tellement de temps, plaisanta leur fille.

Lovísa adressa un regard embarrassé à son mari.

– J'ai crevé en route. Je croyais que je savais changer un pneu, mais ça n'a vraiment pas été facile, répondit-elle.

Elle se tourna vers la cafetière et se servit un bol.

– J'aurais pu acheter ce dont tu avais besoin, remarqua Sæmundur.

– Je ne voulais pas te déranger, dit-elle en prenant une gorgée de café. Je savais que tu allais chercher Tobias, ajouta-t-elle en lançant un regard vers le visiteur norvégien.

Celui-ci suivait la conversation de la famille islandaise sans en comprendre un mot.

– As-tu acheté le magazine ? demanda la fille.

– Non, ma chérie. J'ai complètement oublié, finit par reconnaître Lovísa.

– Je m'en doutais, dit Ingunn, exaspérée, avant de quitter brusquement la cuisine.

La réaction de sa fille fit sourire Sæmundur. Elle avait hérité de son caractère, bien qu'elle tînt physiquement de la famille de Lovísa, tout particulièrement de feu son grand-père maternel.

– Il y a quelque chose dont je dois m'occuper de suite, dit Sæmundur en vidant son bol. J'en ai pour une minute.

Il sortit en hâte de la cuisine et referma derrière lui la porte d'entrée.

Un silence pesant s'installa dans la cuisine. Tobias était assis à la table, Lovísa regardait fixement le contenu de son bol, debout à côté de la cuisinière. Les alentours de Stóra-Hof étaient eux aussi silencieux. On entendit Sæmundur démarrer son 4×4, conduire un instant puis arrêter le moteur. Lovísa sut ainsi qu'il avait quelque chose à faire dans l'écurie. Sinon, on n'entendait qu'un gazouillis d'oiseaux, au loin et par intermittence.

Tobias se sentait mal à l'aise. Il n'était pas habitué à ce silence accablant, au sein de la nature, lui qui venait d'Oslo où un brouhaha continu accompagnait naturellement la vie de tous les jours.

– Ce sera tout autre chose de dormir ici, au lieu du vacarme d'Oslo, dit-il en anglais pour rompre le silence qui devenait de plus en plus pénible.

Cette tentative n'eut aucun effet. Lovísa, toujours immobile près de la cuisinière, continuait à scruter le café noir de son bol sans dire un mot.

– Vous vous occupez tous les deux de l'élevage ? poursuivit Tobias.

Les juments de Stóra-Hof étaient réputées.

Sans répondre, Lovísa se dirigea vers une des chaises, faisant craquer le plancher sous ses pas. Elle s'assit, posa son bol et, finalement, regarda le Norvégien droit dans les yeux. Le regard énigmatique était devenu haineux.

– Je veux que tu partes d'ici au plus vite, dit-elle sans équivoque.

16

Les deux policiers n'en demandaient pas plus. Pour eux, la suite était évidente. Les indices étaient trop nombreux pour qu'on pût exclure une possible implication d'Ásatrú dans cette affaire.

– Nous allons rendre visite à cette association Ásatrú, dit Grímur à son subalterne.

Hördur approuva.

Leur conclusion ne fut pas une surprise pour Embla. Elle pensait cependant qu'il était extrêmement peu probable que l'association Ásatrú islandaise eût quelque chose à voir avec le saccage du bureau de Baldur.

– Je comprends votre point de vue, mais vous ne trouverez rien là-bas, dit-elle.

– Pourquoi dites-vous cela ? s'enquit Grímur.

– Parce que aucun membre d'Ásatrú ne ferait une chose pareille.

– Qu'est-ce qui vous permet d'en être aussi sûre ?

La question atteignit son but, car Embla se tut. En son for intérieur, elle dut admettre que la chose n'était pas impossible. Les indices ne menaient pas seulement vers les néonazis ou les théories de Baldur sur les coutumes colonisatrices des Vikings, mais également à cette association religieuse. Elle avait beau penser que les théories de Baldur étaient au centre de cette affaire, elle ne pouvait cependant pas nier l'existence d'indices et de liens évidents avec l'association païenne.

Grímur interpréta le silence d'Embla à son avantage.

– C'est bien ce que je pensais, conclut-il.

Puis il se précipita hors du bureau en compagnie de Hördur.

– Les gens d'Ásatrú ne sacrifient ni hommes ni bêtes ! lança Embla dans leur dos en dernier recours.

Elle en était absolument certaine, les membres d'Ásatrú n'avaient rien à voir avec cela. Les liens avec eux étaient pure coïncidence, il ne pouvait en être autrement.

– Ce n'est qu'un détail secondaire. Ils connaissent la doctrine, et c'est ça qui importe le plus, répondit Grímur qui, sans se retourner ni même lui accorder un regard, se hâtait vers la sortie.

– Dans ce cas, pourquoi est-ce que ce n'est pas moi qui ai commis ce crime ? Je la connais très bien, cette doctrine, objecta Embla en emboîtant le pas aux deux hommes.

Grímur ne daigna même pas répondre, il dévala les marches du perron et se dirigea vers la voiture banalisée.

– Vous vous trompez complètement ! se mit-elle à hurler du haut du perron, à travers tout le jardin, de sorte que tous les autres policiers levèrent la tête vers elle.

Cela suffit pour que Grímur s'arrête net et revienne sur ses pas.

– Écoutez-moi bien, dit-il en remontant les marches vers elle. Merci pour votre aide, mais ceci est maintenant entre nos mains, et l'association Ásatrú est notre prochaine étape.

– Et que comptez-vous donc y faire ? demanda Embla en levant les bras d'un air désolé.

– Poser des questions. Trouver quelque chose de suspect. Chercher un adepte dont le nom est Ægir, énuméra-t-il.

– Pourquoi Ægir ? À cause du heaume d'Ægir, Ægishjálmur ?

Embla n'en croyait pas ses oreilles.

– Oui. Vous avez une meilleure idée ? riposta-t-il, irrité par ce zèle devenu encombrant.

– Celui qui portait l'amulette ne s'appelait pas forcément Ægir, il n'y a pas de raison, expliqua-t-elle, consternée par cette idée absurde du policier.

– Non, pas *forcément* – mais c'est *possible,* répondit Grímur. C'est notre indice, et il n'est pas mauvais du tout.

Il s'approcha d'Embla, déterminé à ne pas perdre davantage de temps à cause d'elle. Une tâche plus urgente l'attendait.

– Cela fait trente ans que je suis dans la police. Par pitié, laissez-moi faire mon travail ! Jusqu'à ce jour, il a toujours donné des résultats et permis des arrestations.

Embla ne se laissa pas impressionner.

– Jusqu'à ce jour certainement, riposta-t-elle, acerbe, jusqu'à ce jour. Car vous n'arrêterez personne aujourd'hui en continuant sur cette lancée.

Grímur ne s'attendait pas à être contesté, et encore moins avec cette virulence. Il resta immobile et la regarda dans les yeux. Puis il posa méticuleusement sur sa tête la casquette blanche qu'il gardait sous son bras. L'emblème de la police, avec sa devise tirée de la *Saga de Njáll* « Par la loi le pays se construira », fit face au regard de la jeune femme.

– Comme je vous l'ai déjà dit : merci pour votre aide, dit le commissaire de sa voix grave.

Puis il dévala le perron, traversa le jardin et monta dans la voiture. Une fraction de seconde plus tard, ils fonçaient dans la direction du siège de l'association Ásatrú islandaise.

17

L'agitation autour de la maison de Baldur avait diminué. Quelques policiers continuaient quand même à chercher des indices.

Du haut du perron, Embla regarda la voiture des policiers disparaître au coin de la rue. Ils se trompaient complètement, elle le savait. L'association Ásatrú islandaise n'avait sûrement rien à voir avec ça. Ça ne tenait pas debout.

Elle jeta un regard en arrière, dans l'appartement de Baldur. Sa tâche semblait bel et bien terminée. Elle avait aidé les enquêteurs de son mieux, répondu à leurs questions, fourni des explications sur le meurtre et les symboles, et tout cela avait abouti à les mettre sur la piste de… l'association Ásatrú. Embla secoua la tête. *Comment cela a-t-il pu déraper comme ça ?*

– Grímur m'a demandé de vous reconduire au Musée national, intervint un policier, pas très grand, mais costaud.

– Merci, je vais rentrer à pied, répondit Embla en levant les yeux vers le ciel bleu.

C'était une de ces journées de mars inondées de soleil mais froides, quand la végétation n'a pas encore commencé à revivre.

– Très bien. Mais n'hésitez pas si vous changez d'avis.

– Entendu.

Elle descendit les marches vers le jardin. Selon toute probabilité, il ne lui restait plus qu'à quitter les lieux du drame et laisser la police faire son travail. Prendre le chemin du musée, finir le circuit avec les gamins et faire comme si rien ne s'était passé. Comme si elle ne savait pas que la police se trompait complètement. Comme si sa certitude que le crime avait un rapport direct avec les théories de Baldur n'était qu'une lubie.

Elle s'arrêta subitement et considéra la maison blanche de Bárugata. *Sur quoi es-tu tombé, Baldur ?* Elle n'arrivait pas à imaginer ce que Baldur avait pu découvrir – en dehors de ce qu'il avait déjà écrit et publié – et qui aurait pu entraîner la mort de sa femme de ménage et peut-être la sienne aussi. Ce devait être une découverte révolutionnaire.

Son cœur se mit à battre plus vite, et elle éprouva une sensation familière à l'estomac. Comme lorsqu'elle entrait dans une nouvelle classe pour la première fois. Ou quand elle ouvrait pour la première fois un livre intéressant. Le désir d'en savoir plus. La soif de vérité. Elle ne pouvait pas se retirer comme ça et rater l'opportunité qui se présentait : percer le secret de ce que Baldur avait découvert. Pourquoi aurait-elle fait toutes ces études à l'université, si ce n'est justement pour la quête de la vérité ? Chercher la vérité par tous les moyens. D'autres chercheurs donneraient volontiers l'hémisphère droit de leur cerveau pour se trouver dans la même situation qu'elle en cet instant. Elle ne devait pas abandonner.

– De plus, la police suit une piste aberrante, marmonna Embla, espérant ainsi justifier une possible intrusion de sa part, ne serait-ce qu'à ses propres yeux.

– Vous avez peut-être changé d'avis ?

Le policier réitérait sa proposition, voyant qu'elle était toujours là.

– Comment ? Non, non, je m'en vais, répondit-elle. Transmettez mes salutations au commissaire, ajouta-t-elle avec un sourire avant de franchir la grille.

Un peu plus loin, dans la rue, les journalistes attendaient encore des nouvelles. Embla chercha des yeux le blondinet qui avait forcé l'entrée de la maison de Baldur, mais elle ne le vit pas. Qu'il fût ou non à présent détenu dans une cellule, le souvenir de son intervention culottée fit jaillir une idée dans l'esprit d'Embla. Mais elle aurait besoin d'aide pour la mettre en œuvre. Elle sortit son portable et appela Adam, son fiancé.

– Vous avez joint Adam Smith, en quoi puis-je vous être utile ? répondit-il un instant plus tard en imitant une voix de secrétaire.

Adam était mi-irlandais, mi-islandais, et avait grandi tour à tour dans les deux pays. Six ans plus tôt, ils s'étaient rencontrés au département d'histoire de l'université d'Islande et s'étaient mis en ménage peu après. Leur liaison fut idyllique pour commencer, ils s'adoraient et avaient les mêmes centres d'intérêt, mais les choses se gâtèrent quand il fut question de l'avenir, tout particulièrement des enfants. Ils n'avaient pas encore réussi à se mettre d'accord et, en fait, évitaient d'aborder ce sujet, comme si le problème allait se résoudre de lui-même.

– Adam, j'ai besoin de ton aide, dit Embla précipitamment, ignorant la plaisanterie.

– Les gamins te font tourner en bourrique, ou quoi ? demanda-t-il en riant.

– Je ne suis pas au musée, je suis dans Bárugata, devant la maison de Baldur Skarphédinsson.

– Qu'est-ce que tu fabriques là-bas ? !

Son ton changea aussitôt.

– Il lui est arrivé quelque chose ?

– Comment le sais-tu ? demanda Embla, tout étonnée.

– C'est en tête des infos sur le net, sur les sites *mbl.is* et *visir.is*. Ici, au boulot, ils n'ont parlé que de ça toute la matinée.

– Les flics avaient besoin de moi pour l'enquête.

– De toi ? Et pourquoi donc ? Ce n'est pas une histoire de drogue et de règlement de comptes ?

– Qu'est-ce que tu racontes ? dit Embla, abasourdie.

– C'est ce que disent plusieurs bloggeurs de *blog.is* : que c'est lié à la drogue, aux Lituaniens et à l'aggravation du crime organisé en Islande.

– Les gens sont bêtes, commenta Embla en poussant un soupir. Baldur a plus de soixante-dix ans et il est archéologue.

Il ne lui parut pas nécessaire d'en dire plus.

– Oui, bien sûr, fit Adam, un peu penaud d'avoir gobé les rumeurs sans broncher et fait lui-même des remarques irréfléchies pendant la pause-café. C'est plutôt tiré par les cheveux... Mais pourquoi es-tu là-bas ?

– Mon expertise était indispensable pour certains indices, dit-elle avec une pointe de fierté dans la voix.

– *Ton* expertise ? reprit Adam ingénument.

– Oui, qu'est-ce qui t'étonne comme ça ? demanda-t-elle vexée.

Encore une réaction dont son amour-propre se serait bien passé.

– Embla, tu es archéologue.

– Oui, je sais, admit-elle. Je n'ai pas compris moi-même pourquoi ils m'avaient appelée. Jusqu'à ce que je voie le lieu du crime.

– Qu'est-il donc arrivé ?

– Viens, et je te le dirai.

– Tu ne peux pas me le dire au téléphone ?

– Non, parce qu'il faut que tu m'aides.

– Que je t'aide à quoi ?

Embla aurait préféré ne pas répondre. Mais comme il devait jouer un rôle essentiel dans son plan, il fallait bien le mettre au courant tôt ou tard. Elle baissa la voix et jeta un regard furtif autour d'elle.

– À m'introduire chez Baldur en cachette.

18

Dans la cuisine, l'ambiance devint encore plus pesante après que Lovísa eut prononcé ces mots. Elle prit une seconde gorgée de café. Son visage était sans expression, malgré le mal de tête qui la harcelait constamment.

Tobias posa son bol sur la nappe de toile cirée fleurie.

– Pourquoi veux-tu que je parte ? demanda-t-il tranquillement.

Et à vrai dire soulagé. Il comprenait maintenant l'accueil brutal de la maîtresse de maison.

– Tu le sais bien, dit-elle sèchement. Qu'est-ce qui t'amène ici ?

– Que veux-tu dire ? demanda Tobias en plissant ses yeux bleus.

– Pourquoi es-tu ici ? reformula Lovísa.

– Pour rendre visite à Sæmundur, répondit le Norvégien.

– Ne joue pas la comédie !

Lovísa se leva et fit claquer son bol contre le fond de l'évier. Elle ne se sentait pas bien du tout. Ces maux de tête et nausées étaient les effets secondaires des antidépresseurs qu'elle prenait depuis plusieurs mois. Le prix à payer pour ne pas perdre la raison.

– Sæmundur m'a parlé de vos conversations sur le réseau. Tu fais partie de cet absurde Ordre de la Croix Solaire, c'est bien ça ? Qu'est-ce que tu veux réellement ?

– Ce que je veux ? répéta Tobias calmement. La même chose que Sæmundur, je suppose.

– Vous êtes dangereux, tous les deux ensemble. Sæmundur n'a plus toute sa tête, tu dois sûrement t'en rendre compte.

La colère avait fui les yeux bleu-gris de Lovísa pour laisser place à la douleur que lui causait l'état mental de son mari.

– Pourquoi dis-tu cela ? Sæmundur a des opinions très arrêtées, c'est vrai, et les gens qui professent de telles opinions peuvent paraître étranges.

– Ne raconte pas d'histoires ! s'écria-t-elle en se retournant brusquement vers lui. Il est convaincu que le dieu Odin est son ancêtre !

Son attitude indiquait clairement qu'elle devait supporter les extravagances de son mari depuis un certain temps déjà.

– Il est devenu tout à coup obsédé par Odin, les croix gammées, l'Europe du Nord, la croix solaire, la confrérie, et je ne sais quoi encore. Et toi, tu viens l'encourager dans cette folie ! s'écria-t-elle.

Tobias se leva à son tour.

– J'aimerais que tu ne me rendes pas responsable de la conduite de ton mari, objecta-t-il. Sæmundur est un homme adulte et donc tout à fait en mesure de se faire son opinion, il n'a certainement pas besoin de moi pour ça. Et n'oublie pas que c'est lui qui a redonné vie à l'Ordre de la Croix Solaire, c'est lui qui a créé le site web qui a attiré des gens dans toute l'Europe, dont moi-même.

Il s'approcha de Lovísa.

– C'est lui qui m'a mis ces idées dans la tête. Pas l'inverse.

Il posa la main sur son épaule. Lovísa s'éloigna aussitôt.

– Dans ce cas tu es aussi dérangé que Sæmundur.

Elle alla se camper devant la cuisinière et s'y appuya des deux mains.

– Crois-tu sérieusement à toutes ces bêtises ? Toutes ces divagations sur Odin ? Ne me dis pas que tu es aussi détraqué que Sæmundur ?

– Je ne vais pas aussi loin que ton mari dans ce domaine, reconnut Tobias, bien que je sache pertinemment de quoi il parle. Il s'agit de théories bien connues.

– Pertinemment de quoi il parle ? répéta Lovísa mot pour mot. Ta place est à l'asile, comme celle de mon pauvre Sæmundur.

Tobias sentit à cet instant la colère monter en lui. Il garda cependant tout son calme.

– En ce qui concerne la croix solaire, l'Ordre et les immigrés, tu devrais être fière de ton mari. De son initiative et de son courage. Au lieu de parler ainsi de lui en son absence.

Lovísa eut un rire sarcastique.

– Mon Dieu, qui est-ce que Sæmundur a fait venir dans ma maison ?

Tobias se renfrogna et fit quelques pas menaçants vers la maîtresse de maison. Sa patience était à bout.

– L'Europe du Nord fait face à de graves problèmes à cause de tous ces immigrés indésirables, et Sæmundur a la solution. Ce qui semble bien être une solution, en tout cas. Tu devrais te féliciter de l'avoir pour mari, ton nom figurera dans les livres d'histoire grâce à lui.

– Et quelle est cette « solution » ? demanda Lovísa en dessinant des guillemets avec ses doigts.

Elle était restée immobile bien que Tobias se fût rapproché.

– Avec quelle baguette magique allez-vous faire le bonheur de tout le monde ?

– Si Sæmundur ne te l'a pas dit, je suppose qu'il ne veut pas que tu le saches, ricana Tobias. Ce n'est pas à moi de te le dire.

– Arrête ces idioties. Vous êtes fous à lier tous les deux !

Le regard de Lovísa était devenu haineux.

Loin d'abandonner la partie, Tobias se précipita vers elle, s'arrêtant si près qu'elle sentit son haleine chaude sur son front.

– Tu peux peut-être parler comme ça à Sæmundur, mais pas à moi, menaça-t-il en levant la main droite. Il y a des limites qu'on ne dépasse pas.

Effarée, Lovísa ferma les yeux et attendit le coup. À cet instant, sa fille fit irruption dans la cuisine et vit la scène.

– Qu'est-ce qu'il y a ? demanda-t-elle, apeurée.

Son arrivée fit retomber la tension qui s'était accumulée dans la cuisine.

– Rien.

Sa mère reprit aussitôt ses esprits, elle se tourna vers l'évier, ouvrit le robinet et ne dit plus mot.

– Nous faisons connaissance, ajouta Tobias froidement.

Il alla se rasseoir et saisit son bol de café.

Ingunn regarda tour à tour sa mère et le visiteur étranger. Il y avait eu un affrontement entre les deux, aucun doute à ce sujet, mais ils voulaient manifestement la tenir à l'écart, la traiter comme une gamine de cinq ans.

– Grand-mère veut voir le visiteur, annonça Ingunn sèchement.

Puis elle quitta la cuisine à toute vitesse pour monter à l'étage, faisant résonner chacun de ses pas dans toute la maison.

Au lieu de regarder sa fille, les yeux de Lovísa étaient baissés vers l'évier, rivés sur le puissant jet d'eau qui tombait à pic sur les assiettes sales et éclaboussait partout autour. Elle reposa la vaisselle, ferma le robinet et se tourna vers le Norvégien.

– Viens par ici, je vais te présenter à ma mère, dit-elle aussi sèchement que sa fille, et elle le précéda dans l'escalier qui menait à l'étage.

19

Un quart d'heure après le coup de téléphone, la guimbarde blanche d'Adam surgissait dans la ruelle de Mjóstræti. C'était une vieille Volkswagen Polo qui faisait très largement son âge, hoquetante et toute mouchetée de rouille. Adam gara cette relique devant Unuhús et arrêta le moteur. Quelques instants plus tard, il se trouvait au milieu de la foule des journalistes qui assiégeaient la maison de Baldur.

Adam avait vingt-huit ans et par conséquent quatre ans de moins que sa fiancée. Il était mince et les traits de son visage étaient peu marqués, à l'exception d'un nez aquilin placé assez haut. Étant à moitié irlandais, Adam était plus brun que l'Islandais moyen, ses cheveux foncés étaient coupés court avec une raie sur le côté, et il avait de beaux yeux noisette.

Au même instant, Embla arrivait devant lui et lui décochait un baiser.

– Je suis tellement heureuse de te voir, dit-elle en ponctuant le baiser d'une chaleureuse étreinte.

Les événements de la matinée l'avaient secouée, et Adam était son soutien en toutes choses, le point fixe qui la reconnectait avec son univers de tous les jours. Voir son visage, entendre sa voix et sentir son odeur, tout cela la tranquillisait, aussi peu féministe que cela pût paraître.

– Tu m'as manqué aussi, dit Adam, surpris.

Il lui rendit son étreinte sans vraiment comprendre son comportement. C'était comme s'ils ne s'étaient pas vus depuis des mois.

– Viens, il faut faire vite.

Embla se dégagea et le tira à travers la foule pour se rapprocher du jardin et de la maison de Baldur.

– Embla, dit Adam, assez dérouté par ces sautes d'humeur, vas-tu me dire ce qui se passe ?

– Oui, oui. Bien sûr. Tout à l'heure, répondit-elle machinalement.

– Tu me l'as promis au téléphone, et maintenant je suis ici. Tu sais que je devrais être au travail. Je ne peux pas filer en douce comme toi.

– La police avait besoin de moi. Je n'ai pas filé en douce, répliqua Embla en s'immobilisant. Ça, c'est pour mettre les choses au clair. Et puis toi, tu travailles dans une maison d'édition.

– Et alors ? Tu crois que ça me donne le droit de glander ailleurs toute la journée ? riposta Adam.

– Et si on se disputait plus tard ? dit Embla, lassée de ces chamailleries perpétuelles.

L'agacement était devenu la toile de fond de leur relation. Embla voulait fonder une famille au plus vite, car elle n'était plus une jeunette, tandis qu'Adam voulait attendre quelques années, afin que leur situation professionnelle leur permette d'offrir à l'enfant un cadre de vie plus stable. Ses inquiétudes économiques la dépassaient. Tous deux avaient un travail assuré et des promotions en vue, leur situation était très loin d'être précaire. C'était du moins son avis à elle.

– Je croyais que tu m'avais fait venir pour ça, ironisa Adam.

Embla prit sa main et la serra avec tendresse.

– Sérieusement, dit-elle pour lui faire comprendre la gravité de l'affaire.

– Très bien.

Adam pressa la main d'Embla en retour et ravala sa fierté puisqu'elle avait besoin de lui.

– Que veux-tu que je fasse ?

– Merci.

Embla baissa la voix.

– Comme je te l'ai dit au téléphone, il faut que je retourne dans le bureau de Baldur pour l'examiner plus attentivement.

– Parce que la police est sur une mauvaise piste ? chuchota Adam, mi-moqueur, mi-sérieux.

Elle opina du chef.

– Oui. La fenêtre du bureau est ouverte et je peux me hisser jusqu'au rebord, mais il ne faut pas qu'on me voie.

– Si j'ai bien compris, c'est là que j'entre en scène ?

– Exactement, répondit Embla. Tu devras attirer l'attention des flics sur toi pour que je puisse passer discrètement par la fenêtre.

– De mieux en mieux.

Adam considéra le jardin et les policiers qui s'y trouvaient.

– Qu'est-ce que je dois faire, me mettre à poil et chanter l'hymne national ?

Embla prit un air embarrassé.

– Quelque chose dans ce goût-là, dit-elle en levant les sourcils. Tout à l'heure, un jeune reporter a réussi à entrer, tout simplement en fonçant entre les flics.

Le sourire d'Adam s'évanouit.

– Tu es folle ? Tu veux me faire arrêter ?

– Ne sois pas stupide, Adam. Personne ne t'arrêtera, dit Embla sans préciser ce qu'il était advenu du jeune reporter.

– Embla, que se passe-t-il en réalité ?

Adam s'inquiéta subitement. Il y avait certainement des limites à ne pas dépasser.

– Est-ce que c'est absolument nécessaire ?

– Oui, et je te l'expliquerai à fond plus tard. C'est promis. Mais il faut d'abord que tu fasses ça pour moi, maintenant. Quand les autres flics seront de retour, après avoir déjeuné, il sera trop tard.

Elle accompagna ces mots d'un baiser sur la joue.

– Tu crois que tu vas me convaincre de cette manière ?

Adam regarda autour de lui les policiers et les journalistes, et il sentit un nœud se former à l'estomac.

– Essayer de forcer l'accès, c'est bien ça ? répéta-t-il en avalant sa salive.

Il ajusta sa cravate et la veste d'été qu'il avait extraite de la penderie ce matin-là, histoire de célébrer un beau temps inespéré.

– C'est exactement ça. J'attends ici le moment propice.

Embla sortit un élastique de la poche de sa jupe et rassembla ses cheveux en queue-de-cheval pour qu'ils ne la gênent pas.

– Allons, on ne vit qu'une fois, à ce qu'on dit, devisa Adam pour finir.

Puis il alla se placer en première ligne parmi les journalistes. Embla le suivait des yeux, prête à se faufiler dans le jardin et ensuite dans le bureau dès que l'occasion se présenterait. Le cœur d'Adam s'était mis à battre plus fort. Il n'avait jamais eu maille à partir avec la loi et ses représentants, et surtout pas de manière aussi douteuse. Il avisa un journaliste qui attendait patiemment les dernières nouvelles.

– Ils veulent rien dire, les flics ? demanda-t-il comme s'il était du métier, entre collègues.

– Pas un mot. Ils disent que ce serait préjudiciable à l'enquête. Il y aura un communiqué tout à l'heure, et puis une brève conférence de presse plus tard dans la journée, répondit le journaliste en mâchonnant son crayon.

– C'est inadmissible. Nous sommes journalistes et nous avons un droit d'accès à l'information, commenta Adam en haussant le ton.

Un peu trop théâtral au goût d'Embla.

– Oui, bien sûr, mais que pouvons-nous faire ? demanda l'autre.

Adam essaya d'attirer l'attention d'une policière.

– Vous ne voulez donc rien nous dire ?

Elle le regarda à peine.

– Plus tard.

– Le public a le droit de savoir ce qui se passe, surtout si un tueur fou rôde en ville.

Sans même y penser, Adam sauta sur le muret de ciment qui séparait le jardin du trottoir.

– Tout de suite ! hurla-t-il dans la direction du jardin dont il avait maintenant une vue d'ensemble, et où tous avaient les yeux tournés vers lui, suivant le moindre de ses gestes.

Mais qu'est-ce que je suis en train de faire, nom d'un chien ?

Il avait réussi à accaparer l'attention de tous les policiers présents dans le jardin.

– Descendez immédiatement ! ordonna la policière.

– Pas de problème, répondit Adam.

Il sauta aussitôt. Mais pas sur le trottoir : dans le jardin, où il fonça sans attendre vers l'entrée de la maison.

Le policier costaud, celui qui avait proposé à Embla de la reconduire, eut vite fait de stopper Adam en le plaquant au sol.

– Mais qu'est-ce qu'ils ont aujourd'hui ? demanda-t-il en lui bloquant un bras derrière le dos. Ils sont tous devenus fous ?

Il remit Adam sur pied, le poussa devant lui hors du jardin et le relâcha sur le trottoir.

– Tu as de la chance qu'on soit trop peu nombreux, sinon on t'aurait envoyé au bloc comme l'autre journaliste.

– Vous l'avez arrêté ?

Adam pâlit.

– Bien sûr. Tu as de la chance, voilà tout. Mais si tu recommences, je t'emmène moi-même au poste. Compris ?

Adam fit oui de la tête, bien assagi. Il regarda autour de lui et ne vit Embla nulle part. Cela ne pouvait signifier qu'une seule chose : leur stratagème avait réussi.

20

Embla se laissa tomber en douceur du rebord de la fenêtre sur le parquet de chêne du bureau de Baldur. Ses narines reconnurent l'odeur douceâtre du tabac à pipe, et elle ressentit de nouveau la même horreur. Les taches de sang partout dans la pièce et les chats morts au bout des lanières brunes la firent tressaillir.

Il n'y avait personne dans la pièce, mais la porte qui donnait sur le couloir était grande ouverte, laissant entrevoir occasionnellement un policier. Embla ôta ses bottes de cuir, les posa au pied du bureau et traversa la pièce silencieusement, en chaussettes, pour refermer la porte et faire face à la croix solaire sanglante. Même sans l'effet de surprise, cette vue lui arracha un nouveau frisson ; la taille et la couleur de la croix solaire étaient décidément trop terrifiantes. Surtout, soupçonna Embla, si le meurtrier avait utilisé le sang de Baldur.

L'aspect sinistre de ce symbole mis à part, Embla était persuadée qu'il contenait la clé de l'affaire. Non pas parce qu'il était l'emblème de l'association Ásatrú, comme le croyaient les policiers, mais à cause de la place qu'il occupait dans les travaux auxquels Baldur avait consacré sa vie. C'est pourquoi elle entreprit de l'examiner avec soin, scrutant minutieusement les lignes qui formaient la croix et le périmètre du cercle tout autour. Elle ne vit d'empreintes digitales nulle part, ce qui donnait à penser que le criminel, bien qu'il eût manifestement fait ce dessin avec son doigt, avait d'abord enfilé un gant. Embla retenait sa respiration en suivant lentement des yeux le tracé des lignes. Par endroits, des filets de sang avaient coulé sur le bois sculpté. Le tableau n'en était que plus saisissant. Plus terrifiant.

C'est alors, le visage contre la croix et les yeux pour ainsi dire collés à chaque trait et chaque goutte, qu'elle vit une chose étrange. Une chose qu'elle n'avait pas remarquée la première fois, en compagnie des deux policiers. Près du milieu de la croix solaire, un peu plus bas et sur la gauche, sur la ligne qui coupait le cercle, il y avait un point, qui semblait avoir été laissé par le meurtrier du bout de son doigt ensanglanté. À distance, ce point rouge se confondait avec les lignes du dessin et les gouttes qui avaient giclé sur la porte dans le feu de l'action. Mais vu de très près, il ne faisait aucun doute qu'il avait été laissé là intentionnellement. C'était en tout cas, pour Embla, une évidence.

– Est-ce que c'est une carte géographique ? murmura-t-elle en fixant intensément le point sur la croix.

Était-ce possible ? Était-ce à cause de ce point que le meurtrier avait dessiné la croix solaire sur la porte ?

Embla se hâta de trouver une carte du district de Rangárvellir dans la pièce. Il devait forcément y en avoir une quelque part, l'hypothèse de Baldur étant fondée essentiellement sur la région de Rangárvellir et la croix solaire qu'il disait y avoir trouvée. Par chance, par terre, près du bureau, il y avait une carte du district couverte de gribouillages. Elle la ramassa et revint devant la porte. Elle déploya la carte pour la comparer avec le symbole sanglant. Elle fut alors frappée par la singularité de ce qu'elle était en train de faire : entrée illégalement sur les lieux d'un meurtre pour comparer une carte du sud de l'Islande à un dessin sanglant sur une porte. Une fraction de seconde plus tard, elle avait balayé cette pensée pour se concentrer sur sa tâche.

Sur cette carte, Baldur avait tracé la croix solaire de Rangárvellir avec un compas, de sorte que ce dessin correspondait à celui de la porte, un cercle contenant une croix inclinée. Là où les branches supérieures de la croix, ou du X, touchaient le cercle se trouvaient deux endroits très connus – à gauche, Skálholt et, à droite, Stöng, dans la vallée de la Thjórsá. Là où les branches inférieures de la croix atteignaient le cercle se trouvaient deux autres endroits très connus – Bergthórshvoll à gauche et la cime de Godasteinn à droite. Au centre du symbole dessiné sur la carte, au nord de Keldur, il y avait le lieu nommé Steinkross (Croix de pierre), un nom qui, selon l'hypothèse de Baldur, ne devait rien au hasard. Ce toponyme était une référence à la vision cruciforme du monde que Ketill Hængur avait appliquée à ce territoire, avec les quatre autres points sur le périmètre.

Embla reporta son regard sur la croix solaire de la porte, exclusivement sur le mystérieux point rouge laissé par le meurtrier non loin du centre. Revenant à la carte qu'elle tenait, elle déplaça son index à partir de Steinkross, un peu à gauche et vers le bas, sans dévier de la ligne qui menait jusqu'à Bergthórshvoll, au sud-ouest. Elle retenait son souffle pendant que son doigt descendait, le long de la branche de la croix, vers l'endroit que le meurtrier semblait avoir voulu désigner, quelle qu'en fût la raison.

Le doigt finit par s'arrêter sur une ferme, non loin de Steinkross, qui semblait bel et bien correspondre au point rouge de la porte. Le nom de cette ferme ne surprit absolument pas Embla. C'était un nom clé des théories de Baldur. Il s'agissait de Stóra-Hof, dans le district de Rangárvellir, qui tenait son nom du temple *(Hof)* de Ketill Hængur. La position de l'habitation de Ketill n'avait rien de fortuit. Il l'avait construite sur une ligne droite qui traversait Bergthórshvoll, Hof, Steinkross et Stöng. C'était la fameuse ligne sud-ouest nord-est de la croix solaire, une direction sacro-sainte, également présente à Stonehenge ou dans les pyramides, qui indiquait le solstice d'hiver au sud-est et le solstice d'été au nord-ouest.

– Stóra-Hof, marmonna Embla tandis que ses yeux faisaient la navette entre le point sur la carte et la tache de sang sur la porte.

Tout cela concordait. La prochaine étape de l'enquête était là, et non pas à l'association Ásatrú islandaise. Il ne pouvait en être autrement.

Embla frémit d'excitation. Elle avait hâte de faire part à Grímur de cette incroyable découverte. Un souhait un peu irréfléchi, car elle entendit tout à coup la voix d'un policier résonner de l'autre côté de la porte.

– Qui a fermé cette fichue porte ?

Embla réalisa que sa présence dans cet endroit était totalement illégale et qu'elle aurait bien du mal à parler de sa trouvaille au commissaire sans en mentionner les circonstances.

Un bruit de pas se rapprochait.

– On n'a pas idée ! s'irrita l'homme.

Juste avant de fermer les yeux, Embla vit la poignée métallique s'abaisser et la porte s'ouvrir avec un léger grincement des gonds.

21

– C'est là !

Grímur pointait du doigt le panonceau de l'association Ásatrú.

– Tourne ici !

Son doigt pointait cette fois à droite, tandis que son autre main restait dans la poche de sa veste, refermée sur la pipe de Baldur qu'il avait prise dans la maison de Bárugata. Le contact de cet objet lui donnait une sorte de force, comme il l'avait fait pour son frère.

Hördur négocia avec élégance la courbe d'une bretelle face à une rangée de maisons de Sídumúli. Quelques secondes plus tard, il avait garé la voiture de police devant le bureau de l'association.

Les deux hommes descendirent en hâte et pénétrèrent dans le local. Ils virent alors qu'il n'avait rien d'ordinaire. Deux corbeaux empaillés les accueillirent du haut d'une étagère, et les murs étaient ornés de masques sculptés d'Odin et d'autres divinités. Un énorme rondin, taillé au burin pour représenter Njördur, le dieu marin, trônait au milieu de la pièce. Malgré l'étrangeté de tous ces objets, un tableau près de l'entrée accapara d'emblée toute l'attention des policiers. Il représentait l'emblème de l'association Ásatrú : la croix solaire.

– Des bêtes mortes. Des objets vikings. La croix solaire au mur, énuméra Hördur. On se croirait presque dans le bureau de Baldur.

Il repensa avec répugnance à la maison de Bárugata.

Au lieu de répondre, Grímur s'avança vers le tableau et regarda fixement la croix qu'il représentait.

– Maudite engeance, dit-il dans un souffle, revoyant la croix sanglante dans le bureau de son frère.

Grímur avait depuis longtemps une dent contre l'association Ásatrú. Ce n'était pas seulement parce qu'il avait eu affaire à certains membres douteux, ainsi qu'il l'avait mentionné à Embla, mais bien plus encore à cause de l'influence qu'elle avait eue sur son frère.

Un changement s'était opéré en Baldur après la fondation de cette association en 1972, Grímur s'en souvenait très bien. Son frère sombra davantage dans cette folie nordique et se mit à fréquenter des gens complètement différents. En conséquence, il s'isola et consacra la totalité de son temps à la recherche, à fignoler sa théorie sur la « vérité » au sujet de la colonisation des premiers Vikings. Il avait ainsi fini par faire fuir toute la famille. Sa femme, ses enfants. Et même son propre frère.

Un homme entre deux âges sortit d'un bureau voisin et se dirigea vers eux.

– Bonjour, puis-je vous être utile ?

– Oui, certainement, répondit Grímur en détournant son regard du tableau. Nous sommes de la police et il nous faut la liste des membres de votre association.

L'homme était interloqué.

– Comment ? Pour quelle raison ?

– Pas d'histoires. Où est cette liste ? demanda Grímur abruptement.

– Elle est dans le bureau, répondit l'homme, affable. Puis-je cependant vous demander une preuve de votre identité ?

Au lieu de répondre, Grímur s'engouffra dans le bureau. Hördur, en revanche, se mit à chercher son insigne dans sa poche.

– Veuillez excuser mon chef, dit-il en brandissant son insigne.

– Ce n'est pas grave, répondit l'autre. Merci.

Puis il suivit Grímur à l'intérieur du bureau et s'assit devant l'ordinateur.

– Tous les membres d'Ásatrú ? demanda-t-il en ouvrant un fichier qui contenait la liste entière des adhérents, presque un millier de noms.

– Oui, grogna le commissaire en se précipitant vers l'homme et son écran. C'est la liste ? demanda-t-il en tendant l'index.

L'homme acquiesça. Alors Grímur se pencha en le bousculant, s'empara de la souris et se mit à dérouler la liste lui-même. Le nom de Baldur apparut très vite, et Grímur se força à rester impassible. Il serra les dents et continua à passer les noms en revue pour trouver un suspect. Il arriva bientôt à la dernière page de la liste.

– Nous y voilà, dit le commissaire en se tournant vers Hördur. Il y a deux hommes nommés Ægir[1] dans cette association.

L'expression affable de l'homme disparut aussitôt.

– Ægir ? Qu'est-ce que vous leur voulez ? demanda-t-il en se grattant lentement la tête.

– Que pouvez-vous nous dire au sujet de ces deux-là ? demanda Grímur.

Son interlocuteur, qui ne voyait pas en quoi ils pouvaient susciter l'intérêt de la police, fit de son mieux pour lui répondre.

– Le premier, Ægir Theódórsson, est un des doyens de notre association. Il a plus de quatre-vingts ans, je pense.

– Et l'autre ? Cet Ægir Ragnarsson ?

Grímur exclut le vieux d'office. L'auteur des atrocités de Bárugata devait être en bonne condition physique.

– Il a environ trente ans et s'est inscrit chez nous il y a relativement peu de temps, il me semble. Quelqu'un

1. Dans l'ordre alphabétique islandais, la lettre Æ (æ) figure parmi les dernières. *(N.d.T.)*

de très bien, qui manque peut-être un peu de maturité, qui s'enflamme un peu facilement quand il est question des premiers colons, mais certainement quelqu'un de bien, répondit l'homme consciencieusement.

Un homme jeune qui avait des idées bien arrêtées sur l'origine des Islandais. Grímur prit note.

– Connaissez-vous Baldur Skarphédinsson ? interrogea le commissaire de son ton le plus officiel.

Les yeux de l'homme s'écarquillèrent et il se renversa en arrière contre le dossier de sa chaise.

– Mais bien sûr ! Vous êtes le frère de Baldur, c'est bien ça ? s'exclama-t-il en riant. Je savais que je vous avais vu quelque part.

Grímur resta silencieux et impassible.

– Oui, je connais très bien Baldur, j'ai même fait la mise en page de ses livres, précisa-t-il avec satisfaction. Ils sont incroyables, vous ne trouvez pas ? Un véritable trésor.

Grímur serrait toujours les mâchoires.

Un large sourire éclaira le visage de l'homme.

– C'est drôle, tout de même, que vous ayez mentionné Baldur.

– Pourquoi ? demanda Hördur qui était resté en retrait jusque-là.

– Eh bien, parce que lui et Ægir – le jeune – se sont franchement engueulés il n'y a pas longtemps. C'était pendant une réunion du samedi.

– Ægir et Baldur se sont engueulés ? répéta Grímur, sidéré. Pour quelle raison ?

– Je ne sais pas, malheureusement, mais vous pourriez le demander à Ægir, suggéra-t-il. Ou bien à Baldur, évidemment, ajouta-t-il en adressant un sourire chaleureux à Grímur.

Le commissaire ne laissa rien paraître du tourment que cette dernière suggestion lui avait causé et se dirigea sans attendre vers la sortie. Les talons de ses chaussures noires claquaient contre le lino du local. La prochaine étape consistait à trouver cet Ægir Ragnarsson tant qu'il était encore temps.

Juste avant que Grímur ne disparaisse, l'homme se tourna vers Hördur.

– Pourquoi est-ce si important ?

– Écoutez les infos, répondit Hördur avant de quitter le bureau à son tour.

22

Le temps semblait s'être arrêté. Debout derrière la porte, Embla attendait, les nerfs à vif, que le policier l'aperçoive quand il jetterait un coup d'œil dans le bureau. Elle n'avait aucune issue et elle allait être découverte, inéluctablement.

– Nonni, tu viens déjeuner ?

Quelqu'un interpellait le policier.

– Maintenant ? répondit-il.

– Oui, on va à Búllan. Tu viens ?

– Non, je reste ici. Mais ramenez-moi un hamburger. Pas de Coca, un milk-shake au café à la place.

– Et des frites ?

– Naturellement, répondit-il, irrité de devoir se répéter. L'offre spéciale du siècle, avec un shake au lieu du Coca.

– Tu le veux double, le hamburger ?

– Non.

– Et la sauce ? Cocktail ?

Les hamburgers étaient clairement une chose sérieuse aux yeux du collègue.

– Oui, oui. C'est bon, vas-y.

– À tout à l'heure, finit par dire le collègue avant de s'éloigner.

Le policier qui avait répondu au nom de Nonni ouvrit la porte du bureau. La pièce était vide.

– Et ne refermez plus cette fichue porte ! lâcha-t-il avant de pénétrer dans le bureau des horreurs.

Le parquet craquait sous ses pas.

– C'est hallucinant, murmura-t-il.

Il considéra la sauvagerie de la scène et poussa un soupir.

La fenêtre ouverte, qui avait permis à Embla d'entrer, attira son attention. Il s'en approcha et admira la vue. Une belle journée de mars qui contrastait radicalement avec la mort qui planait dans la pièce.

Au-dehors, les journalistes étaient toujours là, agglutinés, et ils attendaient. Nonni repensa aux deux reporters culottés qui avaient tenté d'entrer par surprise pour être les premiers à trouver du nouveau.

– Incroyable, soupira-t-il en hochant la tête.

Le policier ne se doutait pas qu'à ses pieds, sous le bureau de Baldur, se trouvait un troisième intrus qui suivait le moindre de ses gestes.

Le dialogue fastidieux sur les hamburgers avait fourni à Embla une occasion inespérée. Elle s'était instinctivement réfugiée là, sous le bureau. Parfaitement immobile, elle regardait fixement les pieds du policier et osait à peine respirer.

Près d'elle se trouvaient divers objets, tombés là quand Baldur avait lutté contre son agresseur. Elle remarqua un compas doré, un cendrier, des objets vikings brisés et des cartes, certaines en provenance de sites Internet, qui représentaient avec une très grande précision des régions d'Islande, du Danemark, d'Angleterre et d'autres pays d'Europe du Nord. Il y avait aussi beaucoup de livres. Parmi eux se trouvait un gros cahier. Embla tendit le cou pour lire le titre que Baldur avait écrit sur la couverture :

Le Temple d'Odin
– Ébauche du tome IV –

Embla frémit. Il s'agissait du premier jet d'un livre de Baldur qui n'avait pas été publié, le quatrième volume de la série *L'Origine des Islandais*, dans laquelle il avait exposé ses théories radicales sur la mythologie des sagas islandaises, la géométrie des Vikings et les proportions des croix solaires, en Islande comme dans d'autres contrées d'Europe. Les trois premiers volumes – *À l'origine de la Saga de Njáll*, *L'Héritage des Celtes* et *La Voûte céleste* – avaient suscité une grande hostilité dans les milieux universitaires. Au lieu de répondre aux écrits de Baldur, ils avaient opté pour une arme beaucoup plus efficace : le silence. Aucun spécialiste ne rédigea la moindre critique. Embla était sûre qu'il s'agissait d'une décision concertée, tellement ce silence était unanime. Cela n'empêcha pas Baldur de continuer à écrire. Mais, faute de débat, le public n'eut jamais connaissance de ses théories. C'était pour cette raison que ces livres n'étaient encore connus que d'un très petit nombre.

Embla ressentit sur-le-champ une curiosité indescriptible. Il fallait qu'elle lise ce manuscrit. Pas seulement en tant que spécialiste, mais avant tout pour trouver la cause du crime. Elle était certaine que la clé se trouvait dans les pages de ce cahier. Baldur avait découvert quelque chose d'important en rapport avec ses théories, ainsi que l'indiquait la croix solaire peinte sur la porte, et cette découverte avait coûté la vie de sa femme de ménage. Peut-être aussi celle de Baldur lui-même.

Et ce quelque chose se trouve dans ces pages, pensa Embla. Elle tendit machinalement la main vers le cahier et s'en empara, sans réaliser que le policier était juste à côté d'elle. Elle l'avait oublié. Il entendit le bruissement des pages et se retourna.

– Qu'est-ce que c'est que ça ?

Il remarqua alors, à côté du bureau, une paire de bottes qui ne s'y trouvaient pas pendant la matinée, il en était sûr et certain.

Sur le qui-vive, Embla suivait des yeux les pieds du policier. Elle se recroquevilla sous la table et cacha le cahier sous ses vêtements, tout en se maudissant de sa stupidité.

Intrigué, le policier se pencha sur les bottes et vit alors, à sa plus grande surprise, une femme accroupie sous le bureau.

– Sortez de là tout de suite ! ordonna le policier stupéfait en empoignant aussitôt la matraque noire qu'il portait toujours à la ceinture.

Embla, confuse, sortit de sa cachette sans se faire prier. Elle vit qu'elle avait affaire au policier, petit mais costaud, qui lui avait proposé de la reconduire au Musée national peu de temps auparavant.

– *Vous ?* demanda-t-il, ébahi, en relâchant sa prise sur la matraque. Qu'est-ce que vous fichez ici ?

Embla arbora un large sourire pour masquer son embarras.

– Je suis revenue chercher mon portefeuille.

C'était le premier mensonge qui lui était venu à l'esprit.

Le policier promena un regard méfiant autour de lui.

– Où est-il ?

– Quoi ?

Elle était incapable de se concentrer car elle était au bord de la panique. Et comme de surcroît son cœur battait la chamade, elle n'était pas loin de tomber dans les pommes.

– Le portefeuille.

– Ah oui, le portefeuille.

Embla rit d'un air hébété et posa sa main sur le bras musclé du policier. Elle regarda autour d'elle et ne vit le portefeuille nulle part. Elle se rappela qu'elle l'avait oublié – pas ici, malheureusement, mais dans son bureau, au Musée national.

– C'est ça le problème, dit-elle pour avoir l'air sûre de son fait.

– Oui ?

Le policier se tut et attendit une explication.

– Je croyais qu'il était ici parce que je suis venue ce matin. Vous le savez, Grímur et Hördur m'ont fait venir pour que je les aide.

Embla espérait que la référence au commissaire et à son adjoint la tirerait d'affaire.

– Mais maintenant je vois bien que le portefeuille n'est pas ici. J'ai dû l'oublier au Musée national.

Elle lui adressa un beau sourire. Comme pendant les années de son adolescence, quand elle usait et abusait de ses atouts pour mener les garçons par le bout du nez.

Mais le policier resta insensible au sourire et aux yeux de biche.

– Deux choses, dit-il en levant le majeur et l'index.

Il fronça les sourcils.

– Pourquoi n'avez-vous pas demandé la permission de venir ici ?

Embla allait répondre, mais il l'arrêta d'un geste.

– Attendez.

Il se racla la gorge.

– Comment avez-vous fait pour vous infiltrer jusqu'ici ?

– M'infiltrer ? répéta Embla en faisant l'étonnée. Je ne voulais pas vous déranger.

Le policier n'était aucunement dupe de ce tissu de mensonges. Il sortit donc les menottes, jugeant inutile d'attendre les réponses à ses questions. Ce ne serait jamais que de nouveaux boniments.

– Qu'est-ce que vous faites ? Je n'ai rien fait. Je suis venue pour aider Grímur, s'écria-t-elle en reculant de quelques pas.

– Oui, je sais, la première fois, dit l'homme en s'avançant vers elle. Mais pas la deuxième.

Il saisit Embla par l'épaule et la fit pivoter comme une toupie. Il en avait plus qu'assez de tous ces civils qui ne respectaient pas les périmètres délimités par la police.

– Les mains derrière le dos.

Embla évalua la situation et jugea qu'il valait mieux obéir.

– Qu'allez-vous faire ? demanda-t-elle à l'homme qui était maintenant derrière son dos.

Les menottes se resserrèrent sur ses poignets, et elle sentit l'haleine tiède du policier tout près de son oreille.

– Je vais vous permettre d'expliquer tout ça au commissaire. Je n'ai pas la patience d'écouter vos élucubrations, bougonna-t-il en la poussant devant lui vers la porte.

– Attendez ! dit Embla en élevant la voix, comme quelqu'un qui se souvient soudainement de quelque chose qui pourrait renverser la situation.

– Quoi ? grogna le policier.

Embla, l'air effaré, baissait les yeux vers ses pieds.

– Vous n'allez tout de même pas me traîner dehors pieds nus ? demanda-t-elle en crispant les orteils.

23

Il y avait trois chambres à l'étage de Stóra-Hof. L'une d'elles était occupée par une vieille femme, vêtue d'une robe blanche, qui tricotait assise dans une chaise à bascule. Lovísa s'assit près d'elle sur un lit bas, sous la paroi inclinée du toit. Tobias dut se baisser légèrement en passant dans l'encadrement de la porte.

– Voici ma mère, Vilborg, dit Lovísa.

Tobias s'approcha de la vieille dame et lui tendit la main.

– Enchanté. Mon nom est Tobias, dit le Norvégien avec courtoisie.

– Bonjour, dit Vilborg en islandais sans lever les yeux ni tendre la main en retour.

Sa voix trahissait son âge et sa fatigue.

– Lovísa m'a dit que tu viens de Norvège, poursuivit-elle, toujours en islandais.

Comme Tobias ne la comprenait pas, Lovísa traduisit.

– Et que tu fais partie de l'Ordre de Sæmundur, continua Vilborg. Assieds-toi.

Lovísa traduisit de nouveau.

Elle leva enfin les yeux vers Tobias. Son visage était très ridé, et le bleu de ses yeux, qui avait pâli avec les ans, paraissait presque gris au milieu du blanc veiné de sang.

Tobias prit place sur un petit tabouret de bois à côté de la chaise à bascule.

– Dis-moi, l'ami. Crois-tu à la magie ? demanda Vilborg en se levant avec un effort considérable.

– Non, maman, dit Lovísa, qui voulait que sa mère reste assise et se repose.

Ces mots n'eurent aucun effet, car Vilborg se dirigea lentement vers un vieux coffre de l'autre côté de la pièce.

– Tu sais que la magie se répand dans le monde à partir d'ici, à partir du Nord, poursuivit-elle, toujours en islandais.

Tobias se tourna vers Lovísa pour qu'elle traduise, mais elle ne fit que secouer la tête et marmonna quelque chose pour elle-même, visiblement irritée par le comportement de sa mère.

Un grand miroir se dressait sur ce coffre, et à sa base se trouvait un compartiment. Vilborg l'ouvrit, en sortit une ceinture à laquelle était attaché un sac et la mit autour de sa taille. Elle alla ensuite chercher des gants blancs en peau de chat, un collier de perles de verre et des chaussures en veau. Des boutons de métal ornaient les extrémités des lacets. À cet instant, Tobias comprit ce qui se passait, car cela lui rappela des passages de sagas islandaises. La vieille femme revêtait les attributs d'une *völva,* d'une voyante. Il se tourna de nouveau vers Lovísa, dérouté et un peu inquiet.

– Que se passe-t-il ?

– Vous devriez bien vous entendre.

Lovísa se leva.

– Vous êtes aussi fêlés l'un que l'autre, ajouta-t-elle avant de quitter la chambre, exaspérée.

Tobias se tourna à nouveau vers Vilborg, en proie à un vif malaise. Bien qu'il ne crût ni aux voyantes ni aux prophéties, Vilborg réussissait à créer une atmosphère irréelle dans cette pièce, avec son accoutrement et ses gestes d'un autre âge.

– Autrefois, nous, les voyantes, étions le fondement de la société, dit Vilborg sans se rendre compte que Tobias ne comprenait pas un mot de ce qu'elle disait. Odin lui-même eut recours à nous dans la *Völuspá*[1].

Elle tira sa chaise sur une sorte de petite estrade, s'assit et poussa un soupir.

– Et puis le christianisme nous a mises au ban, nous a appelées sorcières.

Au lieu de l'interrompre, Tobias resta immobile et regarda la vieille femme débiter son flot de paroles. Elle ouvrit le sac et en retira une baguette. Une des extrémités était rouge, pour rappeler le sang dans lequel les voyantes trempaient leurs baguettes avant de prédire l'avenir. Vilborg l'avait fait quand elle était jeune, mais elle avait cessé avec l'âge et ne quittait guère sa chambre. La vieille femme leva bien haut sa baguette et traça une croix dans l'air. Ses yeux s'écarquillèrent et regardèrent droit devant elle. Cependant ils paraissaient vides, un peu comme si elle était endormie. Leur grande pâleur donnait à son visage un aspect encore plus étrange. Elle se mit à parler de façon machinale :

– L'orbe du monde est noir.

Elle se tut et plongea encore plus profondément dans ses pensées, plus loin dans l'avenir.

– L'air est rempli de sombres nuages. Je vois les ténèbres ouvrir leurs mâchoires et t'avaler tout entier, avec peau et poil.

Au même instant, Ingunn sortait de sa chambre et passait dans le couloir, devant la chambre de sa grand-mère. Tobias l'aperçut et lui fit signe d'entrer. Elle hésita, d'autant qu'elle avait été témoin de l'affrontement entre sa mère et lui peu de temps auparavant, mais elle finit par entrer discrètement et s'installa à côté du visiteur.

– Peux-tu me traduire ce qu'elle dit ? demanda Tobias.

– Oui, murmura Ingunn.

1. *La Prophétie de la voyante*, l'un des grands poèmes de l'*Edda poétique. (N.d.T.)*

La vieille femme élevait la voix :

– Deux corbeaux te prennent dans leur bec et t'emportent dans une grotte.

Sa petite-fille traduisit ces mots pour le Norvégien immobile qui suivait la scène.

– L'un est jeune, l'autre vieux, continua Vilborg en secouant la baguette de long en large.

Ingunn traduisait au fur et à mesure pour Tobias qui restait assis, comme figé, et observait l'étrange comportement de cette femme. Bien qu'il n'ajoutât aucune foi à ces absurdités, il trouvait très intéressant de voir pratiquer un rite nordique immémorial.

– Les sages connaissent ton crime et tes feintes. Tu ne leur échapperas pas, dit la femme d'une voix rauque, les yeux ouverts perdus dans le vide.

Lorsque Ingunn traduisit cette phrase, le cœur de Tobias s'emballa. *Comment a-t-elle deviné mon crime ?* pensa-t-il aussitôt.

– Les becs des corbeaux mordent en tes murs et t'aveuglent. Belle parole, pensée tortueuse. De refuge tu n'as point.

Tobias, qui feignait l'indifférence, se sentait en réalité de plus en plus visé. Comme si rien en lui n'échappait à Vilborg.

– Ton sang s'égoutte dans les jattes sacrificielles du héron. Le ciel noircit, la lune argentée se fend en deux.

Tobias eut l'impression qu'il faisait de plus en plus sombre dans la pièce à mesure que les prophéties étaient formulées. Comme si le ciel était réellement obscurci par les nuages noirs évoqués par Vilborg. Il lui sembla aussi qu'il faisait plus froid. Ses fadaises sur le crime et la lune argentée l'avaient piqué au vif. Il avait beau chercher une explication rationnelle à tout cela, il n'arrivait pas à comprendre comment elle faisait pour lire en lui comme dans un livre ouvert et connaître ses secrets les plus intimes.

– Des miettes de la lune surgissent les corbeaux aux griffes acérées, dit Vilborg pour finir.

Le blanc de ses yeux était maintenant comme gris. Son regard était fixé sur Tobias et le traversait.

– De refuge tu n'as point contre leurs griffes.

Sæmundur apparut subitement dans la petite chambre, la valise du Norvégien à la main.

– Ah, tu es là. Je te cherchais.

Au lieu de se tourner vers le fermier, les yeux du Norvégien restèrent rivés sur Vilborg. Parvenue au terme de son discours, elle était plongée dans un profond silence, épuisée par sa magie.

Sæmundur comprit tout de suite ce qui venait d'avoir lieu.

– Elle t'a prédit l'avenir ? demanda-t-il en posant la main sur l'épaule de Tobias.

Ce contact le fit frémir et revenir enfin à lui.

– Oui.

Il se releva prestement, faisant comme s'il ne s'était rien passé.

– C'est vraiment intéressant de voir comment vous avez conservé vos traditions.

Il lança un regard tour à tour vers Vilborg et Ingunn avant de quitter la petite pièce, essayant d'avoir l'air aussi sûr de lui-même que lorsqu'il y était entré quelques minutes auparavant. La prophétie de la voyante à propos du crime et de la lune argentée continuait cependant à tournoyer dans sa tête comme une ombre surgie du passé.

24

Le policier avait toutes les peines du monde à traîner Embla hors de l'appartement de Baldur. En effet, bien qu'elle eût obtenu de remettre ses bottes, elle lui opposait une forte résistance, refusait d'avancer ou se retenait à ce qui était à sa portée, bref elle faisait tout pour nuire.

– Pourquoi ne voulez-vous pas obéir ? demanda-t-il, excédé.

– Écoutez-moi, je sais dans quelle direction il faut orienter l'enquête maintenant. Il ne faut pas m'arrêter.

– *Vous* connaissez la direction ?

Il ricana, toisa Embla des pieds à la tête et continua à la tirer derrière lui.

– Laissez donc mes camarades et moi-même nous occuper de ça, vous ne croyez pas ?

– Écoutez-moi. J'ai réussi à identifier une indication du meurtrier, répliqua Embla.

Elle agrippa un chambranle qui était sur leur chemin, faisant fi de l'autorité du policier. Elle réalisa que cela pouvait paraître étrange, un meurtrier qui donne une indication, mais c'était pourtant la vérité. Le point sur la croix solaire ne pouvait pas être fortuit, il ne pouvait qu'indiquer Stóra-Hof, la ferme du district de

Rangárvellir – là où s'était jadis établi Ketill Hængur. Le policier l'obligea à lâcher prise.

– Bravo, félicitations, ironisa-t-il.

– Vous ne m'écoutez pas ? ! cria Embla.

– Vous allez la fermer, oui ou non ? cria-t-il aussi, sur le point de perdre tout son calme. Vous devriez être reconnaissante, vous allez avoir l'occasion de raconter au commissaire votre grande découverte.

Il réussit finalement à la traîner sur les derniers mètres avant la porte d'entrée.

Lorsqu'ils virent sortir le policier et Embla menottée, les journalistes devinrent tout excités, sauf Adam qui était au milieu du groupe. Elle lui adressa un sourire penaud, qu'il lui rendit.

– Qui est-ce ? demanda un reporter.

– C'est une suspecte ? demanda un autre.

Le policier entraîna Embla à travers la meute.

– Écartez-vous ! ordonna-t-il.

Les photographes braquèrent fébrilement leurs appareils sur elle et la mitraillèrent sans pitié. Elle baissa la tête, aveuglée par les flashes et honteuse, jusqu'à ce qu'ils atteignent la voiture de police.

– Montez.

Embla obéit cette fois sans discuter. Le policier soupirait, épuisé et irrité par la résistance de la jeune femme.

Son collègue revenu de la ville apparut à cet instant précis. Il lui tendit un sac en papier blanc avec le logo du fast-food.

– Tiens, Nonni, voilà ce que tu voulais.

– Tu peux le garder, il faut que j'aille au poste avec cette enquiquineuse, dit-il en dirigeant son regard vers Embla assise sur la banquette arrière.

– Qu'est-ce qui s'est passé ?

– Rien.

Il n'était pas d'humeur à fournir des précisions.

– Et tu ne veux pas ton hamburger ?

– Non, je n'en veux plus, de ce fichu hamburger ! s'écria Nonni, d'autant plus furieux qu'il l'avait au départ attendu avec impatience.

Il se laissa tomber sur le siège de la voiture et claqua la portière.

De la banquette arrière, Embla observait les journalistes. Ils semblaient satisfaits, ils avaient pris toutes les photos nécessaires et ils commençaient à rédiger l'info. Adam était encore parmi eux. Il lui fit comprendre par gestes qu'il allait les suivre.

Après une pause assez pénible, Nonni soupira.

– Bon, et si on demandait à Grímur ce qu'il en pense ? dit-il en sortant son portable.

25

La voiture banalisée arriva en trombe devant un garage situé dans Borgartún. Grímur descendit et mit le cap avec détermination vers le bureau. Hördur le suivait comme un chien docile.

– Ægir Ragnarsson ? demanda le commissaire à un type frisé d'un certain âge posté derrière le comptoir, le patron de la boîte.

– Il est là-bas.

Il indiquait un individu de grande taille à l'intérieur de l'atelier.

– Qui êtes-vous ?

– Police.

Grímur entra sans hésiter dans l'atelier et se dirigea vers son suspect.

Ægir n'était pas une demi-portion. Grande taille, forte carrure et mains de géant. Son crâne était rasé et son visage barbouillé de cambouis. Il portait une salopette bleue et un tee-shirt gris. Parmi les tatouages qui ornaient ses bras massifs, le plus voyant représentait un énorme dragon qui faisait tout le tour du bras sous l'épaule.

– Ægir Ragnarsson ? demanda Grímur, sans se laisser impressionner par cet homme qui ressemblait plus à un troll des contes populaires qu'à un être humain.

– Oui, répondit le mécanicien d'une voix grave.

Grímur sortit sa carte.

– Police judiciaire. Tu es en état d'arrestation, annonça-t-il à Ægir avec sa concision coutumière.

– Hein ? !

Ægir était suffoqué.

Un de ses collègues éclata de rire.

– Qu'est-ce que tu as encore fait ?

– Suis-nous, dit Grímur en happant le bras tatoué d'Ægir.

Hördur se tenait derrière son chef, prêt à intervenir si l'autre se montrait récalcitrant. Tout au contraire, Ægir se révéla doux comme un agneau, il posa son chiffon plein de cambouis et suivit Grímur sans le moindre signe de résistance.

Le patron frisé accourut.

– Qu'est-ce que ça veut dire ?

– Nous devons vous emprunter Ægir, dit Grímur sans s'arrêter.

– Emprunter ? Mais j'ai besoin de lui, objecta le patron interloqué.

– Alors, embauchez quelqu'un d'autre. Et de préférence un qui restera du bon côté de la loi, ajouta Grímur inconsidérément.

– Qu'est-ce que vous voulez dire ? demanda le géant mécanicien. Que je ne suis pas resté du bon côté de la loi ?

Grímur ne répondit pas, se contentant de l'entraîner vers la voiture.

– Vous ne voulez pas me répondre ? répéta Ægir.

– Si, monte, ordonna Grímur en ouvrant la portière arrière.

Ægir obéit et se cala sur la banquette tandis que le commissaire et Hördur s'asseyaient à l'avant.

– Auriez-vous l'amabilité de me dire de quoi il est question ? demanda Ægir, étonnamment calme étant donné les circonstances.

– As-tu eu maille à partir avec la justice auparavant ? demanda Grímur en fixant Ægir dans le rétroviseur.

– Auparavant ? Comment ça ? Non, mon casier judiciaire est vierge, vous pouvez vérifier, répondit-il en se renfrognant.

– On le fera, tu peux en être sûr. Depuis quand fais-tu partie de l'association Ásatrú ?

– Pourquoi cette question ?

– Contente-toi de répondre ! ordonna Grímur.

– Je ne sais pas, peut-être un an, lâcha Ægir.

– Tu es très intéressé par tout ce qui est norrois ? Les sacrifices et la mythologie ?

Ægir croisa ses bras volumineux.

– Oui. Et alors ?

– Avec un intérêt spécial en ce qui concerne Odin ?

– Comment ça se fait que vous savez ça ? demanda Ægir en se rembrunissant. Qui vous a dit ça ?

– Ça ne te regarde pas.

C'était Grímur qui posait les questions, et lui seul. Il se tourna vers la banquette arrière.

– Odin, le dieu de la Guerre, des Sacrifices humains et de la Mort ? Qu'est-ce qu'il y a là-dedans ? Ça t'excite ? Tu te branles quand tu y penses ?

– C'est non pour les deux questions, répondit Ægir sèchement. Odin, il me plaît parce que c'est le dieu de la Poésie, si vous voulez vraiment le savoir.

– Romantisme pas mort, ironisa Grímur. Le mécano balèze écrit des vers...

– La ferme ! murmura Ægir.

– Comment connais-tu Baldur Skarphédinsson ?

– Baldur ?

Ægir était dérouté par le tour que prenait l'interrogatoire.

– Il est lui aussi membre de l'association, et il a des idées farfelues sur les Vikings. Il croit à des cercles géants dans le paysage.

– Vous vous entendiez bien ?

– Entendiez ? répéta Ægir, surpris par cet imparfait au lieu du présent.

– Vous vous entendez bien, je voulais dire, corrigea Grímur, confus de sa bévue.

– Oui, certainement. C'est intéressant d'échanger des arguments avec lui.

– Et de se disputer ?

– Oui, on se dispute aussi. En général, je ne suis pas d'accord avec ses théories.

– Vous vous êtes disputés récemment ?

– Ça se peut bien, répondit Ægir nonchalamment en se penchant en avant. Pourquoi ça ?

– Parce que Baldur a disparu, répondit Grímur en regardant le mécanicien droit dans les yeux.

Ægir se tut. Il comprenait maintenant de quoi il retournait.

– Et vous pensez que j'ai quelque chose à voir avec ça ? demanda-t-il toujours aussi calme, comme si cette accusation ne lui causait pas la moindre inquiétude.

– On a trouvé chez lui une rune magique – Ægishjálmur – et des références à Odin, expliqua Grímur pour qu'il comprenne la raison des soupçons.

Le colosse éclata de rire.

– C'est une blague ou quoi ? Je m'appelle Ægir, mais je n'ai pas de heaume d'Ægir. Étudiez vos manuels d'abord, ça vous évitera de dire des bêtises.

Il cessa de rire.

– De plus, plus de la moitié des membres croient en Odin, pas seulement moi. Désolé de devoir vous dire ça, mais vous nagez complètement dans la bouillie.

– Tais-toi !

Grímur s'étira vers l'arrière et saisit Ægir à la gorge pour lui rabattre le caquet. Les deux hommes restèrent ainsi face à face un moment, sans dire un mot. Puis Grímur lâcha prise.

– Baldur ne s'est tout de même pas engueulé récemment avec plus de la moitié des membres d'Ásatrú ? ajouta-t-il en réajustant ses lunettes qui s'étaient décalées pendant la prise de bec.

– Oh si, à coup sûr, réagit Ægir.

Il était encore sous le choc de l'attitude menaçante de Grímur. Malgré son âge, celui-ci était fort comme un taureau.

– La plupart des membres sont en désaccord avec ses théories, et ils ne manquent pas de le lui dire pendant nos réunions.

En dépit de cette réponse, Grímur était toujours convaincu de la culpabilité du mécanicien. Les indices étaient trop nombreux.

– On va continuer à parler de ça au poste.

Il posa son regard sur Hördur, puis sur la clé de contact.

Son adjoint, qui était resté silencieux, à l'écart de l'interrogatoire – ou de la querelle –, tourna aussitôt la clé et démarra. Il prit la direction du commissariat qui était à courte distance de l'atelier de Borgartún.

La voiture venait de s'engager dans Skúlagata quand le téléphone de Grímur se mit à vibrer dans la poche de sa veste. Il l'en retira et constata qu'il ne connaissait pas le numéro qui s'y était affiché.

– Grímur, répondit-il.

– Nonni à l'appareil. Je ne sais pas comment expliquer ça, mais j'ai trouvé dans le bureau de Baldur la femme qu'on a fait venir ce matin. Elle était en train de fouiner, raconta le policier à toute vitesse.

– Qu'est-ce que tu me racontes ? C'est exact, elle était avec moi et Hördur dans le bureau, confirma Grímur sans vraiment comprendre.

– Oui, je sais bien, mais elle est revenue en cachette dans le bureau après votre départ.

– Hein ? ! s'écria Grímur.

– Elle a dit qu'elle avait oublié son portefeuille.

– Son portefeuille ? répéta Grímur, déjà hors de lui.

– Des bobards. Elle était en train de fouiller dans les affaires de Baldur.

Grímur souffla longuement et réfléchit.

– Où est-elle en ce moment ?

– Ici, avec moi. Dans la voiture. Je te la passe ?

– Non, se hâta de répondre Grímur. Amène-la au poste. Je veux lui parler face à face.

Il remit le portable dans la poche de son uniforme.

– Qu'est-ce qu'il y a ? demanda Hördur alors que la voiture arrivait au commissariat de Hlemmur.

– Rien, répondit Grímur, exaspéré, regardant droit devant lui sans ciller.

26

Sæmundur fit entrer Tobias dans une des chambres de l'étage.

– C'est ici que tu vas loger.

Il posa la lourde valise sur la carpette.

La chambre était petite et simple. Un lit d'appoint, un petit bureau et une fenêtre orientée au nord. La vue donnait sur le mont Hekla, qui n'était pas très éloigné de Stóra-Hof.

– C'est très bien, dit Tobias qui, à vrai dire, était habitué à beaucoup plus de luxe chez lui, à Oslo.

– Tu excuseras Vilborg, dit Sæmundur. Elle est très âgée à présent, la pauvre, quoique je ne doute pas du tout de ses dons de voyante.

Il hésita.

– Qu'est-ce qu'elle t'a dit, au fait ?

– Rien de spécial, répondit Tobias sans hésiter. De toute façon, je ne crois pas aux prophéties.

– Vraiment ? Tu devrais. Vilborg a plus d'une fois vu juste dans l'avenir et sur la manière dont je devrais me comporter, expliqua Sæmundur. Comme pour les sacrifices d'aujourd'hui, par exemple. C'est en grande partie grâce à elle.

Ces paroles ne firent qu'accroître le malaise de Tobias, car pour une raison ou une autre la vieille femme avait réussi à mettre le doigt sur un détail parfaitement exact au milieu de ses divagations – son crime, dont personne ici n'était au courant. C'était du moins ce qu'il croyait avant de rencontrer Vilborg.

– Où est son mari ? Le père de Lovísa ? demanda Tobias pour changer de sujet.

Sæmundur se rembrunit.

– Dagur… Il est mort il y a quinze ans, répondit-il, dans un terrible accident près d'ici, quelques mois seulement avant la naissance d'Ingunn. Jamais je ne l'oublierai.

Il hésita, puis s'avança jusqu'à la fenêtre. Le souvenir de ce jour funeste lui revint subitement en mémoire, il le revivait. Les cris. Les pleurs. Le désespoir.

– La pauvre Vilborg ne s'en est jamais remise.

Il hésita de nouveau.

– Et Lovísa non plus. Perdre son père ainsi, ça vous change.

– J'imagine, dit Tobias en croisant les bras.

Le fermier contempla en silence le Sudurland et Hekla au loin. La montagne n'avait pas changé. Année après année et siècle après siècle, à la différence de tout ce qui, autour d'elle, subissait la loi du temps.

– Je connais Lovísa depuis l'enfance. Elle habitait, avec son père et Vilborg, dans la ferme voisine. Elle débordait de vie alors, mais c'était avant la mort de Dagur.

Sæmundur tourna le dos à la fenêtre et fit face à Tobias.

– Nous nous sommes mariés peu de temps après l'accident, Lovísa avait une vingtaine d'années, et nous vivons ici depuis lors, avec Vilborg.

Un sourire effleura ses lèvres, il n'avait pas voulu importuner son visiteur avec son passé.

– Passons à autre chose, je doute que cela ait quelque intérêt pour toi. Allons au temple. Emporte ce dont tu as besoin.

Et il sortit en hâte de la pièce.

La mort du père de Lovísa avait manifestement affecté Sæmundur. D'une simple question concernant le mari de Vilborg, Tobias avait fait resurgir des fantômes du passé alors qu'il avait seulement voulu satisfaire une curiosité passagère. Il décida de ne plus y penser et se dépêcha de ranger dans son sac à dos noir ce dont il aurait besoin pour le sacrifice et l'excavation. Puis il sortit de sa chambre et descendit les escaliers sans perdre une seconde. Lovísa l'attendait dans l'entrée, impassible.

– Sæmundur m'a demandé de te dire qu'il est descendu au sous-sol pour prendre quelque chose, dit-elle à voix basse en indiquant une porte entrouverte. Tu dois l'y rejoindre.

– Merci, dit Tobias avec un signe de tête courtois, espérant une amélioration prochaine dans leurs rapports. J'espère que nous pourrons devenir amis, malgré ce qui s'est passé tout à l'heure.

Lovísa se contenta de regarder le Norvégien, elle n'avait certainement pas changé d'opinion. Elle voulait le voir partir au plus vite. Sans un mot, elle rentra précipitamment dans la cuisine et referma la porte derrière elle.

Écartant de son esprit ses rapports avec Lovísa, et à plus forte raison avec sa mère, Tobias prit le chemin du sous-sol. L'escalier était vieux, sombre et étroit. Il descendit avec prudence les marches qui craquaient sous chacun de ses pas. L'obscurité diminuait cependant au fur et à mesure qu'il approchait du but, et il déboucha pour finir dans une cave lumineuse.

Quand il vit son ami norvégien apparaître à la porte, Sæmundur l'accueillit les bras ouverts.

– Bienvenue dans le quartier général de l'Ordre, dit-il, nettement plus enjoué que quelques minutes auparavant. J'ai failli oublier ce livre merveilleux.

Il brandissait un exemplaire de *Hávamál*, les *Dits du Très-Haut*.

– Il y a dans le *Rúnatal*[1] des prières païennes que nous réciterons lors du sacrifice.

1. *Hávamál* est une partie de l'*Edda* dans laquelle Odin lui-même prodigue ses sages conseils. La section nommée *Rúnatal* est consacrée à l'origine et à la maîtrise des runes. *(N.d.T.)*

Et il mit l'opuscule dans sa poche.

Tobias s'avança à l'intérieur de la cave et déposa son sac. L'endroit ressemblait à un grand bureau. On y voyait des étagères, une table avec un ordinateur et une imprimante, et des photographies sur les murs. Mais ce qui attirait le plus l'attention était une immense affiche blanche. Tobias s'en approcha et vit qu'il s'agissait d'un arbre généalogique détaillé.

– Il est beau, n'est-ce pas ? dit Sæmundur venu rejoindre le Norvégien.

L'ancêtre de l'arbre, le nom du sommet, n'était autre qu'Odin. Il était à l'origine de nombreuses branches, parmi lesquelles figuraient les premiers rois norvégiens, suédois et danois. Sæmundur dégaina son couteau et indiqua de la pointe de la lame la dynastie royale danoise connue sous le nom de Skjöldungs. La lame, forgée à partir d'un canon de fusil, était brillante et noire comme de l'obsidienne.

– Un couteau très intéressant, fit Tobias, feignant de ne pas être intimidé par l'arme que Sæmundur agitait devant lui.

– Merci, dit l'Islandais qui suivait avec la pointe les ramifications vers le bas de l'arbre. C'est très simple en réalité : Odin est l'ancêtre des Skjöldungs et les Skjöldungs sont les ancêtres de Ketill Hængur.

Il s'arrêta sur le nom du pionnier de la colonisation.

– Ketill est l'ancêtre du clan d'Oddi dont je suis moi-même un descendant.

La pointe noire indiquait son nom, à la base de cet arbre généalogique bien ordonné.

– Et les racines du frêne vont de plus en plus profond.

Le couteau pointait le nom de sa fille qui figurait tout en bas de l'affiche.

– Ingunn est la dernière racine, conclut-il en souriant.

– Remarquable, affirma Tobias, apparemment intéressé mais en réalité saisi d'une frayeur singulière.

Bien qu'il fût lui-même passionné par le vieil héritage norrois, il réalisa qu'il n'était qu'un simple amateur comparé à Sæmundur. Celui-ci croyait dur comme fer qu'Odin était son ancêtre et celui de sa fille, ce qui en disait long sur son état mental. *Rien d'étonnant à ce que Lovísa s'inquiète à son sujet,* pensait Tobias en examinant l'impressionnant arbre généalogique.

– Viens, je vais te présenter les autres membres de la confrérie, dit enfin Sæmundur rayonnant de fierté, comme s'il se voyait lui-même comme leur maître à penser.

Il rengaina le couteau et se dirigea vers le bureau que dominaient, accrochées au mur, les photographies des membres de l'Ordre.

27

L'humiliation d'Embla était complète. Le policier l'entraîna jusqu'au dernier étage du commissariat de police de Hlemmur, devant une foule d'autres policiers et de civils qui tournaient la tête à leur passage. Ils arrivèrent enfin devant les cellules qui étaient avant tout destinées aux fêtards découverts ivres morts ou bien arrêtés pour d'autres esclandres au sortir des bars les nuits de week-end.

– C'est l'endroit qui vous convient, dit le policier en s'arrêtant devant une cellule vide.

Elle était fermée par une solide porte métallique percée d'un judas.

– Pourquoi dites-vous cela ?

– Parce que l'autre enquiquineur, le reporter qui a forcé le barrage pour entrer chez Baldur, est votre voisin.

Le policier indiquait la cellule opposée à celle qu'il destinait à Embla.

– Ça se remplit, chez vous, remarqua celle-ci.

– Ce serait parfait s'il s'agissait des véritables coupables. Vous ne portez rien sur vous ? demanda-t-il.

Il la fouilla sommairement pour la forme, frôlant de ses mains les épaules et les hanches, sans oublier le ventre, le dos et les fesses.

– Vous voulez être poursuivi pour harcèlement sexuel ? demanda Embla quand il lui sembla que les mains du policier s'approchaient dangereusement du cahier de Baldur qu'elle avait coincé sous son soutien-gorge dans le feu de l'action.

– Ne soyez pas si sûre de vous, répliqua-t-il en cessant de la fouiller, tout le monde ne craque pas pour les cheveux roux.

Il ôta ses menottes et lui ordonna d'entrer dans la cellule.

– Et par pitié tenez-vous tranquille maintenant, dit-il pour finir en claquant la lourde porte, ravi d'être débarrassé d'elle.

Elle entendit les cliquetis quand il verrouilla la cellule, suivis des pas du policier qui s'éloignait, et puis plus rien.

Le silence était total entre les murs verts de la cellule. Immobile, Embla examinait la banquette contre la paroi du mur et les trous d'évacuation au sol. Cette journée promettait d'être de plus en plus étrange, et il n'était qu'une heure et demie. Le Musée national le matin, le bureau macabre de Baldur peu après, et à présent elle se trouvait ici, coffrée dans une cellule du commissariat. Elle s'assit sur la dure banquette et réfléchit à sa tactique. Comment allait-elle expliquer à Grímur son intrusion dans le bureau de Baldur ? Devait-elle ou non partager avec lui sa découverte concernant Stóra-Hof ?

Embla palpa le cahier dissimulé, le manuscrit du quatrième volume de Baldur sur l'origine des Islandais. Il contenait peut-être la réponse à cette sinistre énigme. Il devait y avoir dans ces pages quelque chose qui en avait été la cause. Embla avait hâte de sortir de cet endroit pour commencer à le feuilleter.

On l'appela subitement sur son portable, et la sonnerie remplit tout l'espace de la cellule. Embla le tira de sa poche. C'était sa mère. *Que se passe-t-il ?* pensa-t-elle avant de répondre.

– Bonjour, maman, dit-elle avec joie et entrain.

– Embla, dis-moi ce qui s'est passé.

La voix était très inquiète.

– De quoi parles-tu ? demanda Embla, feignant la surprise totale.

– Quels ennuis t'es-tu encore attirés ?

Embla regarda autour d'elle le morne décor de sa cellule et se gratta la tête. Comment sa mère parvenait-elle toujours à savoir exactement ce qui se passait dans sa vie ? Cela restait pour elle un mystère.

– Des ennuis ? répéta Embla. Je n'ai pas d'ennuis.

– Pas d'ennuis, non, alors que tu es en première page de *mbl.is* ! Une photo de toi avec des menottes.

Elle poussa un soupir.

– Est-ce que j'ai été une si mauvaise mère pour toi ?

La pauvre mère était sur le point d'éclater en sanglots.

– Reste calme, maman…

– Calme ?! Ma fille est une meurtrière ! Comment peux-tu me demander de rester calme ?

– Je n'ai tué personne, maman. Il s'agit d'un énorme malentendu, répondit Embla en levant les bras au ciel.

Soudain, ce fut son père qu'elle entendit au téléphone.

– Embla, si tu as besoin d'un bon avocat, je suis prêt à parler à Sveinn, tu sais qui c'est, dans notre rue…

– 'jour, papa. Non, merci. Ça n'a rien à voir…

– Ne t'excuse pas, ma chérie. Je t'aime, quoi qu'il arrive, proclama le père, aussi pathétique que la mère.

– Merci, papa.

– Ce n'est pas à cause de moi ? poursuivit-il. J'ai peut-être été trop dur ?

Il n'avait pas été aussi tendre envers elle depuis très longtemps.

– Non, non, répondit Embla, se demandant si elle ne devrait pas commettre des meurtres plus souvent.

– Je n'ai rien contre si tu veux faire des études d'histoire, tu sais. Tu n'as pas besoin d'être médecin comme ta sœur et moi…

– Papa, il y a des années que j'ai quitté l'histoire. Je suis en archéologie maintenant. Et j'ai trente-deux ans, ce serait un peu tard pour s'inscrire en médecine.

– Je sais, ma chérie, je voulais seulement…

– Je sais, je sais. Mais surtout ne te fais pas de soucis. Il s'agit d'un gigantesque malentendu.

À cet instant, elle entendit qu'on déverrouillait la porte de sa cellule.

– Je dois partir. Salut.

En un éclair, elle avait éteint son portable, l'avait remis dans sa poche et s'était allongée sur la banquette.

La porte s'ouvrit en grand et le commissaire Grímur apparut dans l'encadrement. Il portait toujours sa casquette blanche, et il avait l'air très grave. Il resta immobile et observa Embla pendant quelques secondes.

– Je peux expliquer ça… sérieusement, dit-elle en se levant.

Au lieu de lui répondre, Grímur leva lentement son index devant sa bouche pour lui signifier de se taire, sans colère ni mépris. Il avait l'air tout à fait serein, au contraire.

– Si vous vouliez… continua Embla.

Il répéta le même geste et la même injonction, toujours aussi calme. Puis, toujours de l'index, il lui fit signe de le suivre. Ils traversèrent le couloir et descendirent au rez-de-chaussée, Grímur marchant devant elle, et sans dire un seul mot, jusqu'à ce qu'ils s'arrêtent devant une porte de bureau, dans une aile du bâtiment.

– Vous ne voulez pas savoir ?… demanda Embla.

Grímur n'avait toujours pas dit un mot, il se contenta de secouer la tête et d'indiquer le judas de la porte.

– Quoi ?

Embla regarda à travers la petite ouverture.

Elle vit Hördur assis devant un bureau dans une salle d'interrogatoire. Un vieil ordinateur était posé sur ce bureau, et de l'autre côté était assis Ægir Ragnarsson. Embla eut une pointe de frayeur en voyant cet homme grand comme un troll, vêtu uniquement d'une salopette bleue et d'un tee-shirt gris, ce qui mettait en évidence tous les tatouages qui couvraient ses bras. Elle se tourna vers Grímur :

– Qui est-ce ?

Grímur se racla la gorge.

– Il s’appelle Ægir, répondit-il posément. Membre de l’association Ásatrú, adorateur du dieu Odin, il s’est violemment querellé avec Baldur lors de la dernière réunion de l’association.

– Hein ? tiqua Embla.

– Vous avez bien entendu. C’est l’homme que nous avons trouvé en nous fondant sur notre bon sens et des soupçons évidents, au lieu d’idées en l’air, comme celles que vous suggériez.

Il regarda à son tour le mécanicien à travers la vitre du judas.

– Nous attendons seulement qu’il avoue, dit-il à voix basse.

Embla pensa que c’était là un de ces instants dans la vie où il valait mieux se mordre la langue que dire ce qui la brûlait. Mais elle était également certaine qu’elle ne se pardonnerait jamais de n’avoir pas révélé à Grímur ce qu’elle savait. Elle ne pouvait pas se retenir.

– Je pense que… que ce n’est pas lui le coupable, bredouilla-t-elle, sans regarder le commissaire dans les yeux.

– Qu’est-ce que vous dites ?

Grímur n’était pas sûr d’avoir bien entendu.

– Je dis que ce n’est pas lui le coupable.

Elle le regarda cette fois en face.

– Par contre, je crois savoir où il se trouve, dit-elle avec force.

Le commissaire baissa les yeux et son visage se ferma.

– Vous voulez donc retourner quelque temps dans cette cellule ? demanda-t-il après un bref silence.

Son expression avait redoublé d’hostilité.

28

Il était presque deux heures dans le sud-ouest de l'Angleterre, presque trois heures à l'heure solaire. William Black et Catherine, son épouse, descendirent de leur voiture et contemplèrent le paysage dépourvu de relief. Le monument dont la haute silhouette se découpait retenait l'attention de tous ceux qui passaient sur la route voisine. Les pierres colossales dressées là des milliers d'années auparavant donnaient l'impression d'être tombées du ciel, loin de tout, au milieu de la campagne anglaise.

Pas étonnant que ces mordus du New Age fassent un lien immédiat entre Stonehenge et les extraterrestres, pensa William en considérant le cercle de pierres célèbre dans le monde entier.

Catherine prit la main de son mari et la serra fort.

– Tu es prêt ? s'enquit-elle avec cet accent typique du sud-ouest de l'Angleterre.

– Oui, répondit William, avec cependant une pointe de tristesse dans la voix.

Le moment était finalement venu. Le jour qu'il avait appréhendé était arrivé.

Catherine alla ouvrir le coffre de la voiture. Il s'y trouvait une cage, occupée par un vieux lapin blanc. Elle saisit la poignée de la cage et suivit son mari dans la direction de Stonehenge – le point sud-est de la croix solaire anglaise, ainsi que le leur avait appris l'Islandais Sæmundur Loftsson. Cette croix solaire avait ceci de particulier qu'elle n'avait pas été établie par les Vikings comme celles des autres pays du Nord ; son origine beaucoup plus ancienne témoignait des mêmes idées que celles que l'on retrouvait à travers l'Europe centrale, l'Italie, la Grèce, et de là jusqu'en Égypte. De même, Stonehenge était érigé sur la ligne sacrée orientée du sud-ouest au nord-est, comme de nombreuses églises médiévales, pyramides et croix solaires vikings, dans le but d'obtenir la position du soleil à son plus haut et son plus bas dans le ciel dans le cours d'une année.

Peu importait si les principaux points de cette croix avaient été établis avant l'arrivée des Vikings, car ils adoptèrent cette vision du monde avec enthousiasme quand une bonne partie de l'Angleterre tomba sous leur coupe. Tout particulièrement à Stonehenge, comme en témoigne une des pierres les plus connues du site. Appelée de nos jours Heelstone, la pierre du Talon, portait autrefois un nom lié à Freyja, la déesse de la Fertilité dans la mythologie nordique, probablement à cause de Vikings qui y accomplissaient leurs sacrifices.

Leurs sacrifices, ces mots résonnaient dans la tête de Catherine tandis qu'elle suivait son mari en direction des pierres, la cage du lapin à la main. C'est ici que les Vikings faisaient leurs sacrifices, et ils allaient sacrifier leur animal favori au même endroit. Catherine s'arrêta pour regarder l'innocent animal. Il leur appartenait, à William et à elle-même, depuis plus de cinq ans. Il faisait partie de la famille depuis longtemps.

– Viens, ma chérie, appela William au milieu des hautes pierres.

À part eux, il n'y avait sur le site qu'une famille allemande et une autre, britannique : le début de la saison touristique était encore loin.

Au lieu de faire demi-tour, ce dont elle mourait d'envie, Catherine détacha ses yeux du lapin et suivit son mari à l'intérieur du cercle occulte.

– Tu me donnes la cage ? demanda gravement William en tendant la main.

Catherine tenait la cage dans ses bras, si bien qu'elle entendait le lapin respirer. Elle regarda tour à tour la main de son mari et la cage. Non, ce ne pouvait pas être vrai.

– Je t'en prie, nous avons discuté de ça je ne sais combien de fois, insista William. Tu sais bien que nous n'avons pas le choix.

Catherine ne dit rien et étreignit encore plus fort la cage. Elle avait cru qu'elle en serait capable, mais elle n'en était plus du tout sûre maintenant qu'elle était au pied du mur. L'absurdité de cette action lui sautait à présent aux yeux. Il fallait tout arrêter. Ce n'était pas cela qu'elle avait approuvé quand elle s'était inscrite avec son mari dans l'Ordre de Sæmundur. C'était avant tout pour eux une force politique, pour mobiliser les énergies de toute l'Europe du Nord contre les étrangers d'Asie et d'Afrique qui venaient submerger les îles Britanniques comme un raz de marée destructeur. Ils avaient toujours considéré ces histoires de croix solaires et d'Odin comme secondaires, ils n'en avaient en fait jamais tenu compte, ce n'était pas cela qui était important à leurs yeux. Les croix solaires n'étaient rien d'autre que des symboles qui unissaient les pays d'Europe du Nord, et par là même leurs peuples. Mais aujourd'hui, en ce mercredi par ailleurs tout à fait paisible, les croix solaires étaient quelque chose de totalement différent. Elles étaient l'empreinte d'Odin lui-même sur la terre. Sa marque au fer rouge, qu'ils devaient honorer en tuant leur animal bien-aimé. C'était si délirant que Catherine était toute retournée, et au bord de l'évanouissement.

– Estime-toi heureuse, ma chérie, ajouta William en adoptant un ton plus amène afin de la convaincre.

– Heureuse ? Comment peux-tu dire une chose pareille ?

– Sæmundur a demandé aux membres de l'Ordre de sacrifier ce qu'ils ont de plus cher. Ce n'est qu'un lapin en ce qui nous concerne.

– Ne dis pas ça, dit Catherine au supplice.

– C'est Sæmundur qui doit prendre une décision difficile aujourd'hui, pas nous, insista William qui voulait lui démontrer l'insignifiance de leur sacrifice.

– Que veux-tu dire ?

William baissa la tête.

– Il répétait que son sacrifice devait être le plus grand de tous, que l'objectif ne pourrait être atteint autrement.

– Et puis ?

Catherine ne comprenait toujours pas de quoi il parlait.

William regarda sa femme droit dans les yeux.

– Je crois qu'il parlait d'Ingunn… sa fille, lâcha-t-il après un bref silence.

– Mon Dieu, murmura Catherine en portant la main devant sa bouche.

– Tu me donnes la cage, maintenant ?

William regardait le lapin.

– Nous devons tout arrêter, dit Catherine sans lâcher la cage. Il faut prévenir la police et stopper Sæmundur.

– C'est trop tard, ma chérie, dit William avec détermination.

Il refusait de se laisser dominer par les sentiments. Seule la froide raison devait dicter sa conduite.

– Nous devons obéir… pour purifier l'Angleterre. C'est la seule solution.

– Mais il faut le stopper, répéta sa femme.

– Nous ne pouvons rien faire. Cela doit suivre son cours.

– Mais pourquoi ?

Les larmes commençaient à couler sur les joues de Catherine. Cela n'avait tout simplement aucun sens de faire des sacrifices à un dieu nordique auquel ni l'un ni l'autre ne croyait. L'aspect politique de l'association de Sæmundur, qui les avait attirés à l'origine, avait maintenant complètement disparu. Cette association était devenue une secte de fous.

William s'approcha de Catherine et caressa ses cheveux, puis sa joue.

– Tu dois me faire confiance, ainsi qu'à Sæmundur. Nous sommes au seuil d'un monde nouveau et meilleur, et pour cela il nous faut tout reprendre à la base. Repartir de zéro et tout reconstruire.

Le contact physique de son mari donna à Catherine un sentiment de sécurité, sans que ses paroles lui apportent de consolation. Elle décida cependant de lui faire confiance, elle était tellement indécise et confuse. Les autres visiteurs de Stonehenge avaient remarqué l'étrange comportement du couple.

– D'accord ? demanda William en prenant la cage.

– Oui.

Catherine lâcha prise.

– Merci.

William posa la cage et l'ouvrit. Le lapin blanc s'affola quand la main de William essaya de l'attraper, et il tenta de lui échapper. William finit cependant par le saisir fermement et il le sortit de son habitacle. L'animal se mit aussitôt à trembler de frayeur.

Il y avait, tout près, un bloc de grès couché sur le côté, derrière un grand monolithe. William s'en approcha et posa l'animal sur la roche. Le lapin se débattait de son mieux pour se dégager, en vain. La poigne puissante de William le maintenait bloqué contre la pierre froide.

– Reste tranquille, dit William pendant que, de sa main libre, il sortait un gros caillou d'une poche de sa veste.

Le lapin se tortillait, haletant de terreur.

– Je suis navré, murmura William juste avant de lui fracasser la tête.

Cela eut d'abord pour effet que l'animal redoubla d'efforts pour fuir, ses pattes arrière gigotèrent à maintes reprises, puis cette agitation ralentit à mesure que la vie l'abandonnait. Finalement, le lapin resta figé sur la pierre plate, sa fourrure blanche rougie de sang là où les coups avaient porté.

William, essoufflé, jeta le caillou sur le sol.

À quelques mètres, l'Allemand qui avait été témoin de la scène regardait l'Anglais avec de grands yeux.

– Qu'est-ce qu'il y a ? ! hurla William dans sa direction.

Catherine s'approcha du lapin mort. Son visage était inondé de larmes et elle peinait à respirer à cause des sanglots. Elle souleva le petit cadavre et le déposa sur l'herbe. Puis elle retira une petite pelle de sa poche et entreprit de creuser un trou pour son animal chéri.

Pendant que sa femme faisait ses adieux au membre de la famille, William sortait son portable. Il avait accompli cette tâche révoltante pour le maître de l'Ordre – pour la pureté du monde nordique, idéal de l'Ordre – et il devait maintenant le lui annoncer. Il appela Sæmundur tandis que ses narines étaient envahies par l'odeur répugnante du sang qu'il avait sur la main.

29

Les photographies sur le mur derrière le bureau surchargé de Sæmundur étaient aussi diverses que variées. On y voyait un couple britannique entre deux âges, un Suédois d'une soixantaine d'années et une jeune femme allemande. Il y avait aussi des photos de Tobias et du Danois Christian Larsson. À côté de tous étaient affichées des images représentant la croix solaire du pays concerné.

– Christian a déjà accompli son sacrifice, dit Sæmundur en pointant du doigt l'inquiétant Danois.

– Il se détache du lot, dit Tobias.

– On peut le dire comme ça, répondit l'Islandais en considérant la tête rasée de l'affilié danois. Ce type-là est un néonazi, tout simplement, et il ne fait pas honneur à l'Ordre.

– Mais alors, pourquoi l'as-tu admis ?

– Personne d'autre au Danemark ne s'intéressait à l'Ordre et j'avais absolument besoin de quelqu'un là-bas. Il est très actif, et il est prêt à se battre pour les mêmes idées que nous, même s'il est agressif et se laisse séduire par cette stupide idéologie nazie.

Le fermier émit un rire bref et caressa les poils clairs de sa barbe.

– Ces nazis, à mon avis, étaient de véritables idiots. Tu te rends compte, des types comme Hitler étaient en fait chrétiens, et ils ont voulu exterminer les Juifs – leurs propres ancêtres religieux.

– Pas Himmler, remarqua Tobias. Il a renié le christianisme et adopté le paganisme.

– Oui, Himmler était cohérent, confirma Sæmundur. Il voulait à juste titre faire du paganisme nordique la base du Troisième Reich, et que les poèmes de l'*Edda*, dont le *Hávamál*, en deviennent le texte sacré. Au lieu de la Bible, qui est le texte sacré des Juifs.

Sæmundur leva les yeux vers le plafond.

– Lovísa confond tout ça, elle croit que je suis nazi alors que je n'ai rien à voir avec ces crétins.

– Très peu de gens nous comprennent, dit Tobias en examinant de plus près les autres membres.

Il savait que ces mots plairaient à l'Islandais.

– Rien de plus vrai.

Sæmundur sortit un cigarillo.

– Personne ne semble se rendre compte du danger que représentent tous ces étrangers. Non seulement ils prennent des emplois et font baisser les salaires, mais c'est notre culture même et notre langue qui commencent à se dégrader parce que nous les avons laissés venir chez nous.

Il alluma le cigarillo et tira une première bouffée.

– C'est d'une guerre qu'il s'agit – une guerre invisible – et je suis prêt à tout sacrifier pour la gagner. Tout, répéta-t-il en projetant un nuage de fumée. La survie de notre culture séculaire est en jeu.

Il prit une seconde bouffée et soupira.

– Mais si quelqu'un les critique, en Islande, même avec des arguments, il se trouve aussitôt condamné sans appel. Les exemples ne manquent pas.

– C'est la même chose en Norvège, confirma Tobias. On ne peut pour ainsi dire pas parler des étrangers car on se fait alors traiter de raciste. Tout le monde marche sur la pointe des pieds autour de ces gens-là, et personne n'a l'air de se rendre compte de ce qui se passe – sous leurs propres yeux, en plus.

Le portable de Sæmundur sonna à cet instant. Il vit sur l'écran que c'était William Black, le membre de l'Ordre dans le sud de l'Angleterre.

– Excuse-moi, dit-il à Tobias avant de répondre. Bonjour, répondit-il d'une voix sonore, en anglais, mais avec un accent islandais très prononcé. C'est fort bien.

Quelques secondes s'écoulèrent.

– Oui, bien entendu.

Il reprit une bouffée et exhala la fumée.

– Bien sûr que non, je ne ferai rien que je pourrais regretter par la suite, de quoi parles-tu ? demanda-t-il, surpris. D'accord. Nous restons en contact.

Sæmundur remit le téléphone dans sa poche.

– C'était William, dit-il en montrant du doigt la photo du couple anglais. Ils ont fait leur sacrifice.

– Tout se déroule donc comme prévu ?

– Oui, si les autres membres en font autant, et si nous menons à bien le sacrifice final de cette journée.

Sæmundur considéra le Norvégien d'un air grave. La pensée du sacrifice qu'il devait faire l'obsédait. Lovísa ne le lui pardonnerait jamais, il le savait. Mais il savait aussi qu'il n'avait pas le choix. Il y avait pensé et repensé un nombre incalculable de fois. C'était soit l'Islande, soit sa famille, et il avait choisi la première – *à cause de* la seconde, justement. Il écrasa le cigarillo dans le cendrier du bureau.

– Viens, il est temps de se mettre en route, dit-il d'un ton sévère, et il s'élança aussitôt dans l'escalier pour remonter au rez-de-chaussée.

Tobias reprit son sac à dos et emboîta le pas de l'Islandais.

– Ingunn ! cria Sæmundur en direction de l'étage tout en revêtant un anorak bleu foncé par-dessus son pull de laine.

– Oui, répondit Ingunn de sa chambre.

– Viens, nous allons au temple.

Il remonta sa fermeture éclair.

– Et alors ? demanda sa fille.

– Je veux que tu viennes avec nous.

– Pourquoi ?

– Obéis-moi, tête de mule ! hurla Sæmundur, faisant trembler la maison.

Lovísa apparut à la porte de la cuisine.

– Sæmundur ! Qu'est-ce qu'il se passe ?

– Rien, je veux seulement qu'Ingunn vienne avec moi, répondit-il âprement. C'est peut-être trop demander ?

Ingunn descendit l'escalier en courant et, tour à tour, jeta un coup d'œil à son père et à sa mère.

– Viens, ma chérie, mets ton anorak, lui ordonna-t-il avant de sortir de la maison.

Tobias était encore dans l'entrée, désorienté. Lovísa lui adressa un regard hostile.

– Eh bien, tu ne le suis pas ? lui lança-t-elle pendant qu'elle aidait sa fille à enfiler un anorak rouge.

Tobias sortit à son tour sans répondre.

– Je ne veux pas y aller, dit Ingunn à sa mère.

– Allons, allons. Va avec ton père, trancha Lovísa.

– Mais pourquoi ?

– Parce que c'est important pour lui, tu le sais bien, et il veut que tu sois avec lui.

– Et qui c'est, lui ?

– Un ami de papa.

– Qu'est-ce qui s'est passé tout à l'heure dans la cuisine ?

– Rien, répondit Lovísa. Vas-y, maintenant, ajouta-t-elle en remontant la fermeture de son anorak.

Au dernier moment, elle lança à sa fille :

– Reste à côté de ton père, tu m'entends ?

Sa fille se retourna dans l'encadrement de la porte.

– Promis, dit-elle avant de s'élancer au-dehors.

30

Les paroles d'Embla laissèrent le commissaire estomaqué. Mais il se tut, contenant sa colère.

– Écoutez-moi, s'il vous plaît, lui demanda-t-elle. Je suis retournée dans le bureau de Baldur parce que je savais qu'il y avait quelque chose de plus derrière tout ça. Je l'ai fait pour Baldur et pour l'enquête, pas pour moi-même.

Elle jugea superflu de mentionner également son excitation et sa curiosité.

– Et ensuite ?

Grímur essayait de garder son calme.

– Et j'ai découvert une indication laissée par le meurtrier. Dans la croix solaire peinte sur la porte.

– Une indication ? Vous vous croyez dans un jeu de piste ou quoi ? Les meurtriers ne laissent pas d'indications ! tonna Grímur.

– Je ne comprends toujours pas pourquoi il a fait ça, mais cette indication est claire. La croix solaire sur la porte est une carte et elle représente la croix solaire que Baldur a trouvée dans le district de Rangárvellir.

Grímur allait l'arrêter, mais elle continua sans fléchir.

– Les quatre points et le centre correspondent à des endroits donnés dans la région, et c'est aussi le cas du point que le meurtrier a tracé sur le dessin.

Le commissaire leva un sourcil.

– Quel point ? demanda-t-il incrédule.

– Celui que j'ai remarqué quand je suis retournée dans le bureau. Il indique Stóra-Hof, dans le Sudurland, se hâta de dire Embla.

– Stóra-Hof ? Baldur l'a mentionné ?

Embla acquiesça d'un signe de tête.

– Pourquoi n'avons-nous pas vu ce point ?

– Parce qu'il se confond... parce qu'il se confond avec le sang autour et n'est pas très distinct.

– Comment pouvez-vous être certaine que ce prétendu « point » a été laissé intentionnellement par le meurtrier ?

Grímur était absolument sûr qu'elle avait tout imaginé.

– Ce ne serait pas plutôt une goutte de sang qui est tombée à cet endroit par hasard ?

– Il n'y a qu'à retourner au bureau, vous pourrez voir ce point de vos propres yeux et décider si c'est une tache fortuite ou non, débita Embla d'un trait.

– Faites-moi le plaisir d'oublier tout ça et de continuer à vaquer à vos occupations. Je n'ai aucune raison de retourner chez Baldur, répondit Grímur

Il pointa son index vers la salle d'interrogatoire.

– Le coupable est là.

– Vous n'allez donc même pas y réfléchir ?

– Pas maintenant. J'ai un interrogatoire qui m'attend.

– Mais vous devez prendre ma remarque en ligne de compte, je suppose ? Je suis une citoyenne ordinaire, qui paie ses impôts et vous êtes policier, en dehors du fait que...

Embla s'arrêta au milieu de sa phrase.

– En dehors de quel fait ? Que Baldur est mon frère ?

– Pardonnez-moi, ce n'est pas ce que je voulais dire. Seulement que vous seriez...

Grímur fit un pas vers Embla et l'interrompit.

– Écoutez-moi. Je ne suis pas tenu de faire ceci ou cela pour vous, compris ? Vous avez pénétré illégalement chez Baldur et entravé le cours d'une enquête criminelle. La seule chose que je suis « tenu » de faire, c'est de vous arrêter.

Il abaissa son regard vers elle.

– C'est ce que vous voulez ?

La petite taille d'Embla devint subitement flagrante, face au vieux briscard qui la dominait.

– Non, murmura-t-elle comme une gamine.

– C'est bien ce que je pensais, dit Grímur en reculant d'un pas. Savez-vous, en revanche, ce que j'ai l'intention de faire ?

Il se frotta les paumes.

– C'est parce que vous nous avez aidés ce matin que je vais vous faire cette seule et unique faveur.

Embla ouvrit si grands les yeux que ses cils étaient presque à la verticale.

– Je vais envoyer un policier jeter un coup d'œil à Stóra-Hof, au cas où il y aurait quelque chose d'inhabituel. Est-ce que cela vous convient ?

Un sourire enchanteur irradia le visage d'Embla.

– Oui, cela me convient.

Elle avait envie de prendre le commissaire dans ses bras, mais elle pensa que ce ne serait pas une bonne idée.

– Bien, dit Grímur d'une douce voix de basse.

Ils restèrent silencieux un instant.

– Vous pouvez partir, mais seulement si vous me promettez de rentrer directement chez vous.

Il poussa un soupir.

– Et fini de jouer les détectives.

– Oui, bien sûr. Je crois que j'ai eu ma dose d'aventure pour toute l'année. Bonne continuation, ajouta-t-elle.

Et elle se dirigea aussitôt vers la sortie.

31

Adam attendait Embla impatiemment dans l'entrée grise du commissariat.

– Te voilà, dit-il quand il la vit sortir. Je commençais à croire qu'ils allaient te garder pour la nuit.

– Non, non. J'avais seulement quelques mots à dire à un des policiers. On va pouvoir continuer maintenant.

– Tu veux que je te conduise au musée ? demanda Adam, ignorant des desseins de sa fiancée.

– Tu n'es pas fou ? répondit Embla en baissant la voix.

Et elle ajouta dans un murmure :

– Tu crois que je vais y retourner maintenant ?

Adam ne s'attendait certainement pas à cela.

– Ben oui… non ? répondit-il, en chuchotant lui aussi.

Comme l'entrée du commissariat n'était pas l'endroit idéal pour des explications, elle entraîna Adam un peu plus loin, sur le trottoir. Elle jeta en même temps un coup d'œil à son portable pour vérifier l'heure. Pendant que l'appareil était en mode silencieux, plus de vingt personnes avaient essayé de la joindre, parmi lesquels ses parents, sa sœur et ses meilleurs amis. Embla savait très bien pourquoi. La photo d'elle, menottée, en première page de *mbl.is,* accompagnée sans aucun doute d'une manchette effroyable, n'avait pu que susciter la curiosité des parents et amis. Au lieu de leur répondre pour dissiper le malentendu, elle remit le portable dans sa poche.

– L'affaire Baldur reste un total mystère, annonça-t-elle à Adam une fois qu'ils furent arrivés en lieu sûr.

– Et la police enquête, conclut Adam.

– Ils se trompent complètement, dit Embla en agitant la main dans la direction du commissariat. Ils croient que le coupable est un membre d'Ásatrú.

– Pourquoi est-ce que tu ne leur fais pas confiance, ils connaissent sûrement leur métier ?

Cette conversation était par trop irréelle, Adam n'en revenait pas.

– Regarde, j'ai esquinté mon pantalon et ma veste d'été en t'aidant à entrer chez Baldur, dit-il en lui montrant les taches brunes et vertes aux coudes et aux genoux. C'est quand ce flic cinglé m'a sauté dessus.

– Allez, arrête de te lamenter.

Elle regarda autour d'elle.

– Où est la voiture ?

– Là-bas.

Adam indiqua la station-service à côté du commissariat.

– Parfait. Partons, décida-t-elle en filant dans cette direction.

– Attends ! s'écria Adam. Qu'est-ce qui te prend ? Tu crois que c'est une plaisanterie ?

– Justement non, et c'est pour ça qu'il faut qu'on s'occupe de l'affaire. Viens.

Elle continua à marcher vers la voiture.

– Qu'est-ce que tu racontes ?

Adam ne comprenait rien de rien, mais il courut cependant à sa suite. Elle l'inquiétait un peu, à vrai dire. Cette excitation était tellement étrange. Elle était d'ordinaire calme et posée – elle était « si peu sûre d'elle qu'elle n'osait jamais rien faire », comme elle se décrivait parfois elle-même –, ce n'était plus du tout le cas en cet instant. Comme si elle était devenue tout autre, et ce changement n'était pas du goût d'Adam.

– Il faut qu'on aille dans le Sudurland, décréta Embla dans sa course, avant de se poster, côté passager, devant la Volkswagen Polo blanche.

– Le Sudurland ? répéta Adam alors qu'il atteignait le côté opposé. Mais il faut que je retourne au travail, moi.

– Donc, tu ne veux pas venir avec moi ? cria-t-elle par-dessus le toit de la voiture.

– Certainement pas, rétorqua-t-il, indigné, en insérant la clé dans la portière. Mais je te propose de te reconduire au musée, et tu accepteras si tu es raisonnable. Cette affaire ne te concerne plus.

Quelques secondes suffirent à Embla pour prendre sa décision.

– Dans ce cas j'y vais toute seule, dit-elle en se dirigeant vers la station de bus de Hlemmur.

– Tu plaisantes ou quoi ? cria Adam. Misère !

Il n'avait pas le temps d'hésiter, car Embla fonçait à toute vitesse vers Hlemmur.

– Tu veux prendre le bus pour aller dans le Sudurland ? cria-t-il.

– Oui, répondit-elle, bouillante de colère.

Adam poussa un soupir et ferma les yeux. C'était tout bonnement trop pour lui. Il avait l'impression d'être une roue auxiliaire sous la voiture d'Embla, qui de toute façon se pilotait toute seule et allait où bon lui semblait. Tout cela lui rappelait, un peu trop à son goût, leurs conversations sur leur avenir commun – ou plutôt monologues, pensa-t-il, car pour Embla les décisions étaient déjà prises depuis longtemps.

– OK ! cria-t-il quand même.

Il l'aimait malgré ses défauts, et même métamorphosée comme elle l'était maintenant.

– OK, répéta-t-il.

Embla s'arrêta et se retourna.

– Tu vas donc me conduire, c'est bien ça ?

– Oui, oui, répondit-il à contrecœur.

Furieux contre elle, il s'en voulait aussi de se plier à ses extravagances. Mais il déverrouilla la portière, se laissa tomber sur son siège et l'attendit.

– Bon, dit-il quand elle s'assit à côté de lui. Le Sudurland, c'est bien ça ?

– Oui, confirma-t-elle en l'embrassant sur la bouche. Merci.

– J'ai du mal à croire que ça recommence comme la dernière fois, marmonna Adam.

Il pensait à son aventure de l'été précédent à New York, à cause d'un manuscrit attribué à Abraham[1]. Elle s'était bien terminée, contre toute attente, et l'avait même propulsé, ainsi que son vieux professeur James Donnelly, en première page des principaux quotidiens de la planète.

– Tu n'es pas prêt pour une nouvelle aventure ? demanda Embla avec un large sourire.

Elle n'avait cependant pas oublié son angoisse alors qu'elle se trouvait de l'autre côté de l'Atlantique, et son soulagement quand il fut enfin de retour.

– Il me semble que je n'ai pas le choix. Est-ce que je me trompe ? À moins de te laisser aller toute seule là-bas et de ne plus jamais entendre parler de toi.

Adam inséra la clé de contact.

– Bon. Tu ne veux toujours pas me dire dans quelle histoire tu nous entraînes ?

– Si, mais tu dois attendre encore un peu.

D'un geste, elle déboutonna son chemisier, faisant apparaître son soutien-gorge blanc.

– Embla, dit-il en regardant sur les côtés pour s'assurer qu'il n'y avait personne à proximité, j'ai accepté de te conduire, mais je n'attends rien en contrepartie.

– Ne dis pas de bêtises.

Un cahier apparut sous son soutien-gorge.

– Qu'est-ce que c'est que ça ?

– Le premier jet d'un livre de Baldur, pas encore publié, dit-elle en sortant le cahier de sa cachette.

1. Allusion à un roman antérieur, *Le Couteau d'Abraham*, non traduit. *(N.d.T.)*

– Où as-tu trouvé ça ? demanda Adam, stupéfait.

Embla eut un sourire gêné.

– Je l'ai volé dans son bureau.

Adam la regarda bien en face et mit le moteur en marche. Avant de quitter le parking, il murmura avec aigreur :

– De mieux en mieux.

32

Non loin d'Adam et Embla, Valgard le reporter et son coéquipier, le cameraman Orri, étaient stationnés à l'intérieur d'une voiture de tourisme gris argenté portant le logo de Canal 2. Valgard venait d'être relâché par la police et il ne décolérait pas.

– Ils peuvent aller au diable, ces fumiers.

Il entreprit de remettre de l'ordre dans son étrange coupe de cheveux en se regardant dans un petit miroir de poche.

– Ils n'avaient pas le droit de m'arrêter, et encore moins de me coffrer. Je ne faisais rien d'autre que mon travail, affirma-t-il en repositionnant quelques mèches blondes sur ses oreilles et en retapant sa frange. Où étais-tu pendant ce temps-là ? Tu n'aurais pas pu venir plus tôt ? Je me suis morfondu dans une cellule minuscule… comme un criminel. Incroyable. Et l'odeur là-dedans était révoltante.

Orri écoutait Valgard vouer la police islandaise à tous les diables. Il ne disait mot et regardait fixement en face de lui. Soudain, il reconnut, à quelques mètres de là, la femme qu'il avait vue entrer chez Baldur en compagnie de deux policiers et qui, peu de temps après, en était ressortie menottes aux poignets.

– Valgard…

Orri interrompit le flot verbal de son collègue.

– … et tout d'abord une info spéciale sur… Quoi ? demanda le jeune reporter en remettant ses lunettes de plastique noir.

– Regarde qui est là-bas.

Orri pointait son index en face d'eux.

– La femme qui était chez Baldur tout à l'heure, dit-il en se raclant la gorge. Tu as raté ça quand elle a été arrêtée… comme toi.

– Arrêtée ? Pour quel motif ?

En une seconde, Valgard était tout excité.

– Je ne sais pas. Peut-être qu'elle était suspecte dès le début, et que c'est pour ça qu'ils l'ont fait venir chez Baldur, suggéra Orri.

– Dans ce cas, pourquoi est-elle devant le commissariat, et pas dedans ? demanda-t-il avec morgue. Tu devrais me laisser le soin de faire des remarques intelligentes, tu ne crois pas ?

– Si, pardon, dit Orri en baissant légèrement la tête.

– Merci.

Valgard se pencha vers le siège avant.

– Qu'est-ce que tu sais sur l'affaire de Baldur ? murmura-t-il les yeux rivés sur Embla et Adam en pleine conversation près de la vieille usine à gaz.

– Le type avec elle a lui aussi… balbutia Orri.

– Chut ! Je réfléchis.

– Désolé.

Orri baissa la tête à nouveau et se tut. Il ne dirait pas à Valgard qu'Adam avait lui aussi fait des histoires devant la maison de Baldur.

– Que ferait une vraie star de la télé dans un cas comme celui-ci ? murmura Valgard.

Ses yeux ne quittaient pas Embla qui courait vers une Volkswagen Polo blanche.

– Que ferait Mickey, ou bien Tintin ?

Il vit Embla sauter dans la Polo, et le couple s'éloigner en voiture juste après.

– Vite ! cria Valgard, et il boucla sa ceinture en un éclair.

– Quoi ? demanda Orri, que l'injonction avait fait sursauter.

– Démarre, on les prend en filature ! s'écria Valgard en désignant la Polo rouillée qui descendait poussivement dans Raudarárstigur.

33

Le ciel était encore bleu et le soleil éclatant mais il ne faisait pas très chaud à Stóra-Hof. Sæmundur était au volant de la Land Rover rouge, la chienne Hekla patientait à l'arrière. Tobias monta s'asseoir à côté du conducteur, et juste après Ingunn grimpa sur la banquette arrière où elle se mit à caresser l'animal.

– Regarde.

Sæmundur indiquait une petite butte à quelques dizaines de mètres de la maison.

– On dit que l'église de Hof se trouvait là autrefois.

Le fermier mit le moteur en marche.

– C'est pour cela que certains ont cru que le temple de Ketill avait lui aussi été érigé à cet endroit, et que l'église l'avait tout simplement remplacé lors de l'adoption du christianisme.

– Je vois, dit Tobias.

Il savait très bien à quoi l'Islandais faisait allusion. Il était notoire que de très nombreuses églises européennes, la basilique Saint-Pierre de Rome et les cathédrales de Chartres, Cantorbéry et Uppsala avaient été construites sur l'emplacement de temples païens ou de lieux de culte en plein air. Tobias avait lui-même visité la célèbre église norvégienne de Mære qui fut érigée, selon les sagas islandaises, sur un des plus célèbres sites païens de l'ère viking.

– Mais la plupart ont changé d'avis lorsqu'on a trouvé les vestiges de la ferme de Ketill à 800 mètres d'ici.

Sæmundur considéra la butte et fit une grimace.

– Je ne me risque jamais là-bas.

– Pourquoi donc ? demanda Tobias étonné.

– C'est un endroit maléfique, et depuis longtemps.

Il regarda la butte encore un instant, soupira, puis il emprunta la piste étroite qui reliait Stóra-Hof aux vestiges de l'habitation du premier colon.

Juste avant que la voiture quitte la ferme, Tobias avait jeté un coup d'œil à la maison et remarqué que Lovísa, derrière un rideau du salon, les épiait. Il était clair que sa venue lui déplaisait souverainement, et elle ne faisait aucun effort pour le cacher. Tobias comprenait cette animosité, même si elle était fondée sur un total malentendu. *Tu comprendras ta méprise plus tard dans la journée,* pensa Tobias en regardant la piste devant lui.

La Land Rover arriva enfin au bout du chemin qui débouchait sur la route 264, laquelle bifurquait d'un côté vers Keldur et de l'autre vers la route nationale circulaire n° 1. Au lieu de tourner à droite ou à gauche, le 4×4 continua tout droit en direction d'un flanc de colline proche.

– Ce n'est pas bien loin, dit Sæmundur à son visiteur norvégien.

Il freina devant une grille métallique peinte en blanc au milieu d'une prairie à l'herbe encore jaune. Puis il adressa un regard à sa fille qui restait silencieuse sur la banquette, avec la chienne sur ses genoux.

– Tu veux bien, ma chérie ?

Ingunn bondit hors du véhicule sans hésiter ni protester. Ça ne servait à rien, elle le savait, surtout quand son père était de cette humeur, que ce fût à cause du visiteur étranger ou pour toute autre raison. Elle joua donc son rôle de fille docile, obéissante et attentive, et ouvrit la grille qui donnait accès à l'endroit où son père passait le plus clair de son temps libre ces derniers mois. Sæmundur traversa l'enceinte et arrêta le véhicule un peu plus haut sur la pente. Ingunn referma la grille derrière eux et les rejoignit alors qu'ils venaient de descendre du 4×4. Mais au lieu d'accompagner les deux hommes, elle s'agenouilla près de Hekla pour la cajoler. Elle plongea son regard dans les yeux de l'animal, souhaitant pendant une fraction de seconde se transformer elle aussi en chienne, sans soucis et heureuse de vivre. Loin des problèmes de l'adolescence, aggravés par un père à moitié cinglé et une mère détraquée qui se querellaient jour après jour.

– Tu y es enfin, déclara le fermier en posant son énorme main sur l'épaule de Tobias. C'est ici que se trouvaient la ferme de Ketill et son temple.

Le Norvégien posa son sac et regarda autour de lui. Ce n'était qu'une petite élévation de terrain, une aire sans herbe et entourée de terre, de sable noir et de touffes de graminées éparses. On y avait, en dépit de la faible altitude, une belle vue sur le Sudurland dans toutes les directions. Quelques piquets en bois avaient été plantés et un petit chalet d'été était proche du site des vestiges.

– Les vents ont fait subir une forte érosion à cette terre qui ressemble de plus en plus à un désert, dit Sæmundur, qui aimait cependant sentir la force de ces mêmes vents au milieu des vastes étendues.

– Qu'est-ce que c'est ?

Tobias indiqua d'un signe de tête le chalet d'été.

– C'est le chalet de Baldur, où il logeait et faisait ses recherches archéologiques. Je l'avais autorisé à s'installer ici, c'était avant notre brouille. Cela fait des mois que je ne l'ai pas vu par ici.

Il montra du doigt les piquets reliés par des cordes.

– C'est lui qui a circonscrit le chantier et s'est occupé de tous les travaux préalables aux fouilles à proprement parler.

Il s'approcha des piquets.

– Regarde cette parcelle. D'après Baldur, c'est exactement ici que se dressait la maison de Ketill.

Tobias examina le vaste terrain délimité par les piquets et l'emplacement de la ferme dont les fondations avaient été mises au jour. Des pierres énormes, certaines superposées, étaient les indices convaincants de cette découverte. *Ce n'était pas seulement dans sa tête,* pensa Tobias. Il était profondément soulagé, ayant longtemps redouté que la « trouvaille archéologique » de Sæmundur n'ait été qu'exagération, voire même une hallucination. L'étrange état mental du fermier avait pour effet que l'on ne pouvait pas se fier à tout ce qu'il disait.

– Un homme opulent, Ketill, dit Sæmundur en contemplant lui aussi l'emplacement de la ferme du viking.

– Le temple était aussi somptueux, je suppose, s'exclama Tobias, les yeux brillants d'espoir.

Il chercha des yeux autour de lui.

– Où était-il ?

– Suis-moi, dit Sæmundur avec orgueil.

Il fit quelques mètres vers le nord et Tobias ne le lâcha pas d'une semelle.

Ingunn et son chien suivirent aussi, mais à quelque distance des deux hommes. Elle était déjà venue là d'innombrables fois avec son père, mais elle n'éprouvait pas sa passion pour cet espace désolé. Elle préféra jouer avec Hekla. Elle lançait une balle de caoutchouc multicolore que la chienne allait chercher et lui rapportait, toujours et inlassablement, exactement comme quand elle n'était qu'un chiot.

– Ici, dit Sæmundur en s'accroupissant. C'est ici que Baldur pense que se situait le temple.

Il prit une poignée de sable noir et le pétrit dans sa main.

– C'est ici que l'union de l'Europe du Nord peut prendre son essor, telle que Himmler l'avait imaginée il y a plus de soixante ans.

Tout d'abord, Tobias ne comprit pas de quoi il parlait. Il n'y avait absolument rien à cet endroit. Rien qu'une étendue désertique rongée par les vents, à perte de vue. Il regarda encore une fois autour de lui.

– Où ça ? demanda le Norvégien.

Il sentit une sueur froide lui courir sur la peau.

– Où est le temple ?

– Il est devant tes yeux, déclara Sæmundur, l'air extasié.

– Mais il n'y a rien ici ! s'écria-t-il en levant les bras au ciel. Où est le site du temple ? Où sont ses fondations ?

– Il est vrai que Baldur n'a jamais trouvé les fondations elles-mêmes, expliqua Sæmundur en se relevant, mais il était certain que le temple était ici. Il était arrivé à cette conclusion en se fondant sur les récits, les contes populaires et la tradition orale, ainsi que sur les descriptions des sagas.

– Tu veux dire que vous n'avez pas trouvé le temple lui-même ?

L'espoir était mort dans les yeux de Tobias, et la colère s'était emparée de tout son être.

Le changement brutal dans l'attitude du Norvégien surprit beaucoup Sæmundur.

– Non, pas le bâtiment lui-même, mais il ne fallait pas forcément s'y attendre. Nous avons trouvé l'endroit où nous avons la certitude qu'il se trouvait, et cela nous satisfait.

Il posa les paumes de ses mains sur la terre.

– Cet endroit est le site sacré – le sanctuaire où nous pourrons accomplir notre sacrifice et qui nous unira tous contre tous les autres.

La rage voila les yeux de Tobias. *Je me suis fourvoyé… ce n'est pas du tout le bon endroit !* Il s'accroupit.

– Tout ce temps, tout ce travail… pour rien, se murmura-t-il à lui-même.

Une sensation d'absolue claustration le glaça subitement, au milieu de ces vastes étendues nordiques.

34

La Volkswagen Polo blanche filait sur la route du Sudurland. Elle passa devant le siège du quotidien *Morgunbladid* et le lac Raudavatn. Quelques années auparavant, Embla et Adam auraient déjà laissé la ville derrière eux en arrivant à cet endroit. Plus maintenant, car Reykjavík s'était considérablement agrandie en peu de temps, et des quartiers entiers étaient apparus à une vitesse stupéfiante. Ils dépassèrent sur la droite le parc naturel de Heidmörk, et bientôt ce fut le tour du Petit Café sur leur gauche.

Le silence régnait dans la voiture depuis qu'ils avaient quitté le commissariat, car Embla n'avait pratiquement pas levé le nez du manuscrit de Baldur. Peu après le croisement de la route de Thorlákshöfn, Adam finit par lui poser la question qu'il avait sur les lèvres :

– Alors, Embla, quand vas-tu me dire de quoi il retourne ? Et peut-être aussi où nous allons ?

Embla ne répondit pas. Il lui était difficile de décoller les yeux des pages du manuscrit dans lequel abondait une foule de photos, dessins et notes. Cette fois-ci, le contenu la surprit complètement, car Baldur y affirmait, semblait-il, avoir découvert un temple païen viking en Islande. Si cela s'avérait, ce serait une première mondiale. Embla n'était pas suffisamment avancée dans sa lecture pour savoir à quel endroit Baldur pensait que ce temple se trouvait.

– Embla ! cria Adam pour forcer son attention.

– Bon, bon, dit-elle en mettant le cahier de côté. Excuse-moi, mais je pense que le contenu de ce livre a un lien avec l'affaire.

– Tu viens de mettre le doigt sur ce que je veux savoir. Quelle affaire ? demanda Adam avec quelque irritation.

Il n'avait pas la moindre idée de la raison pour laquelle ils avaient pris ainsi la route de l'Est sur les chapeaux de roue. Tout ce qu'Embla lui avait dit jusque-là était que la femme de ménage de Baldur avait été trouvée assassinée et qu'il était probable que Baldur ait connu le même sort.

– Oui, c'est vrai. Par où commencer ? se demanda-t-elle à voix haute.

Elle se racla la gorge.

– Qu'est-ce que tu sais sur Baldur Skarphédinsson ?

– C'est bien lui qui a une théorie sur des formes géantes dans le paysage, un peu comme des ronds extraterrestres ? demanda-t-il avec un sourire goguenard.

– Sérieusement, je veux dire. Est-ce que tu sais quelque chose sur ses théories ?

– Non, je ne crois pas, admit-il, essayant de prendre le sujet au sérieux comme elle.

– Très bien.

Elle regarda à travers le pare-brise la station géothermique de Hellisheidi qui venait d'apparaître devant eux.

– Voyons…

Elle réfléchit une seconde.

– Commence par oublier tout ce que tu sais sur les Vikings.

– Ce n'est pas difficile, dit-il en riant.

– Tu as fait tes études en histoire, oui ou non ?

– J'ai choisi l'option histoire des religions, pas l'époque viking comme toi.

– Je t'en ai pourtant parlé bien des fois ? J'ai certainement fait allusion à Baldur ?

Adam prit un air penaud.

– Pardonne-moi, je décroche quand une belle fille comme toi commence à me parler des Vikings.

– Tu seras capable de te concentrer cette fois-ci ?

Elle lui donna un léger coup de coude.

– Promis.

– Merci.

Elle prit une profonde inspiration.

– Bon. Dans les grandes lignes, la théorie de Baldur est que les Vikings avaient établi d'immenses cercles sur les terres dont ils s'emparaient afin de créer un monde ordonné au milieu du chaos qu'entraînait l'arrivée dans un territoire nouveau, dit-elle pour faire simple et précis.

– C'est ça, comme les extraterrestres dans les champs de blé, renchérit Adam avec le même sourire goguenard.

– Es-tu oui ou non capable de m'écouter un moment ? demanda Embla gravement.

– Oui, oui. J'ai seulement du mal à croire que les Vikings avaient les connaissances et la capacité – sans parler de l'intérêt – de marquer tout un territoire avec des cercles gigantesques.

– Je vois très bien ce que tu veux dire, crois-moi, reconnut Embla. J'étais moi-même sceptique au début, mais les arguments en faveur de ces cercles, ou de ces croix solaires comme on les appelle, ne sont pas seulement dignes d'intérêt mais également convaincants.

Elle feuilleta machinalement le manuscrit de Baldur.

– D'après cette théorie, les croix solaires n'avaient pas qu'un aspect pratique. Bien sûr, elles étaient tracées à partir des montagnes, des collines et des lieux habités, ce qui facilitait le calcul des directions et des distances à l'intérieur des cercles, ainsi que celui des heures et des jours selon la position du soleil, c'est ce que font nos horloges aujourd'hui, débita Embla d'un trait.

Elle reprit sa respiration avant de continuer.

– Elles avaient aussi un côté religieux qui concernait l'agriculture, le culte des dieux du Grain, le moment où le soleil est au plus bas au sud-ouest à Noël, et son ascension jusqu'à son zénith au nord-est, en juin.

Adam acquiesça. Tout cela lui était familier, il l'avait étudié à l'université.

– Tu veux dire comme dans le christianisme ? dit-il, sans mentionner l'idée que si Jésus est né à Noël, c'est parce que c'est le moment où le soleil s'élève dans le ciel, la renaissance de la lumière au cœur des ténèbres.

– C'est ça, comme dans le christianisme, approuva-t-elle, et aussi dans les mythologies grecque, romaine, et dans de nombreuses autres religions elles aussi fondées sur le dieu du Grain qui naît au solstice d'hiver.

Embla repensa à ce qu'elle avait dit le matin même aux gamins du musée, juste avant que cette journée ne prenne ce tournant invraisemblable et qu'elle, Embla, ne soit entraînée dans le tourbillon d'une terrifiante affaire criminelle.

– Selon Baldur, les croix solaires des Vikings sont basées sur le culte du soleil, dont on retrace l'origine jusqu'en Égypte, et dont on voit des illustrations un peu partout, par exemple dans l'architecture de nombreuses civilisations.

– Telles que ?… demanda Adam, incrédule, sans quitter des yeux la route qui, à cette altitude, était par endroits couverte de neige.

– Comme les pyramides égyptiennes, la plupart des cercles de pierres d'Europe, dont Stonehenge, et de très nombreuses églises médiévales, répondit Embla. Toutes ces constructions étaient utilisées pour des célébrations qui avaient quelque chose à voir avec le soleil et tenaient compte de sa course dans le ciel, tout spécialement les solstices d'été et d'hiver et l'axe sud-ouest, nord-est qui les traverse de part en part.

Embla sourit à Adam avant de mettre le point final :

– Et les croix solaires des Vikings ne font pas exception.

– Tu m'excuseras, mais j'ai beaucoup de mal à croire que les idées de l'Antiquité égyptienne aient pu arriver jusque sur cette île au bout du monde.

– Tu sais, Adam, tu es tellement intelligent qu'on est parfois sidéré par ta stupidité ! lâcha Embla avec irritation.

– D'accord, répondit Adam, déconcerté. C'était un compliment ou une insulte ?

– Ça ne s'est pas fait du jour au lendemain. Les idées des Égyptiens se sont transmises aux Grecs, qui les ont transmises aux Romains, les Romains aux Germains, et de là dans le monde norrois, énuméra Embla comme si rien n'était plus naturel. Les Goths étaient un peuple germain, mais sous forte influence romaine. Ils sont pourtant très présents dans de nombreux poèmes de l'*Edda* et dans des sagas islandaises.

Elle sortit une pièce de cent couronnes de sa poche.

– Prenons un autre exemple : les armoiries de l'Islande. Je suppose que tu te souviens des quatre éléments de l'Antiquité ?

– Ceux des Grecs ? L'air, l'eau, le feu et la terre, récita Adam.

– Exactement. Nos esprits protecteurs sont une version recyclée de ces éléments, dit-elle en montrant le côté face de la pièce de monnaie. Le vautour symbolise l'air, le taureau l'eau, le griffon le feu et le géant des montagnes est bien entendu la terre. Tu ne le savais pas ?

– Si, bien sûr que je le savais, mentit Adam en rougissant.

Ses mains se crispèrent sur le volant car la route devenait plus raide et difficile maintenant qu'ils descendaient des hauteurs de Hellisheidi. Devant eux apparaissaient la bourgade de Hveragerdi, le majestueux mont Ingólfsfjall et là-bas, tout au loin, le glacier Eyjafjallajökull dont le point culminant était celui de tout le Sudurland – Godasteinn.

– De même, les dimensions des croix solaires ne sont pas dues au hasard, poursuivit Embla, mais aux mythes méditerranéens et à la croyance que tout dans ce monde est périssable, sauf les nombres.

Elle ramassa une quittance de carte bancaire qui était tombée sur le plancher de la voiture, au milieu de bouteilles d'eau gazeuse à moitié vides. Puis elle sortit un Bic rouge qu'elle gardait toujours dans une de ses poches.

– Les proportions présentes dans les temples et les églises d'autrefois n'avaient rien de fortuit, elles étaient même censées venir de l'esprit divin. Comme tu le sais, le chiffre 6 était traditionnellement le chiffre de la création, et de même ses multiples 36 et 216.

Elle écrivit les trois nombres au dos de la quittance.

– Oui, bien sûr. Le monde a été créé en six jours et on rencontre 216 un peu partout, c'est le nombre de Dieu dans la Bible par exemple. Platon et Pythagore ont tous les deux souligné sa force créatrice, commenta Adam.

Il ralentissait avec précaution en négociant les virages de la pente abrupte.

– Ça fait plaisir d'entendre que tu connais ce nombre, car on ne trouve pas 216 seulement dans les édifices comme la cathédrale de Milan, Saint-Paul à Londres ou Saint-Pierre à Rome, il est aussi à la base des croix solaires, expliqua Embla avec un grand sourire.

Elle dessina une croix solaire sur la quittance, un cercle avec une croix inclinée en forme de X en son milieu.

– Elles font 216 000 pieds vikings de longueur, chaque pied faisant un peu moins de 30 centimètres. Tu vois bien que cela représente un territoire d'une très grande étendue.

Adam fit rapidement la conversion.

– 64 kilomètres ? C'est bien ça ? demanda-t-il très étonné.

– Oui, car les croix solaires étaient aussi pour les colons un moyen de « se consacrer la terre » ainsi qu'on peut le lire dans les sagas, ce dont personne n'a pu expliquer la signification.

– Attends un peu, laisse-moi deviner… Personne sauf Baldur ? demanda Adam en repassant en cinquième, maintenant qu'ils étaient revenus en terrain plat, avec les serres de Hveragerdi sur leur gauche.

– Oui, il était certain que l'ancien rite de « se consacrer la terre » consistait à établir une croix solaire dans le paysage.

– Mais… qu'est-ce qu'il y a de secret dans tout ça ? finit par demander Adam.

Il ne comprenait toujours pas quelle importance cela pouvait avoir pour l'enquête de la police, indépendamment de la validité de la théorie de Baldur.

– Pourquoi quelqu'un aurait-il assassiné la femme de ménage de Baldur, et peut-être aussi Baldur lui-même, à cause d'idées qu'il a déjà publiées dans plusieurs livres ?

Cette question, parfaitement légitime, ramena Embla sur terre. Ils se trouvaient au cœur d'une affaire de meurtre, pas dans un cours magistral sur les théories de Baldur Skarphédinsson. Embla regarda les maisons et les fermes défiler derrière la vitre, puis le manuscrit de Baldur qui reposait toujours sur ses genoux.

– Peut-être a-t-il fini par découvrir quelque chose qui a touché quelqu'un à vif, murmura-t-elle en posant sa main sur la couverture du mystérieux cahier.

35

La maison était silencieuse. Lovísa était attablée dans la cuisine devant un verre d'eau et un flacon de comprimés. Elle prit deux comprimés, les avala et but une gorgée d'eau. Puis elle se leva, cacha le flacon dans sa poche, monta sans bruit l'escalier et entra dans la chambre de sa mère. Assise dans sa chaise à bascule, la vieille femme tenait entre ses mains de la laine blanche et deux aiguilles à tricoter, mais sa tête penchait vers l'arrière et ses yeux étaient fermés.

Lovísa s'avança sur la pointe des pieds et la couvrit d'une couverture de laine. Vilborg se réveilla.

– Lovísa, ma chérie, dit-elle d'une voix engourdie de sommeil.

– Dors, maman, dors, murmura Lovísa.

– Ce n'était pas mon intention de dormir, au milieu de la journée, s'excusa la vieille dame. J'étais en train de tricoter l'écharpe pour Ingunn.

– Ça ne fait rien, rendors-toi, dit Lovísa en ajustant la couverture pour qu'elle ne glisse pas à terre.

– Qui était le monsieur qui est venu me voir ? demanda Vilborg, maintenant bien éveillée.

– Un ami de Sæmundur.

– Il avait l'air gentil.

Vilborg reprit son tricot.

– Oui, répondit Lovísa, omettant de faire part de ses soucis à sa mère.

À ses yeux, ce Norvégien douteux devait être cinglé, puisqu'il appartenait à ce stupide Ordre de la Croix Solaire, que son mari avait fait renaître et dont il n'arrêtait pas de parler. C'était un de ceux qui étaient tombés sur la page web de Sæmundur, avaient gobé tout ce qu'il y racontait sur les cercles dans le paysage, l'héritage spirituel des Vikings et son importance dans la lutte pour débarrasser l'Europe du Nord de tous les étrangers indésirables. Tous fous à lier.

– Qu'est-ce qu'il vient faire ici ?

La question de Vilborg arracha Lovísa à ses pensées.

– Dieu seul le sait.

– Il va rester longtemps ?

– Non, je ne pense pas.

– C'est dommage. Il avait l'air si gentil, répéta Vilborg.

– Tu l'as déjà dit, maman.

– C'est vrai ? demanda-t-elle, surprise. Excuse-moi, j'avais oublié.

– Tu ne veux pas plutôt t'allonger ?

– Ce sera peut-être mieux, reconnut Vilborg.

– Oui, je crois.

Lovísa débarrassa sa mère de la couverture, de la laine et des aiguilles, et l'aida à se lever pour qu'elle s'allonge dans le lit sous le toit.

– Ça te fera du bien, ajouta-t-elle en la calant sous sa couette, tout comme Vilborg l'avait fait pour elle quand elle était petite.

– Merci, ma chérie, dit Vilborg avec attendrissement.

– Je t'en prie, maman, lui répondit Lovísa avec un doux sourire.

Vilborg agrippa subitement le bras maigre de sa fille.

– Pour tout, ajouta-t-elle.

– Allons, allons, dors.

Elle embrassa sa vieille mère sur le front. Vilborg pencha la tête en arrière contre l'oreiller et ferma les yeux. La sérénité gagna son visage. Lovísa s'assit près d'elle jusqu'à ce qu'elle s'endorme. Puis elle se leva et alla sans bruit devant la fenêtre. Elle vit au loin la Land Rover près des vestiges de la maison de Ketill Hængur. Sa fille, Sæmundur et Tobias marchaient un peu plus loin. À cet instant, elle ne put s'empêcher de serrer le poing.

– Tu vas regretter d'être venu ici, murmura-t-elle, le regard fixé sur la silhouette lointaine du Norvégien, cette vermine qui ne faisait qu'empoisonner davantage l'esprit de Sæmundur – qui encourageait sa folie. Tu peux en être sûr, ajouta-t-elle.

Elle regarda un instant sa mère, son visage paisible couvert de rides, puis elle sortit de la chambre.

36

Ni l'un ni l'autre n'avait dit mot depuis que Sæmundur avait déclaré à Tobias qu'il n'avait pas trouvé les fondations du temple d'Odin. Seulement son emplacement, qu'il considérait cependant comme sûr et certain. Ingunn restait à côté de son père, en partie parce que le brusque changement d'humeur du visiteur étranger l'avait effrayée. Hekla était allongée à ses pieds, haletante d'avoir couru après la balle de caoutchouc.

– Je ne vois pas quel est le problème, dit Sæmundur, étonné par la réaction de Tobias. Je pensais que tu le savais, que j'avais trouvé l'emplacement du temple, mais pas le temple même.

Au lieu de répondre, Tobias se releva et fit quelques pas sur le sable noir.

– Comment aurais-je pu le savoir ? finit-il par demander en se tournant vers le père et la fille. Tu disais avoir trouvé le temple d'Odin ici, dans la croix solaire islandaise. Cela ne pouvait pas être plus clair.

– Qu'est-ce que tu ne comprends pas ? demanda Sæmundur en prenant sa fille par l'épaule. Nous n'avons pas besoin de trouver le temple lui-même pour faire le sacrifice.

Il sourit à Ingunn.

– Nous avons seulement besoin de savoir où il se trouvait. Cela nous suffit, à nous et aux autres membres de l'Ordre.

Son regard se porta vers le ciel, puis sur les étendues du Sudurland, et enfin sur le sable noir sous les semelles de leurs chaussures.

– Seule la magie de ce lieu, du site du temple, importe vraiment pour le sacrifice. Odin nous en saura gré et nous donnera la force nécessaire pour affronter la menace étrangère, affirma-t-il, les yeux scintillants.

Tobias ne répondit pas à la tirade odinique de Sæmundur. Cela n'en valait pas la peine. La vérité était que, pour lui, la supposée sacralité de cet endroit n'était pas suffisante. Mais il ne pouvait pas dire pourquoi. Ce serait alors la fin de tout. Le Norvégien resta immobile et promena son regard sur le Sudurland. Il sentait le vent glacial passer sur son visage. *Et maintenant ?* se demanda-t-il. *Qu'est-ce que je vais bien pouvoir fiche maintenant ?*

Un 4×4 apparut au loin, une voiture de la police qui fonçait sur la 264 en soulevant un gros nuage de poussière, et qui venait dans leur direction. Ingunn le vit la première.

– Regarde, papa, dit-elle en indiquant le croisement de la 264 et de la route nationale.

– Qu'est-ce qui se passe ? demanda Sæmundur, remarquant la vitesse du véhicule.

Tobias devint très nerveux quand il vit que la voiture de police s'approchait.

– Il ne faut pas que la police me voie ici.

– Pourquoi ça ? demanda Sæmundur sans cacher sa surprise.

– Parce que je suis en liberté surveillée et que je n'ai pas le droit de quitter la Norvège, répondit Tobias.

Il jeta un regard rapide autour de lui, sur les vastes espaces ouverts. Pas moyen de se cacher – sauf dans le chalet de Baldur. Le Norvégien détala dans la direction de la cabane de l'archéologue sans y réfléchir à deux fois, le plus vite possible avant que le policier ne l'aperçoive. La porte étant verrouillée, Tobias n'hésita pas et l'enfonça d'un coup de pied. Juste avant que la voiture de police ne s'arrête devant la grille métallique qui gardait l'entrée du site, le Norvégien bondit à l'intérieur de la cabane et ne bougea plus, allongé sur le sol froid du chalet. Il entendit au même instant quelqu'un descendre du 4×4 et claquer la portière.

– Bonjour, Sæmundur, héla le policier.

– Salut, Villi, répondit le fermier.

Tobias se traîna jusqu'à la porte et entrebâilla le battant, puis il se redressa aussi silencieusement qu'il le put. Il entendit le policier passer la grille et se diriger vers Sæmundur.

– Qu'est-ce que je peux faire pour toi ? demanda ce dernier.

– Je n'en sais rien. La police de Reykjavík m'a appelé pour me demander de vérifier que tout était normal à Stóra-Hof.

– Normal ?

Sæmundur était interloqué.

– Oui, bien sûr. Pourquoi est-ce que tout ne serait pas normal ?

– Je ne sais pas, répondit le policier. Celui à qui j'ai parlé ne m'en a pas dit plus.

Il ôta sa casquette à visière.

– Il m'a demandé de venir ici m'assurer que tout allait bien.

Tobias s'approcha furtivement d'une des fenêtres du chalet, d'où il pourrait épier ce qui se passait. Il vit juste en face de lui un policier de grande taille, vêtu de noir de la tête aux pieds, à côté de Sæmundur et d'Ingunn.

Le fermier posa sa main sur la tête de sa fille.

– Tout est calme ici, comme d'habitude.

Il ébouriffa légèrement les cheveux de sa fille et prit un petit air enjoué pour souligner que tout allait très bien.

– Il y a quelque chose qui ne va pas ?

– Bof, tu sais comment ils sont à Reykjavík, on se demande parfois pour qui ils se prennent.

Le policier se gratta la tête.

– Celui qui m'a appelé, un certain Grímur Skarphédinsson, n'a pas voulu m'en dire plus. Je n'étais probablement pas assez haut dans la hiérarchie pour son goût.

Il soupira et remit sa casquette.

– Je vois, dit Sæmundur. Tu peux lui dire que tout va pour le mieux à Stóra-Hof. Comme toujours.

– Je m'en doutais bien, dit le policier.

Un sourire éclaira son visage.

– Et l'élevage, comment ça va ? Des cracks en vue ?

– Non, malheureusement. Mais il y en a un qui promet, Halastjarna, une jument. Tête haute, belle crinière. Tu la verras cet été aux Rencontres.

– Je suis impatient de la voir.

Il retourna vers son véhicule.

– Faut prendre les choses du bon côté.

Il monta dans le 4×4, claqua la portière et baissa la vitre.

– Et Vilborg, toujours d'aplomb ?

– Oui, oui. En pleine forme.

– Une vraie dure à cuire. Souhaite-lui le bonjour de ma part ainsi qu'à Lovísa.

– Je transmettrai.

Le policier mit le moteur en marche.

– Au revoir.

Il dérapa sur le gravier au démarrage et laissa derrière lui un nuage de poussière brune qui se dissipa peu à peu.

Un silence total régnait dans le chalet de Baldur. Immobile, Tobias avait sans faire le moindre bruit observé la conversation du policier et de Sæmundur, et il regardait maintenant s'éloigner le 4×4 de la police. Il poussa un soupir. *Il s'en est fallu d'un poil.*

Tobias était entouré de toutes sortes d'objets en rapport avec des fouilles archéologiques. Il y avait aussi un lit, un téléviseur et une petite cuisine : Baldur avait habité là, pendant qu'il fouillait le site de Ketill et étudiait la croix solaire de la région. Plus loin, un couloir menait à une porte. Tobias avança prudemment sur le plancher qui craquait sous ses pas. Il posa la main sur la poignée de la porte et ouvrit.

C'était le cabinet de travail de Baldur. Une multitude de papiers, des livres sur les contes populaires régionaux et divers ouvrages historiques recouvraient le bureau, et la bibliothèque aussi en était remplie. C'était ici que Baldur s'adonnait à ses recherches. Une petite porte sur le mur opposé attira l'attention de Tobias.

Il alla doucement vers cette porte et l'ouvrit. Baldur avait aménagé une chambre noire dans le chalet. Il y faisait extrêmement sombre. Tobias alluma une ampoule qui donna une lumière rouge. Devant ses yeux s'alignaient des photographies qui avaient été mises à sécher sur une corde tendue. Le Norvégien s'approcha, bouche bée.

– Tobias !

C'était Sæmundur qui venait d'entrer dans le chalet.

– Ici ! cria Tobias sans détacher les yeux des photos qui montraient toutes la même chose : c'était comme dans un rêve.

Il eut pendant un instant l'impression que la pièce tournait autour de lui.

– Viens vite ! appela-t-il, exalté.

– Qu'est-ce qu'il y a ?

– Tu ne vas pas y croire !

Tobias respirait par saccades. Il décrocha une des photos avec précaution et l'approcha de ses yeux.

– Il y a encore de l'espoir, murmura-t-il, fasciné par la stèle ancienne représentée sur la photo et les runes qui y étaient gravées avec art. Il y a encore de l'espoir, répéta-t-il dans un souffle.

Un sourire de rapace éclaira son visage.

37

La voiture traversait la bourgade de Selfoss. Au volant, Adam réfléchissait en silence aux explications que lui avait données Embla. De son côté, elle avait repris sa lecture du manuscrit de Baldur.

– Bon. Admettons que je croie à tout ça, finit-il par dire.

Bien qu'il eût, pour le moins, du mal à digérer cette histoire de cercles géants disséminés sur la surface du monde, il lui était encore plus difficile d'admettre que la femme qui était sa fiancée depuis des années y croyait dur comme fer.

– Où se trouvent ces… ces… ces boussoles géantes ? demanda-t-il ironiquement.

– Qui ne perdent jamais le nord, ajouta Embla en lui souriant.

– Je suppose que non.

– Eh bien, dit Embla en arrêtant à nouveau sa lecture, Baldur dit avoir trouvé des croix solaires dans toute l'Europe du Nord, et il indique les endroits et les toponymes qui confirment sa trouvaille. Il affirme aussi en avoir trouvé trois en Islande. Si deux d'entre elles sont très contestables, ce n'est pas le cas de la troisième – la croix solaire du district de Rangárvellir.

– Rangárvellir, répéta Adam avec une pointe de soulagement. C'est donc ça notre destination ?

Embla confirma d'un hochement de tête.

– Le cercle de Rangárvellir couvre un très grand territoire – plus ou moins celui dont Ketill Hængur avait pris possession, selon le *Livre de la colonisation* – et il inclut cinq points capitaux : Skálholt au nord-ouest, Stöng au nord-est, Godasteinn au sud-est, Bergthórshvoll au sud-ouest et Steinkross exactement au milieu de la croix solaire.

Elle regarda droit devant elle et poursuivit.

– D'après Baldur, la croix solaire était calculée à partir de Bergthórshvoll, le point du sud-ouest, là où le soleil est au plus bas.

Elle eut un sourire goguenard.

– L'incendie de Bergthórshvoll, dans la *Saga de Njáll,* prend un tout autre sens quand on place cet endroit dans le contexte de la croix solaire.

Les yeux d'Adam sortirent de leurs orbites, presque comme ceux des personnages de bandes dessinées.

– Tu veux dire que l'incendie est une référence à la croix solaire ? demanda-t-il stupéfait.

– Oui, d'après Baldur. Il ne fait pour lui aucun doute que l'auteur de la *Saga de Njáll* – Sæmundur le Sage – connaissait l'existence du cercle de Rangárvellir et que l'incendie était une allégorie de l'ascension du soleil à partir du sud-ouest, sa position la plus basse. Tu ne dois pas oublier que toutes les idées de Baldur étaient présentées en tant qu'hypothèses de recherche, et qu'elles n'ont toujours pas été vérifiées par d'autres spécialistes.

Le visage d'Embla s'anima de plus belle.

– Si par ailleurs il s'avérait que ses théories étaient fondées, cela aurait un énorme impact, non seulement sur la culture islandaise, mais par contrecoup sur la culture européenne, et cela nous ferait voir l'histoire de l'humanité sous un éclairage différent. Comme, par exemple, en ce qui concerne les liens entre les Vikings et les civilisations méridionales.

– La civilisation viking ne serait alors qu'un « remix » de la civilisation des autres ? demanda Adam en souriant de son bon mot.

Il avait involontairement tapé dans le mille, car Embla se rembrunit.

– Oui, et c'est cela qui a provoqué la colère des universitaires islandais, répondit-elle. La théorie de Baldur fait revoir à la baisse non seulement l'originalité des Vikings, mais aussi des Islandais dont le statut repose sur la culture « unique » de leurs ancêtres – c'est-à-dire que les Vikings étaient censés avoir créé cette culture en dehors de toute influence extérieure.

Elle se souvint des cours donnés par Baldur à l'université d'Islande quelques années auparavant. De la colère qu'ils avaient suscitée parmi de nombreux étudiants. Car, dans la conscience collective, il allait parfaitement de soi que les anciens Islandais avaient fondé le premier Parlement du monde – Althingi – et rédigé leurs sagas tout seuls, sans la moindre influence d'une autre culture.

– Au cœur de la théorie de Baldur, poursuivit-elle, il y a l'idée que les premiers Vikings qui mirent le pied en Islande ne venaient pas de la lune mais d'autres cultures, et qu'ils en avaient apporté les us et coutumes, tels que des rites religieux et l'écriture.

Elle sourit à demi.

– Baldur a également désacralisé le Parlement islandais en révélant ses racines étrangères, mettant fin ainsi à la fable qui veut que ce soit le plus vieux Parlement du monde. C'est la raison pour laquelle ses idées ne sont guère connues. On l'a en fait contraint au silence, et pour finir il a été proscrit de la communauté universitaire.

Adam se taisait, réfléchissant à ce qu'Embla lui racontait.

– Je ne me rends pas vraiment compte des dimensions de ce phénomène… cette croix solaire, comme tu l'appelles, finit-il par admettre. Ni de la manière dont sont reliés les endroits que tu as nommés.

À cet instant, ils passèrent devant un panneau qui annonçait le croisement proche avec la route de Skálholt. Il y avait, à côté du croisement, une grande carte du Sudurland.

– Arrête-toi ici ! commanda Embla en indiquant l'aire de repos.

Adam ne se le fit pas dire deux fois. Il ralentit aussitôt et alla se garer à côté de la carte. Un couple de touristes d'un certain âge s'y trouvait déjà. Tous deux portaient des pulls de laine islandais, mais la plaque de leur voiture était allemande. Ils s'étaient arrêtés là pour déguster du poisson séché et du *skyr*[1] et semblaient sortir tout droit d'une publicité vantant ce que l'Islande a de meilleur à offrir au monde extérieur.

– Viens, je vais te montrer, dit Embla en bondissant de la voiture.

Arrivée devant la carte, elle trouva tout de suite Skálholt, Stöng, Godasteinn et Bergthórshvoll.

– Regarde ici.

Son index passait d'un lieu à l'autre.

– Tu vois bien le cercle sur lequel ils se situent ?

La bouche d'Adam s'entrouvrit. Embla avait raison, les quatre endroits s'inscrivaient dans un cercle presque parfait sur la carte. Les deux touristes s'approchèrent discrètement, intrigués par le comportement singulier de ces Islandais.

– La raison pour laquelle les lignes ne sont pas tout à fait droites est que les colons prenaient surtout comme points de repère des lacs ou des montagnes, et il peut en résulter quelques mètres d'écart.

– Où est ce Steinkross qui est censé se trouver au milieu ?

Adam ne voyait que des champs de lave au centre du cercle.

– Steinkross n'est plus indiqué sur les cartes, mais on le trouve sur les vieilles cartes et dans les archives toponymiques.

1. Spécialité islandaise, produit laitier apparenté au fromage blanc. *(N.d.T.)*

Elle sortit son Bic rouge et traça une ligne entre Skálholt et Godasteinn, puis une autre allant de Stöng à Bergthórshvoll. Elle ajouta également le nombre 216 000 près de chaque ligne pour que la distance soit bien claire. Elle indiqua alors le point d'intersection des deux lignes droites, juste au-dessus des laves d'Eldvídarhraun.

– Voilà Steinkross, le milieu du cercle.

Puis elle traça un cercle autour du X qu'elle avait déjà dessiné, et le symbole solaire apparut dans toute son évidence.

– Voilà le cercle solaire que Baldur a découvert, et dont il démontre l'existence dans ses écrits, conclut-elle avec enthousiasme.

Adam n'était pas le seul à se poser des questions devant la croix solaire. Les deux Allemands curieux étaient maintenant à leurs côtés, et eux aussi considéraient avec étonnement l'étrange symbole qu'Embla venait d'esquisser. Embla ne savait pas comment interpréter leur mine ébahie : était-ce parce qu'elle venait de détériorer un bien public, ou à cause du symbole lui-même ? L'homme finit par pointer le cercle de son index.

– *The Golden Circle ?* demanda-t-il avec un accent allemand.

Il souriait avec amabilité et ne savait visiblement pas où il se trouvait lui-même.

Embla lui rendit son sourire.

– … *eh, in a way,* répondit-elle, un peu honteuse de mentir au lieu d'expliquer le sens véritable de ce « cercle d'or ».

– *Oh, thank you,* dit l'homme.

Il chuchota quelque chose à son épouse qui mâchait son poisson séché avec détermination. Puis il se tourna à nouveau vers Embla :

– *Where are we exactly ?*

Embla se racla la gorge.

– *Here.*

Elle montra du doigt le carrefour de la route de Skálholt et de la route nationale.

– *Very near, yes ?* demanda le vieux monsieur tout souriant, qui en avait déduit à tort que la chute de Gullfoss et les geysers, les joyaux du Cercle d'Or touristique, étaient tout près de là.

– *Yes, kind of,* répondit Embla, non moins honteuse qu'auparavant de mentir ainsi à des gens aussi charmants.

– Excuse-moi de vous déranger, mais quelle est notre destination finale ? demanda Adam.

– Ici. Stóra-Hof. L'ancien domaine de Ketill Hængur, sur la ligne sud-ouest, nord-est – la ligne entre les deux solstices.

– *Interesting place ?* demanda le touriste, stylo en main, prêt à le cocher dans son guide.

Adam ignora l'Allemand.

– Comment le sais-tu ?

– Le meurtrier a laissé une indication vers cet endroit dans le bureau de Baldur.

Elle revoyait la goutte de sang sur la croix solaire.

– J'en suis pratiquement sûre.

– Pour quelle raison un meurtrier laisserait-il une indication ?

– Dieu seul le sait, mais nous l'apprendrons peut-être si nous allons là-bas.

Elle agrippa le bras d'Adam et l'entraîna vers la Polo rouillée.

– Dépêchons-nous avant qu'il ne soit trop tard.

– *Danke,* leur lança le touriste avant d'examiner de plus près le croquis laissé sur la carte par ces Islandais si serviables.

– *You're welcome,* furent les derniers mots qu'Embla lui adressa, avec un sourire forcé, avant de s'engouffrer dans la voiture blanche.

38

Les journalistes de Canal 2, qui avaient suivi de près la Polo blanche depuis Reykjavík, s'étaient garés sur le bas-côté d'où ils venaient de voir Embla et Adam dessiner quelque chose sur la carte touristique avant de reprendre la route.

– Vite ! On va voir ! cria Valgard en indiquant l'aire de repos.

– On ne devait pas les suivre ?

– Si, si, mais il faut d'abord voir ce qu'ils ont dessiné.

Il appuya sur le genou d'Orri afin qu'il accélère. Le cameraman comprit aussitôt l'allusion et redémarra pour aller jusque devant la carte. Valgard l'examina soigneusement à travers le pare-brise.

– Tu vois ce que c'est ?

– Non.

Valgard bondit hors de la voiture et s'approcha. Il vit alors le grand cercle dessiné par Embla, et la croix au milieu.

– Qu'est-ce que... marmonna-t-il.

– Qu'est-ce que c'est ? demanda Orri qui avait baissé sa vitre.

– Aucune idée... c'est comme un énorme ballon dessiné en vitesse.

– C’est peut-être un ballon d’essai ? suggéra Orri en riant bêtement.

Valgard se raidit.

– C’est peut-être la blague la plus nulle que j’aie jamais entendue de ma vie.

La remarque assombrit Orri.

– Pardon, marmonna-t-il.

– Pas étonnant que tu n’aies pas de girl-friend.

Le couple de touristes allemands s’avança vers Valgard.

– *We are very excited to see Geysir and… Gullfoss,* dit le mari avec son accent allemand, mais aussi très conscient de sa mauvaise prononciation.

Valgard les dévisagea l’un après l’autre.

– *What are you talking about ?* demanda-t-il avec un mépris évident.

– *We were lost and a friendly lady drew the Golden Circle on the map,* dit la femme, avec un accent similaire.

Valgard regarda la carte géante, puis les touristes. Ils lui souriaient tous les deux.

– *Is it nice ?* demanda l’homme.

Valgard les regarda encore un instant. Il avait des doutes sur leur santé mentale. Puis il les quitta sans un mot et revint en hâte vers la voiture.

– Qu’est-ce qu’ils ont dit ?

– Je n’en suis pas sûr, mais il y a quelque chose d’anormal.

Il ouvrit la portière du conducteur.

– Descends.

– Hein ?

Orri était abasourdi.

– On ne les suit plus ?

– Si, mais maintenant, c’est *moi* qui conduis, répondit Valgard en essayant de s’installer de force au volant, ignorant qu’Orri y était encore assis. Pousse-toi !

Le gros Orri essaya de passer sur l’autre siège en se glissant par-dessus le levier de vitesses, une tâche très difficile en raison de son embonpoint.

– Dépêche-toi ! cria Valgard en le poussant.

Ses doigts s'enfonçaient dans le lard du cameraman.

– Ce que tu peux être mou, tout de même !

Orri réussit enfin son transfert sur le siège du passager.

– On a fini par y arriver.

Valgard rapprocha son siège du volant et démarra. Il jeta un regard de côté à son coéquipier, sa bedaine et ses bajoues.

– Tu sais, Orri, tu devrais envisager une cure. Ça te ferait du bien. Avec un coach.

Il agrippa un sein du cameraman et le fit ballotter.

– Tu pourrais peut-être trouver une girl-friend. Une belle femme, comme la mienne.

Sur ces mots, Valgard revint sur la nationale pour continuer la filature. Orri ne répondit rien, il essayait de rentrer son ventre.

39

Les policiers avaient beau être sûrs de leur fait, ils n'avançaient pas. C'était sûrement lui le coupable. Tout l'indiquait. Mais Ægir Ragnarsson niait absolument tout lien avec le cas de Baldur et demandait sans arrêt à voir un avocat.

– Tu n'auras pas d'avocat tant que tu n'auras pas dit ce que tu as fait ce matin, dit Grímur.

– Je n'ai donc aucun droit ? demanda Ægir.

Les tatouages de ses bras avaient enflé au fil de l'interrogatoire, au fur et à mesure que le sang affluait dans ses muscles.

– Les assassins n'ont aucun droit, tonna Grímur en posant les deux mains à plat sur la table.

Hördur était assis de l'autre côté du bureau, plus pondéré que son chef.

– Pourquoi est-ce que tu ne nous le dis pas, tout simplement ?

– Ça ne vous regarde pas. Je ne suis pas obligé de vous répondre, sauf en présence d'un avocat. Je connais la loi.

– Des conneries ! cria Grímur. Ne va pas croire que ces stupides séries américaines t'ont enseigné le droit.

– Je me suis renseigné tout seul, avec des livres, pas avec la télé, répondit Ægir, parfaitement calme.

– Si tu connais la loi et que tu es innocent, pourquoi est-ce que tu ne veux pas nous dire où tu étais ce matin ? demanda Hördur. Tu sais que ça nous arrangerait tous, pas seulement nous, toi aussi.

Ægir réfléchit, regarda les deux policiers tour à tour et serra les mâchoires si fort que deux boules saillirent en haut de ses joues.

– Parce que j'aurai des ennuis, reconnut-il enfin.

La vitre de la porte trembla à se briser quand Grímur éclata de rire.

– Des ennuis ? Mais tu n'as pas compris ? Tu es soupçonné d'assassinat !

– Si on apprend ce que je faisais ce matin, ce sera pire, c'est moi qui me ferai tuer.

Grímur se pencha, menaçant, vers Ægir.

– Pas de plaisanterie, dit-il en le saisissant par le col, on ne plaisante pas avec la mort des autres.

– Du calme, le vieux.

Ægir se dégagea et arrangea le tee-shirt gris froissé par Grímur.

– De quoi s'agit-il exactement ? demanda Hördur.

– De quoi il s'agit ?

Ægir se pencha en avant, la tête baissée. Le sommet de son crâne rasé faisait face aux policiers. Il resta ainsi un moment avant de relever les yeux.

– Si je vous le dis, est-ce que je peux être sûr que ça n'ira pas plus loin ?

– Bien entendu, dit Hördur sur un ton professionnel.

– Ce n'est pas à toi d'en décider, dit en revanche Grímur, excédé par les chichis du mécanicien. C'est à nous d'évaluer.

Hördur se tourna vers son chef dont l'attitude, à son avis, n'était pas idéale pour faire avancer les choses.

– Grímur, nous avons aussi des obligations à respecter.

– Notre seule obligation est de trouver l'assassin. Continue, ordonna-t-il à Ægir.

– OK.

Ægir inspira profondément, croisa les mains derrière sa nuque et se pencha en arrière sur sa chaise.

– Voilà : la femme de mon patron et moi, nous nous sommes rencontrés ces dernières semaines.

– Vraiment ? dit Grímur incrédule. La femme du frisé ?

– Oui. Elle fait semblant d'aller à la piscine de très bonne heure, mais en réalité c'est chez moi qu'elle vient.

– Et tu es payé pour ça en heures supplémentaires ? demanda Grímur.

– La ferme, répliqua Ægir.

– Est-ce que cette femme peut confirmer que tu étais en sa compagnie ce matin, quand le crime de Bárugata a été commis ?

– Oui, elle peut le faire, mais il ne faut pas que mon patron l'apprenne. Vous avez promis.

Hördur lança un regard à Grímur.

– Nous n'avons rien à perdre en allant l'interroger.

– Tu ne vas tout de même pas croire ces conneries ? C'est sûrement une idiote qui est prête à mentir pour lui.

Ægir se leva brusquement de son siège.

– Ne traite pas Ásdís d'idiote ! ordonna-t-il en fusillant Grímur du regard. Nous nous aimons, ajouta-t-il, beaucoup plus calmement, en se rasseyant.

– Je suis certain que ton patron sera ravi de l'entendre, dit Grímur. Et quel est le numéro de téléphone de cette maîtresse des aurores ?

40

Le silence était total dans la chambre noire. Sæmundur entra et vit Tobias debout au milieu de la petite pièce.

– Qu'est-ce que tu fais ici ? demanda-t-il en regardant autour de lui.

– Regarde.

Le Norvégien indiquait d'un signe de tête les photos accrochées sur la ficelle.

– Qu'est-ce que c'est que ça ?

– Tu étais au courant ?

Tobias lui tendit la photo de la stèle.

Sæmundur l'examina. La lumière rouge ambiante donnait à la photographie un aspect irréel. Au milieu de l'image, on voyait une vieille pierre, dressée pour mettre en évidence de très anciennes runes qui y étaient gravées. Elle était restée enterrée fort longtemps, à en juger par l'aspect du sol juste à côté : au milieu de l'herbe et de la mousse, la terre avait été retournée sur une surface équivalente à la taille de la pierre.

– Lis les runes, dit Tobias.

Et Sæmundur lut :

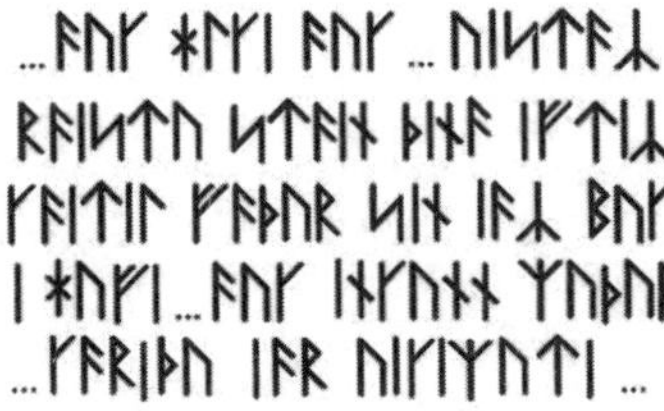

Il marmonna le texte au fur et à mesure :

– … et Helgi et… Vestar dressèrent cette pierre à la mémoire de Ketill leur père, qui vécut à Hof… et leur mère Ingunn… croisée des chemins…

Sæmundur leva les yeux.

– C'est une stèle en l'honneur de Ketill Hængur.

Sa voix se fit plus forte.

– Érigée par ses fils.

– Oui, dit Tobias en hochant la tête. Sais-tu où elle se trouve ?

Sæmundur ne mit pas longtemps à le découvrir. Non seulement grâce aux théories de Baldur et aux runes qui mentionnaient une croisée de chemins, mais également à cause de l'arrière-plan de la photo. On y voyait Hekla, mais aussi les sommets de Tindfjöll relativement proches.

– Cette pierre est à Steinkross ! s'exclama Sæmundur.

– Au centre de la croix solaire, ajouta Tobias.

– C'est pour cela qu'il y est question de croisée des chemins. Cette pierre prouve l'existence de la croix solaire une bonne fois pour toutes !

– Elle ne fait pas que cela, regarde ce qui est gravé autour des runes.

Tobias suivit de son doigt le cercle gravé autour des caractères runiques.

– Cela explique probablement pourquoi Baldur a cessé de chercher le temple ici et n'est pas revenu depuis.

Il s'agissait de l'effigie d'un dragon qui ondulait sur la pierre, et se mordait la queue dans le haut à gauche de la stèle. À cet endroit aussi on distinguait un homme qui était borgne et portait un bracelet. Il était surmonté de trois runes supplémentaires :

ᚢᚠᚴ

– UFK, murmura Sæmundur, songeur, en passant les doigts sur ce mot. Il s'agit d'Odin, affirma-t-il.

– Oui, et il porte Draupnir, le bracelet d'argent, approuva Tobias. Le modèle premier du bracelet d'argent que les Vikings gardaient sur l'autel de leur temple, et que le prêtre du temple portait à son bras pendant les cérémonies rituelles.

Il s'enflamma.

– Cette image indique sans aucun doute sur quel point de la croix solaire le temple est situé !

Sæmundur restait immobile, silencieux mais pensif.

– Oui, bien sûr, acquiesça-t-il à voix basse.

Ingunn surgit dans l'encadrement de la porte.

– Papa, quand est-ce qu'on rentre à la maison ? Il faut que je parle à Dísa sur MSN à trois heures et demie.

– Viens ici, ma chérie, répondit Sæmundur.

Il tendit la main vers elle, les doigts tremblants d'impatience. Sa fille obéit et vint s'appuyer contre son père.

– Bientôt, dit-il en la prenant par l'épaule.

– Ainsi, nous ne sommes pas au bon endroit ?

– Absolument pas. Le temple de Ketill n'a jamais été ici. Il se trouvait au nord-ouest de Steinkross.

Tobias indiqua le coin supérieur gauche de la stèle, là où le serpent se mordait la queue, là où se trouvaient Odin et Draupnir.

– L'indication est claire.

– Tu sais ce que cela veut dire ?

Sæmundur posa le doigt sur le mot incompréhensible au-dessus d'Odin : UFK.

Un silence suivit cette question. Tobias secoua la tête.

– Cela veut dire que Himmler avait peut-être raison, expliqua Sæmundur, et qu'il avait connaissance des croix solaires : ses hommes ont cherché le temple d'Odin au bon endroit.

– Qu'est-ce que tu veux dire ?

Sæmundur accentua sa pression sur l'épaule d'Ingunn.

– Comme tu viens de le mentionner, le temple se trouve au nord-ouest de Steinkross. Ce qui pointe vers un seul endroit, là où il y avait le temple même d'Odin, où le plus important des bracelets d'argent était conservé, et où les nazis sont allés chercher.

Ses yeux étincelants se posaient tout à tour sur Tobias et Ingunn.

– Nous allons à Thingvellir, leur annonça-t-il.

41

Le vieux tacot blanc filait sur la route de gravillons en laissant derrière lui un nuage de poussière. Adam montrait plus d'intérêt pour cette aventure maintenant qu'il avait compris les enjeux de cette recherche.

– Où est-ce qu'on va maintenant ? demanda-t-il.

Embla lança des coups d'œil de tous côtés. Sur la droite se dressait le mont Vatnsdalsfjall, et derrière lui Thríhyrningur, un autre sommet important dans la représentation du monde de Ketill. Droit devant, Hekla et Búrfell écrasaient l'horizon. Vördufell s'élevait un peu plus à l'ouest. Les hautes cimes du Sudurland, points de repère de la croix solaire, semblaient interpeller Embla dans leur tranquille majesté sous le ciel bleu.

Devant eux, la route de gravillons bifurquait pour donner le choix entre Keldur et Hekla d'une part et Stóra-Hof d'autre part.

– Ici ! dit Embla avant qu'il ne dépasse le croisement. Tourne ici !

Ils s'engagèrent sur cette route sans prêter attention à un 4×4 rouge sang qui se trouvait non loin de là, ni aux trois silhouettes qui couraient vers le véhicule à cet instant même – Sæmundur, Tobias et Ingunn.

Ils arrivèrent devant Stóra-Hof peu après. Ils descendirent de leur véhicule et prirent le chemin de la maison. Les abords étaient jonchés de divers objets à l'abandon, un tracteur rouillé, un chariot brisé et des jouets abîmés. Ils montèrent les marches de la véranda et sonnèrent.

Un instant plus tard, Lovísa vint leur ouvrir.

– Bonjour, dit-elle poliment, je peux vous aider ?

– Connaissez-vous Baldur Skarphédinsson ? demanda Embla sans préambule.

– Oui, bien sûr, répondit Lovísa avec un large sourire. C'est un vieil ami de la famille, il a longtemps séjourné ici, il est allé partout sur nos terres avec son détecteur de métaux.

Le sourire s'effaça de son visage blafard.

– Et puis les rapports entre mon mari et lui sont devenus un peu moins amicaux, reconnut-elle. Pourquoi posez-vous cette question ?

– Est-ce que nous pouvons entrer un moment ? demanda gravement Embla.

– Il est arrivé quelque chose ?

– Malheureusement, oui.

Les yeux d'Embla consultèrent Adam puis revinrent à Lovísa.

– Pouvons-nous entrer un instant ? demanda-t-elle une seconde fois.

– Puis-je vous demander qui vous êtes ? De la police ?

Lovísa n'était pas disposée à laisser entrer des inconnus aussi facilement.

– Non, pas directement, mais nous nous occupons cependant de l'affaire de Baldur.

– L'affaire de Baldur ? répéta Lovísa stupéfaite. Qu'est-ce qui s'est passé ?

Embla estima que le mieux était de lui dire la vérité, sans tergiverser ; de toute façon, le temps pressait.

– Selon toute probabilité, Baldur a été assassiné ce matin, répondit-elle, l'air accablé.

Le visage de Lovísa s'effondra.

– Qu'est-ce que vous dites ? demanda-t-elle bouleversée.

– Vous avez bien entendu. Est-ce que nous pouvons entrer ?

Lovísa reprit ses esprits et ouvrit grande sa porte.

– Bien sûr.

Et elle les fit entrer dans le salon.

– Asseyez-vous, je vous en prie. Qu'est-ce que je peux vous offrir ? demanda la maîtresse de maison, par habitude, en dépit du vif émoi causé par les nouvelles de Baldur.

– Rien, merci, dit Adam, qui alla examiner les photos encadrées sur les rayons de la bibliothèque.

Elles représentaient Lovísa et son mari le jour de leur mariage, leur fille et la mère de Lovísa. Il y avait aussi des photos d'un homme âgé avec Lovísa plus jeune, Adam supposa qu'il s'agissait de son père.

– Et vous, vous ne vous asseyez pas ? demanda Embla.

– Si, bien sûr.

Lovísa s'assit en passant sa main dans sa longue chevelure.

– Pour Baldur, ce n'est pas certain, expliqua Embla. On ne l'a pas retrouvé – il a en fait disparu –, mais l'état dans lequel on a découvert son bureau donne à penser qu'il n'est peut-être plus de ce monde.

– Mon Dieu.

Lovísa réprima un sanglot et enfouit son visage dans ses mains.

– En revanche, il y avait dans le bureau une indication qui nous a menés ici – à Stóra-Hof, poursuivit Embla.

Lovísa se raidit un peu, redressa le dos et écarta les doigts devant son visage.

– Ici ? demanda-t-elle étonnée.

– J'en ai bien peur. Je sais que cela paraît absurde, mais peut-être avez-vous une vague idée de la raison ?

Embla pesait ses mots, ne désirant paraître ni accusatrice ni insultante.

Le comportement de Lovísa changea subitement, comme si quelqu'un d'autre avait pris possession de son corps.

– Je le savais !

Sa voix aussi était devenue plus sonore.

– Vous saviez quoi ? demanda Embla.

– Je savais qu'il était dangereux. Prêt à tout.

Lovísa secoua la tête et fixa le plancher. Son mal de tête, qui avait disparu, revenait à la charge.

Embla lança un regard rapide à Adam qui avait pris place à côté d'elle, puis ses yeux revinrent se poser sur la maîtresse de maison.

– Qui ça ? De qui parlez-vous ? demanda-t-elle en plissant les yeux, s'efforçant de comprendre son attitude.

– Ce Tobias. Le Norvégien que mon mari est allé chercher à Reykjavík ce midi. C'est sûrement lui, répondit Lovísa avec conviction.

Son regard allait et venait sans arrêt entre le parquet et ses visiteurs.

– Pourriez-vous être plus explicite ? demanda Embla prudemment.

La maîtresse de maison, si calme auparavant, ne maîtrisait plus ses émotions – quelque chose la déchirait intérieurement.

Il y eut un silence. Lovísa, en maîtrisant sa respiration, réussit à se calmer et à freiner les battements de son cœur. Elle se leva et s'approcha de la bibliothèque et des photos de la famille, hésitant à se confier à des inconnus.

– Vous savez, mon mari, Sæmundur, traverse depuis un certain temps une phase très difficile, finit-elle par dire en ne quittant pas des yeux une photo d'elle et de Sæmundur, prise quelques années auparavant, quand tout allait pour le mieux.

Elle détacha ses yeux de la photo pour regarder les visiteurs en face.

– Il est complètement obsédé par toutes ces idées sur la colonisation mises en avant par Baldur, et il a même rétabli le vieil ordre viking mentionné par Baldur, alors que Baldur lui-même s'y opposait totalement. Vous avez entendu parler de cet ordre ?

– Moi, oui, répondit Embla en adressant un regard à Adam. Baldur pensait que les premiers colons, qui avaient établi les croix solaires, avaient fondé une sorte de société secrète pour protéger leurs secrets, débita-t-elle d'un trait.

– Le malheur est que ce pauvre Sæmundur a tout déformé pour en faire un instrument de xénophobie, de racisme et de nazisme, continua Lovísa. C'est ce qui a mis fin à son amitié avec Baldur.

Elle se tut un instant. Elle se rappelait trop bien la dispute finale de Sæmundur et Baldur. Le savant protestait parce que ses théories étaient instrumentalisées pour une idéologie de haine tandis que Sæmundur essayait de le convaincre de sa nécessité. Finalement, Baldur partit furieux et ne revint pas. Lovísa reprit la parole :

– Cet ordre a eu du succès, il a attiré toutes sortes d'individus dans les pays du nord de l'Europe où on est supposé trouver ces croix solaires.

Lovísa se rassit.

– Il y a des malades de ce genre autour de nous, et l'un d'entre eux, un Norvégien nommé Tobias qui est membre de l'Ordre, est arrivé en Islande hier soir.

– Et vous croyez que c'est lui le coupable dans cette affaire ? demanda Embla qui avait enfin saisi le lien.

– J'en suis absolument certaine, répondit Lovísa sans la moindre hésitation. Je l'ai trouvé très louche dès la première minute. Il avait une attitude fuyante, tout simplement, sans qu'on puisse pour autant le soupçonner de meurtre.

Elle se renversa dans le fauteuil vert et se frotta le front dans le vague espoir de calmer sa migraine.

– Il est à fond dans cette idiotie nordique et m'a même menacée physiquement tout à l'heure parce que j'avais osé lui dire ce que j'en pensais, ajouta-t-elle. Tobias fait partie de la clique de Sæmundur et il sait qui est Baldur.

– Où se trouve-t-il, ce Tobias ? demanda Adam.

– Dans l'ancien temple de Ketill Hængur, à un kilomètre d'ici.

Lovísa était au bord des larmes. Écrasée par la pensée que son mari fréquentait des assassins et des racistes.

– Ils discutent ensemble sur le Net depuis des mois. Tobias a beaucoup contribué à la folie de Sæmundur, c'est évident. Mon mari est de jour en jour davantage égaré dans ses pensées et ses idées délirantes.

Elle croisa les bras contre sa poitrine.

– Je ne sais pas jusqu'où je tiendrai.

Elle plongea son regard douloureux dans les yeux d'Embla.

– Je vois, dit celle-ci pleine de compassion.

Lovísa n'avait que quelques années de plus qu'elle. Elle se sentait aussi un peu soulagée. Cette horrible affaire touchait peut-être à sa fin.

– Suivez-moi, dit Lovísa en se levant brusquement. Je vais vous montrer la chambre de Tobias.

Elle quitta le salon et se dirigea vers l'étage, Embla et Adam la suivirent. Elle se retourna vers eux au pied de l'escalier.

– Sa valise s'y trouve. Elle vous aidera peut-être, dit-elle avant de gravir les marches vers l'étage.

42

La Land Rover faisait un vacarme infernal, car Sæmundur forçait son moteur au maximum pour ne pas perdre de temps. Tobias était assis à côté de lui et Ingunn à l'arrière, de mauvaise humeur et le chien sur ses genoux.

– Comment sais-tu que Thingvellir est le bon endroit ? demanda Tobias.

– Tu as vu l'image gravée sur la pierre, répondit Sæmundur d'un air décidé.

La route nationale se déroulait devant lui et Thingvellir n'était pas très loin.

– Le temple d'Odin se trouvait au nord-ouest de Steinkross et les runes U, F et K étaient gravées au-dessus d'Odin et de Draupnir, dit-il, comme si c'était l'évidence même.

Tobias leva les sourcils, étonné.

– Moi qui croyais comprendre le vieux norvégien, je dois reconnaître que je ne connais pas ce mot-là.

– Rien d'étonnant, répondit Sæmundur avec sérieux, car ce n'est pas un mot.

Tobias, d'abord dérouté, était maintenant tout à fait perdu.

– Je ne te comprends pas.

– Je pense que ce ne sont pas des lettres.

– Mais c'est quoi alors ?

– Des chiffres ! affirma Sæmundur, exalté.

– Des chiffres ?

Tobias ouvrit grands les yeux, cette idée lui parut ahurissante.

– Tu connais la théorie, non ?

– Si, bien sûr.

Le Norvégien savait que, selon certains savants, les runes ne représentaient pas seulement des lettres mais également des chiffres, à l'instar des caractères grecs et hébreux. Cela voulait dire que chaque rune avait aussi une valeur numérique.

– *U* est la deuxième lettre du *Fúthark*, l'alphabet runique utilisé par les fils de Ketill. *F* est la première et *K* la sixième.

– 216, dit Tobias qui avait maintenant compris la brillante solution de Sæmundur à cette énigme. Et la taille de la croix solaire est de 216 000 pieds vikings.

– Ce n'est pas tout : 216 000 pieds vers le nord-ouest à partir de Steinkross ne peuvent mener qu'à un seul endroit, compléta Sæmundur.

Il sourit à son visiteur.

– Thingvellir, dit Tobias en lui rendant son sourire. Le cœur de l'Islande des premiers temps.

– Et qui se trouve exactement entre le cercle de Mýrar et celui de Rangárvellir.

Tobias était déconcerté. Il avait de nouveau perdu le fil, ne connaissant pas les théories de Baldur aussi bien que Sæmundur.

– Réfléchis. L'Islande dans sa totalité était conçue comme un cercle. Elle était divisée en quatre quartiers, chacun d'eux étant régi par neuf chefs-prêtres – 36 en tout – ou bien les 36 dixièmes d'un cercle complet.

Sæmundur s'octroya un cigarillo, il avait besoin de fumer.

– Ces *godar,* qui étaient chefs et prêtres à la fois, se réunissaient en juin dans leur lieu sacro-saint, Thingvellir, où ils formaient ce qu'ils appelaient un cercle de justice.

Sæmundur alluma le cigarillo et exhala un nuage de fumée.

– Un passage du manuscrit de *Hauksbók* contient une description de l'anneau d'argent porté à Thingvellir par le récitateur de la loi, et donne en même temps une idée de l'importance du cercle pour ces premiers Islandais. Une prière était également récitée à cette occasion.

– Quelle sorte de prière ?

– Une invocation à Odin, répondit Sæmundur en prenant une deuxième bouffée.

Toutes les indications convergeaient subitement vers le même point.

– « Et que me viennent en aide Freyr, et Njördur, ainsi que *l'Ase tout-puissant.* »

L'Islandais récitait la prière avec solennité.

– C'est Hrafn, le fils de Ketill Hængur, qui devint le premier récitateur de la loi. L'antique anneau d'argent – matérialisation de la vision du monde des Vikings et du symbole de la croix solaire – a donc, en d'autres termes, été conservé dans le temple d'Odin, lequel se trouvait à Thingvellir.

Il rit.

– Cela ne pouvait pas être plus clair. Thingvellir est l'authentique point de ralliement de notre peuple. De tous ceux qui veulent mettre fin à l'invasion des étrangers.

– Et c'est là que nous allons, dit Tobias avec ravissement.

– Oui, ponctua Sæmundur.

Il regardait la route devant lui, le cigarillo aux lèvres. Il tourna la tête vers la banquette arrière où Ingunn était assise. La chienne Hekla avait posé sa tête sur les genoux de l'adolescente. Ingunn était loin de partager la passion de son père, malgré tous les efforts qu'il avait prodigués pour éveiller sa curiosité sur le sujet. Il lui avait appris, par exemple, qu'elle pouvait remonter son ascendance jusqu'à Odin, ainsi que le montrait l'arbre généalogique affiché dans le sous-sol. Le résultat était que, finalement, elle s'était détournée de tout cela, elle venait moins souvent au sous-sol et parlait de moins en moins à son père.

Le regard de Sæmundur revint vers la route, et il prit une dernière bouffée avant d'écraser le mégot dans le cendrier.

– C'est le seul endroit où nous pouvons accomplir le sacrifice, finit-il par dire au Norvégien, d'une voix où le chagrin pointait sous la conviction.

43

L'étage de Stóra-Hof était silencieux. Lovísa pénétra la première dans la chambre d'amis, suivie par Embla et Adam. Outre un lit fait et un bureau nu, il y avait dans la pièce une valise entrouverte posée sur le sol.

– Il a retiré quelque chose de sa valise avant de partir avec Sæmundur voir la vieille ferme de Ketill Hængur, dit Lovísa. Mais je n'ai pas vu ce que c'était.

Embla s'avança dans la chambre et s'agenouilla près de la valise. Elle leva les yeux vers Adam avant de l'ouvrir.

– Tu crois que je peux ?

– Tu me le demandes ? s'étonna-t-il, Embla ayant déjà enfreint plus d'une loi jusqu'ici. Tu peux ajouter ça à la liste du jour sans problèmes, je crois.

Comme la fermeture éclair de la valise était déjà à moitié tirée, Embla eut vite fait de l'ouvrir complètement. Elle contenait des vêtements et quelques livres, presque tous sur des trésors perdus et les temples vikings.

– Rien de bien surprenant, fit Lovísa en montrant les bouquins. Il semble que ce Tobias soit venu ici avant tout pour examiner le temple de Ketill que

Sæmundur et Baldur pensaient avoir trouvé tout près d'ici.

Elle soupira.

– Mais ne me demandez pas pourquoi. Je ne veux même pas le savoir.

– Il n'y a rien d'autre ? demanda Adam.

– Attends.

Embla retira les livres de la valise et enfonça les doigts entre les vêtements pliés et rangés. Un froissement se fit alors entendre.

– Qu'est-ce que c'est ? demanda Adam.

– Je ne sais pas.

Embla écarta les vêtements jusqu'à ce qu'un sac en plastique blanc apparaisse au fond de la valise.

– C'est seulement un sac en plastique.

Elle s'en empara. Elle s'aperçut alors que ce n'était pas « seulement un sac en plastique », car bien qu'on ne vît pas exactement ce qu'il contenait, on percevait que ce contenu était rouge, humide et plutôt mou. Elle sentit naître en elle comme un écho de la matinée. Elle montra le sac à Lovísa et Adam avec un air horrifié.

– Ouvre-le, demanda Adam impatient.

– Je n'ose pas, dit-elle en lui tendant le sac. Ça ne t'ennuie pas de l'ouvrir ?

– Tu oses entrer par effraction chez Baldur, voler des choses dans son bureau et ignorer les directives de la police, et tu n'oses pas ouvrir un petit sac en plastique. Parfois j'aimerais bien savoir ce qui se passe dans ton crâne.

Il saisit le sac et examina les souillures rouges visibles à travers la mince enveloppe de plastique. Puis il défit le nœud qui le fermait et jeta un coup d'œil à l'intérieur. Il ne dit rien. En revanche, son visage prit une expression qu'Embla n'avait jamais vue auparavant.

– Quoi ? fit-elle, effrayée par cette réaction.

– Ce sont… balbutia-t-il sans terminer sa phrase.

Il était sans voix. Lui qui d'habitude ne cherchait jamais ses mots.

– Ce sont quoi ?

Embla était encore plus angoissée.

– Regarde toi-même.

Il lui tendit le sac.

Embla regarda à l'intérieur et son visage changea aussitôt de couleur. Le sac en plastique contenait huit laisses de chat imbibées de sang.

44

– Qu'est-ce qu'elle a dit ? demanda Ægir dès que Grímur eut reposé son portable sur le bureau de la salle d'interrogatoire.

– Cette brave Ásdís va venir, répondit Grímur. Mais ne te fais pas d'illusions. Tu ne vas pas forcément sortir d'ici comme une fleur, même si elle déclare avoir été au lit avec toi ce matin.

– Mais alors ? Vous avez bien exigé un alibi ?

– Oui, mais d'une personne fiable. Nous devons évaluer la fiabilité de cette dame.

Un silence s'ensuivit. Hördur commença à rédiger le rapport sur un ordinateur d'aspect archaïque tandis qu'Ægir, assis de l'autre côté du bureau, attendait sa libératrice. Grímur était debout, appuyé contre un mur peint en vert, les yeux sur Ægir et la main dans sa poche, sur le fourneau de la pipe de son frère. Subitement, tout défila à toute vitesse dans sa tête, maintenant qu'il ne pouvait guère qu'attendre la suite. Il revécut son arrivée, ce matin, dans l'abominable bureau de Baldur, puis les événements qui avaient trouvé leur aboutissement ici – dans la salle d'interrogatoire, avec le suspect.

Et cette Embla qui croyait que l'association Ásatrú n'avait rien à voir avec ça, pensa-t-il, satisfait d'avoir fait confiance à son propre bon sens, et non pas aux idées de cette femme. Ses histoires sur Stóra-Hof et la goutte de sang dans le symbole solaire s'étaient bien évidemment révélées absurdes quand le policier du district était allé inspecter les lieux et n'avait rien vu de suspect.

À cet instant, le portable du commissaire se mit à vibrer sur le bureau et émit un faible bip. Il tendit le cou et lut le numéro, qui lui était inconnu. Il prit cependant l'appareil et répondit de sa voix grave :

– Grímur à l'appareil.

– Grímur, dit une voix de femme, vibrante d'émotion.

– Qui est-ce ?

– Embla. Embla Thöll.

– Ah, bonjour. Je pensais justement à vous, parce que...

– J'ai des nouvelles importantes, interrompit Embla.

– Moi aussi. Le policier que j'ai envoyé à Stóra-Hof vient de téléphoner. Rien à signaler là-bas.

– Dans ce cas, je vous suggère de le virer, déclara Embla avec fermeté.

– Pourquoi dites-vous une chose pareille ?

– Parce que je suis à Stóra-Hof.

– Qu'est-ce que vous dites ? !

Cette femme était décidément imprévisible.

– Vous avez bien entendu.

– Je vous avais bien dit de ne plus vous...

– Et j'ai trouvé les laisses des chats ! interrompit-elle une seconde fois. Il y en a huit.

Il y eut un lourd silence de quelques secondes.

– Où les avez-vous trouvées ? demanda Grímur avec hésitation, sans s'avouer vaincu.

– Ici, à Stóra-Hof, dans une valise qui appartient à un Norvégien du nom de Tobias Petersen. Les laisses sont tout ensanglantées.

Encore un lourd silence de quelques secondes.

– Pourquoi m'avez-vous désobéi ? Je vous avais dit de ne plus vous en occuper.

– Vous ne m'avez pas bien entendu ? cria Embla au téléphone, estomaquée par la réaction du policier. J'ai trouvé les laisses des chats morts qui pendent dans le bureau de Baldur. J'ai trouvé l'homme qui a fait ça. L'assassin !

Comme si la surexcitation et le timbre de la voix d'Embla avaient réussi à le secouer, Grímur saisit enfin l'importance de la nouvelle, et que l'essentiel n'était pas qui trouverait le premier l'assassin, mais que toute la lumière fût faite sur cette affaire. Il mit donc un frein à son orgueil et reconnut, intérieurement bien sûr, que la prise en main de l'affaire par cette impétueuse archéologue avait été une chance.

– Et vous êtes en ce moment à Stóra-Hof ?

– Oui, haletait Embla au téléphone. Il faut que vous veniez tout de suite.

– Où est-il, ce Norvégien, le propriétaire de la valise ?

– Tout près, à environ un kilomètre à l'ouest de la ferme.

– Je vois.

Grímur se gratta le crâne.

Cela allait trop vite. Quelques secondes plus tôt, il était absolument certain d'avoir mis la main sur le coupable, et soudain la situation avait changé du tout au tout. Si Embla avait raison, le coupable était loin d'ici. Et libre comme l'air, par-dessus le marché.

– Nous nous mettons en route immédiatement.

– C'est bien, dit Embla soulagée. Je vais vérifier si ce Tobias est toujours là et je vous tiens au courant. D'accord ?

– Oui, c'est ça.

Il y eut un silence.

– Et merci, ajouta-t-il en adoucissant le ton.

– De rien. Mais dépêchez-vous.

Elle raccrocha.

Hördur et Ægir, assis de chaque côté du bureau, ne quittaient pas le commissaire des yeux. Il était clair que ce coup de téléphone avait chamboulé l'enquête.

– Qui était-ce ? demanda Hördur qui avait cessé de taper le rapport.

– Embla.

Les yeux de Grímur se détachèrent du linoléum gris pour se poser sur Ægir. Le mécanicien attendait la suite des événements.

– Qu'est-ce qui se passe ? demanda Hördur.

– Tu restes ici, dit-il à Ægir, avant de se tourner vers Hördur. Et toi, tu viens avec moi.

Il se dirigea vers la porte et l'ouvrit.

– Nous partons dans le Sudurland, annonça le commissaire avant de se ruer hors de la pièce.

45

Sæmundur s'approchait à toute allure du lieu sacro-saint de la nation islandaise : Thingvellir. L'hôtel Valhöll apparut sur la gauche, et un peu plus loin le pont sur la rivière Öxará. Sæmundur continua tout droit et fila vers Spöngin qui, entre les fissures Flosagjá et Nikulásargjá, est l'emplacement supposé du Rocher de la Loi à l'époque viking, avant qu'il ne soit transféré plus près de la grande faille Almannagjá, à la suite de l'adoption du christianisme en l'an mil.

– Où penses-tu que se trouvait le temple ? demanda Tobias en inspectant les alentours à travers le pare-brise sali par la boue.

– Je ne suis pas sûr, mais si Baldur a fait des recherches ici, il a certainement laissé des marques, d'une façon ou d'une autre.

La Land Rover s'arrêta sur le parking vide de Spöngin. Un endroit habituellement très fréquenté, mais la saison touristique était encore loin. Sæmundur sauta à terre sans attendre, suivi par Tobias, Ingunn et la chienne.

– Et maintenant ? demanda Tobias.

La bise qui soufflait à Thingvellir ébouriffait leurs cheveux et la fourrure de la chienne. Autour d'eux, il y avait des plaques de lave recouvertes de mousse, de petites congères et de profondes fissures remplies d'une eau limpide.

– Une idée ?...

– Suivez-moi, dit Sæmundur.

Il traversa en courant le pont qui enjambe la Nikulásargjá et se dirigea sans hésiter vers Spöngin, la longue coulée de lave où le premier Rocher de la Loi, celui de l'ère païenne, était censé se trouver. Ils n'y virent ni cabane à outils ni piquets. L'étroite bande de terre était quasi dénudée. Cela n'avait rien d'étonnant, il était illégal d'altérer le site. Sæmundur avait néanmoins espéré trouver quelque indice.

– Où était ce temple, à ton avis ? demanda Tobias, que courir et chercher ainsi avait essoufflé.

Au lieu de répondre, Sæmundur parcourut des yeux les alentours, dans toutes les directions. Il n'y avait rien qui pût suggérer l'existence de fouilles archéologiques, il n'y avait que la nature intacte à perte de vue. Il eut soudain une idée.

– Le temple se trouvait *non loin* du Rocher de la Loi, mais cela ne veut pas dire *au même endroit*, marmonna-t-il, comme pour les temples des Vikings, qui se trouvaient non loin de leurs résidences.

– Mais où, alors ?

Tobias regardait les vastes espaces, les noires montagnes dans le lointain et l'immense lac à proximité. Il ne pouvait que s'en remettre totalement à l'Islandais.

Sæmundur trouva la réponse en un instant.

– Là !

Et il descendit en courant vers Nikulásargjá et le parking. Mais au lieu de remonter dans la voiture comme Tobias s'y attendait, il continua sa course plus à l'ouest, vers l'église de Thingvellir. Ingunn, Tobias et Hekla le suivirent. Le chien remuait la queue d'excitation. Ingunn, au contraire, en avait plus qu'assez des allées et venues fébriles de son père et de son invité. Elle comprenait, bien sûr, que tout cela tournait autour d'Odin et de Ketill Hængur – les deux bonshommes dont son père parlait sans arrêt depuis des mois –, mais elle ne comprenait pas pourquoi il fallait qu'elle les suive. Il était de toute façon inutile de poser la question, en tout cas quand son père était dans cet état d'esprit. Cela ne ferait que provoquer sa colère, et il valait mieux l'éviter. Elle le savait par expérience.

Ils étaient arrivés aux portes de l'église de Thingvellir.

– La réponse doit se trouver ici, dit Sæmundur en s'arrêtant.

– Pourquoi dis-tu cela ? fit Tobias, étonné.

– La première église de Thingvellir a été construite juste après l'adoption du christianisme, à peu près sur le même emplacement que celle-ci.

Il donna un coup sur le mur en bois de l'église.

– Et tu supposes qu'elle a été construite sur les fondations du temple d'Odin ?

– Oui, acquiesça Sæmundur en hochant la tête. Les églises importantes, comme celle-ci, n'étaient pas bâties n'importe où, mais aux endroits qui étaient déjà sacrés dans l'esprit des gens.

– Où il y avait, avant, des temples païens ?

– Exactement, les chrétiens n'ont pas *changé* l'image du monde, ils l'ont *christianisée.*

Il avait aussi entendu dire que les églises avaient été construites sur les fondations des temples païens dans le but de démontrer la supériorité de la nouvelle foi, et qu'éradiquer les sanctuaires des anciennes croyances n'était pas une affaire compliquée. Le résultat, de toute manière, était le même : là où se trouvaient – et se trouvent encore de nos jours – des églises importantes, il y avait souvent eu des temples païens antérieurement. Elles pouvaient donc servir à trouver des lieux de culte plus anciens.

Sæmundur fit le tour de l'église à la recherche de toute trace ou indication que Baldur aurait pu laisser derrière lui. Hekla le suivait tandis qu'Ingunn s'était assise sur les marches de l'église. Il ne vit rien d'autre, sur cette aire dénudée, que des bouleaux et des conifères chétifs, les tombes des grands poètes nationaux Einar Benediktsson et Jónas Hallgrímsson, et la rivière Öxará qui serpentait. Ni piquets ni poteaux.

– Tu vois quelque chose ? demanda-t-il à Tobias qui était de l'autre côté, près des bâtiments de l'ancienne ferme.

– Non, rien.

Tobias avait lui aussi ratissé l'endroit en inspectant consciencieusement l'herbe humide. Il n'y avait rien qui sortît de l'ordinaire.

– Malédiction ! tonna Sæmundur.

Ils revinrent tous deux vers la façade de l'église. Ingunn était toujours assise, et attendait.

– Vous avez trouvé quelque chose ? dit-elle avec un intérêt feint.

Tout ce qu'elle désirait, c'était rentrer à la maison pour parler avec ses copines sur l'ordinateur.

– Non, répondit son père sèchement.

Il prit un cigarillo et l'alluma, pour se calmer.

– Quand est-ce qu'on rentre ?

– Pas tout de suite, répondit Sæmundur encore plus abruptement.

Il ne savait que faire, et le temps pressait. Il ne savait ni où le temple s'était trouvé ni où le sacrifice devait avoir lieu. Il jeta un coup d'œil à sa montre. Il était déjà quatre heures.

– Malédiction ! s'écria-t-il une seconde fois. Il faut qu'on ait fini avant le coucher du soleil.

– Il faut que je rentre à la maison, dit Ingunn.

– Pas maintenant, Ingunn ! vociféra Sæmundur.

Cela ne fit que braquer l'adolescente dont le tempérament pouvait être aussi ombrageux que celui de Sæmundur. Il avait dépassé les bornes.

– Tu n'as pas le droit de me traiter comme ça ! s'indigna-t-elle en se relevant.

– Tu feras ce que je dis, répondit-il, excédé de ses récriminations et de son ingratitude. Tu devrais être fière, aucun enfant de ton âge ne peut avoir la chance de vivre quelque chose comme ça.

– Quelque chose comme quoi ? Comme cette histoire de fous ?

Elle regretta aussitôt ces mots qui lui avaient échappé.

L'air se figea entre le père et la fille.

– De fous ? répéta Sæmundur, profondément déçu. Je croyais que tu étais avec moi. Je croyais qu'on était d'accord là-dessus toi et moi, même si ta mère ne comprend pas.

– Papa, je t'aime, mais je n'en peux plus.

Ingunn ne pouvait pas s'en tenir là, il fallait qu'elle aille jusqu'au bout.

– Arrête tout ça, papa. Maman et moi on a peur pour toi.

Ses yeux étaient gonflés de larmes.

Sæmundur se sentit trahi. En dépit de toute l'opposition qu'il avait dû affronter, il avait cru qu'Ingunn serait de son côté quoi qu'il arrive. Qu'elle était fière d'avoir été appelée Ingunn comme la femme de Ketill Hængur. Qu'elle était fière d'être née au sein de cette lignée et de pouvoir remonter son ascendance aux gens d'Oddi, à Ketill, aux Skjöldungs et jusqu'à Odin lui-même.

– Et si on rentrait maintenant à la maison ? demanda-t-elle, l'implorant des yeux.

– Non, nous ne rentrons pas, répondit Sæmundur, meurtri.

– Je suis désolée, papa. Vraiment.

Elle se rassit sur les marches de l'église, sécha ses larmes et regarda droit devant elle les falaises d'Almannagjá et la rivière qui allait se jeter dans le lac de Thingvellir. Hekla vint s'installer à côté d'elle en tirant la langue. Les deux amies attendaient ainsi tandis que Sæmundur et Tobias discutaient de ce qu'ils allaient faire.

Ingunn ne pensait qu'à sa mère en ce moment, elle aurait tellement voulu l'avoir à côté d'elle.

– Pourquoi est-ce que mon vieux papa ne peut pas redevenir comme avant ? murmura Ingunn à Hekla qui haletait toujours la langue pendante et regardait sa maîtresse dans les yeux.

46

– Il faut que vous téléphoniez tout de suite à Sæmundur, dit Embla à Lovísa dès qu'elle eut fini de parler au commissaire.

Adam était à côté d'elle, debout, et il avait encore le sac en plastique à la main. Il avait desserré sa cravate et dégrafé le bouton du col de sa chemise.

– Pourquoi ? demanda Lovísa.

Elle s'assit sur le lit. Ses genoux ne la portaient plus. Elle était terrifiée à la pensée que son mari et sa fille étaient en compagnie d'un tueur implacable.

– Parce que nous devons savoir où est Tobias. La police va venir ici, annonça Embla.

– Je comprends.

Lovísa se ressaisit et se leva.

– Attendez ici.

Elle s'élança dans le couloir et entra dans la chambre de sa mère. On pouvait voir de sa fenêtre le site de l'ancienne ferme de Ketill. Elle constata avec effroi que le 4×4 ne s'y trouvait plus.

– Mon Dieu, murmura-t-elle.

– C'est toi, ma chérie ? demanda sa mère que le remue-ménage avait réveillée.

– Rendors-toi.

Elle s'approcha de sa mère et réajusta sa couverture.

– Qu'est-ce que j'ai fait ? bredouilla Vilborg d'une voix endormie. Je… je suis une mauvaise femme.

– Allons, allons, maman. Tu viens de faire un mauvais rêve.

Lovísa lissa la couverture et l'ajusta soigneusement sur les pieds de sa mère.

– C'était le même rêve que d'habitude ?

– Qu'est-ce que j'ai fait ? continua Vilborg, toujours à moitié endormie. Mon âme ne trouve pas de paix. J'irai droit en enfer, non ?

– Bonne nuit, dit Lovísa en posant un baiser sur le front de sa mère.

Elle avait l'habitude de ces sommes interrompus et de ces cauchemars. Puis elle se hâta de revenir dans la chambre d'amis.

– Alors ? demanda Adam.

– Ils ne sont plus où ils étaient tout à l'heure. Cet assassin est quelque part avec ma famille… avec ma fille.

Elle était au bord des larmes et ses épaules tremblaient.

– Téléphonez à votre mari.

Embla lui tendit son portable en posant l'autre main sur son épaule pour la réconforter.

– C'est tout ce qu'on peut faire.

– Oui.

Lovísa avala sa salive et fit le numéro de Sæmundur. Quelques instants s'écoulèrent avant qu'il ne réponde.

– Sæmundur, c'est Lovísa.

– Lovísa ? De quel téléphone m'appelles-tu ?

Elle entendait le vent souffler et de l'eau couler là où il se trouvait.

– Cela n'a aucune importance. Où es-tu ?

– Nous sommes à Thingvellir.

– Qu'est-ce qui vous a pris d'aller là-bas ?

– Nous avons trouvé dans le chalet de Baldur une indication vers l'église de Thingvellir.

La voix de Sæmundur s'anima.

– Lovísa, le temple de Ketill n'était pas à Stóra-Hof, il était ici, lui annonça-t-il avec enthousiasme.

La nouvelle laissa Lovísa indifférente. Il y avait beaucoup plus urgent à ses yeux – la sécurité de sa fille.

– Vous allez y rester un moment ?

– Oui, probablement. Pourquoi ? Il y a un problème ?

Sæmundur sentait que quelque chose la tracassait.

– Non, non, mentit Lovísa. Promets-moi seulement d'y rester plus longtemps et de ne pas quitter Ingunn des yeux, d'accord ? Quoi qu'il arrive.

– Qu'est-ce qui te prend, Lovísa ?

– Rien, mais promets-le-moi, répéta-t-elle un peu plus fort. C'est la seule chose que je te demande.

– Oui, bien sûr, c'est promis. Ingunn est ici, juste en face de moi.

– C'est bien. Je t'aime, Sæmundur, dit Lovísa pour finir.

– Je... je t'aime aussi, répondit-il, déconcerté.

Ils n'avaient pas échangé de mots aussi tendres depuis longtemps.

– Au revoir.

Lovísa coupa la communication sans attendre de réponse et rendit le téléphone à Embla.

– Ils sont à Thingvellir, près de l'église. Sæmundur dit qu'ils ont trouvé dans le chalet de Baldur une indication sur le véritable emplacement du temple de Ketill, et c'est pour ça qu'ils sont allés là-bas.

– Quoi ? !

Le visage d'Embla s'empourpra des oreilles jusqu'au cou.

– Quel temple ? Quel chalet ? demanda-t-elle, surexcitée.

– C'est un chalet que Baldur a fait construire tout près d'ici, il y a quelques années. C'était pour ses recherches sur cette croix solaire, précisa-t-elle sur un ton neutre.

Le visage d'Embla devint cramoisi. La trouvaille de Baldur, quelle qu'elle fût, pouvait faire avancer les choses, c'était l'évidence même. Pas l'enquête criminelle, qui semblait résolue, mais la recherche archéologique. Le motif du crime. Ils pourraient fort bien trouver dans ce chalet le chaînon manquant des théories de Baldur, l'élément qui avait déclenché cette sauvagerie. C'était plus fort qu'elle, Embla devait absolument savoir de quoi il s'agissait.

– Où est ce chalet ?

– À un petit kilomètre d'ici, répondit Lovísa.

– Vous pouvez nous montrer où c'est ?

– Bien sûr.

– Très bien, allons-y.

Embla posa son regard sur Adam qui n'avait rien dit pendant l'échange entre les deux femmes. Elle remarqua une lueur de curiosité dans ses yeux.

– Qu'est-ce qu'il y a ? lui demanda-t-elle.

– Pourquoi est-il nécessaire d'aller au chalet de Baldur ? Il suffit de téléphoner aux flics, de leur dire où se trouve ce Tobias, et puis l'affaire est réglée, non ?

– Bien sûr que je vais leur téléphoner, répliqua-t-elle.

– Qu'est-ce que ce chalet vient faire là-dedans ? poursuivit Adam qui était pratiquement sûr de la réponse à cette question : Embla voulait savoir le fin mot des recherches de Baldur et trouver le temple perdu.

– Il renferme l'explication de ce qui s'est passé aujourd'hui, la raison du crime. Tu ne le vois pas ?

– Donc, nous ne sommes pas en train de nous faire plaisir ? demanda-t-il pompeusement.

– Oh, ferme-la ! coupa Embla, furieuse parce que Adam n'avait pas tout à fait tort.

Elle se précipita dans l'escalier à la suite de Lovísa. Elle sortit son portable de sa poche, ignora la liste de tous ceux qui avaient essayé de la joindre et trouva le numéro du commissaire. Elle colla le petit appareil contre son oreille et attendit la première sonnerie.

47

La nature ouvrait grands ses bras. Ils avaient très vite dépassé Gljúfrasteinn. Le véhicule surélevé que Grímur avait choisi pour se rendre dans le Sudurland traversait la longue vallée de Mosfellssveit comme un boulet. Le commissaire avait opté pour cette route car il savait que la circulation y serait moindre, voire nulle, tandis que la route directe du Sudurland était généralement engorgée à ce moment de la journée, tout particulièrement par de gros poids lourds qui congestionnaient le trafic.

Et nous n'avons certainement pas besoin de ça maintenant, pensa Grímur en serrant les dents. Chaque minute comptait. Chaque minute pouvait être décisive pour l'issue de cette affaire.

Hördur était installé sur le siège avant. Il essayait de paraître calme et de ne pas se laisser impressionner par la vitesse, malgré son impact direct sur les battements de son cœur. Il s'arrangea, le plus discrètement possible, pour jeter un coup d'œil furtif au compteur. Un « Merde ! » lui échappa. L'aiguille rouge oscillait entre 140 et 145. Il se racla la gorge.

– Est-ce que c'est vraiment nécessaire ?

– Quoi ? demanda Grímur, les yeux fixés sur la route devant lui.

Conduire exigeait toute sa concentration.

– Eh bien… cette vitesse, bégaya Hördur.

Jusque-là, Grímur n'avait même pas regardé le compteur. Un coup d'œil rapide ne l'incita pas à ralentir, bien au contraire. Il accéléra.

– Il faut nous dépêcher, expliqua-t-il, serein en apparence, mais intérieurement rongé par l'inquiétude.

La région défilait très vite vue du 4×4 de la police, l'imposant massif de l'Esja à gauche et la vallée de Mosfell à droite laissèrent rapidement la place au mont Skálafell et au croisement avec la route de Kjós. À peine cette route avait-elle disparu que le portable de Grímur se mit à vibrer, puis à tinter dans la poche de sa veste. Grímur lâcha le volant d'une main malgré la vitesse pour pêcher son portable et le porter à son oreille.

– Oui ? proféra-t-il de sa voix grave.

– Grímur, ils ne sont plus ici, à Stóra-Hof, dit Embla sans préambule.

– Où sont-ils maintenant ?

Hördur était au comble de l'angoisse, son esprit était accaparé à la fois par la vitesse de la voiture et par son supérieur hiérarchique qui parlait au téléphone sans trop se préoccuper de sa conduite. Descendre immédiatement de cette voiture était ce qu'il désirait le plus au monde. Démissionner de la police était l'autre solution qui lui vint à l'esprit.

– Ils se trouvent près de l'église de Thingvellir, répondit Embla.

– À Thingvellir, dit Grímur, soulagé. Nous sommes sur la commune de Mosfell, justement.

– Dépêchez-vous, je ne sais pas combien de temps ils vont y rester. Celui que vous recherchez est norvégien et s'appelle Tobias. Il porte un pantalon noir et un anorak clair, avec des cheveux longs et des yeux étranges. Ils ont l'air figés, comme le dit la femme de Sæmundur.

– Qui est Sæmundur ? demanda Grímur, une main prise par le téléphone et l'autre sur le volant qui vibrait à cause de la vitesse.

– Le mari de la femme qui m'a raconté tout ça. Lovísa. La fermière de Stóra-Hof. Tobias a été invité par Sæmundur. Tous les deux sont à fond dans les histoires de Vikings, expliqua Embla. Lovísa a très peur pour son mari, et aussi pour sa fille qui les accompagne.

– Je vois. Nous serons là-bas dans quelques minutes. Dites-le-lui.

– Très bien, mais vous me raconterez quand ce sera fini.

Elle salua et raccrocha.

Grímur remit le portable dans sa poche. Hördur se sentit aussitôt beaucoup mieux.

– Alors ? demanda-t-il.

– Une chance qu'on ait pris cette route.

– Pourquoi ?

– Parce que le type qu'on recherche est tout près d'ici.

– Dans ce cas, on pourrait peut-être aller moins vite ? demanda Hördur, dans le vague espoir de s'en sortir vivant.

– Oui, répondit Grímur, avec cette même distraction qui le caractérisait depuis le début de la journée.

Il appuya donc sur l'accélérateur et l'aiguille du compteur dépassa légèrement le 140. Le 4×4 sursauta et fonça dans la direction du lac de Thingvellir.

– Merde, gémit Hördur une deuxième fois, mort de peur à l'idée que le véhicule allait peut-être décoller et plonger dans les eaux profondes du lac qui s'étalait devant leurs yeux.

48

Adam, Embla et Lovísa empruntèrent la route de gravillons qui menait de Stóra-Hof à l'endroit où Ketill Hængur avait jadis construit sa demeure. Dans leur précipitation, ils ne remarquèrent pas le nez d'une voiture aux couleurs de Canal 2 cachée derrière l'écurie, tout près de la maison de Stóra-Hof.

– Vous excuserez le désordre, dit Adam au volant, en parlant des bouteilles d'eau gazeuse sur le plancher de la voiture.

Lovísa était assise à côté de lui. Elle était beaucoup plus calme depuis qu'elle savait que, dans quelques minutes, la police allait arrêter Tobias à Thingvellir.

– Aucune importance, dit-elle.

– Savez-vous pour quelle raison Tobias commettrait un acte pareil ? demanda Embla qui s'était assise à l'arrière.

– Non, mais il est certainement très influencé par Sæmundur et son Ordre de la Croix Solaire qui a été le principal objet de la querelle entre Sæmundur et Baldur.

Embla se pencha entre les deux sièges avant.

– Comment cela ?

Lovísa fut prompte à organiser ses pensées.

– Comme je viens de le dire, Sæmundur et Baldur se sont violemment querellés à cause de l'Ordre de la Croix Solaire. L'hypothèse de l'existence de cet ordre à l'époque des Vikings avait été avancée par Baldur, qui avait des arguments. Mais il ne voulait pas entendre parler de l'ordre que Sæmundur avait fait renaître et encore moins de l'associer à un mouvement xénophobe ou à une absurde idéologie de l'homme du Nord, blanc, blond et fort.

Les yeux tristes de Lovísa restaient fixés droit devant elle.

– Il est tout à fait possible que quelqu'un mentalement instable, comme ce Tobias par exemple, se soit mis à haïr Baldur pour cette raison et... – elle hésita sur les mots – ... et qu'il ait fait ce qu'il a fait.

Embla acquiesça d'un hochement de tête. L'énigme criminelle semblait être résolue. Tobias, une sorte de sous-fifre de Sæmundur et adepte fanatique de la doctrine qu'il prônait, pouvait très bien avoir vu une occasion de passer à l'action et de châtier Baldur pour son attitude hostile envers l'Ordre de la Croix Solaire. Ce qui expliquerait également la mise en scène norroise sur les lieux du meurtre. Il n'était pas nécessaire de chercher ailleurs le motif du crime, ce n'était que la folie d'un homme qui avait perdu toute notion de la réalité.

La vieille Polo arriva au bout du chemin. En face, sur une élévation du terrain, on voyait le faîte du chalet que Baldur avait fait construire.

– Là, indiqua Lovísa droit devant elle, c'est cette maison.

Adam passa en première, roula tranquillement jusqu'à la route 264, la traversa pour s'avancer dans le pré. Il s'arrêta devant la grille fermée.

– J'y vais.

Lovísa descendit d'un bond pour ouvrir, et la Polo blanche entra et stationna sur la pente. Adam éteignit le moteur, mit le frein à main et regarda Embla dans le rétroviseur.

– Prête ?

– Oui.

Embla soupira. Le court trajet en voiture l'avait calmée, elle avait même un peu envie de dormir. Il est vrai qu'elle n'avait pas cessé de se démener depuis la fin de la matinée. En repassant les événements dans sa mémoire, cette journée lui fit l'effet d'avoir été un rêve étrange.

– Nous n'aurions peut-être pas dû nous mêler de cette histoire, dit Adam.

La fatigue qu'il lisait dans les yeux de sa fiancée était très éloquente. Ils avançaient tous deux sur un terrain glissant, dans un monde qu'ils ne connaissaient guère, et ils commençaient à en sentir l'impact.

– L'héroïsme, ça se paye, dit-elle avec un faible sourire.

Adam tendit sa main vers l'arrière, et Embla la saisit.

– C'est vrai qu'aujourd'hui tu as été une véritable héroïne.

– Ah bon ! C'est nouveau ! dit-elle avec surprise. Je croyais que tu étais opposé à ce que je me mêle de cette histoire.

– J'y étais opposé, c'est vrai, mais il me semble que tu as réussi à démêler cette affaire, et toute seule pardessus le marché.

En entendant ces mots, Embla sentit sa fatigue s'évaporer. Adam n'avait pas tort. Si elle n'était pas venue tout de suite à Stóra-Hof, contre tous les ordres et les règlements, cette enquête criminelle ne serait toujours pas résolue.

– Merci.

Embla se pencha et embrassa Adam sur la joue. Malgré les difficultés de leur relation et quelques querelles de temps à autre – peut-être un peu trop nombreuses, ces querelles –, elle était très amoureuse de lui, et c'était justement lors de moments comme celui-ci qu'elle s'en rendait pleinement compte. Il était toujours à ses côtés et disait ce qu'il fallait pour recharger ses batteries.

– Tu es encore furieux à cause des taches d'herbe sur ta veste d'été ? demanda-t-elle en souriant tendrement.

– C’était ma veste favorite, répondit-il en lui rendant son sourire.

– On t’en achètera une nouvelle quand ce sera fini.

Lovísa cogna sur la vitre.

– Vous venez ?

Elle avait visiblement froid et pressait ses bras croisés contre sa poitrine.

– Dépêchons-nous, dit Embla en embrassant Adam une seconde fois.

Puis elle descendit de voiture, le manuscrit de Baldur à la main.

49

Le coup de téléphone de Lovísa avait inquiété Sæmundur, lui qui n'était pas d'un naturel placide. Le timbre de la voix de Lovísa n'avait pas sa douceur habituelle. Il ne se rappelait pas l'avoir entendue parler de cette manière. *Ah si, c'est vrai.* Le jour de la mort de son père. Quinze ans plus tôt. C'était le même ton. La même distance, la même peur. *Que se passe-t-il ?* Elle ne sait tout de même pas ce que j'ai l'intention de faire ?

– Que faisons-nous maintenant ?

Tobias était devant lui, et il avait coupé le fil de ses pensées.

– Je ne suis pas sûr.

Il posa sa main sur le *Hávamál* qu'il avait gardé dans la poche de son anorak. Bientôt, il ouvrirait le livre pour réciter les sublimes versets du *Rúnatal*, la prière païenne de l'autosacrifice d'Odin accompagnerait le sacrifice de Sæmundur. Mais il fallait d'abord trouver l'emplacement du temple.

– Qu'est-ce que maman a dit ?

Ingunn, après avoir dit franchement ce qu'elle pensait des visions de son père, était restée à bouder sur les marches de l'église. Ils s'étaient querellés, indéniablement, mais elle était contente d'avoir enfin osé lui dire ce qu'elle pensait vraiment.

– Rien, répondit Sæmundur dont le désappointement était toujours aussi vif.

Il avait vraiment cru qu'elle l'approuvait et serait honorée de participer à son dessein, pour l'honneur de leurs ancêtres. Il était désormais évident qu'il n'en était rien. Le sacrifice n'en serait que plus difficile.

Un ronflement de moteur rompit le silence et attira leur attention. Ils virent un 4×4 de la police longer la fissure Flosagjá dans leur direction.

– Qu'est-ce qui se passe aujourd'hui ? demanda Sæmundur, surpris par ces irruptions de la police, d'abord à Stóra-Hof, et maintenant à Thingvellir.

Tobias n'accueillit pas l'arrivée de ce véhicule avec le même calme que l'Islandais, car il saisit sans hésiter la poignée de la porte de l'église et essaya de l'ouvrir.

– L'église est fermée pendant l'hiver, lui dit Sæmundur.

– Malédiction ! murmura Tobias en regardant rapidement autour de lui.

La voiture de police se rapprochait de plus en plus et il ne vit d'autre issue que de courir vers la vieille ferme de Thingvellir, qui se trouvait juste à côté.

Le 4×4 arriva en trombe et s'arrêta devant l'église. Le commissaire Grímur et son adjoint Hördur remarquèrent tout de suite le fugitif, qui répondait en outre parfaitement au signalement fourni par Embla.

Hördur jaillit hors de la voiture.

– Stop ! hurla-t-il en se lançant à la poursuite du Norvégien.

50

Lovísa traversait à grandes enjambées le site archéologique soigneusement délimité par les piquets. Embla lui emboîtait le pas en parcourant des yeux ce terrain de recherche, la découverte de Baldur. Elle n'avait pas le temps de s'arrêter pour l'examiner de plus près. Elle suivait les pas que Lovísa laissait dans le sable noir, curieuse de voir ce que le chalet renfermait. Adam suivait lui aussi, à quelques mètres.

Les deux femmes jetèrent un coup d'œil par la porte entrouverte, curieuses mais prudentes. Lovísa pénétra dans le logis glacial en faisant craquer le plancher. Embla et Adam la suivirent. Aucun son à l'intérieur, on n'entendait que le vent au-dehors.

– Et maintenant ? demanda Lovísa.

– Il se trouve certainement ici quelque chose qui a convaincu Sæmundur et Tobias d'aller chercher le temple à Thingvellir, répondit Embla, et ce *quelque chose* pourrait donner aussi la clé du crime.

Elle examina les lieux. Dans la pièce, il y avait dans un coin divers outils maculés de terre, pelles, masses et autres, qui avaient sans aucun doute été utilisés pour les fouilles. Il y avait aussi un lit, un téléviseur et un coin cuisine.

Ils se séparèrent pour chercher chacun de son côté. On voyait des livres sur la table du salon, ils étaient encore plus nombreux dans la cuisine et il y en avait encore d'autres par terre près du lit. Lovísa se déplaçait avec précaution, tandis qu'Embla allait vivement d'un objet à l'autre, les scrutant pour déceler toute forme d'indice. Adam décida de s'aventurer plus à l'intérieur, dans un couloir qui débouchait sur une porte ouverte. C'était la pièce où Baldur travaillait. Le bureau croulait sous une masse de feuillets à moitié griffonnés, de cartes et d'ouvrages historiques. Il en était de même pour les rayons de la bibliothèque. Adam dut admettre, même s'il n'adhérait pas aux théories de l'archéologue, que celui-ci ne se documentait pas à la légère. Les travaux sur lesquels il basait ses recherches auraient pu remplir une bibliothèque entière.

Une autre porte attira Adam, surtout à cause de la lumière rouge qui en émanait. Il s'approcha doucement de l'encadrement et de la fascinante lueur. C'était une petite chambre noire si bien isolée que l'on n'entendait plus le vent siffler. Une multitude de photographies représentant le même sujet étaient suspendues à une ficelle au-dessus des cuvettes de développement. Adam soupçonna sur-le-champ que cela pouvait être la fameuse indication découverte par Sæmundur, celle qu'Embla cherchait avec acharnement. Non seulement à cause du sujet des photos, mais également à cause de la physionomie des lieux : celui qui avait trouvé les photos avant lui était parti en hâte, sans prendre le temps d'éteindre l'ampoule rouge ni de refermer la porte derrière lui, comme il est d'usage dans les chambres noires.

– Embla ! claironna Adam.

En quelques secondes, Embla et Lovísa étaient à l'intérieur de la pièce silencieuse. Le chapelet de photos sauta immédiatement aux yeux d'Embla.

– Mon Dieu, murmura-t-elle, abasourdie.

Elle leva le bras pour décrocher une des photos, mais elle n'atteignait pas la pince à linge qui la retenait à la ficelle.

– Tu veux bien la décrocher pour moi ? demanda-t-elle à Adam, soucieuse de ne pas abîmer le cliché.

– Bien sûr.

Adam pressa sur la pince, et la mystérieuse photo se détacha.

Le cliché en noir et blanc représentait une stèle de pierre avec des inscriptions runiques, la trace sur le sol de l'endroit d'où elle avait été déterrée, et les sommets de Hekla et Tindfjöll au loin à l'arrière-plan. Embla lut les runes et pâlit comme la mort.

– C'est exactement ce qui était gravé sur la porte du bureau de Baldur.

Elle se souvint, quand elle avait lu ces runes une première fois, que Grímur les avait rejetées, jugeant que c'était un faux de la main de son frère. Il était désormais hors de doute que les runes dédiées à Ketill Hængur n'étaient pas une falsification. L'inscription runique gravée sur la porte de Baldur avait pour modèle une pierre runique authentique découverte en Islande.

– On n'a jamais trouvé de pierre runique en Islande.

Sa voix était enrouée par l'émotion.

– Et les inscriptions runiques islandaises connues sont postérieures à l'époque viking.

– Excuse-moi, l'alphabet runique s'est un peu rouillé dans ma mémoire. Tu veux bien me dire ce qui est écrit ? demanda Adam, infiniment plus calme qu'elle.

– Il y est dit grosso modo que les fils de Ketill Hængur et d'Ingunn, qui demeuraient à Hof, sont les auteurs de ce monument qui a été dressé à une croisée de chemins, expliqua Embla. Les Vikings érigeaient souvent leurs stèles au bord des chemins et des croisements.

Elle se tourna vers Lovísa.

– Vous savez où cela se trouve ?

– Oui, je crois.

– Laissez-moi deviner : c'est Steinkross.

– Oui, comment avez-vous deviné ?

– Steinkross est le croisement de la croix solaire de Ketill.

Ses yeux revinrent à la photographie. Les tons étaient rougeâtres à cause de l'éclairage.

– Baldur a trouvé cette stèle grâce à ses recherches sur la croix solaire et son point central, murmura-t-elle.

– Tu veux dire que cette pierre confirme les hypothèses de Baldur ? demanda Adam.

– Je n'emploierais peut-être pas le mot « confirme », parce que Steinkross a certainement été un lieu de passage fréquenté, comme son nom le suggère, indépendamment de l'hypothèse de Baldur sur la croix solaire… Mais cette stèle n'infirme certainement pas les arguments de son hypothèse.

– Et en ce qui concerne Sæmundur et ma fille ? demanda Lovísa, plus préoccupée par leur sort que par cette pierre sortie de la nuit des temps. Et Tobias ? ajouta-t-elle. Est-ce que ça explique quelque chose ?

– C'est une bonne question. Cette découverte les a convaincus, pour une raison ou une autre, que le temple de Ketill se trouve à Thingvellir, et non pas ici.

Elle examina l'inscription de plus près. On y voyait le même dragon que celui de la porte de Baldur : Fáfnir. Il se déroulait en cercle et se mordait la queue dans le coin supérieur gauche de la pierre, où figuraient également trois runes et un homme borgne qui portait un bracelet à son bras. Odin et Draupnir. Embla concentra son attention sur les trois runes :

ᚢᚠᚴ

– UFK, marmonna-t-elle.

– Tu y comprends quelque chose ? demanda Adam.

– Non, mais je sais comment nous allons y parvenir.

Elle brandit le cahier de Baldur.

– Je donnerais ma tête à couper que l'explication se trouve dans ces pages.

– Ne parlez pas comme ça, supplia Lovísa.

L'image l'avait choquée, alors que son mari et sa fille étaient loin d'elle, à la merci de ce Norvégien fou.

Embla s'excusa et ouvrit *Le Temple d'Odin*. Elle feuilleta très vite, passant ce qu'elle avait déjà lu. Vers la fin du livre, Baldur avait fait un croquis de la stèle et tracé un cercle autour des trois runes. Il avait écrit sur la page opposée des commentaires à propos de ces runes. UFK, à son avis, signifiait 216.

– Est-ce possible ? dit Embla à voix basse.

– Comment ? demanda Adam.

– Pour Baldur, les runes se lisent aussi comme des chiffres. Dans ce cas, UFK serait le nombre 216.

Elle montra à Lovísa et Adam la double page du manuscrit. Puis elle passa à la double page suivante. Baldur y avait dessiné la croix solaire de Rangárvellir en indiquant les principaux sites et distances. À 216 000 pieds vikings au nord-ouest de Steinkross se trouvait Thingvellir. Il y avait la même distance entre Skálholt et Godasteinn, et entre Stöng et Bergthórshvoll, les deux bras qui constituaient la croix solaire.

– Et alors ? demanda Adam.

– Attends une minute.

Embla pencha la tête sur le papier, les yeux sur les mots que Baldur avait écrits à toute vitesse. Il n'était pas facile de lire ce gribouillis, mais elle essayait malgré tout de le déchiffrer. Une page plus loin, Baldur avait formulé ses idées sur le temple perdu, la stèle de Ketill et d'autres détails. Il s'agissait de notes sommaires destinées à être développées ultérieurement, mais au bas de la page on pouvait lire sa conclusion, brève et sans détours :

Temple d'Odin = nord-ouest de la croix solaire

Cette annotation était pour Embla un casse-tête de taille. Sa simplicité la rendait plus ardue que la plus complexe des théories. Cette idée était si formidablement évidente, du moins aux yeux d'Embla qui la lisait dans le livre de Baldur, alors que celui-ci avait consacré toute sa vie aux croix solaires et aux temples païens.

Seul un travail inlassable pouvait aboutir à une phrase aussi anodine et aussi lourde de conséquences.

Sur la page suivante se trouvaient les plans de deux églises avec la réponse : l'emplacement du temple. Embla leva aussitôt les yeux.

– Baldur a résolu l'énigme ! s'écria-t-elle, radieuse.

– Savez-vous ce que Tobias veut faire ? demanda Lovísa.

– Oui, c'est simple. Il est à Thingvellir parce que Sæmundur et lui croient que c'est là que se trouvait le temple d'Odin.

– Mais ça, nous le savions déjà ?

– Oui, mais nous ne savions pas pourquoi, et nous ignorions autre chose, quelque chose de beaucoup plus important.

– Quoi ? demanda Adam.

– Qu'ils ne sont pas au bon endroit ! répondit Embla en élevant la voix.

Elle leur montra encore une fois les pages du manuscrit. Lovísa et Adam remarquèrent que sa main tremblait un peu.

– Le temple ne se trouvait pas à Thingvellir, mais à... à Skálholt, annonça-t-elle le souffle court.

51

Tobias passa en courant devant la vieille ferme et se dirigea vers le bosquet tout proche. Hördur était sur ses talons. Des conifères hauts de quatre à cinq mètres formaient une barrière autour du bosquet. Tobias n'hésita pas et sauta entre deux arbres, essayant de faire abstraction des aiguilles qui se plantaient dans son visage, son cou et ses mains.

– Merde, grommela Hördur quand il vit Tobias disparaître dans le bosquet touffu.

Il hésita, s'arrêta devant les premiers arbres. Leurs aiguilles se dressaient dans tous les sens, comme les épines d'un cactus. Le bruit que Tobias faisait à l'intérieur du bosquet l'encouragea à reprendre la poursuite, sinon le Norvégien risquait de lui échapper. Il n'avait pas le choix, il devait le suivre. Il serra donc les dents et se lança au milieu des conifères et de la myriade d'aiguilles douloureuses.

La visibilité était très mauvaise dans l'ombre des arbres. Il n'apercevait Tobias nulle part. Sans le bruit du frottement des branches contre son anorak, on aurait pu croire qu'il avait disparu sans laisser de traces. Hördur cessa donc de se concentrer sur ce qu'il voyait – ou ne voyait pas, plus exactement – pour le poursuivre à l'oreille.

Les branches entravaient la course de Hördur et le retardaient. Au lieu de s'arrêter, il essayait de les écarter ou de passer tout simplement à travers. Avec pour résultat que les aiguilles griffaient son visage et ses mains jusqu'au sang. Il ne se laissa pas abattre et persévéra dans sa poursuite.

Devant lui, les branchages devenaient moins denses. Des rayons de soleil commençaient à percer entre les arbres. Hördur qui se dirigeait tant bien que mal vers cette lumière se cognait aux branches. Finalement, après avoir foncé entre deux troncs, il se retrouva soudain à l'air libre, sorti du bosquet. C'est alors seulement qu'il s'aperçut que ses bras étaient couverts d'égratignures sanguinolentes.

La poursuite les avait entraînés sur la rive de l'Öxará. Quelques mètres en avant, Tobias courait sur l'étroit sentier entre l'eau et les arbres. Hördur ne perdit pas une seconde et reprit sa course.

Le Norvégien s'approchait très rapidement du pont qui enjambe l'Öxará. Il était dans une sale situation et il le savait. Le terrain autour de lui n'offrait aucun abri. Le flic sportif ou un autre allait bientôt le rattraper, ce n'était qu'une question de temps.

– Il faut que j'essaie quand même, souffla-t-il.

Si la police l'arrêtait, tout aurait été pour rien. Toute l'attente, toute l'organisation, toute l'espérance. Il avait consacré une année entière à préparer cette seule et unique journée, et il était prêt à tout pour parvenir à ses fins.

Tobias courut sur le tablier du pont qui résonna sous ses pieds. Hördur était de plus en plus proche, il était littéralement sur ses talons. Au bout du pont, au lieu de continuer tout droit vers l'hôtel Valhöll, Tobias obliqua abruptement sur sa droite et dévala une petite pente vers la rive de l'Öxará. Hördur ne se laissa pas surprendre, obliqua tout aussi abruptement et se jeta sur le Norvégien en criant :

– Stop !

Le policier saisit de justesse les pieds de Tobias qui tomba sur les genoux et culbuta dans la rivière. Hördur culbuta de même. L'eau glaciale était peu profonde, mais elle causa aux deux hommes une douleur sidérante en baignant les plaies ouvertes qu'ils avaient au visage, au cou et aux mains. Bien que maîtrisé par Hördur, Tobias tentait quand même de s'échapper. Comme si tout n'était pas encore perdu. Il ne se considérerait comme vaincu que forcé à se rendre.

– Arrête ! lui ordonna Hördur.

En vain, car Tobias passa à l'attaque, au milieu de la rivière. Il frappa Hördur au visage et à la poitrine, sans autre effet que d'irriter le policier. En excellente forme et physiquement beaucoup plus fort que Tobias, il supporta très bien les coups. Il en fut autrement des coups que Tobias reçut de Hördur. Touché à l'estomac, le Norvégien fut incapable de respirer pendant un moment et cessa toute résistance.

– Il était temps, commenta Hördur, essoufflé et furieux.

Il se dressa sur ses jambes, relevant le Norvégien en même temps. Ils ruisselaient tous deux, et le vent qui fouettait leurs vêtements trempés rendait le froid encore plus intense. Hördur se tourna vers l'église. Grímur, Sæmundur et sa fille y suivaient le cours des événements. Il leva son pouce en souriant, ivre de son triomphe après l'épreuve.

– Viens, dit-il en anglais.

Il saisit vigoureusement le Norvégien par l'encolure et l'entraîna hors de la rivière.

– Tu as plein de choses à expliquer.

52

Sæmundur, Ingunn et Grímur avaient suivi la poursuite depuis l'instant où les deux hommes avaient pénétré dans le bosquet jusqu'à ce qu'ils tombent dans la rivière. Maintenant que l'excitation était retombée, les questions surgissaient.

– Qu'est-ce qui se passe ? demanda Sæmundur.

– Cet homme s'appelle bien Tobias Petersen ? questionna Grímur tout en suivant des yeux la silhouette du Norvégien.

– Comment le savez-vous ?

Grímur se tourna vers Sæmundur.

– Nous avons pris contact avec votre femme, Lovísa.

– Hein ?

– Elle nous a dit que Tobias était ici avec vous.

– De quoi parlez-vous ?

Sæmundur fronça les sourcils.

– Pour quelle raison vous a-t-elle dit cela ? Et pour quel motif est-ce que vous le lui avez demandé ?

– Dites-moi, comment connaissez-vous cet homme ?

Grímur indiqua d'un signe de tête Tobias et Hördur qui venaient dans leur direction.

– Je n'ai pas à vous répondre, se hérissa Sæmundur. Dites-moi ce qui se passe.

Le fermier voulait des réponses claires et nettes, et tout d'abord la raison pour laquelle la police venait leur poser des questions.

– Répondez-moi ! tonna Grímur, furieux.

Il était sur les nerfs depuis le matin et n'était pas d'humeur à supporter les caprices de cette tête de mule.

Ce coup de gueule désarçonna Sæmundur. C'était lui d'habitude qui se laissait emporter par la colère, pas les autres.

– Tobias est mon invité, répondit-il aussitôt.

– Depuis quand est-il en Islande ?

– Il a atterri hier soir et je suis allé le chercher à Reykjavík vers midi.

– Comment vous êtes-vous connus ?

– Par Internet. Nous partageons un intérêt commun pour les premiers colons islandais.

Sæmundur estima préférable de ne pas en dire plus, et surtout pas qu'ils étaient à Thingvellir pour trouver un vieux temple païen et y faire un sacrifice sanglant.

La réponse ne surprit pas Grímur. L'affaire baignait dès le début dans cette atmosphère de vieilleries nordiques. Ce qui n'avait peut-être rien d'étonnant vu que Baldur était au centre de tout cela.

– Que savez-vous sur le compte de Tobias ?

Sæmundur réfléchit une seconde.

– C'est quelqu'un de très bien, il est déterminé et dynamique.

Il réfléchit un instant, se remémorant ses innombrables conversations avec le Norvégien.

– Certains le trouveraient peut-être excentrique, ou même un peu toqué, mais à mon avis c'est quelqu'un de bien.

Ingunn, qui jusqu'ici les avait écoutés en silence, intervint tout à coup dans la conversation.

– Pas seulement un peu toqué, papa. Il a failli frapper maman.

Sæmundur sursauta, choqué.

– Qu'est-ce que tu racontes ?

– Je l'ai vu tout à l'heure, dans la cuisine. Tu étais dehors à ce moment-là, je ne sais pas où tu étais.

L'incident était encore vif dans la mémoire de l'adolescente.

– Vous ne le saviez pas ? demanda Grímur sur un ton inquisiteur en regardant le fermier dans les yeux.

– Non, bien sûr que non, répondit Sæmundur qui se tourna à nouveau vers sa fille. Pourquoi est-ce que tu ne me l'as pas dit ?

Grímur reprit la parole avant même qu'Ingunn pût ouvrir la bouche.

– Il y a d'autres choses que vous ignorez sur votre invité.

– Quoi donc ?

Sæmundur commençait à s'inquiéter.

D'abord, l'intervention de la police, et maintenant les menaces de Tobias envers Lovísa. C'était peut-être la raison de son comportement étrange au téléphone.

– Cela concerne Baldur Skarphédinsson. Vous le connaiss… vous le connaissez, n'est-ce pas ?

Grímur essaya de donner à sa question le ton le plus neutre possible.

– Baldur ? Oui, bien sûr. Nous étions très amis pendant un temps. Il possède un chalet près de Stóra-Hof, où nous habitons, précisa-t-il en prenant sa fille par l'épaule. Après avoir fait sa connaissance, j'ai été séduit par ses théories.

Il haussa ses sourcils blonds.

– Qu'est-ce que Baldur a à voir avec ça ?

– J'ai bien peur que Tobias n'ait commis un crime effroyable ce matin, avant de vous rencontrer.

Grímur avait repris son expression neutre.

Sæmundur ne s'attendait certainement pas à cela. Tobias lui avait paru tout à fait convenable, motivé, et très conscient du problème de l'immigration.

– Quelle sorte de crime ?

– Tobias s'est introduit chez Baldur ce matin, a assassiné la femme de ménage et… et Baldur a disparu.

– Disparu ? Comment ça ? Vous voulez dire qu'il est mort, lui aussi ?

La question heurta le policier. Jusqu'ici il y avait répondu par la négative, mais à mesure que le temps passait il devenait de plus en plus pessimiste – ou réaliste.

– C'est possible, dit-il dans un souffle.

Au lieu de l'accabler, cela ne fit que l'endurcir. Il serra à la fois les dents et les poings.

– Mais pourquoi soupçonnez-vous Tobias ?

– Il y avait huit chats morts. Des chats sans laisse. Or leurs laisses viennent d'être retrouvées dans la valise de Tobias, à Stóra-Hof. Lovísa et... – Grímur hésita sur le titre à donner à Embla – ... et une femme qui nous aide dans cette enquête les ont trouvées, et elles nous ont contactés.

– Je vois, marmonna Sæmundur, toujours aussi déconcerté.

Il comprenait enfin les raisons des policiers. Pourquoi ils étaient là, pourquoi ils avaient poursuivi Tobias jusque dans la rivière, et comment Lovísa était liée à cette histoire. Sæmundur, qui tenait toujours sa fille par l'épaule, resserra son étreinte. Ingunn réagit de la même manière, maintenant que l'on savait la vérité sur leur visiteur.

Hördur et Tobias arrivèrent enfin devant l'église, trempés, et couverts d'égratignures.

– On peut s'installer dans la voiture ? furent les premiers mots de Hördur.

Tobias et lui tremblaient comme des feuilles dans leurs vêtements imbibés d'eau, fouettés par la bise.

– Avec le chauffage à fond.

Loin de manifester de tels égards, Sæmundur invectiva Tobias d'emblée.

– Qu'est-ce que tu as fait, salopard ? ! vociféra-t-il en le saisissant à la gorge.

– Stop, ordonna Hördur en essayant de dégager le Norvégien des énormes mains du fermier.

– Tu as tué Baldur ? et son employée ?

Sæmundur était en rage.

– Et tu voulais faire du mal à Lovísa ?

Sæmundur accompagna la dernière question d'un coup de poing foudroyant dans l'estomac, le deuxième que recevait Tobias au même endroit à quelques minutes d'intervalle. Il s'écroula sur le sol en se tordant de douleur. La soif de vengeance de Sæmundur n'était pas encore assouvie, car il dégaina son couteau et pointa la lame noire vers Tobias.

– Mon adjoint vous a dit d'arrêter ! ordonna Grímur.

Il lui lança un regard mauvais tandis que Hördur mettait genou à terre pour s'occuper de Tobias. Le Norvégien était certes soupçonné de meurtre, mais cela ne justifiait pas une telle violence. On n'était plus au Moyen Âge, mais dans le monde moderne, dans une société de droit.

– Pourquoi as-tu fait ça ? ! hurla Sæmundur en remettant le couteau dans son fourreau.

Il ne pouvait détacher ses yeux de Tobias, l'homme qu'il avait considéré comme un compagnon, un des meilleurs éléments de l'Ordre de la Croix Solaire. Il gisait maintenant à terre, trempé et mal en point.

– Pourquoi as-tu fait ça ? répéta Sæmundur.

Le traître devait lui répondre, maintenant que cette journée apparaissait comme irrémédiablement perdue.

53

– Regardez. D'après Baldur, le temple se trouvait à Skálholt, répéta Embla, les yeux rivés au manuscrit de l'archéologue.

– Dans ce cas, pourquoi est-ce que Sæmundur et Tobias sont à Thingvellir ? demanda Lovísa qui pensait toujours à eux et à sa fille.

– Ils semblent avoir fait un mauvais calcul, bien qu'ils soient partis dans la bonne direction. Le nord-ouest.

Elle s'était laissé emporter par ses spéculations, car ni Adam ni Lovísa n'étaient en mesure de la suivre, ce qui n'avait rien d'étonnant. Cette affaire, à leurs yeux, c'était avant toute chose le meurtre commis le matin et la recherche du coupable, tandis qu'Embla semblait beaucoup plus préoccupée par l'énigme du temple perdu.

– Ma chérie, il ne faut pas perdre de vue l'essentiel, dit Adam pour essayer de la ramener à la réalité.

– C'est-à-dire ? demanda Embla, agacée, car elle avait bien perçu la tonalité négative de la remarque.

– L'arrestation de Tobias et la sécurité de Sæmundur et d'Ingunn, pas la quête d'antiquités perdues dans le style d'Indiana Jones, répondit Adam.

Ses traits s'étaient durcis et de petites rides étaient apparues autour de ses yeux.

– Tu crois peut-être que je n'en suis pas consciente ? J'essaie seulement de comprendre ce qui a poussé Tobias à commettre cette atrocité ce matin. Tu as quelque chose contre ?

– Non, mais ce n'est pas de ça que je parlais. Je voulais seulement...

– Arrêtez de vous disputer ! cria Lovísa, qui n'était pas d'humeur à les écouter se chamailler.

Elle était elle-même très ébranlée. Il lui fallait tenir le coup en espérant qu'il n'arriverait rien à sa fille.

– Pardon, dit Embla aussitôt.

Elle se sentait honteuse d'avoir imposé à une parfaite inconnue le spectacle d'une de leurs prises de bec coutumières, alors que Lovísa, elle, devait affronter de très graves problèmes.

– Pardon, dit également Adam.

– Mais il faut la laisser finir. C'est important, dit Lovísa en regardant de biais Adam.

– Non, sérieusement. Cela peut attendre, dit Embla, repentante.

– Non, je veux savoir. Je veux savoir ce qui les motive, Sæmundur et les autres. Je veux comprendre, expliqua Lovísa.

Sa voix se brisait. Les circonstances la dépassaient, elle craignait pour la sécurité de sa fille, et l'état mental de Sæmundur lui pesait comme un cauchemar depuis des mois et des années. Elle eut l'envie de sortir le flacon de comprimés qu'elle gardait dans la poche de son pantalon. Puis elle décida de n'en rien faire.

– Qu'est-ce que vous entendez par là, qu'ils auraient fait un mauvais calcul ?

Lovísa essayait de faire face à la situation, Ingunn avait besoin d'elle, il fallait qu'elle soit forte.

– Bien.

Embla repassa la démonstration dans son esprit, en espérant être capable d'expliquer cela intelligiblement.

– Si UFK, sur la stèle, représente 216, c'est-à-dire 216 000 pieds vikings, ce qui est la longueur de la croix solaire, on pourrait logiquement penser que le temple se trouvait à Thingvellir, comme Sæmundur et Tobias semblent l'avoir cru, car il y a exactement 216 000 pieds vikings entre Steinkross et Thingvellir.

Elle avait débité cette phrase à toute vitesse. Puis elle ajouta en levant le manuscrit :

– Mais, d'après Baldur, ce n'est pas si loin. Regardez bien le dragon gravé sur la pierre.

Elle suivit du doigt le cercle que l'animal formait sur la pierre et s'arrêta là où la gueule du monstre mordait sa queue, en haut à gauche.

– Oui ? dit Lovísa.

– Le dragon circulaire, selon Baldur, indique la croix solaire. Donc la gueule et la queue, avec Odin et Draupnir, indiquent son point nord-ouest, ni plus ni moins.

– Skálholt, conclut Lovísa à voix basse.

– Exactement. Et ce n'est pas par hasard.

Embla arborait un large sourire, car tout semblait maintenant correspondre.

– Le nord-ouest de la croix solaire est la direction d'Odin, car ce point est celui de l'équinoxe de printemps, le 21 mars, jour d'Odin, le jour où on lui faisait des sacrifices.

– Le 21 mars ? répéta Lovísa, un peu confuse. Mais c'est aujourd'hui, non ?

– Oui. Je sais.

Embla se rembrunit.

– Le meurtre était parfaitement organisé. Tobias a voulu le commettre justement aujourd'hui. À ses yeux, ce meurtre était une sorte de sacrifice en l'honneur d'Odin, suggéra-t-elle en frémissant.

– Fou à lier, cet individu ! murmura Adam.

– Et la police ? demanda Lovísa avec nervosité.

Elle était comme anéantie. L'idée que sa famille était avec ce désaxé lui était insupportable.

– Ils ne devaient pas nous prévenir quand ils auraient arrêté Tobias ?

– Si. Ils ont probablement déjà mis la main sur lui. Sinon, c'est une question de minutes.

Embla prit Lovísa par l'épaule pour l'apaiser.

– Il faut aller à Thingvellir, déclara Lovísa. Tout de suite. Je ne peux pas attendre ici.

Elle respirait avec difficulté, et son visage était livide.

– Attendez, je vais téléphoner au commissaire. Je suis certaine qu'il a déjà arrêté Tobias et que tout va bien.

Elle sortit son portable et chercha le numéro de Grímur, son autre bras reposant sur l'épaule de Lovísa qui tremblait de peur.

54

La question de Sæmundur flottait dans l'air. Pourquoi Tobias avait-il commis ces meurtres le matin même ? Au lieu de répondre, Tobias gisait dans l'herbe, face contre terre. La douleur à l'estomac l'aurait de toute manière empêché de parler.

– Tu vas répondre ou non, vaurien ?

Sæmundur s'apprêtait à ponctuer sa question d'un coup de pied, et Hördur l'arrêta à temps. Grímur décida de séparer les deux hommes.

– Venez par ici, dit-il à Sæmundur pour l'éloigner de Tobias.

La querelle entre ces deux hommes n'était utile à personne et ils devraient la vider ailleurs. Cet endroit avait vu couler assez de sang comme ça autrefois.

– Qu'est-ce qu'il y a ? demanda Sæmundur.

Ils s'étaient éloignés de l'église, avec Ingunn dans leur sillage. Hekla, la chienne, les suivait pas à pas. La fureur du paysan s'était apaisée.

– Je suggère que vous retourniez chez vous et que vous nous laissiez nous occuper de Tobias, répondit Grímur en jetant un coup d'œil à Ingunn. Votre femme a eu très peur en sachant que vous étiez tous les deux en compagnie d'un assassin.

Les deux hommes et l'adolescente s'approchèrent de la voiture de Sæmundur.

– Vous pouvez vous attendre à avoir de nos nouvelles, peut-être aujourd'hui même. Vous devrez nous donner un rapport détaillé de vos relations avec Tobias, ce que vous savez à son sujet et d'autres choses encore, une fois que nous l'aurons interrogé.

– Bien entendu, dit Sæmundur plein de bonne volonté. J'espère que vous excuserez mon comportement de tout à l'heure.

– Aucune importance, dit le commissaire qui comprenait très bien la colère du fermier.

Ils passèrent au-dessus de Nikulásargjá, plus connue sous le nom de fissure des Pièces de monnaie, Peningagjá, à cause de la quantité de pièces de monnaie, jetées par les touristes, que l'on voyait briller au fond.

– Je n'arrive pas vraiment à y croire, continua Sæmundur en traversant le petit pont. Tobias me faisait une excellente impression. Jamais je n'aurais cru à une chose pareille.

– On ne sait jamais, dit Grímur en s'arrêtant devant la Land Rover. Mon expérience m'a appris que tout le monde est capable de tuer. Ce sont les circonstances qui sont décisives.

– Mais pourquoi ?

Sæmundur tourna son regard vers la voiture de police que l'on distinguait à peine à côté de l'église. Tobias et Hördur étaient maintenant à l'intérieur.

– Espérons que l'interrogatoire fournira la réponse, dit Grímur qui regardait aussi dans cette direction.

Puis il lui tendit la main.

– Merci de votre aide. Je vous tiens au courant.

Sæmundur serra la main offerte et rendit le salut.

– Vous serez joignable aujourd'hui, n'est-ce pas ? Soit à Stóra-Hof, soit par portable ?

– Bien entendu.

– Bien. Au revoir.

Le commissaire revint sur ses pas vers l'église et le 4×4 de la police, tandis que Sæmundur et Ingunn montaient dans la Land Rover. Sans oublier Hekla, toujours aussi joyeuse.

Grímur arriva devant l'imposant 4×4 de la police. Assis à l'avant, Hördur essayait de se réchauffer en soufflant dans ses mains et en les frottant. Tobias était à l'arrière. Le chauffage avait été mis à fond et le bruit de la soufflerie emplissait le véhicule.

– Je suis frigorifié !

Hördur grelottait de tout son corps, et de même pour Tobias. Tous deux portaient encore leurs vêtements trempés.

– Déshabille-toi ! lui ordonna Grímur.

Il se tourna vers l'arrière.

– Et toi aussi, enlève tes habits tout de suite, dit-il en anglais à Tobias.

Puis il alla chercher dans le coffre deux couvertures ultra-épaisses, prévues pour des cas similaires. Elles servaient souvent à réchauffer les imprudents qui sous-estimaient le climat islandais. Grímur monta à bord et les lança aux deux hommes.

– Merci, dit Tobias qui avait ôté tous ses vêtements sauf son slip.

Il s'enroula dans la couverture.

– Tu as de la chance qu'on ne t'abandonne pas comme ça dans la nature, lui répondit Grímur pour lui faire comprendre que cette couverture n'était pas un effet de sa bonté, mais du devoir professionnel.

Hördur, à demi nu, s'était lui aussi emmailloté et se sentit aussitôt beaucoup mieux. Les vêtements mouillés à ses pieds, il se délectait de l'air chaud qu'il prenait en pleine figure.

– Génial ! marmottait-il les yeux fermés, comme s'il était caressé par la brise tiède d'une plage espagnole.

– Et l'autre type ? Ce Sæmundur ?

– Je l'ai laissé partir. Il ne nous est pas utile. Pas dans l'immédiat, répondit Grímur en tournant son regard vers le 4×4 de Sæmundur. Je l'ai prévenu que je l'appellerai plus tard dans la journée.

À cet instant, une autre voiture de police arriva par la route qui longeait Flosagjá. C'étaient les renforts demandés par le commissaire. Le nouvel arrivant s'engagea prudemment dans l'allée qui menait à l'église et s'arrêta à côté du 4×4. Grímur abaissa sa vitre, et la policière assise à côté du conducteur fit de même.

– Nous avons mis la main sur le suspect, annonça Grímur aux occupants de la voiture.

Les deux policiers regardaient du coin de l'œil l'arrière du 4×4 où Tobias reprenait du poil de la bête après les coups dans l'estomac et le froid pénétrant.

– Vous l'emmenez à Reykjavík ? demanda la policière.

– Pas tout de suite, répondit Grímur en ajustant le rétroviseur pour que Tobias y apparaisse. Je pense que nous allons causer un peu avec lui au sein de cette nature paisible, nous n'y serons pas dérangés et pourrons ainsi obtenir quelques réponses.

– Je vois.

La femme jeta un coup d'œil rapide au collègue assis sur sa gauche. Elle savait, bien sûr, que cette affaire de meurtre concernait le frère de Grímur et l'affectait donc tout particulièrement.

– Est-ce que vous avez besoin d'un coup de main ?

– Ce n'est pas nécessaire. Nous allons nous en occuper.

La femme jeta un second coup d'œil à son collègue. Cela ne lui plaisait pas que le frère du disparu, peut-être même victime d'un assassinat, mène lui-même l'interrogatoire sans la présence d'autres parties.

– En tout cas, nous restons sur place, lui dit-elle.

– Pas de problème, attendez un peu, dit Grímur en remontant sa vitre.

Ses yeux cherchèrent dans le rétroviseur ce Tobias qui était un peu trop choyé à son goût. L'envie le prit de lui arracher cette couverture, mais il se retint. Hördur était encore assis à l'avant, tout à la jouissance du souffle chaud sur son visage.

– Bien, amorça Grímur en anglais, où est Baldur ?

– Chez lui, peut-être ? Ou bien quelque part en train de ruminer ses théories ? Comment est-ce que je pourrais le savoir ? répliqua Tobias.

– Réponds à ma putain de question !

– Pas la moindre idée, mec.

Tobias avait défait son catogan, et ses cheveux mouillés lui tombaient dans le dos.

– De sorte que tu ne reconnais pas t'en être pris à lui ce matin ? Ni à sa femme de ménage ?

Les poings de Grímur commençaient à se serrer.

– Non, bien sûr que non. Je ne sais pas du tout pourquoi Sæmundur s'est attaqué à moi comme ça. Il est arrivé quelque chose à Baldur ?

– C'est moi qui pose les questions ! Et arrête de faire l'ignorant. On a trouvé dans ta valise à Stóra-Hof huit laisses de chat, pleines de sang.

– Huit laisses de chat, pleines de sang ?

Tobias répéta les mots sans comprendre.

– Qu'est-ce que ça veut dire ?

Il s'inclina involontairement vers l'avant.

– Et tu ne sais rien non plus des chats morts que tu as pendus dans le bureau de Baldur ce matin ? Pour ce sacrifice à Odin ?

– Non, bien sûr que non. Je n'ai rien fait de tel.

Tobias hésita, l'air hébété.

– Et jamais je ne ferais une chose pareille.

– Comment expliques-tu les laisses de chat, alors ? intervint Hördur qui était jusque-là resté silencieux, enveloppé dans sa couverture.

– Je ne sais pas. Quelles laisses de chat ? demanda Tobias qui avait l'air de tomber de la lune.

– Arrête tes conneries !

Le rugissement de Grímur fit vibrer le 4×4.

Sous la violence de la sommation, Tobias recula involontairement sur la banquette arrière, comme si une rafale invisible avait accompagné ces mots.

– Sérieusement, il faut me croire, dit-il après un silence, sur un ton plus docile, comme s'il se rendait enfin compte de la gravité de l'affaire. Je reconnais bien volontiers que je ne suis pas un enfant de chœur, mais le meurtre n'est pas mon truc. Jamais de la vie je ne tuerais qui que ce soit, déclara le Norvégien en regardant bien en face les deux policiers, l'un après l'autre.

Si Tobias avait cru pouvoir se tirer d'affaire par cet « aveu » sincère, il pouvait l'oublier tout de suite, car Grímur n'était certainement pas assez crédule ni ingénu pour l'admettre comme valable.

– Pourquoi est-ce que tu ne nous dis pas, tout simplement, ce qui s'est passé ?

Il eut un mouvement d'hésitation.

– Est-ce que mon frère est en vie ou… ou bien est-ce qu'il est mort ? demanda-t-il sans que sa voix s'altère.

Avec son assurance coutumière, même si au plus profond de lui son cœur était en miettes.

55

Près de la maison de Stóra-Hof se trouvait une écurie. Les chevaux provenant du petit élevage de Sæmundur et Lovísa s'étaient distingués lors des rencontres hippiques ces dernières années, et ils étaient très bien notés. Le couple avait ainsi été capable de vendre ses poulains à bon prix.

L'écurie elle-même s'était quelque peu dégradée avec le temps, en partie faute d'argent, mais surtout en raison de la négligence de Sæmundur. Plus il se plongeait dans l'Ordre de la Croix Solaire et les spéculations archéologiques, plus il délaissait son élevage. Au début, quand il s'était établi comme fermier, il avait été un véritable travailleur modèle qui consacrait toute son énergie à son écurie et à ses chevaux. Il n'en était plus ainsi. Il se réveillait certes de très bonne heure, comme à l'accoutumée, mais au lieu d'aller prendre soin de ses juments, il descendait au sous-sol pour se consacrer à l'Ordre.

Par ailleurs, cette écurie était franchement archaïque si on la comparait à celles des fermes avoisinantes. C'était plutôt une remise recouverte de tôles, sans aucune des installations modernes que l'on voyait chez les voisins. Cela aussi était dû à la négligence de Sæmundur. L'ossature même de cette écurie aurait dû être réparée. Lovísa ne pouvait guère s'en occuper toute seule et la qualité de l'élevage risquait d'être fortement compromise, ce n'était qu'une question de temps. Il n'y avait rien à espérer du côté de leur fille Ingunn, qui ne se lassait jamais de répéter qu'elle n'avait pas vraiment envie de devenir « paysanne ». La façon dont elle prononçait ce mot indiquait clairement sa réprobation, comme si elle avait pitié de ses parents. Le rêve d'Ingunn était de partir vivre à Reykjavík, de s'inscrire au lycée de Hamrahlíd et de s'installer dans la capitale pour de bon.

Dès le départ, l'objectif de Sæmundur et Lovísa avait été d'élever un nombre limité de chevaux, particulièrement doux et patients, que tout le monde pourrait monter. Ils attachaient aussi beaucoup d'importance à la couleur, et leurs quatre juments avaient toutes des robes splendides. L'une était noire avec des pattes blanches, une autre pie alezan et la troisième pie bai. Toutes trois paraissaient cependant bien ordinaires à côté de la quatrième jument, Halastjarna – *Comète.* C'était le nom que lui avait donné Ingunn quelques années plus tôt. Halastjarna était l'orgueil de Stóra-Hof : une robe baie avec une belle tache frontale blanche, un tempérament exceptionnellement doux, une superbe et longue crinière et une placidité sans égale.

Du moins quand les circonstances ne sortaient pas de l'ordinaire, car Halastjarna se mit soudain à hennir et à se cabrer. Une fumée s'élevait du box vide à côté du sien.

Peu de temps auparavant, un son étrange était parvenu de ce box. Un gémissement profond, comme le feulement d'un fantôme ou celui du vent au-dehors, s'était répandu dans toute l'écurie. Suivi d'un crépitement, comme lorsque le fer heurte le ciment, et peu après de la fumée avait commencé à s'élever. Les autres juments, qui se trouvaient dans les boxes attenants, s'inquiétèrent, elles aussi. Elles se mirent à hennir et s'agiter en tous sens comme si leur vie était menacée.

L'âcre fumée, qui eut vite fait de remplir la petite écurie, attaqua les yeux et les voies respiratoires des animaux. Des langues de feu apparurent contre la cloison du box voisin d'Halastjarna, et la chaleur qu'elles dégageaient accrut l'affolement de la jument. Elle se cabrait avec la plus grande énergie, ruait contre le battant de sa stalle, faisant claquer le verrou contre le chambranle, et se démena dans tous les sens dans l'espoir de sortir de l'écurie enfumée et d'échapper à une mort certaine si personne ne venait à son secours sur-le-champ.

56

Depuis que les deux journalistes avaient vu passer la Polo avec Embla, Adam et Lovísa à bord, ils attendaient dans leur voiture que quelque chose se produise. Ils n'échangeaient pas un mot, chacun restait dans son monde à lui. Valgard écoutait Sprengjuhöll à fond la caisse dans son iPod. Il imaginait les réactions que causerait son info parmi les gens qui comptaient, les filles qui lui feraient les yeux doux et l'ineffable privilège d'entrer tout droit à Hverfisbarinn et Óliver sans devoir faire la queue, la prochaine fois qu'il ferait la tournée des boîtes. Les préoccupations d'Orri, le cameraman, étaient beaucoup plus terre à terre. La faim le tenaillait depuis le matin, et il était maintenant incapable de penser à autre chose que manger. Il voyait défiler dans son esprit des pizzas pepperoni et des hamburgers-frites.

– Tu n'as pas faim ? demanda-t-il, rompant ainsi le silence qui régnait entre eux.

Comme Valgard n'entendait rien, Orri lui donna un petit coup de coude.

– Quoi ? demanda Valgard en ôtant ses écouteurs.

– Tu n'as pas faim ? répéta Orri.

– Tu ne penses donc qu'à manger ? critiqua aussitôt Valgard, l'esprit tiraillé entre ses rêves de jet-set du samedi soir et la réalité, c'est-à-dire la voiture non chauffée qu'il partageait avec un coéquipier obèse. Misère ! ajouta-t-il en se recalant sur son siège.

– Hé, je n'ai rien mangé de la journée !

– Ah oui ? Je t'ai vu ingurgiter trois saucisses tout à l'heure, juste avant d'aller dans Bárugata, signala Valgard en secouant la tête.

– C'était ce matin.

– Il est seulement quatre heures et demie.

– Tu ne manges jamais, alors ?

– Si, bien sûr, mais comme les gens normaux.

– Les gens normaux, ouais. Vraiment. D'après toi, je serais anormal parce que j'ai besoin de manger toutes les six heures ? C'est un comble. Et si on parlait d'autre chose ?

– Tu ne peux pas la fermer une seconde ? implora Valgard. *Please.*

Et il remit ses écouteurs en place.

Le silence retomba entre eux. Valgard commençait à envisager sérieusement de demander un autre cameraman. Orri était cependant parfait en présence de jolies filles, il n'y avait aucune concurrence à redouter de ce côté-là. Elles s'agglutinaient autour de Valgard, fascinées par son look dernier cri et son micro. La notoriété était l'aimant qui attirait les nanas.

Orri était, lui aussi, de plus en plus irrité par Valgard. Il se demandait combien de temps il supporterait encore ses rebuffades. Ses insultes continuelles. Il trouvait néanmoins un certain plaisir dans sa compagnie. Il l'admirait. Il le trouvait cool. Il n'avait pas d'autre ami, en réalité. Et parfois ils s'entendaient bien, et ils riaient ensemble. Ils blaguaient comme les meilleurs amis du monde. Un léger sourire éclaira le visage bouffi du cameraman. Un de ses doigts vint machinalement se loger dans une narine, où il rencontra une petite boulette. Orri la décolla à la dérobée et la porta à sa bouche. Il fallait bien tromper sa faim d'une manière ou d'une autre…

– C'est pas possible ? ! glapit Valgard, les écouteurs à la main.

Son visage n'était que dégoût.

– Tu es en train de manger ta morve ?

Orri rougit jusqu'aux oreilles, il pensait que Valgard ne regardait pas dans sa direction. Il essaya de mentir.

– Non...

– Comment ça, non ? Je t'ai vu.

– Je me rongeais les ongles, s'obstina Orri.

– C'est ça, oui. Bravo. J'en ai par-dessus la tête. Je m'en vais.

Valgard ouvrit la portière et descendit de voiture.

– Où vas-tu ? demanda Orri, effaré, comme un type plaqué par une julie exaspérée.

– Je vais chercher cette fichue info ! lâcha-t-il en claquant la portière.

La première chose qu'il entendit une fois dehors, entre la voiture et l'écurie qui les dissimulait, fut le hennissement des juments.

– Qu'est-ce qui se passe ici ? grommela-t-il en se dirigeant prudemment vers la porte du bâtiment.

Les hennissements devenaient de plus en plus forts et de plus en plus alarmants. Il vit alors de la fumée s'échapper sous la porte, ainsi que du toit.

– Merde ! beugla-t-il en ouvrant la porte en grand.

Au milieu de l'épaisse fumée, il vit à l'intérieur quatre chevaux épouvantés qui essayaient de s'enfuir de leurs boxes pour échapper à la mort. Il repéra le foyer de l'incendie dans un box vide au coin de l'écurie.

– Merde ! Merde ! hurla Valgard à nouveau en regardant à toute vitesse autour de lui.

Apercevant un énorme extincteur accroché au mur près de la porte, il s'en empara sans hésiter malgré sa taille et courut vers les chevaux terrorisés pour s'attaquer au feu.

Comme le box vide était verrouillé, Valgard enfonça le battant et dirigea le tuyau de l'extincteur vers le foyer de l'incendie, qui était fort heureusement beaucoup moins important que ne l'avait suggéré l'abondance de la fumée. Il appuya sur la poignée noire de l'instrument. Une substance blanche, une sorte de mousse, en jaillit et se répandit sur le tas de foin en flammes. La chaleur était intense, Valgard toussait, ses yeux et sa peau le brûlaient. Les cris stridents des chevaux ne lui facilitaient pas non plus la tâche. La chance avait voulu que l'incendie se fût déclaré dans un petit tas de foin isolé, et non dans la grande meule de l'autre côté du box, si bien que tout alla très vite et sans complication. Les flammes, éteintes, étaient remplacées par des voiles de fumée. Les juments aussi s'étaient presque calmées.

Valgard souffla résolument à travers les narines, toussa à plusieurs reprises et posa à terre le volumineux extincteur. Son front était baigné de sueur, et la fumée qu'il avait respirée lui soulevait le cœur. Alors qu'il allait sortir de l'écurie à la recherche du propriétaire des chevaux pour qu'il les emmène dehors, il sentit quelque chose le saisir à la cheville. Il ne comprit pas sur le coup de quoi il s'agissait, pensant tout naturellement qu'il s'était coincé le pied.

L'horreur s'empara de lui lorsqu'il baissa les yeux. Une main sortait de la meule de foin épargnée par le feu et s'était refermée avec détermination sur sa cheville. De saisissement, il poussa un hurlement strident, arracha son pied de cette emprise comme si le diable lui-même avait tenté de l'entraîner dans ses gouffres infernaux, et il s'enfuit à toutes jambes hors de l'écurie en levant les bras au ciel.

57

Embla venait de faire le numéro de Grímur lorsqu'ils entendirent une plainte aiguë qui semblait venir de loin.

– Qu'est-ce que ça peut bien être ? demanda Adam.

Il sortit en hâte de la chambre noire.

– On aurait dit une petite fille qui criait, lui dit Embla.

– Ingunn ! s'écria Lovísa.

Elle s'élança aussitôt sur les pas d'Adam, et Embla les suivit.

Ils traversèrent le chalet en courant. Arrivés sur le seuil, ils virent un nuage de fumée monter de l'écurie de Stóra-Hof et quelqu'un sauter par-dessus la clôture en levant les bras au ciel. Ce n'était pas Ingunn.

– Qu'est-ce qui peut bien se passer ? demanda Adam. Qui est-ce qui court comme ça là-bas ?

– Les chevaux ! cria Lovísa en se précipitant vers la Polo. Faites vite ! L'écurie est en feu !

Son cri d'alerte fit prendre conscience à Embla et Adam qu'il fallait agir de toute urgence pour éviter la catastrophe.

Ils s'engouffrèrent dans la voiture, Adam au volant et Embla à côté, tandis que Lovísa ouvrait la barrière et les exhortait par gestes à se dépêcher davantage. Adam démarra et passa la barrière en faisant crisser les pneus. Il freina au niveau de Lovísa qui sauta sur la banquette arrière sans même refermer la barrière, et ils partirent comme l'éclair dans la direction de Stóra-Hof et de l'écurie.

– Vite ! Vite ! criait Lovísa, penchée entre les deux sièges avant.

Ses yeux ne quittaient pas la colonne de fumée qui sortait à la fois du toit et de la grande porte de l'écurie.

Adam acquiesça et mit les gaz. Le bruit du moteur de la Polo devint un vacarme assourdissant. La route de Stóra-Hof était en réalité plus une piste qu'une route, et la voiture d'Adam était très basse sur roues. La caisse heurtait de gros cailloux qui menaçaient de la déchirer comme du papier d'aluminium. Les vieux amortisseurs étaient également mis à rude épreuve par les affaissements et les nids-de-poule. Adam en prit son parti, il n'avait pas le choix, et il appuya à fond sur le champignon, forçant la vieille bagnole à foncer sur la route à la merci des trous et des bosses.

– Vite, bon sang ! suppliait Lovísa en enfonçant les ongles dans les sièges de la voiture. Vite ! Vite !

– Nous sommes presque arrivés, dit Embla.

Elle espérait que Lovísa allait se calmer. Elle aurait besoin de tout son sang-froid pour sortir ses chevaux vivants de l'écurie.

Quelques instants plus tard, la voiture arrivait devant l'écurie. De la fumée montait du moteur. Lovísa ouvrit brutalement la portière. Avant de descendre de voiture, elle prit une des bouteilles d'eau qui traînaient sur le plancher.

– Mouillez vos manches, ça vous aidera à respirer, dit-elle à Embla et Adam.

Elle dévissa le bouchon et versa l'eau sur les manches de son pull. Puis elle courut vers l'entrée de l'écurie en levant son avant-bras devant sa bouche et son nez, visiblement indifférente au péril qu'elle encourait en s'enfonçant dans le nuage de fumée. La vie des juments était en jeu, tout comme sa propre subsistance et celle de sa famille.

– Donne-lui un coup de main avec les chevaux, dit Embla à Adam.

Elle mouilla également sa manche avant d'ouvrir la portière.

– Qu'est-ce que tu vas faire ? lui demanda Adam.

Lui-même se hâtait vers l'écurie après avoir suivi son exemple.

– Je vais dire deux mots à ce petit reporter avant qu'il ne disparaisse.

Elle se dirigea vers Valgard qui était étendu sur le sol, derrière la clôture de l'écurie. Le cameraman était assis près de lui.

– Qu'est-ce que vous fichez ici, tous les deux ?

Elle sauta par-dessus la clôture.

– Au secours, il y avait une main... la main... elle m'a touché, balbutiait Valgard d'une voix hystérique.

– Tu es sourd ou quoi ? Qu'est-ce que vous fichez ici ? répéta Embla. Vous nous suivez depuis Reykjavík ? C'est vous qui avez mis le feu à l'écurie ?

– La main... il y a une main dans l'écurie, bégaya Valgard.

– Qu'est-ce que tu racontes ?

Embla se tourna vers le cameraman.

– Qu'est-ce qu'il raconte ?

– Je ne sais pas, répondit Orri. Je l'ai entendu hurler et je l'ai trouvé par terre. Je viens d'arriver.

– C'est vous qui avez mis le feu à l'écurie ?

– Bien sûr que non. Pas moi en tout cas. Et Valgard non plus, pas que je sache.

– Qu'est-ce qui s'est passé, alors ? Pourquoi êtes-vous ici ? s'impatienta Embla qui voulait des réponses plus claires.

Orri avala sa salive.

– On vous a suivis à partir du commissariat, on espérait tomber sur une info. C'était son idée, dit-il en indiquant Valgard de son menton.

– Je me fiche de savoir lequel des deux a eu cette idée ! cria Embla. Vous vous êtes mis dans un sacré pétrin ! Pas question de vous en aller, vous restez ici.

Sur ces mots, elle revint sur ses pas et se dirigea rapidement vers l'entrée de l'écurie.

– La main ! héla Valgard dans son dos.

Toujours aussi délirant, il précisa cette fois :

– La main est dans le box vide tout au fond !

Embla ne fit pas attention à ses paroles et pénétra dans l'écurie. Elle ressentit aussitôt le besoin de se protéger avec sa manche humide. La fumée avait certes beaucoup diminué depuis que Valgard avait éteint l'incendie, notamment grâce à la porte ouverte, mais elle continuait à irriter les yeux. Embla vit Lovísa s'évertuer à passer des licous à ses juments et à les calmer. Elles étaient terrifiées et exténuées après avoir échappé de justesse à l'asphyxie. Adam, effrayé par leur impétuosité, essayait d'aider Lovísa à distance.

– Allons, allons, disait Lovísa avec douceur.

Elle caressait une jument du museau à la crinière. Heilladís, dont le box était le plus proche de la porte.

– Tout ira bien, dit-elle à la jument qui hennit avec force. Allons, allons.

Lovísa ouvrit le box et tendit le licou à Adam.

– Emmenez-la dehors, attachez-la à la clôture et revenez tout de suite ! lui ordonna-t-elle en toussant fortement à plusieurs reprises.

Bien qu'il n'eût aucune expérience des chevaux, Adam mena sans peine la jument vers la sortie, le visage toujours enfoui dans la manche humide de sa veste.

– Vite, dit Lovísa à Embla en se tournant vers le box de Skjóna.

Elle aussi était très nerveuse, mais Lovísa avait déjà réussi à lui passer le licou qu'elle tendit à Embla en ouvrant le box.

– Prenez, et faites comme lui.

Embla ne se le fit pas dire deux fois et s'empressa d'entraîner la jument hors de l'écurie. Mais Skjóna résista et manqua des pieds.

– Skjóna ! cria Lovísa. Obéis !

Et elle lui donna une petite tape sur la croupe. Alors la jument céda et suivit Embla. Au même instant, Adam revenait dans l'écurie et accourait vers Lovísa.

C'était maintenant au tour de Villimey, Lovísa avait déjà ouvert le box et le licou était prêt pour Adam.

– Tenez, réussit-elle à articuler entre deux quintes de toux.

Il saisit le licou qu'elle lui tendait et emmena Villimey, qui était beaucoup plus calme que Skjóna. Embla était de retour, soulagée de voir qu'il ne restait plus qu'une jument dans l'écurie.

– Allons, allons, Halastjarna, dit Lovísa à sa jument en caressant son museau, nous allons sortir d'ici.

Elle ouvrit le box et saisit le licou elle-même.

– Je m'en occupe, dit-elle à Embla qui attendait à côté de la fermière et de sa jument.

– Très bien, répondit Embla à travers sa manche humide.

Elle les regarda s'éloigner vers la porte. Tout devint paisible en une seconde, les chevaux étaient hors de danger et la fumée avait beaucoup diminué. *On voit tout de suite ce qui s'est passé,* se dit Embla en parcourant la scène des yeux. Sur le sol, devant le cinquième box inoccupé, il y avait un extincteur partiellement recouvert de mousse blanche. On distinguait sous cette mousse des brins de foin carbonisés qui indiquaient l'endroit où l'incendie s'était déclaré.

– Mais qui l'a éteint ? marmonna Embla dans sa manche.

Elle pensa aux deux journalistes au-dehors. Ils avaient donc dit la vérité. Il était évident que c'étaient eux qui avaient éteint le feu, il n'y avait personne d'autre à proximité.

Elle se souvint alors de ce que le reporter à la coiffure bizarre avait dit, une histoire de main dans le box du coin. C'était justement devant ce box qu'elle se trouvait en ce moment. Elle entra pour voir ce que ce type avait voulu dire.

Elle vit alors la main !

Un frisson la transperça – un frisson semblable à celui qu'elle avait éprouvé le matin même dans le bureau de Baldur. Médusée, elle ne pouvait détacher ses yeux du sol, à la base du tas de foin intact dans l'autre coin du box. Ce n'était pas possible. C'était sûrement une blague de très mauvais goût, un de ces accessoires douteux de farces et attrapes. Embla n'arrivait pas à admettre que ce qu'elle avait devant ses yeux était réel. Que c'était une main de chair et d'os qui dépassait du foin.

58

La situation de Tobias était loin d'être brillante, et il le savait très bien. Les deux policiers assis à l'avant le croyaient coupable d'assassinat, de deux assassinats pour être plus exact, et il devait maintenant prouver son innocence. Pour cela, il faudrait tout révéler, c'était évident. Il ne pouvait pas continuer cette mascarade. La gravité de la situation exigeait une confession totale de sa part.

– Vous voyez, dit-il en guise de préambule pour sa défense, j'ignore tout de ces laisses de chat, de ce meurtre et à plus forte raison d'un sacrifice à Odin.

Il soupira.

– Comment est-ce que je pourrais vous expliquer ça ? marmonna-t-il.

– Ça m'est égal. Mais le plus vite possible.

Grímur n'avait ni temps ni patience pour ces atermoiements sans fin.

– Je ne sais pas si vous en savez long sur les théories de Baldur Skarphédinsson, dit Tobias en renouant ses cheveux mouillés en catogan.

– Suffisamment long, répondit Grímur.

Il n'était pas un mordu d'antiquités nordiques, mais être le frère de Baldur l'avait contraint à prendre connaissances de ces théories.

– Bien, dit le Norvégien. Vous êtes donc probablement au courant de la croix solaire du Sudurland, de l'Ordre qui s'en réclame et de tout le reste.

– Continue, ordonna Grímur en opinant du chef.

– Sæmundur Loftsson, l'Islandais à qui je suis venu rendre visite, est à fond dans ce genre de spéculations, et il croit que c'est aussi mon cas.

– Comment ça, « il croit » ? Qu'est-ce que tu entends par là ? demanda Hördur, dont seule la tête dépassait de la couverture enroulée autour de lui.

Il avait cessé de frissonner, rien d'étonnant vu la chaleur qui régnait dans la voiture.

– Je veux dire que ces dernières années j'ai fait semblant d'être un aficionado de son Ordre de la Croix Solaire, en dépit de l'idéologie raciste de Sæmundur et de sa vision d'une Islande blanche, uniquement dans le but de venir ici et d'en savoir le plus possible sur la croix solaire.

– Et si tu en venais au fait ? demanda Grímur sans le regarder.

Ses yeux étaient rivés sur le 4×4 de Sæmundur que l'on discernait au loin, juste à côté de Nikulásargjá.

– Si je suis venu en Islande, c'est dans le but d'explorer la croix solaire islandaise, et certainement pas parce que je crois à Odin ou à des sornettes de ce genre-là.

– Explorer la croix solaire ? demanda Hördur.

Tobias prit une profonde inspiration.

– J'avais besoin de Sæmundur pour accéder à certains endroits à l'intérieur de la croix solaire, certains endroits secrets.

– Qu'est-ce que c'est que ces boniments ?! s'écria Grímur à bout de patience.

Ce satané Norvégien semblait croire qu'il allait s'en tirer en baratinant. Il ne savait pas à qui il avait affaire. Grímur sortit la pipe de Baldur qu'il avait conservée dans la poche de sa veste et la montra à Tobias.

– C'est la pipe de Baldur. Tu la reconnais ?

– Tu l'as retirée du lieu du crime ? chuchota Hördur, sidéré par la désinvolture de son chef.

– Tu la reconnais ? répéta Grímur, faisant fi de la réflexion de son adjoint.

Tobias eut l'air embarrassé et ne dit rien.

– Où est Baldur ? Qu'est-ce que tu as fait de lui, crapule ? vociféra Grímur.

Dans la voiture voisine, les deux policiers tournèrent la tête vers le commissaire, mais sans manifester d'émoi. Il valait mieux ne pas le déranger. Chaque policier avait son style personnel pendant les interrogatoires.

– Je n'ai même pas vu Baldur, je le jure, répondit Tobias d'un ton suppliant.

– Et les laisses de chat dans ta valise, alors ? demanda Hördur.

– Je ne sais pas. Je... je... balbutia le Norvégien.

– Quoi ? éructa Grímur. Vas-y, crache le morceau !

– Je ne suis qu'un chercheur d'or, reconnut-il finalement, avec un air chagrin.

Les deux policiers le regardèrent en silence.

– Je cherche des trésors, ajouta-t-il en baissant la tête.

– Tu cherches des trésors ? répéta Grímur sans comprendre.

– Oui.

Tobias avala sa salive.

– Je parcours l'Europe du Nord à la recherche des trésors perdus des Vikings.

Le silence accueillit à nouveau ses paroles. Tobias savait qu'il devait s'expliquer plus en détail.

– Les Vikings se sont emparés de considérables richesses lors de leurs expéditions, et on n'en a trouvé qu'une toute petite partie. C'est parce qu'ils ont enterré ces trésors dans leurs contrées d'origine, dans le Nord, et c'est là que j'interviens.

Cette explication était tellement tirée par les cheveux, tellement absurde, que Grímur en resta pantois. Il se demandait où cet étranger voulait en venir, peut-être voulait-il qu'on le tabasse pour lui arracher la vérité.

– On a retrouvé un certain nombre de très importants trésors vikings, continua Tobias, qui se rendait compte que les policiers ne saisissaient pas encore très bien. Un sous le Kremlin, et un autre tout récemment dans le nord de l'Angleterre ; un type et son fils qui ont creusé là où une vieille légende situait le plus grand trésor des îles Britanniques. Bingo ! le trésor était bel et bien là !

Tobias souriait aux anges, il était clair qu'il n'avait pas réalisé dans quel pétrin il se trouvait.

– Pourquoi t'es-tu enfui à notre arrivée si tu n'es qu'un chercheur de trésor, et si tu n'as rien à cacher ? demanda Hördur, aussi étonné que Grímur.

– Comme je l'ai dit tout à l'heure, je ne suis pas vraiment un enfant de chœur même si je n'ai tué personne.

– Explique, exigea Grímur, sèchement.

– J'ai un casier en Norvège, et aussi ailleurs, par exemple en Grande-Bretagne, au Danemark et en Suède, dans des pays où j'ai cherché des trésors vikings. J'y ai parfois trouvé des choses et je les ai gardées pour moi, ce qui n'a pas plu aux autorités locales. Même si ces choses-là seraient restées cachées si je ne m'étais pas donné la peine de les chercher, ajouta-t-il en baissant le ton, comme pour se justifier.

– Ça n'explique pas ta fuite, fit remarquer Hördur. Tu n'as pas de casier en Islande ?

– Non, mais il ne faut pas que Sæmundur soit au courant. Il croit que je suis un adepte de cet absurde Ordre de la Croix Solaire et de tout ce qu'il implique, alors qu'en réalité je suis un chercheur de trésor. Rien de plus.

Du regard, Hördur interrogea Grímur qui ne disait rien. Il se gratta la tête et prit l'initiative de la question suivante.

– Qu'est-ce que la croix solaire islandaise vient faire dans tout ça ?

– Quiconque connaît le cercle et les points qu'il inclut aura en main la clé de richesses incroyables, répondit Tobias, exalté par la seule évocation des trésors qu'il convoitait.

– Comme des cartes au trésor ? dit Hördur, plus intéressé par le sujet que son chef.

– Exactement, dit Tobias, comme un gigantesque X dans le paysage qui indique où se trouve le trésor.

– Écoute-moi bien, dit Grímur. Si tu ne laisses pas tomber cette absurde histoire de pirates tout de suite, je vais me mettre en colère.

Il prit une seconde pour se calmer.

– Et je suis certain que tu ne veux pas me voir en colère.

– Vous pouvez dire ce que vous voulez, mais c'est la vérité, répondit Tobias. Les gens comme moi trouvent des trésors anciens en tirant profit de l'histoire, des contes populaires, des traditions orales et de la connaissance du pays où les hommes d'autrefois habitaient, construisaient leurs temples et se faisaient enterrer avec leurs trésors.

Grímur se taisait, perplexe. Quant à Hördur, il finit par poser la question qu'il n'avait pas osé formuler jusque-là :

– Ces richesses, c'est de l'ordre de quelle somme ?

– Justement.

Un large sourire illumina le visage du Norvégien.

– C'est un des plus grands trésors du monde.

Ses yeux bleus scintillaient comme des pierres précieuses.

59

C'était comme une hallucination, ou bien un accessoire de théâtre. Tout autour, l'écurie avait parfaitement l'apparence d'une écurie, compartimentée en boxes avec des parois basses et des lattes au plancher. La main qui sortait du foin jurait totalement avec un cadre aussi ordinaire.

Embla recula machinalement et quitta le box, sans pourtant détacher ses yeux de la main inerte. Sa tête s'était vidée en une seconde. Le temple de Skálholt, Tobias et la sécurité d'Ingunn disparurent de ses pensées comme rosée au soleil. Il n'y avait de place que pour cette abominable main.

– Embla ! Tu viens ?

La voix d'Adam venait de l'entrée.

Ces mots n'atteignaient les oreilles d'Embla que comme un susurrement lointain incapable de l'arracher à sa torpeur.

– Embla !

N'obtenant pas de réponse, Adam accourut vers Embla qui était toujours immobile. Il posa aussitôt la main sur son épaule.

– Tu ne vas pas bien, ma chérie ?

Embla sursauta.

– Adam ?

Elle n'avait pas remarqué sa présence. Elle se jeta dans ses bras et le serra très fort.

– Qu'est-ce qui ne va pas ? Ne reste pas ici, tu risques de t'intoxiquer.

– Adam, regarde dans le box, lui demanda-t-elle le visage enfoui dans son col.

– Pourquoi ? Il faut sortir d'ici, ma chérie. Il y a encore trop de fumée.

– Je t'en prie, va voir.

– Il faut que vous sortiez de là ! appela Lovísa de l'entrée. C'est risqué de rester comme ça à l'intérieur.

– Une seconde ! répondit-il.

Il desserra l'étreinte d'Embla, l'embrassa sur le front et alla jeter un coup d'œil dans le box. Il vit alors la cause de son émoi.

– Qu'est-ce que... ?

Il se précipita à l'intérieur, s'agenouilla à côté de la main et la saisit. Elle était tiède mais paraissait sans vie. En écartant le foin autour de la main il dégagea un bras entier, puis ce fut une épaule et une tête.

– Viens voir ! s'écria-t-il en continuant à déblayer.

Un homme d'un certain âge apparut. Il portait un costume brun à carreaux et un mouchoir couvrait sa bouche et ses narines.

Embla restait dans l'expectative à l'entrée du box, sans dire un mot. Elle avait l'impression d'avoir cessé de respirer.

Adam retourna l'homme pour mieux voir son visage. Il était blême, presque bleuâtre, ses yeux étaient fermés, il avait une plaie au cou et son visage était maculé de sang. Son identité ne faisait cependant aucun doute.

– Baldur ! cria Embla à pleins poumons en s'avançant dans le box. Mon Dieu, c'est Baldur !

Adam voulut d'abord savoir s'il était encore en vie. Il posa deux doigts sur le cou ensanglanté de Baldur, sur la jugulaire, et chercha le pouls.

– Il est vivant ?

– Attends.

Il ne sentit d'abord rien, en partie à cause de son excitation et des battements de son propre cœur. Puis, en se concentrant, il perçut une faible pulsation.

– Oui, annonça-t-il à Embla.

– Je n'arrive pas à y croire, parvint à dire Embla dans un souffle.

– Vite, il faut panser sa blessure et le sortir d'ici, décréta Adam.

Du coin de la cloison, Embla jeta un regard à Lovísa qui s'occupait de ses juments devant l'écurie.

– Lovísa ! Venez tout de suite ! appela Embla de toutes ses forces.

Puis elle se tourna vers le vieil archéologue, toujours inconscient dans le tas de foin. Ses cheveux rares et gris étaient agglutinés en touffes éparses humides de sueur. Le front portait une blessure peu profonde cernée de sang coagulé. La plaie du cou était elle aussi superficielle et couverte de sang séché. Ses lèvres étaient fendues et tuméfiées, un hématome violet s'étalait sous un œil. De toute évidence, Baldur avait été roué de coups dans son bureau avant d'être étranglé avec la ceinture de cuir.

Les yeux d'Embla allaient de Baldur au foin brûlé et à la mousse carbonique près de lui. Quelque chose ne collait pas.

– L'incendie n'était pas accidentel, murmura-t-elle en s'agenouillant à côté du foin.

– Qu'est-ce que tu fabriques, Embla ? Il faut sortir Baldur d'ici et faire venir un médecin, s'écria Adam. Il a perdu beaucoup de sang.

– Tu crois peut-être que je ne le sais pas ? rétorqua Embla, énervée. Il faut que Lovísa vienne. Nous ne pouvons pas transporter Baldur sans son aide, cela aggraverait son état.

Embla se pencha à nouveau sur le foin brûlé. En fouillant dans le mélange de brins carbonisés et de mousse, elle trouva sur le sol un objet allongé gris argenté de deux à trois centimètres. En le ramassant, elle sut tout de suite ce qu'était ce tube métallique avec une mèche au bout. Une allumette permanente, en quelque sorte.

– C'est Baldur *lui-même* qui a allumé ce feu, murmura Embla en contemplant sa découverte.

– Qu'est-ce que tu dis ?

Adam, qui respirait toujours à travers sa manche, avait soulevé Baldur dans ses bras.

– Baldur a dû reprendre conscience tout à l'heure, et c'est lui qui a mis le feu au foin. Jette un coup d'œil à la paume de sa main.

Adam ne se le fit pas dire deux fois et trouva aussitôt dans la main gauche de Baldur une sorte de boîte métallique qui ressemblait à un Zippo, mais avec un orifice pour accueillir le tube et la mèche. Sur un des côtés, Baldur avait fait graver une citation de la *Saga de Njáll* : « Qui est sans frère a le dos nu. » Adam tendit l'objet à Embla.

– Baldur fume la pipe, et il se sert de ce briquet pour l'allumer, dit Embla qui se souvenait de l'odeur de tabac dans son bureau. Baldur s'est mis délibérément en danger pour attirer l'attention en mettant le feu au foin.

Lovísa arriva en courant devant le box et s'arrêta pile devant l'entrée.

– Qu'est-ce qui se passe ici ?

La fermière, comme pétrifiée, regardait avec de grands yeux Baldur au milieu du foin.

– Nous avons trouvé Baldur, il était caché dans le foin, et il est en vie, répondit Embla. C'est lui qui a mis le feu, pas les journalistes.

– Mais… mais… je ne comprends pas.

Lovísa ne savait quoi dire.

– Comment est-il arrivé ici ?

– Aucune importance, trancha Adam. Il faut le sortir de là au plus vite.

Il saisit Baldur par les pieds.

– Vite, prenez-le par les bras. Mais en douceur.

Les deux femmes prirent chacune un bras et soulevèrent Baldur en même temps. Sa tête pencha immédiatement vers l'arrière.

– Faites attention, soutenez sa tête et son dos, prescrit Adam, craignant que cette position n'obstrue les voies respiratoires de Baldur.

Embla et Lovísa suivirent la recommandation. Malgré le poids du corps, ils réussirent, pas à pas, à le sortir de l'écurie vers l'air libre. Ils déposèrent l'archéologue sur les gravillons, non loin des juments, en penchant un peu sa tête en arrière pour assurer une respiration sans entrave.

– Appelle une ambulance tout de suite, Embla, ordonna Adam.

Puis il s'adressa à Lovísa :

– Vous avez une pharmacie de secours quelque part ?

– Oui, répondit-elle sans faire un mouvement, toujours sous le choc.

– Allez la chercher, vite !

Elle acquiesça silencieusement et retourna dans l'écurie. Elle trouva dans un placard une mallette de pharmacie portant le logo de la Société de sauvetage, et l'apporta à Adam en courant. Pendant ce temps, Embla téléphonait pour faire venir une ambulance. Les deux journalistes ne perdaient pas une seconde des événements.

– C'est la pharmacie pour les chevaux, dit Lovísa en s'agenouillant à côté de Baldur, mais elle devrait faire l'affaire.

Elle ouvrit la boîte, examina un instant la plaie sur le cou de Baldur, puis elle enfila une paire de gants provenant de la pharmacie sur ses mains tremblantes. Elle entreprit de nettoyer les caillots de sang de la plaie à l'aide de compresses de gaze et d'une solution saline. La plaie n'était pas profonde et le sang avait coagulé. Lovísa la recouvrit de gaze sèche. Du sparadrap et un bandeau élastique autour du cou maintinrent le pansement. En dépit de leur tremblement, les gestes de Lovísa révélaient son professionnalisme. C'était certainement elle qui se chargeait de soigner les écorchures des juments.

Adam la regardait faire, ainsi que les deux reporters et Embla qui avait alerté le 112.

– L'ambulance est en route, dit-elle.

Les yeux rivés sur Baldur et son bandage, elle maintenait le portable contre son oreille.

– Et maintenant ? demanda Orri, le cameraman, très secoué par l'état physique du vieil homme. Il va se rétablir ?

– Oui, mais il faut le mettre plus ou moins en position latérale de sécurité, je pense ? suggéra Valgard, plus serein que son coéquipier.

Il était à vrai dire en train de se demander si le moment était propice pour filmer la scène, ce serait à coup sûr le scoop de la soirée. Après réflexion, il décida d'attendre encore un peu, le temps que l'atmosphère se « rafraîchisse » un tantinet.

Lovísa se pencha pour tendre l'oreille devant la bouche de Baldur. Il respirait de façon satisfaisante malgré la blessure à son cou, mais elle jugea qu'il valait mieux le remuer le moins possible jusqu'à l'arrivée du médecin.

– Il faut attendre. Attendons le médecin, déclara Lovísa. Il nous faut attendre, maintenant, répéta-t-elle à l'adresse des autres. Il n'y a rien d'autre à faire. Attendre, dit-elle encore une fois.

Elle était visiblement très confuse, ce qui n'avait rien d'étonnant après les événements cauchemardesques des trente dernières minutes : d'abord le sentiment qu'Ingunn était à la merci d'un assassin, puis l'incendie de l'écurie, et pour finir la découverte de Baldur, plus mort que vivant, dans un des boxes.

– Mais... mais vous savez ce que cela veut dire, dit Adam en considérant Baldur.

Il y eut un silence. On n'entendait que le vent et les juments qui retrouvaient progressivement leur calme.

– Quoi ? demanda Embla.

Au lieu de répondre, Adam se tourna vers les reporters :

– En ce moment, vous n'êtes pas en train de travailler. Compris ? leur dit-il en les menaçant de son index. Ce que je vais dire ne doit pas aller plus loin.

– Ça va de soi, dit Orri.

– Vous pouvez nous faire confiance, dit Valgard, à deux doigts de croire ce qu'il disait lui-même.

Adam soupira.

– Tobias est probablement innocent, lâcha-t-il.

Tous se turent à nouveau.

– Qu'est-ce qui te fait dire ça ? demanda Embla.

– Comme vous l'avez dit vous-même, dit Adam en regardant Lovísa, Sæmundur est allé chercher Tobias aujourd'hui à Reykjavík pour l'amener ici. Tobias n'aurait jamais pu transporter Baldur ici tout seul, et en secret. Il n'aurait pas eu le temps.

– Qu'est-ce que tu veux dire ? Qui est-ce qui a fait ça, dans ce cas ?

Embla levait les mains au ciel, incapable de penser clairement. Cela ne finirait donc jamais. Son ancien prof était là devant elle, entre la vie et la mort après l'agression subie le matin même, et Adam trouvait le moyen de compliquer l'affaire encore plus. Ou de la simplifier. Embla n'était plus sûre de rien.

Adam hésita un instant. La réponse était aussi douloureuse qu'évidente. Il se tourna vers Embla pour puiser du courage dans son beau visage, puis il plongea son regard dans les yeux étincelants de la fermière de Stóra-Hof.

– Cela ne peut être que Sæmundur, lui dit-il à mi-voix.

Il se sentait presque coupable de devoir lui dire que le responsable des horreurs de cette journée ne pouvait être que son mari.

60

– Très bien, dit Sæmundur en danois au téléphone en tambourinant sur son volant. Oui, tout va bien ici, poursuivit-il après un silence, quand bien même sa voix trahissait un malaise.

Il n'avait pas digéré la trahison de Tobias.

– Tous les membres de l'Ordre, à l'exception de Lena, en Allemagne, ont accompli leur tâche et l'ont fait savoir. Mais je pense qu'elle ne va pas tarder à me contacter.

Nouveau silence.

– Oui, la journée s'est passée comme prévu, mentit l'Islandais, et je vais maintenant m'occuper de mon sacrifice. Alors la puissance d'Odin se manifestera.

Il accompagna cette proclamation d'un rire retentissant.

– Voilà, c'est ça, à bientôt.

Il mit fin à la communication. Son rire s'était mué en sourire, mais son regard était lourd d'incertitude.

– Qui c'était ? demanda Ingunn, assise à côté de son père à l'avant du 4×4.

La chienne Hekla était sur ses genoux.

– Un ami de Suède.

– Il fait partie de ton ordre, lui aussi ?

Ingunn caressait le chien et jouait avec sa fourrure. Calmer son chien la calmait elle-même.

Sæmundur ne répondit pas, l'esprit tout entier tourné vers le sacrifice qu'il devait accomplir. Il regardait les deux voitures de police qu'on distinguait là-bas, à côté de l'église de Thingvellir.

– Papa ?

Sæmundur émergea de ses pensées.

– Oui, ma chérie.

– Il fait partie de l'Ordre, lui aussi ?

– Oui, il fait partie de l'Ordre. Pourquoi demandes-tu ça ?

Sæmundur prit un cigarillo, l'alluma et baissa sa vitre.

– Comme ça, répondit Ingunn, négligemment. Il se passe quelque chose ?

– Qu'est-ce que tu veux dire ?

– Eh bien, d'abord il y a eu ce Norvégien, et maintenant un Suédois. Il se passe quelque chose de spécial dans l'Ordre aujourd'hui ?

– Oui, je te l'ai d'ailleurs déjà dit il y a quelques jours. L'équinoxe de printemps est aujourd'hui, mercredi, le jour même d'Odin.

Il prit une bouffée de son cigarillo, souffla la fumée par la vitre et se tourna vers sa fille. Son regard semblait se perdre au loin.

– C'est pourquoi c'est un jour spécial, ma chérie. Tout à fait spécial.

– Qu'est-ce qu'il a de si spécial ? contesta-t-elle. Je voulais parler avec ma copine sur MSN, et j'ai raté le rendez-vous.

– Tu verras tout à l'heure ce qu'il a de spécial.

– On ne va pas à la maison ?

– Pas tout de suite, ma chérie.

– Mais le policier t'a dit de rentrer. Il a dit que maman avait peur.

– Il l'a dit, bien sûr. Mais il ne comprend pas ce qui est en jeu.

Sæmundur aspira profondément la fumée.

– Notre tâche de ce jour est loin d'être terminée, même si Tobias s'est révélé être un traître. Le soleil est encore haut dans le ciel. Nous avons encore le temps.

– Encore le temps ? Qu'est-ce que tu veux dire ? Où est-ce que nous allons comme ça ? demanda Ingunn, étonnée.

Elle cessa de caresser Hekla qui entrouvrit un œil et poussa un gémissement. Elle voulait qu'on continue à la cajoler de la sorte.

– Je ne suis pas encore tout à fait sûr, répondit Sæmundur avec sincérité.

Il ne savait pas ce qu'il devait faire maintenant, et cela l'inquiétait. Il était clair que Baldur n'avait pas cherché le temple à Thingvellir, et qu'il avait également abandonné le site à côté de Stóra-Hof. Sæmundur se pencha sur le volant, se prit le front des deux mains et se mit à le masser machinalement.

– Où était-il ? Où était-il ?

Il se posait cette question sans relâche.

– Papa, qu'est-ce qui ne va pas ? demanda Ingunn.

Elle avait à cet instant peur de son père, mais également peur pour lui. Après s'être comporté d'une façon extrêmement étrange toute la journée, il semblait à présent être dans une impasse totale.

– Et si on retournait à la maison retrouver maman, comme nous l'a dit le policier ? suggéra-t-elle, faisant appel au bon sens de son père.

– Non, nous n'avons rien à faire là-bas, répondit-il.

Il se cassait la tête contre l'énigme, repassait dans sa mémoire les photos de la stèle qui indiquaient le nord-ouest de la croix solaire.

– UFK 216, marmonnait-il, le cigarillo aux lèvres, qu'est-ce que ça veut dire ?

Il sortit le *Hávamál* de sa poche et pressa de ses doigts la couverture de cuir brun, espérant trouver ainsi l'inspiration.

Pendant que Sæmundur envisageait en marmonnant toutes les possibilités, Ingunn le regardait du coin de l'œil, le plus discrètement possible. Elle mourait d'envie de bondir de la Land Rover et de courir vers les policiers, mais elle n'osait pas, sachant qu'elle le paierait cher plus tard. Elle resta donc immobile sur son siège et continua à caresser Hekla. La chienne avait posé sa tête sur les genoux de sa maîtresse.

– 216 000 pieds vikings au nord-ouest ? s'interrogea Sæmundur à voix haute.

Il sentait poindre en lui l'irritation et la colère, prêtes à obscurcir son jugement et à faire obstacle à la solution de l'énigme.

– Mais à partir d'où ? D'ici, de Thingvellir ?

Il n'avait pas besoin de carte pour savoir quel endroit se trouvait à 64 kilomètres au nord-ouest de Thingvellir. C'était le point du sud-ouest du cercle de Mýrar, qui avait été établi par Skallagrímur Kveld-Úlfsson.

– Le temple se serait alors trouvé à Álftarós ? se demanda-t-il.

Silencieuse, sa fille le regardait grommeler des choses incompréhensibles dans sa barbe et jetait de temps à autre un coup d'œil aux deux voitures de police stationnées au loin. Elle savait que cette occasion n'allait pas durer, qu'elle allait bientôt lui échapper.

– Baldur ! Où était-il, ce temple ?

Sæmundur jeta rageusement le mégot de son cigarillo par la fenêtre.

– Papa.

Ingunn posa la main sur la cuisse de son père et la secoua, comme pour le rappeler à lui-même, comme si ce geste allait suffire pour lui rendre son bon vieux papa d'avant.

– Pourquoi est-ce qu'on ne va pas à la maison ?

– Ne me dérange pas, ma chérie. Je réfléchis, dit-il distraitement.

– Je veux rentrer à la maison.

– Pourquoi est-ce que tu ne m'aides pas, au lieu de m'embêter tout le temps comme ça ?

– Je suis en train de t'aider, papa. Rentrons à la maison, rentrons retrouver maman. C'est ce qu'on a de mieux à faire.

– Ta mère ne peut pas m'aider à trouver le temple, dit-il sèchement, tout à son effort de concentration.

– On est encore en train de chercher ce temple ? Mais pourquoi ?

– Parce qu'il faut que je le trouve. Que je le trouve aujourd'hui. Maintenant.

Sa voix se durcit.

– Avant qu'il ne soit trop tard.

– Mais pourquoi ? Pourquoi ne pas rentrer à la maison maintenant ? Tu le chercheras plus tard.

– Il n'y aura pas de « plus tard », tu ne comprends pas ça ? lança-t-il avec colère.

Ces fichues jérémiades ne faisaient qu'aggraver son humeur.

– C'est maintenant ou jamais.

Et il reprit le fil de ses supputations.

– 216 000 pieds. Au nord-ouest. Le temple d'Odin, dit-il à voix basse en évaluant les réponses possibles.

Il fallait mettre en place les pièces du puzzle.

Il ouvrit son bréviaire viking et feuilleta le *Rúnatal*. La sagesse occulte que renfermaient ces pages allait lui venir en aide.

C'est alors qu'Ingunn ne put plus se contenir.

– Maintenant ou jamais ? Si tu es si pressé que ça d'aller prier, pourquoi est-ce que tu ne vas pas dans une église ? lui lança-t-elle ironiquement.

Satisfaite de sa pique, elle ricanait en indiquant du regard le livre de son père.

– Il y a des églises partout ! ajouta-t-elle en se recalant contre le dossier du siège.

Hekla se réveilla et se redressa.

Contrairement à l'attente d'Ingunn, la suggestion provoqua l'hilarité de Sæmundur.

– Bien sûr ! s'écria-t-il entre deux éclats de rire. Une église !

Il asséna un coup de poing sur le volant.

– Tu as tapé dans le mille, Ingunn !

Il se pencha vers elle et lui posa un baiser sur le front.

– Comment ai-je pu être aussi aveugle ?

Ingunn eut un instant l'illusion que son bon vieux papa était de retour.

– C'était juste une blague, dit-elle dans un sourire, croyant déjà que le comportement grotesque de son père avait été en fait une bouffonnerie.

– C'est certainement la bonne réponse.

Il saisit le volant à pleines mains.

– C'est sûrement ça, dit-il en haussant la voix.

– Hein ? Tu veux aller à l'église ? demanda Ingunn totalement incrédule.

– Oui, bien sûr que oui ! dit Sæmundur en riant comme un insensé.

Il inséra la clé de contact.

– Bien sûr que oui !

Il fit rugir le moteur.

– Pour… pour prier ?

Ingunn ne comprenait plus rien, mais elle sentait que la situation ne s'améliorait pas. Il était clair maintenant que son père ne plaisantait pas.

Au lieu de répondre à sa fille, Sæmundur démarra en faisant déraper les pneus dans les gravillons.

– Les 216 000 pieds vont de Godasteinn, la pierre d'Odin, vers le nord-ouest qui est la direction d'Odin, dit-il comme illuminé, et ils mènent à… à Skálholt. C'est là que se trouvait son temple. Il ne peut pas en être autrement.

Il avait recommencé à marmonner.

Ingunn se tourna vivement sur son siège dans la direction des voitures de police stationnées devant l'église de Thingvellir. Elle les vit disparaître derrière une coulée de lave. Elle se rendit compte au même instant qu'elle avait commis une erreur capitale.

61

Bien qu'en état d'arrestation sur la banquette arrière d'une voiture de police et soupçonné de meurtre, Tobias avait gardé le sourire.

– Qu'est-ce que tu nous racontes là, cré vingt dieux ? dit Grímur. Si tu ne te montres pas plus coopératif, nous allons devoir te transférer au commissariat, et je peux t'assurer que tu n'y seras pas mieux traité. Mais si tu nous dis la vérité, tu y échapperas.

Il espérait mettre fin aux boniments du Norvégien en clarifiant ainsi la donne.

– Ce que je vous dis est la vérité, s'obstina Tobias. Regardez dans mon sac.

Il indiqua le sac à dos noir que Hördur avait gardé à ses pieds.

Le jeune policier baissa les yeux vers le sac tout à fait ordinaire du suspect et ouvrit la fermeture éclair. Il y trouva une écharpe et des gants, une petite pelle et un instrument replié en plastique dont il ignorait la nature.

– Qu'est-ce que c'est que ce truc-là ? dit-il en le soulevant.

– C'est ce qui prouve mon innocence. C'est un détecteur de métaux. Je viens de vous le dire, je parcours le monde à la recherche de trésors perdus.

Il saisit et déplia l'objet en plastique qui prit aussitôt la forme d'un détecteur de métaux. Différent cependant de ceux que les deux policiers avaient vus auparavant, car celui-ci était noir comme du charbon et doté d'un ordinateur intégré qui analysait tout ce qui se trouvait sur le chemin de son utilisateur.

– Ce bijou coûte une fortune, mais je l'ai amorti depuis longtemps, confia-t-il aux policiers.

– Tu sais qu'en Islande tu n'as pas le droit d'utiliser un détecteur de métaux sans permis spécial, lui dit Hördur.

– Je sais, c'est pour ça que je l'ai passé en douce à la douane, dit-il avec le sourire.

– Arrête de sourire bêtement comme ça ! ordonna Grímur, exaspéré par la tournure étrange que prenait l'interrogatoire.

Tobias semblait prendre tout cela à la légère.

– Ne crois surtout pas que tu vas t'en tirer comme ça, uniquement parce que tu trimballes un bidule électronique dans ton sac à dos.

– Vérifiez mon pedigree. J'ai un casier à Oslo pour prospection illégale, et je n'ai pas le droit de quitter le territoire norvégien. Mais, comme je l'ai déjà dit, il y a une ligne que je ne franchis pas. Je n'ai jamais été poursuivi pour quoi que ce soit d'autre, et certainement pas pour meurtre, affirma Tobias, scandalisé par cette présomption.

Il y eut dans la voiture un silence que Hördur fut le premier à rompre.

– Qu'est-ce qu'on va faire ? demanda-t-il à Grímur en islandais.

Le commissaire ouvrit brusquement sa portière.

– Qu'est-ce que tu vas faire ?

– Je vais leur demander, dit-il en indiquant l'autre voiture, de contacter nos collègues d'Oslo pour avoir des renseignements sur lui. C'est tout ce qu'on peut faire pour l'instant.

– Et s'il dit vrai ?

– Alors il a creusé sa tombe cette fois-ci. Ses petits délits en Norvège ne prouvent pas qu'il n'a pas commis de meurtre. Au contraire, ils semblent confirmer une rapacité sans limites.

Grímur réajusta ses lunettes et claqua la portière.

Les deux autres restèrent dans la voiture, enveloppés dans leurs épaisses couvertures. L'air chaud continuait à affluer. Hördur regardait Grímur expliquer aux deux collègues où en était l'interrogatoire. L'affaire criminelle et l'enquête mises à part, le silence lui pesait un peu car une question lui brûlait les lèvres. Une question qu'il n'arrivait pas à ignorer ni oublier. Il se racla la gorge en se tortillant sur son siège.

– C'est quoi, ce trésor, au juste ? demanda-t-il à voix basse, presque comme si sa question impliquait une intention douteuse.

– On est curieux ? demanda Tobias en souriant dans le rétroviseur.

– Réponds au lieu de faire le malin, répliqua Hördur, désireux de montrer qu'il n'avait rien à envier à son chef.

Le Norvégien regarda un instant le commissaire debout à côté de l'autre voiture, puis il se pencha en avant.

– Le trésor de Ketill Hængur, articula-t-il lentement.

– Je n'ai jamais entendu parler de lui, déclara Hördur, comme si cela suffisait à réfuter son existence.

– C'est parce que tu n'as pas étudié la question, camarade.

Cette mystérieuse réponse fit son effet, car elle aiguisa la curiosité de Hördur. Il jeta un coup d'œil à Grímur en train de palabrer avec les deux autres.

– Continue.

– Ça fait longtemps que je suis dans ce business, et en tant que Norvégien je me suis très tôt intéressé au plus célèbre de nos Vikings.

Tobias se tut pour permettre à Hördur de nommer l'homme en question et faire étal de sa science, mais ce fut peine perdue. Hördur haussa les épaules, n'ayant pas la moindre idée de qui Tobias pouvait parler ainsi.

– Haraldur Beaux-Cheveux, le premier roi de Norvège, dit Tobias, légèrement offusqué.

– Ah oui, j'ai entendu parler de lui.

Hördur se pencha pour extraire de son pantalon trempé un paquet de chewing-gum et enfourna deux dragées, plus décontracté en l'absence de son chef.

– J'en suis heureux.

Tobias se racla la gorge.

– J'ai longtemps cherché des objets et des richesses qui avaient quelque rapport avec Haraldur. Il est bien connu qu'il en a amassé d'énormes quantités quand il parcourait la Norvège pour en unifier tous les petits royaumes à son profit.

– Compris, Haraldur Beaux-Cheveux était riche, dit Hördur qui voulait arriver au fait avant que Grímur ne revienne dans la voiture. Quel est le rapport avec Ketill Hængur et l'Islande ?

– Nous y sommes. Quel est le rapport avec Ketill ? répéta Tobias après l'Islandais. Peu de gens ont fait le lien entre les deux.

– Laisse-moi deviner : personne sauf toi ? demanda Hördur en mâchant sa gomme.

– Précisément.

Tobias resserra la couverture autour de lui.

– On peut lire dans la *Saga d'Egill* la raison pour laquelle Ketill Hængur a fui la Norvège. Ketill était un parent de Thórólfur Kveld-Úlfsson, frère de Skallagrímur et par conséquent oncle d'Egill.

– Et puis ? le pressa Hördur.

– Dans la *Saga d'Egill*, ainsi que dans le *Livre de la colonisation*, il est raconté comment Ketill venge Thórólfur en tuant deux frères que l'on appelait les fils de Hildirídur. Non contents d'être les collecteurs d'impôts de Haraldur dans le Hálogaland, ces deux-là le flouaient systématiquement pour s'enrichir à ses dépens.

Tobias hésita, puis il ferma les yeux pour se représenter les événements comme s'il y avait assisté en personne.

– Après avoir tué les deux frères, Ketill emporta toutes leurs richesses, les ajouta à celles qui lui appartenaient déjà, et en remplit deux navires de transport.

Et il traversa l'océan jusqu'en Islande pour fuir la vengeance de Haraldur.

– Tu penses donc que Ketill avait mis la main sur une partie des richesses de Haraldur par le biais des fils de Hildirídur ?

– J'en suis certain. Ces frères escrocs ne reculaient devant rien pour s'enrichir sur le dos de Haraldur. Lis la *Saga d'Egill*, c'est écrit noir sur blanc, répondit Tobias avec exaltation.

Il avait lui-même lu et relu un nombre incalculable de fois l'histoire des fils de Hildirídur et celle de Ketill. C'était une histoire vraie, le doute n'était pas permis.

– Disons que je veux bien te croire, dit Hördur qui ouvrait rarement un livre, et encore moins les sagas islandaises. Mais pourquoi est-ce que tu ne cherches pas l'argent d'Egill ? Toi qui lis sans arrêt la *Saga d'Egill* ?

– L'argent d'Egill ? répéta Tobias, indigné. Quelques pièces d'argent dans deux coffrets merdeux ? Non, merci. Je préfère m'en tenir au gros lot. Ketill s'est attribué un immense territoire, il possédait un énorme domaine agricole, il appartenait à un riche lignage et il avait par-dessus le marché mis la main sur toutes les richesses et tous les trésors des fils de Hildirídur, expliqua Tobias avec conviction. Un peu plus palpitant que deux petits coffrets d'argent, non ?

L'intérêt que Hördur portait à Ketill Hængur s'accrut sur-le-champ. Bien qu'il fût présent dans cette voiture en tant que policier exerçant ses fonctions, en train d'interroger un homme soupçonné de meurtre, il n'en était pas moins titillé par l'idée de découvrir un trésor qui valait des millions et des millions de couronnes. Surtout que si Tobias se retrouvait derrière les barreaux plus personne ne chercherait à dénicher le magot. *Personne sauf moi.* Hördur cessa de mâcher. En une fraction de seconde, une foule d'images vint envahir son esprit. Armé d'une pelle, il trouve le trésor. Il revient chez lui. Il rembourse ses dettes. Il démissionne de la police. Il achète une maison dans un quartier chic et il prend sa retraite encore jeune. Hördur se racla la gorge.

– Qu'est-ce qu'il y a au juste dans ce trésor ? demanda-t-il, un peu penaud d'avoir laissé son imagination se jouer ainsi de lui.

– C'est la grande question, bien sûr, dit Tobias d'un air entendu.

Il laissa s'écouler quelques secondes avant de répondre, afin d'attiser la curiosité de son interlocuteur.

– Par exemple, des objets que Haraldur Beaux-Cheveux a pu confier aux fils de Hildirídur, peut-être une de ses épées ou un de ses boucliers.

Tobias puisa d'autres exemples dans son imagination.

– Ketill appartenait naturellement au clan de Hrafnista, et il se pourrait bien que ce soit lui qui ait finalement hérité de Dragvendill, l'épée magique qui a appartenu à Egill Skallagrímsson. Ou bien les trois pointes de flèches dont il est question dans la *Saga d'Oddur aux Flèches*. Ou bien encore des possessions du fils de Ketill, Hrafn Hængsson, qui fut le premier récitateur de la Loi en 930.

Tobias sourit.

– En réalité, les possibilités sont innombrables. Remarque bien que je n'ai même pas mentionné les monceaux d'argent pris par Ketill aux fils de Hildirídur avant qu'il ne s'embarque pour l'Islande, ni la fortune qu'il a amassée ici comme propriétaire terrien et prêtre du temple.

– Et où est-il enterré, ce trésor colossal ?

Hördur croyait donner l'impression que cette histoire ne l'intéressait que dans le cadre strict de l'enquête.

– C'est là qu'interviennent Sæmundur et la croix solaire, répondit Tobias avec ravissement. En règle générale, les richesses des Vikings finissaient par échouer dans deux sortes d'endroits. Soit dans les tumulus des Vikings à qui elles appartenaient, soit dans leurs temples. Selon nos sources, ces temples étaient richement ornés d'argent et autres objets précieux, tels que le bracelet du prêtre du temple, les montants du trône et leurs chevilles. Tous ces objets suffiraient largement à financer l'achat d'une petite île des Caraïbes et un long troisième âge sans soucis.

– Tu crois donc que cette croix solaire peut aider à découvrir un vieux temple viking, ou bien la tombe de Ketill Hængur ?

– Ce n'est pas ce que je crois, il en est tout simplement ainsi ! Je trouverai le temple ou le tumulus, ce n'est qu'une question de temps, dit Tobias, sûr de lui. Certains faits laissent déjà supposer que Ketill a été enterré à Steinkross avec tous ses trésors, ajouta-t-il en pensant aux photos de la stèle qu'il avait vues dans le chalet de Baldur.

– Steinkross, dit Hördur dans un souffle.

Ses pupilles se dilatèrent imperceptiblement, et ses visions du quartier chic revinrent en force dans son esprit, fragments d'un avenir possible où l'argent ne serait plus un problème.

C'est à cet instant que Grímur ouvrit brutalement la portière.

– De quoi parlez-vous ? grogna-t-il.

Il trouvait que son adjoint prenait ses aises en compagnie d'un prisonnier, renversé vers l'arrière sur son siège et les pieds sur le tableau de bord.

– De rien.

En un éclair, Hördur avait rectifié sa position, redressé son dos et resserré la couverture sur lui.

– Alors, est-ce que ça a donné quelque chose ? demanda-t-il pour escamoter le sujet des trésors et des problèmes financiers au profit de l'enquête criminelle.

– On peut le dire, oui, répondit Grímur, le regard énigmatique.

Il se laissa tomber sur le siège du conducteur.

– C'était conforme, dit-il en anglais. Tu as un casier en Norvège. Félicitations.

– Je vous l'avais bien dit, triompha Tobias, visiblement très fier de lui. Vous avez donc pu contacter la police norvégienne ?

– Oui, nous avons fini par joindre les services concernés, et ils confirment tes dires.

Il jeta un coup d'œil à son adjoint puis dans le rétroviseur.

– Non seulement tu as un casier, mais en plus tu es en sursis pour vol. Tu t'es mis en infraction en venant en Islande. L'officier d'Oslo à qui j'ai parlé m'a demandé de t'appréhender et de te renvoyer directement en Norvège.

– Parfait ! dit Tobias, comme s'il recevait d'excellentes nouvelles. Donc je ne suis plus considéré comme suspect ?

– Comment en es-tu arrivé à cette conclusion ? demanda Grímur, étonné.

– Vous venez de le dire vous-même. Je suis un voleur, pas un assassin. Et on me réclame à Oslo, pas ici. Vous devez me relâcher, expliqua Tobias absolument sûr de son fait.

– Ce n'est pas aussi simple que ça, dit Grímur. Sais-tu comment je vois les choses, moi ?

– Non, comment ?

– Ces dernières années, tu as vadrouillé dans le nord de l'Europe à la recherche de trésors perdus, et tu as peut-être fait quelques petites trouvailles, ici et là. Et puis tu finis par trouver le gros magot ici, en Islande. Et le seul obstacle à ce que tu puisses t'en emparer, c'est Baldur. C'est la raison pour laquelle tu as fait ce que tu as fait.

– Qu'est-ce que c'est que ces conneries ?! rugit Tobias. Ce que vous dites ne repose sur rien.

– Rien ? Et les menaces envers Lovísa ? Et les laisses de chat dans la valise ? rétorqua Grímur en colère. Tu as de la chance qu'on ne soit plus au Moyen Âge, il y a encore à deux pas d'ici un excellent trou d'eau qui aurait pu reprendre du service.

– Je ne faisais que jouer mon rôle en menaçant Lovísa. Il fallait absolument qu'elle croie que j'étais un de ces amis de Sæmundur, racistes et violents, pour ne pas courir le risque d'être démasqué. Et je vous ai déjà dit que j'ignore tout de ces laisses de chat. Quelqu'un a dû les mettre dans ma valise.

– C'est ça, oui, dit Grímur. Et qui a fait ça ? Des lutins invisibles ? Ou bien les elfes des rochers ? Tu vois une meilleure explication ?

– Je ne sais pas. Et Sæmundur ?

– Sæmundur ? répéta le commissaire.

– C'est lui qui devrait être ici, pas moi.

– Pour quelle raison ? intervint Hördur qui n'avait rien dit jusque-là.

– Parce qu'il est complètement fêlé. Non seulement il a perdu le contact avec la réalité, mais en plus il est dangereux. C'est sûrement lui qui a fait le coup et… et… bien sûr ! C'est lui qui a mis ces fichues laisses dans ma valise !

Le Norvégien se rappela que Sæmundur s'était absenté un moment juste après leur arrivée à Stóra-Hof, et qu'il portait sa valise quand il l'avait vu revenir.

– Le scélérat !

– Ne te donne pas tant de peine.

Grímur ne croyait pas un mot de ce que disait Tobias.

– Écoutez-moi, se récria Tobias, visiblement tout à fait convaincu de ce qu'il avançait, Sæmundur n'est pas bien dans sa tête, il croit qu'il est le descendant du dieu Odin. Et afin de chasser les immigrants indésirables de l'Europe du Nord, il veut utiliser la force d'Odin en lui faisant toutes sortes de sacrifices aujourd'hui.

– Qu'est-ce que tu nous racontes là ?

– Je sais que ça a l'air délirant, mais Sæmundur y croit pour de bon, et c'est pour ça qu'il a ordonné aux membres de l'Ordre de la Croix Solaire de plusieurs pays, comme le Danemark et l'Angleterre, de faire des sacrifices aujourd'hui parce que aujourd'hui c'est…

– Le solstice de printemps et le jour d'Odin, compléta Hördur qui se souvenait de l'exposé d'Embla dans le bureau de Baldur.

– Exactement, dit Tobias. C'est pourquoi ces frappadingues ont massacré leurs animaux de compagnie pendant toute la journée, et c'est pour ça que Sæmundur m'a demandé de venir, pour l'aider à accomplir son sacrifice à lui, qui doit être le plus important de tous, étant donné qu'il se considère comme une sorte de prêtre du temple. Quand je lui ai demandé ce qu'il comptait sacrifier, il est devenu très évasif et m'a dit seulement qu'il devait aller chercher la victime à Stóra-Hof.

Les élucubrations de Tobias firent soupirer Grímur.

– Et où veux-tu en venir avec tout ça ? demanda Hördur de son côté.

– Est-ce qu'il faut que je vous le chante ? demanda Tobias en élevant la voix et presque en criant. C'est sûrement Sæmundur qui est derrière tout ça, les laisses de chat dans ma valise, les meurtres et Dieu sait quoi encore.

Il chercha des yeux la Land Rover rouge sang qui se trouvait auparavant sur le parking près de Spöngin. Elle n'était plus là.

– Vous devez l'arrêter. Sa fille est avec lui. Elle n'est pas en sûreté avec lui, dit-il très inquiet.

Grímur soupira une seconde fois. Il ne croyait pas un mot de ce que disait le Norvégien. Ce n'était que l'ultime tentative d'un homme qui se savait coupable. Un dernier recours. Le désespoir d'un homme qui sombre. Grímur l'avait entendu tellement de fois.

– Eh bien, puisque tu n'en démords pas, nous n'avons pas le choix.

Il mit le contact et se tourna vers son adjoint.

– On va l'emmener à Reykjavík et examiner la situation une fois là-bas, dit-il en islandais.

Il mit en marche le diesel qui se mit à ronronner comme un chaton.

– Peut-être qu'il va craquer en route, et renoncer de lui-même à ce tissu de mensonges, ajouta-t-il en desserrant le frein à main.

62

– Qu'est-ce que tu dis ? dit Embla en se relevant.

Ses yeux foudroyaient Adam, elle le mettait au défi de répéter ce qu'il avait dit – cette aberration.

– Je suis désolé, dit Adam, embarrassé.

Il croisa les bras, ne sachant quelle posture adopter.

– Sæmundur est certainement le coupable.

Ses yeux quittèrent Lovísa pour se poser sur Embla, puis sur Baldur qui gisait toujours à terre, les yeux fermés.

– Qu'est-ce que vous dites ? demanda Lovísa, qui ne parvenait pas à comprendre les paroles d'Adam, qu'elle avait pourtant entendues clairement.

Elle se tourna vers Embla :

– Qu'est-ce qu'il dit ?

– Je... je ne suis pas sûre.

Elle serra Lovísa contre elle et fixa Adam d'un œil sévère, comme si c'était lui qui avait commis un crime.

– Comment peux-tu dire une chose pareille ?

– Je suis désolé, répéta Adam, mais il ne peut en être autrement.

– Pourquoi dis-tu cela ?

– Parce que Baldur a disparu de chez lui ce matin et se retrouve ici, dans l'écurie de Stóra-Hof. Or, Tobias n'avait ni le temps ni la capacité de le transporter jusqu'ici. Comment aurait-il pu faire ça sans être vu ? Avec quelle voiture ? Comment aurait-il fait pour trouver la ferme ?

Adam était affligé d'être contraint de dire devant Lovísa que son mari était l'assassin, mais il était beaucoup plus important que la vérité éclate, car s'il avait raison cela signifiait que l'assassin était en liberté.

– Tu sais que je n'ai pas de réponse à tes questions, dit Embla.

– Il faut au moins une heure et demie pour venir ici de Reykjavík. Pour un habitué, pas pour quelqu'un qui comme Tobias vient ici pour la première fois.

Adam évitait les yeux de Lovísa, il trouvait moins difficile de s'adresser à Embla, ou même aux journalistes qui écoutaient, debout comme des empotés.

– Et il faut une heure et demie de plus pour revenir en ville. Tobias n'aurait jamais pu y arriver, en plus de tout le reste, avant que Sæmundur ne vienne le chercher à midi.

– Êtes-vous en train de nous dire, sérieusement, que c'est Sæmundur qui a fait ça ? dit Lovísa en montrant Baldur du doigt. Hein ? C'est bien ça que vous voulez dire ?

Ses yeux lançaient des étincelles de colère.

– Désolé, mais il n'y a pas d'autre possibilité, répondit Adam.

– Et moi, alors ? demanda Lovísa à qui cette hypothèse semblait tout aussi absurde. Moi aussi j'aurais pu le faire, non ?

– Si, probablement, répondit Adam. Sauf que cela n'aurait pas de sens. Comme vous l'avez dit tout à l'heure, Sæmundur n'a plus toute sa tête...

– Vous n'avez aucun droit de parler ainsi de mon mari ! s'emporta Lovísa. Comment osez-vous ?

– Excusez-moi, s'empressa-t-il de répondre d'un air penaud. Je pensais seulement que vous aviez dit...

– Oui, je sais bien ce que j'ai dit, l'interrompit-elle à nouveau. Mais cela ne signifie pas que vous pouvez parler de lui comme ça. C'est vrai que mon pauvre

Sæmundur se comporte étrangement depuis quelques mois, mais…

Lovísa se tut et ferma les yeux pendant qu'elle cherchait ses mots. Son mal de tête avait empiré de minute en minute, elle avait l'impression que sa tête allait se fendre en deux. Alors qu'elle portait la main à son front, elle sentit ses jambes faiblir, s'engourdir et se dérober sous son poids, comme deux cure-dents sous un lourd fardeau.

– Attention !

Embla comprit très vite ce qui se passait et rattrapa Lovísa avant qu'elle ne s'affaisse. Avant qu'elle ne cède sous le poids de tous les événements de la journée.

– … mais ça ne fait pas de lui un monstre, murmura-t-elle dans les bras d'Embla.

– Ce n'est pas ce que je voulais dire, dit Adam pour mitiger son propos. Je voulais dire que vous n'étiez pas dans la même position que Sæmundur, psychologiquement parlant, et qu'en plus vous n'aviez aucune motivation…

Il hésita avant d'ajouter :

– … à la différence de Sæmundur.

Comme si cette affirmation avait frappé Lovísa droit au cœur, elle se remémora à cet instant les semaines précédentes, les sautes d'humeur de Sæmundur et ses paroles haineuses à l'encontre de Baldur.

– Ses positions concernant l'Ordre et Baldur devenaient de plus en plus extrémistes, marmonna-t-elle. Je ne savais pas quoi faire.

– Ce n'est pas de votre faute.

Embla aida Lovísa à se remettre debout.

– J'avais de plus en plus peur, surtout quand il a été de plus en plus question des immigrants, et que Baldur avait trahi la cause, Odin et les croix solaires, dit-elle, accablée. Tout cela s'était mélangé comme une sorte de bouillie dans la tête de Sæmundur.

Elle baissa la tête et ferma les yeux.

– Est-ce que vous le croiriez capable de se laisser emporter au point de faire une chose pareille ? avança Embla avec précaution.

– Je ne savais pas et je ne sais toujours pas de quoi Sæmundur est capable. Ce n'est plus le même homme. Il me semble parfois que je ne le connais pas, c'est un homme malade dans sa tête qui s'est laissé complètement aveugler par son idéologie insensée.

Ces souvenirs suscitèrent une bouffée de colère. Elle céda alors et sortit le flacon de comprimés qui se rappelait toujours à elle. Elle l'ouvrit et avala deux comprimés. Elle allait très vite ressentir un flux de bien-être dans tout son corps.

Adam lança à Embla un regard discret et fit comme si de rien n'était. Cette femme avait dû supporter bien des choses ces derniers temps, mais il fut tout de même surpris de voir qu'elle gardait un flacon de Prozac en permanence dans sa poche.

– Quand est-ce que tout cela a eu lieu, vous le savez ?

Adam voulait se faire une idée de la succession des événements.

– À quelle heure Sæmundur est-il arrivé avec Tobias ?

– Vers une heure, je crois, répondit Lovísa qui sentait se dissiper la migraine et la nausée.

– Et à quelle heure est-il parti ce matin ?

– Très tôt. Il se lève toujours longtemps avant moi, et de plus il avait des choses à régler à Reykjavík, c'est ce qu'il m'a dit.

– En conséquence, Baldur se serait trouvé à l'intérieur de la voiture quand Sæmundur est arrivé ici avec Tobias, non ?

– Ne me regarde pas comme ça, dit Embla.

Elle préférait ne pas répondre, ayant perdu le fil depuis longtemps.

– Donc il se peut après tout que Tobias soit impliqué, dit Adam avec une pointe de soulagement. Il se pourrait même qu'il soit le principal acteur, et qu'il se soit servi de Sæmundur pour transporter Baldur jusqu'ici.

Aussi disposée qu'elle fût à admettre ce que disait Adam, ou même à croire que Tobias était l'assassin, Lovísa se rendit compte que c'était impossible.

– Non, murmura-t-elle à peine perceptiblement, c'était Sæmundur et lui seul.

– Pourquoi dites-vous cela ?

Embla dut se pencher pour saisir ses paroles.

– Parce que, dès leur arrivée, Sæmundur m'a laissée seule avec Tobias dans la cuisine, en disant qu'il avait quelque chose à faire ailleurs.

– Ailleurs ? Vous savez où ?

– Oui, il est sorti de la maison et il est allé… il est venu ici, dans l'écurie.

Elle était au bord des larmes maintenant qu'elle se trouvait confrontée à la vérité.

– Il est sans doute venu ici pour cacher Baldur à l'intérieur.

Elle considéra un instant l'écurie, essuya les larmes au coin de ses yeux et avala sa salive.

– Tobias n'a rien à voir avec tout ça. Il était avec moi pendant ce temps-là.

L'avenir comme le présent s'annonçaient très noirs : son mari, le père de sa fille, allait passer de longues années derrière les barreaux pour expier son forfait. Or, au lieu de sombrer dans l'abattement et le chagrin, Lovísa redressa la tête. Elle n'avait pas de temps à perdre en lamentations tant que sa fille avait besoin d'elle.

– Nous devons retrouver Sæmundur au plus vite, déclara-t-elle avec détermination, comme métamorphosée.

Elle avait maintenant un objectif, clair et net.

– Je dois absolument récupérer Ingunn, je dois la lui reprendre. C'est la seule chose qui compte.

– Je téléphone à Grímur, dit Embla.

Elle saisit son portable où s'étaient entre-temps accumulés de nouveaux appels.

– Il faut aussi lui donner des nouvelles de son frère.

63

Grímur baissa sa vitre.

– Nous emmenons Tobias au commissariat, annonça-t-il aux policiers de l'autre voiture.

Sa voix était grave, elle trahissait le découragement et le pessimisme. Les chances de retrouver Baldur en vie diminuaient de minute en minute. Grímur le savait, après toutes ces années dans la police. Même le crime et le châtiment avaient leur routine, comme toute autre chose.

– Il ne veut rien dire, ajouta-t-il en regardant Tobias dans le rétroviseur.

– Très bien, bonne continuation, dit la policière assise à la place du passager.

– Merci.

Grímur appuya doucement sur l'accélérateur, et démarra en direction de l'allée. Il allait tourner à gauche sur le tronçon qui longe Flosagjá quand son portable se mit à vibrer dans sa poche.

– Qu'est-ce qu'il y a encore ?

Il sortit l'appareil sans arrêter la voiture et reconnut aussitôt le numéro.

– Bonjour, Embla.

– Grímur, vous n'allez pas me croire !

Son émotion était évidente.

– Croire quoi ?

– Nous avons retrouvé… Baldur ! balbutia-t-elle.

Dire cela à voix haute, et à Grímur de surcroît, lui fit réaliser à quel point cette nouvelle était incroyable. Ils étaient jusque-là dans leur petit univers, à Stóra-Hof. Partager la nouvelle avec d'autres, lui permettre de déborder sur le monde réel, c'était pratiquement une expérience surréaliste.

Grímur se raidit et freina au milieu de la route, faisant chasser le véhicule. Il ne savait pas comment accueillir cette nouvelle, s'il devait pleurer ou rire, la croire ou en douter, raccrocher ou remercier Embla. Ses nerfs avaient été à vif toute la journée, et il avait réussi à faire abstraction de tout sauf de ce qui était vraiment important : retrouver son frère. Cette quête semblait avoir enfin abouti, Baldur était retrouvé. Le point d'interrogation, c'était dans quel état.

– Est-ce qu'il est… ? hoqueta Grímur.

Sa voix n'était plus grave du tout.

– Il est en vie, Grímur ! annonça Embla, heureuse de pouvoir lui donner cette réponse.

– Je le savais, dit Grímur dans un profond soupir.

Comme s'il avait contenu cette phrase en lui depuis le début de la matinée.

– Je le savais, répéta-t-il avec soulagement en passant la main à travers ses cheveux rares.

Malgré les obstacles, et bien que tout le monde le crût mort, Grímur s'était entêté et démené pour le retrouver et le sauver.

– Mais il est dans un état grave, précisa Embla.

Il ne fallait pas que Grímur se réjouisse trop vite. Baldur devait encore livrer une rude bataille pour sa survie.

– Où est-il ?

– Nous sommes à Stóra-Hof, et l'ambulance va bientôt arriver.

– Comment va-t-il ?

– En ce moment il est inconscient, mais il respire correctement. Et nous avons réussi à panser la plaie qu'il a au cou.

– Ce qui veut dire que son état est stationnaire ?

– Oui, je pense.

Embla n'était pas vraiment la personne à qui poser cette question. Elle ajouta donc :

– En tout cas pour l'instant.

– Bien. C'est ça qui compte. Dans combien de temps arrive l'ambulance ?

– Elle devrait arriver d'une minute à l'autre.

– Je me mets en route de suite. Tenez-moi au courant dès que vous savez où l'ambulance emmène Baldur, d'accord ?

– Attendez ! s'écria-t-elle avant qu'il ne raccroche.

Les autres nouvelles étaient au moins aussi urgentes, lui semblait-il.

– Où vous trouvez-vous en ce moment ?

– À Thingvellir. Mais je n'en ai pas pour longtemps, où que l'ambulance l'emmène, que ce soit à Hvolsvöllur, Hella ou Selfoss.

– Et vous les avez trouvés ?

– Oui, nous avons arrêté Tobias, répondit Grímur brièvement. Mais je n'ai pas le temps de discourir. Je vous vois tout à l'heure.

Il s'apprêtait à raccrocher.

– Attendez ! ordonna Embla brutalement. Écoutez-moi ! Où sont Sæmundur et Ingunn ?

Surpris par cette injonction, et surtout par sa détermination, Grímur fit marche arrière sur quelques mètres pour avoir une vue d'ensemble du parking de Spöngin. La Land Rover était partie.

– Probablement en route vers vous. J'ai dit à Sæmundur de retourner à Stóra-Hof avec sa fille parce que sa femme avait très peur pour eux deux.

– Vous l'avez laissé s'échapper ?

– Laissé s'échapper ? répéta Grímur, ébahi. De quoi parlez-vous ? Je l'ai autorisé à rentrer chez lui. Vous m'aviez bien dit vous-même que Lovísa avait très peur pour sa famille ?

– Vous ne me comprenez pas, répondit-elle en poussant un profond soupir. Tobias n'est pas le coupable.

Grímur était largué.

– Hein ?

– Non.

– Qui est-ce alors ?

– Sæmundur.

La mâchoire lui en tomba.

– Où avez-vous pêché cette idée ?

Il jeta un coup d'œil furtif au Norvégien dans le rétroviseur.

– La présence de Baldur à Stóra-Hof est la preuve de l'innocence de Tobias et de la culpabilité de Sæmundur. Tobias n'aurait jamais pu amener Baldur jusqu'ici. C'est Sæmundur qui l'a fait.

– Et les laisses de chat dans la valise de Tobias ?

Grímur refusait de la croire aussi aisément. Il est vrai qu'il n'était guère habitué à des allées et venues entre trois suspects le même jour. De Ægir à Tobias et maintenant de Tobias à Sæmundur. Cela n'augurait rien de bon. Le mieux était de se fier à ses premières intuitions et de s'en tenir à ses premiers soupçons avant qu'on ne se mette à penser à trop de choses ou tout simplement à trop penser tout court.

– Je ne sais pas comment elles sont arrivées dans cette valise, mais c'est certainement quelque chose que Sæmundur aurait pu faire sans problème, non ?

– Il ne faut pas prendre en compte des événements quand ils ne sont même pas induits sur la base de soupçons, répliqua Grímur.

Il fut tout de même frappé de constater qu'Embla venait de dire exactement la même chose que Tobias quelques instants auparavant. Mais il tenait bon. Les preuves étaient les preuves, et il ne fallait pas les ignorer.

– Tobias est innocent, répéta Embla.

– L'homme que vous considériez comme coupable il y a une heure est maintenant innocent. Il faudrait vous décider.

– Écoutez-moi ! exigea Embla, énervée par l'entêtement du policier. Tobias n'aurait tout simplement pas pu pénétrer par effraction ce matin dans le bureau de Baldur, aller en voiture à Stóra-Hof, y cacher Baldur sans être vu et revenir en voiture à Reykjavík pour que Sæmundur vienne le chercher à midi. Vous devez bien l'admettre ? C'est chronologiquement impossible.

Il avait beau résister de toutes ses forces et soutenir mordicus que les laisses prouvaient la culpabilité du Norvégien, Grímur était contraint de reconnaître qu'Embla avait raison. La postière qui avait entraperçu la femme de ménage de Baldur dans le couloir avait alerté la police juste avant dix heures. Après avoir reconnu les lieux et examiné soigneusement le cadavre de la femme de ménage vietnamienne, ils avaient estimé que le meurtre avait été commis environ une heure plus tôt, c'est-à-dire peu avant neuf heures. Même pour quelqu'un qui avait l'habitude, la distance était vraiment trop grande entre Reykjavík et Stóra-Hof. À plus forte raison l'aller et retour.

– De plus, Sæmundur avait beaucoup plus de raisons que Tobias de s'en prendre à Baldur. Il le considérait comme un ennemi juré après leur querelle au sujet de l'Ordre de la Croix Solaire, poursuivit Embla. Et cela explique aussi le meurtre de la femme de ménage. C'était une immigrante du type que Sæmundur exècre, et qui a un rapport direct avec ce jour d'Odin. Tout cela concorde.

– Non, pas tout, corrigea Grímur. Comment Baldur est-il arrivé à Stóra-Hof si Tobias ne l'a pas transporté ?

– Nous pensons que Sæmundur a dû enfermer Baldur dans le coffre de la voiture quand ils sont venus de Reykjavík. Lovísa nous a dit que, dès leur arrivée à Stóra-Hof, il s'est absenté un moment et l'a laissée seule avec le Norvégien.

– Il est allé cacher Baldur ?

– Oui, Baldur était dans un tas de foin à l'intérieur de l'écurie.

– Il a donc joué la comédie tout à l'heure.

Cette remarque était autant destinée à lui-même qu'à Embla. Il semblait maintenant convaincu de la culpabilité du fermier et de l'innocence du Norvégien.

– Quand ?

– Quand il s'est mis dans une colère noire contre Tobias. Il le traitait de Judas et d'assassin. Je peux vous assurer qu'il était très convaincant.

– Nous devons le retrouver. Le plus vite possible.

– Vous ne pensez pas qu'il est en route vers Stóra-Hof, comme je le lui ai demandé ?

– Ça m'étonnerait beaucoup. La journée n'est pas finie en ce qui le concerne. Il l'a commencée très tôt avec ce sacrifice à Odin, et il me semble qu'il lui reste quelque chose à faire. C'est pour cela qu'il est allé sur les ruines de Hof, et ensuite à Thingvellir. Tout semble indiquer qu'il cherche un ancien temple viking, mais je ne sais pas pour quelle raison.

– Tobias pourrait peut-être nous être utile, suggéra Grímur.

Il avait pourtant du mal à s'adapter à tous ces changements. À accepter l'idée que le coupable n'était ni le suspect assis sur la banquette arrière ni cet Ægir qui les attendait au commissariat. Il était dérouté par une enquête criminelle qui ressemblait plus à une partie de colin-maillard qu'à une traque du coupable en bonne et due forme.

– Il nous a dit des choses curieuses quand nous l'avons interrogé. Ce qu'il cherche, lui, ce serait un trésor viking perdu. Je n'en ai pas cru un mot sur le coup, mais je comprends maintenant qu'il disait probablement la vérité.

– Ce Tobias serait un chercheur d'or ? s'étonna Embla.

Elle avait connaissance, à travers ses lectures, de ces gens qui parcouraient le monde à la recherche de trésors cachés, entre autres ceux d'origine viking. Certains avaient de la chance, ils tombaient sur le magot et devenaient très riches. D'autres n'en avaient pas et ne trouvaient rien en dépit d'un travail acharné. Il y en avait d'autres encore qui jouaient de malchance : ils trouvaient le magot, mais ils étaient contraints à le remettre à l'État, car ces richesses appartiennent au patrimoine national.

Grímur émit un « hum » en guise d'acquiescement.

– Tobias nous a dit aussi que Sæmundur a ordonné à tous les membres de son ordre de sacrifier à Odin leurs animaux de compagnie. Et qu'il allait lui-même sacrifier ce qui lui était le plus cher, en tant que maître de l'Ordre et prêtre du temple.

– Mon Dieu, murmura Embla, atterrée.

Elle comprit subitement pourquoi Sæmundur voulait trouver ce temple.

– Croyez-vous que cela explique l'état dans lequel était le bureau de Baldur ? demanda Grímur. L'assassinat de Baldur aurait donc dû être le « précieux sacrifice » dont parlait Sæmundur ?

– Non, je ne pense pas.

Embla baissa la voix et s'éloigna de Lovísa qui se trouvait à côté d'elle. La femme ne devait pas entendre ce qu'elle allait dire.

– Pourquoi pas ?

– Parce que Baldur n'est pas ce qui est « le plus cher » au cœur de Sæmundur. Et aussi parce que cela explique pourquoi il cherche ce temple. Il ne le chercherait pas s'il avait déjà accompli son sacrifice aujourd'hui.

– Vous voulez dire que…

– Qu'il a l'intention de faire un second sacrifice aujourd'hui.

– Un autre sacrifice ?

– Il se pourrait qu'Ingunn soit en danger, dit Embla.

– La fille de Sæmundur ?

Grímur était frappé de stupeur.

– C'est exactement ce que disait Tobias. Sæmundur parlait d'aller chercher sa victime à Stóra-Hof. Juste après, il est allé chercher sa fille. Je n'en ai pas cru un mot, dit-il sur un ton d'excuse.

– Nous devons les trouver au plus vite, s'émut Embla.

– Je… je croyais que Tobias mentait dans le but de… continua Grímur pour se justifier.

– Grímur ! Ce n'est pas ça qui est important, dit Embla pour rappeler au policier le danger encouru par Ingunn. Nous devons les trouver au plus vite.

– C'est vrai. Je vais diffuser le signalement de son véhicule sur la route nationale.

– Cela ne servira à rien, dit Embla avec conviction. Sæmundur n'a pas pris la direction de Stóra-Hof.

– Vous n'en savez rien, affirma Grímur. Il est peut-être sur la route, peut-être même sur la nationale.

– Non. Il est en train de chercher le temple. Il ne pense à rien d'autre.

– Mais où est-il donc, ce maudit temple ?

Grímur rageait, car il se tenait responsable de cette situation désastreuse. C'était lui qui avait pris la décision de laisser partir Sæmundur, pour qu'il retourne auprès de sa femme. Ils ne seraient pas confrontés à cette horrible situation s'il l'avait retenu un peu plus longtemps. La vie d'une adolescente ne serait pas en danger.

– À Skálholt, répondit Embla. Le temple était à Skálholt.

– Qu'est-ce qu'il est venu faire à Thingvellir, dans ce cas ?

– Il s'était trompé, et il est allé trop loin au nord-ouest.

En une seconde, tout lui revint à l'esprit : la stèle, les runes, UFK, 216, la croix solaire et mille autres choses. Tout cela, avec les discussions sur l'emplacement du temple, les chamailleries de la journée et le souvenir des cours de Baldur, virevoltait comme une tornade dans sa poitrine.

– Il s'était trompé, et il est allé trop loin au nord-ouest, répéta Embla machinalement.

– Trop loin au nord-ouest ? Qu'est-ce que vous voulez dire ? Savez-vous où se trouve Sæmundur ?

– Il s'est certainement aperçu de son erreur, marmonna Embla, quand il n'a rien trouvé à Thingvellir. Il a dû réaliser qu'il n'était pas au bon endroit.

– Embla ! Savez-vous où il est ?

– À Skálholt. Ça doit être ça. Sæmundur a dû s'apercevoir de son erreur, que le temple était indiqué à partir de Godasteinn, pas de Steinkross.

– À Skálholt ? demanda Grímur sans rien comprendre à ses explications. Vous en êtes sûre ?

– Ça doit être ça. Il n'y a pas d'autre possibilité.

– Embla ! La vie d'une adolescente est en jeu. Vous en êtes sûre ? demanda Grímur avec force.

Au lieu de s'accorder les quelques minutes dont elle avait besoin pour repenser la chose et repasser en revue les éléments et les possibilités, Embla répondit :

– Oui, j'en suis sûre.

64

Pendant ce temps – pendant qu'Embla téléphonait, que Lovísa et Adam soignaient Baldur et qu'Orri suivait le cours des événements –, Valgard, le reporter, s'évertuait à trouver une réponse à la question qui le tracassait de plus en plus : *Comment vais-je faire pour envoyer ça aux infos de ce soir ?*

Il était totalement évident que, quoi qu'il fît, Valgard devait agir dans le plus grand secret. Adam avait exigé d'eux, d'Orri et de lui, le silence total. Ils devaient comprendre qu'ils cessaient momentanément de travailler pour Canal 2. Valgard y avait consenti, mais il n'en était pas à un mensonge près, à la différence d'Orri qui tenait toujours sa parole. Valgard le savait très bien. Aux yeux d'Orri, une promesse était comme une assurance tous risques signée par Dieu en personne. Non, il ne fallait surtout pas que cette gourde de cameraman s'en mêle.

Valgard s'éloigna furtivement des autres et se dirigea vers la voiture de Canal 2. Il n'y avait pas de temps à perdre, il était déjà cinq heures et quelques, et il n'avait toujours rien de « concret », comme on disait dans le bizness. Valgard ne se faisait pas de souci, car la solution était en vue – littéralement. La caméra d'Orri était posée sur le siège du passager et, de l'autre côté de la voiture, Baldur était toujours étendu à terre. Le job était simple comme bonjour. Un plan de Baldur inconscient, un autre de Lovísa hystérique et pour finir Adam et Embla dans un piètre état à la suite de l'incendie. Il fallait résumer le fil des événements, de Bárugata jusqu'à Stóra-Hof, survoler les points essentiels et établir le lien qui toucherait les téléspectateurs dans leur living-room. Valgard savait qu'il était sans égal dans ce domaine. Il parlait un langage que le public comprenait et écoutait. Pas un bla-bla de spécialiste que les gens entendaient sans écouter.

Une fois les images et le son enregistrés, il n'aurait plus qu'à les faire parvenir au studio. Si ses souvenirs étaient exacts, c'est-à-dire ceux des cours de géo du collège, la petite bourgade de Hvolsvöllur n'était pas loin. Il y trouverait sûrement une connexion ultrarapide, à la différence des bicoques moyenâgeuses qu'il avait vues dans les environs. Son info atterrirait comme une fusée dans l'ordinateur des pontes du journal télévisé. Ce ne serait pas seulement le scoop de la soirée, on en parlerait sûrement pendant des jours ou même des semaines. Une histoire de meurtre avec tous les ingrédients : drame, chagrin, suspense, danger. On pourrait en tirer par la suite un long-métrage, dans lequel il pourrait fort bien tenir le rôle principal. Il avait le look ad hoc. Il ferait alors ses adieux au journalisme pour entamer une brillante carrière cinématographique.

Valgard émergea de la rêverie où il s'était laissé emporter, comme d'habitude. Il était encore journaliste à Canal 2, inconnu, échoué loin de tout ce qui comptait dans la vie, quelque part dans une cambrousse où un vent glacial le décoiffait et une révoltante odeur de fumier emplissait ses narines.

– Mais pas pour longtemps, murmura-t-il.

Il ouvrit la portière et s'empara de la caméra. Il dirigea aussitôt l'objectif vers Baldur, prenant soin cependant de rester à l'intérieur de la voiture, et il commença à tout enregistrer.

– Bonsoir. Ici Valgard Gíslason, dit-il pour commencer.

Sa voix donnait une impression d'assurance et de réflexion.

– Je suis dans le Sudurland, plus précisément à Stóra-Hof, et je me porte garant de l'authenticité de ces images. La très étrange affaire sur laquelle la police refusait de donner toute information, et qui a commencé tôt ce matin à Reykjavík, dans une maison de Bárugata, s'est répercutée jusqu'ici. Baldur Skarphédinsson, ancien professeur de l'université, est sur le sol, sans connaissance, à quelques mètres de moi. On l'avait supposé mort au début de la journée…

Valgard improvisait sur les lieux de l'action comme s'il se trouvait à Bagdad ou à Kaboul ; l'importance du sujet abordé le justifiait.

– À l'issue d'une enquête ardue, j'ai personnellement, Valgard Gíslason, reporter à Canal 2, réussi à trouver Baldur et le fin mot de l'affaire que l'on essayait de cacher au public islandais.

– Qu'est-ce que tu es en train de faire ?

C'était Orri, stupéfait, qui avait surgi derrière son coéquipier.

Valgard, qui était allongé sur le ventre sur les deux sièges en maintenant la caméra au niveau de la vitre, essaya de dissimuler l'appareil quand il entendit la voix d'Orri.

– Rien.

– Tu es en train de filmer ?

– Oui, et alors ? rétorqua Valgard.

Il n'allait pas laisser son assistant mettre son nez dans ses affaires.

– Tu n'as aucun sens moral ?

– Arrête de jouer les prudes et va rejoindre les autres. Tu vas attirer l'attention sur nous.

– Non ! tonna Orri.

Cette fois, c'en était trop pour lui.

Pendant des mois, il avait laissé Valgard le traiter comme le dernier des larbins, ce qui n'était pas grave car cela ne concernait que lui seul. Mais maintenant

Valgard s'en prenait à d'autres, et notamment à un homme âgé et plus mort que vif.

– Pas si fort, adjura Valgard, toujours recroquevillé à l'avant de la voiture, tu veux qu'ils nous voient ?

Il indiquait Embla qui parlait encore au téléphone et les deux autres qui s'occupaient de Baldur.

– Je m'en fiche complètement, si tu veux le savoir.

– Eh bien moi pas. C'est de mon avenir qu'il s'agit. Je te prie de la fermer et de me laisser terminer mon info.

Il lui tourna le dos et se remit en position pour filmer à travers la fenêtre de la portière.

– Donne-moi ma caméra !

– Je t'ai déjà dit de fermer ta gueule, siffla Valgard qui commençait à craindre que le cameraman ne fasse échouer son plan.

– Donne-la-moi !

– Tu vas la boucler, gros lard !

Il tourna la tête vers lui.

– Sinon je porte plainte contre toi.

Orri resta immobile. Il respirait par saccades et une de ses pommettes était agitée par un tressaillement nerveux.

– Quoi ? Tu vas te mettre à chialer maintenant, boule de saindoux ?

Il lui adressa un sourire méprisant et lui tourna le dos.

– Et arrête de m'importuner !

– Tu me fais horreur ! s'écria Orri.

Il se rua sans réfléchir à l'intérieur de la voiture. Il avait finalement atteint le point où il ne pouvait plus supporter la tyrannie et l'arrogance de Valgard, ses nerfs avaient fini par craquer et il allait se venger de toutes les humiliations. Il sauta sur Valgard et le saisit à la gorge.

L'autre fut tellement surpris par cette agression qu'il ne savait pas s'il devait riposter ou simplement en rire.

– De quoi ? Tu veux me faire une grosse tête ? Toi ?

Scandalisé, il essaya de desserrer les doigts autour de son cou.

– Une grosse tête comme toi, il faut se la faire ! répliqua Orri sans hésiter.

Il pesait sur Valgard de toute la masse de son corps.

– Ma tête est bien faite, et le reste aussi, ce qui n'est pas le cas de tout le monde. Beurk !

– Ferme-la ! Tu vas finir par la fermer, oui ou non ?

– Qu'est-ce que tu comptes faire ? Te coucher sur moi ?

Il ricana en dépit du poids qui oppressait sa cage thoracique.

– Ferme-la ! hurla Orri.

Il secoua avec véhémence Valgard qui devint comme une chiffe entre ses mains. Finalement, il l'assomma net d'un seul coup de poing.

– Enfoiré ! conclut Orri.

65

Il ne fallut à Sæmundur qu'un peu plus d'une demi-heure pour aller de Thingvellir à Skálholt. Il avait choisi la route de gravillons qui menait tout droit à Laugarvatn, avait obliqué ensuite vers le sud, entre le lac Apavatn à gauche et Grímsnes à droite. Il avait par ailleurs ignoré la limite de vitesse et foncé sans aucune prudence, surtout aux endroits où les pneus du 4×4 ne rencontraient qu'un revêtement instable de gravillons. Le véhicule dérapait, le moindre creux devenait un profond nid-de-poule et Ingunn avait une peur bleue.

Les phrases incompréhensibles que son père marmonnait entre ses dents ne faisaient évidemment rien pour atténuer sa peur.

– Le fil de la géométrie divine est continu. Les pensées des Anciens se manifestaient à travers les maisons de leurs dieux. La symbolique de l'église primitive obéit elle aussi à la course du soleil. Comment ai-je pu être aussi aveugle ?

Bien d'autres pensées encore traversaient l'esprit de Sæmundur. Il avait enfin le sentiment qu'il comprenait la vérité, le génie divin et l'énigme que ses ancêtres lui avaient destinés. Il avait enfin le sentiment que tout était correct et chaque chose à sa place, comme cela devait être et sera jusqu'à la fin des temps, Ragnarök[1].

La voiture emprunta la petite route qui mène à l'école de Skálholt et à l'église qui domine les alentours. Un édifice tout en hauteur, aux murs immaculés coiffés d'une toiture gris foncé. Ce site sacro-saint, parmi les plus importants dans l'histoire de l'Islande, occupait depuis la christianisation une place spéciale dans le cœur des Islandais. C'est là que se dressa pendant presque huit siècles la principale église du pays, que l'on appelait « la mère spirituelle de toutes les autres demeures divines d'Islande », et que résida le premier évêque, Ísleifur Gissursson, après sa consécration en 1056. La première école islandaise fut aussi fondée à Skálholt, si bien que cet endroit devint vite un carrefour d'hommes et d'idées, un creuset d'influences culturelles étrangères et d'érudition islandaise.

– Son emplacement n'a pas été décidé au hasard, marmonnait Sæmundur en pénétrant dans le parking devant l'église. Le plus grand sanctuaire du pays. Construit comme ça, n'importe où ? Ce serait un non-sens. Les cathédrales étaient construites à la place des temples païens. De même Skálholt. Il ne peut en être autrement. Des endroits déjà sacrés dans l'esprit du peuple.

Il arrêta le moteur.

– Comme pour la première église danoise. Sur l'arc du soleil. Beauté et vérité. L'harmonie des proportions.

Ainsi divaguait-il, comme sous hypnose.

Pendant ce temps, sa fille était assise, raide comme une statue, sur le siège à côté de son père, et elle essayait de ne pas entendre ce qu'il disait. Elle voulait garder bon espoir. Que tout allait s'arranger. Que sa mère viendrait la chercher dans quelques minutes et la délivrerait.

– Regarde, ma chérie.

1. Annoncée dans l'*Edda poétique*, c'est la fin du monde couramment appelée Crépuscule des dieux à cause des opéras de Richard Wagner. *(N.d.T.)*

Sæmundur lui donna un léger coup de coude en indiquant l'église.

– La réponse était ici depuis le début, dit-il en riant très fort. Les cathédrales et les temples. Le nombre 216 et la position du soleil. Et tout ça grâce à toi.

Il contempla sa fille avec un sourire d'halluciné.

– Les cathédrales des Orcades, de Chartres, de Milan, du Vatican. Les pyramides, les cercles de pierres, les croix solaires. Tous s'appuient sur les points cardinaux et les proportions divines. Voilà la clé.

– Papa, je peux téléphoner à maman ?

Ingunn était effrayée par le délire de son père.

– C'est bien d'être ici, tu ne trouves pas ?

Il prit sa fille par l'épaule et tapota gentiment la tête de Hekla.

– Viens, nous ne devons pas nous mettre en retard.

Sæmundur descendit de la Land Rover. Sa fille et le chien firent de même. La petite boutique du parking, où l'on trouvait souvenirs et renseignements, étant fermée, Sæmundur gravit directement les marches qui menaient à l'église.

La première chose qu'ils virent en arrivant sur la butte fut le porche de l'église. Il était surmonté d'une fenêtre ronde avec une croix au milieu : la croix solaire elle-même, sur la plus sacrée de toutes les églises islandaises. Deux autres fenêtres en forme de croix solaire étaient orientées respectivement plein nord et plein sud.

– Bien sûr, murmura Sæmundur en contemplant la croix solaire de l'église de Skálholt, sa rosace.

Tout concordait. Même l'architecte avait reconnu l'importance de la croix solaire pour l'église en la dotant de ce symbole.

– Comment ai-je pu être aussi aveugle ? murmura-t-il en soupirant.

– Papa ! Est-ce qu'on ne devrait pas rentrer maintenant à la maison ? demanda Ingunn en lui tapotant le bras.

– Nous sommes ici chez nous, ma chérie.

Les yeux de Sæmundur étaient rivés sur la croix solaire de l'église, la trace d'Odin au nord-ouest, son point de l'arc solaire.

– Nous sommes ici chez nous, répéta-t-il.

Il prit la main d'Ingunn.

– Viens.

Il courut à toute vitesse dans la direction de l'école de Skálholt, si vite que sa fille avait du mal à le suivre.

Arrivé dans le hall de l'école, Sæmundur se rabattit vers la gauche et entra dans la cafétéria. Il s'y trouvait seulement quelques personnes, des étrangers et des Islandais, ainsi qu'une employée qui avait l'air bien brave. Elle essuyait des tasses avec un torchon. Sæmundur alla droit vers elle. L'heure de vérité avait sonné.

– Connaissez-vous un certain Baldur Skarphédinsson ?

Sæmundur posa la question abruptement, sans aucun préambule, et son apparence n'avait rien d'avenant. La sueur perlait sur son front, ses cheveux étaient ébouriffés et ses yeux lançaient des éclairs.

– Baldur ? répéta la femme, un peu déconcertée par l'aspect de l'inconnu.

Elle répondit cependant avec vivacité en posant la tasse et le torchon sur le comptoir.

– Bien sûr. C'est grâce à moi qu'il est encore en vie.

Sæmundur ne comprit pas le sens de cette remarque, il aurait été de toute façon incapable de la comprendre.

– De quoi parlez-vous ? demanda-t-il sèchement.

La brave dame éclata de rire.

– C'est moi qui lui donne à manger. Il était comme un agneau sans mère. Il s'était mis dans la tête qu'il y avait des choses de grande valeur à Skálholt.

– Un temple ancien ?

Sæmundur essaya de poser la question de manière anodine.

– Oui, c'est ça.

– Je le savais !

Sæmundur asséna un coup de poing sur le comptoir. La femme tressaillit et la vaisselle sursauta.

– Vous faites aussi partie de ces archéologues ? demanda la femme avec méfiance.

– Depuis quand ? demanda-t-il sans répondre à sa question.

– Depuis quand ? répéta la femme, interloquée.

Elle commençait aussi à être inquiète. Les clients attablés avaient tourné la tête vers le comptoir.

– Depuis quand est-il un habitué ici ?

– Je ne sais pas vraiment, quelques mois probablement.

Elle remit la vaisselle à sa place.

– Depuis son arrivée, on en a appris des tonnes sur la colonisation, la mythologie égyptienne et tout ça. Baldur est une véritable encyclopédie ambulante. Tenez, il m'a dit par exemple que la lettre A était en réalité une tête de taureau à l'envers. Et surtout ne me demandez pas pourquoi !

Elle sourit aimablement.

– Est-ce que Baldur dispose d'un lieu de travail à Skálholt ? Un bureau ou une chambre ? demanda Sæmundur toujours aussi sèchement.

– Oui, il loue une chambre dans l'autre aile du bâtiment.

Elle tendit la main gauche.

– Il y est la plupart du temps, sauf quand il parcourt les environs avec son détecteur de métaux. Ou bien sa pelle, comme il l'a fait une fois, même que le directeur n'était pas content.

Elle eut un sourire moqueur.

– Pourquoi ?

– Eh bien, Baldur est allé en douce creuser quelque part derrière l'église, dans le vieux cimetière. C'est formellement interdit, vous pensez bien. Kristinn, le directeur, était fou de rage. Il a menacé Baldur de l'expulser d'ici avec interdiction de revenir à Skálholt.

La femme rit.

– Depuis, Baldur s'est tenu à carreau.

– Idiots ! lança-t-il à la femme qui sursauta à nouveau.

Il porta la main au manche de son couteau.

– Vous êtes donc tous ignorants ?

– Je vous prie de vous calmer. Sinon je me verrai forcée de vous demander de partir, déclara la femme qui s'était jusque-là montrée amicale.

Sæmundur ignora sa menace.

– Dans quelle chambre logeait-il ?

– Pourquoi désirez-vous le savoir ?

– Où logeait-il ?

Sæmundur se pencha en avant en fronçant les sourcils. Il serrait si fort les mâchoires que des contractions apparurent sous ses yeux.

La femme, effarée, rejeta instinctivement le buste en arrière.

– Dans la chambre 12. La chambre de Valgerdur, c'est marqué sur la porte.

– Viens, dit Sæmundur à sa fille avant de quitter la salle.

La femme et les clients attablés suivirent des yeux l'intimidant personnage qui s'éloignait, avec une adolescente et un chien dans son sillage. La femme jugea préférable de signaler au gardien la présence de cet homme incontrôlable.

Le père et la fille traversèrent l'école vers l'aile d'hébergement de l'établissement. Les chambres se succédaient, numérotées et portant chacune un nom différent. Ils arrivèrent au numéro 12. La chambre était fermée à clé, ce qui n'arrêta pas Sæmundur. Il enjoignit à sa fille de s'écarter, contracta tous les muscles de son corps et se jeta contre la porte. Celle-ci plia sous le choc mais ne céda pas. Elle resta fermée.

– Papa, qu'est-ce que tu fais ?

Ingunn regarda autour d'elle, vers tous les débouchés des couloirs, au cas où quelqu'un serait à proximité.

Au lieu de répondre, Sæmundur fit une seconde tentative. Cette fois-ci, la porte ne plia pas mais fut rejetée en arrière, comme si elle avait bondi hors de ses gonds. L'écho du fracas occasionné se propagea le long du couloir, mais Sæmundur ne semblait même pas l'avoir entendu. Son esprit était concentré sur une seule et unique chose : trouver le temple et accomplir le sacrifice avant le coucher du soleil, avant que l'œil d'Odin ne disparaisse à la fin du jour qui était le sien.

C'était une petite chambre sommairement meublée. À gauche, un lit défait, et un détecteur de métaux contre le mur. En face, trois fenêtres étroites donnaient sur le côté nord de l'église. À droite, il y avait un bureau et une chaise. Le bureau était couvert de livres sur l'histoire de Skálholt et de la région, la toponymie locale et l'architecture médiévale. Également sur les grandes cathédrales du continent, ce qui n'était pas surprenant car Skálholt avait été la première cathédrale islandaise.

Sæmundur fondit sur le bureau, certain que la réponse à sa question s'y trouvait. La première chose qu'il remarqua était une pile de pages manuscrites. Il scruta cette écriture à peine lisible, ne parvenant pas à déchiffrer une seule phrase complète, seulement un mot ici et là. Il jetait les feuillets l'un après l'autre.

– Où est-ce ? marmonnait-il entre ses dents.

Il remuait tout ce qui se trouvait sur le bureau, comme un forcené.

– Ça doit bien se trouver ici !

Pendant ce temps, Ingunn s'était assise sur le lit. Elle poussait de profonds soupirs tandis que Hekla s'était allongée à ses pieds sur la moquette, paisible comme à l'accoutumée.

66

Adam et Lovísa étaient restés silencieux pendant qu'Embla téléphonait au commissaire. Ce fut une longue conversation, et qui affecta visiblement la jeune femme. À un moment donné, elle blêmit, parla à voix basse et s'éloigna de quelques pas. Elle venait de raccrocher et revenait vers eux.

– Alors ? demanda Adam.

– Grímur est à Thingvellir, il a arrêté Tobias.

– Et Sæmundur et Ingunn ? demanda Lovísa.

– Grímur les a laissés partir car il croyait que Tobias était le coupable.

– Hein ? ! s'étonna Adam.

– À cause de ce que je lui avais dit. Que Lovísa avait très peur pour lui et pour sa fille.

Elle se sentit subitement responsable du péril qui menaçait.

– Et où sont-ils ? demanda Lovísa.

– Grímur croyait qu'ils étaient en route vers nous, il va de toute façon donner le signalement de la voiture sur la nationale. Pour ma part, je ne crois pas qu'il soit en route vers Stóra-Hof.

– Où sont-ils partis, alors ?

– À Skálholt, dit Embla, là où selon Baldur se trouvait l'ancien temple de Ketill.

Les images du manuscrit de Baldur jaillirent dans son esprit.

– Qu'est-ce que tout cela vient faire là-dedans ?

Lovísa n'y comprenait rien. Embla avait parlé de ce temple auparavant, avant l'incendie, mais elle n'avait pas eu le temps d'expliquer le rôle qu'il jouait dans ce qui était arrivé.

La question embarrassa Embla sérieusement, car la réponse à cette question dépassait en horreur ce qu'Adam avait dit peu de temps auparavant, à savoir que Sæmundur était un assassin. Subitement, c'était d'Ingunn qu'il s'agissait.

– D'après les dires de Tobias, aujourd'hui est un jour très spécial aux yeux de Sæmundur.

– Je sais, c'est un jour dédié à Odin ou quelque chose de ce genre. Sæmundur nous l'a rabâché pendant des mois.

– Mais il ne vous a pas dit ce qu'il comptait faire aujourd'hui ? demanda gravement Embla.

– Non, pourquoi ? Je sais seulement qu'il était sur les nerfs aujourd'hui à cause du temple de Ketill.

La mine sombre d'Embla inquiétait Lovísa.

– D'après Tobias, Sæmundur a ordonné à tous les membres de la Croix Solaire de sacrifier leurs animaux de compagnie aujourd'hui.

Embla avala sa salive.

– Et Sæmundur aurait décidé d'aller plus loin et de sacrifier ce qu'il a de plus cher.

– De quoi parlez-vous ?

Ce qu'Embla insinuait était tellement dénué de sens pour Lovísa qu'elle était incapable de le comprendre.

– Lovísa, dit Embla, Sæmundur cherche ce temple pour y faire son sacrifice à Odin.

– Est-ce que vous insinuez que…

Lovísa ne put dire un mot de plus.

– Oui, répondit Embla. Ingunn court un grand danger. Elle est votre fille unique. Elle est ce que Sæmundur a de plus cher.

Lovísa crut qu'elle allait défaillir.

– Mon Dieu ! Mon enfant ! cria-t-elle.

– Tout ira bien, dit Embla.
– Comment pouvez-vous dire ça ? demanda Lovísa au bord des larmes. Donnez-moi votre téléphone !
Embla déposa tout de suite son appareil au creux de la main tremblante qu'elle lui tendait. Lovísa composa le numéro de son mari. Après quelques secondes, elle rendit le portable à Embla.
– Il ne répond pas.
Les yeux gonflés de larmes, elle croisa les bras sur sa poitrine et se balança machinalement d'avant en arrière.
– Que faire ? Mon Dieu. Mon enfant. Mon enfant, répétait-elle sans cesse.
– Allons à Skálholt, dit Adam à Embla. C'est la seule chose à faire.
– Oui, mais comment ? C'est au moins à une heure de route. Et il sera peut-être trop…
Embla se mordit la langue.
– Non ! s'écria Lovísa,
Un espoir venait de naître dans son esprit, et elle déclara avec détermination :
– Je sais ce que nous allons faire. Dépêchons-nous !
Elle se dirigea vers la voiture d'Adam sans préciser son intention.
– Je crois que ma voiture ne va pas repartir, annonça Adam.
De fait, la conduite infernale vers l'écurie en feu s'était soldée par un nuage de vapeur. Cela signifiait que soit le moteur était cassé, soit le radiateur s'était vidé.
– Allons-y avec leur voiture.
Lovísa pointa du doigt la voiture des reporters de l'autre côté de l'écurie.
– Où allons-nous ? À Skálholt ? demanda Embla.
– Non, à Hella. Je connais quelqu'un qui possède un avion de tourisme. Il pourra nous emmener à Skálholt.
Elle s'élança dans la direction de la voiture grise. Embla s'apprêtait à la suivre quand Adam lui saisit le bras.
– Et Baldur ? Et les chevaux ?
– Reste ici. L'ambulance ne devrait pas tarder.

– Non, c'est moi qui y vais. Je ne vais pas te laisser affronter ce fou furieux.

– Adam, il faut que j'y aille. Je sais tout sur cette affaire : Baldur, le temple et Odin. Je peux tenter de faire appel au bon sens de Sæmundur.

– Tu crois vraiment qu'on peut faire appel à son bon sens ?

– Je peux essayer, en tout cas.

Elle l'embrassa sur la bouche et courut vers la voiture.

– Sois prudente !

– Oui !

– Je t'aime !

– Moi aussi je t'aime ! cria-t-elle juste avant d'arriver à la voiture.

Orri était au volant et Lovísa à l'arrière, téléphone en main. Valgard était toujours inconscient sur le siège du passager, sanglé dans la ceinture de sécurité.

– Que s'est-il passé ? demanda Embla en attachant sa ceinture.

– Il a tourné de l'œil, répondit Orri en mettant le moteur en marche. Il est tellement délicat, le pauvre, ajouta-t-il, comme un vrai dur.

Et il s'engagea sur la piste de terre qui partait de Stóra-Hof.

67

Grímur avait besoin de quelques secondes pour remettre ses idées en place. On avait retrouvé son frère. Il était en vie, et serait bientôt dans un hôpital. Le coupable n'était pas l'homme assis derrière lui, mais le fermier avec qui il venait de discuter amicalement. Le commissaire peinait à suivre tous ces rebondissements. Surtout quand il pensait qu'il avait, avec son adjoint Hördur, suivi des fausses pistes toute la journée. Il avait mal interprété des indices. Il avait arrêté des innocents. Il était allé au mauvais endroit. Sans Embla, il serait encore en train d'interroger Ægir pendant que Baldur agonisait dans une écurie au fin fond du Sudurland. Seul, loin de ses amis et de ses proches.

– Qu'est-ce qui se passe ? demanda Hördur.

Son chef avait été ébranlé par ce coup de téléphone, cela ne faisait aucun doute. Il y avait eu d'abord les réactions de Grímur pendant la communication, et puis son attitude maintenant qu'elle était terminée. Assis à l'avant, il restait immobile comme une statue et il avait même gardé le téléphone plaqué contre son oreille.

– Baldur est en vie, murmura Grímur.

Il avait envie de sourire, mais il s'en abstint. Pas avant que son frère ne soit totalement hors de danger, et ce Sæmundur derrière les barreaux. Il se réjouirait alors, pas avant.

– Quoi ? ! s'exclama Hördur stupéfait.

– Embla l'a trouvé à Stóra-Hof, poursuivit Grímur, aussi abasourdi que son adjoint. Dans l'écurie de Stóra-Hof. On va le transporter à l'hôpital.

– C'est incroyable !

Hördur se recala sur son siège.

– Je ne sais vraiment pas quoi dire. Félicitations.

Il n'était pas sûr que c'était le mot qui convenait, à vrai dire.

– Vous devez descendre de voiture tous les deux, ordonna Grímur. Tout de suite.

Se tournant vers l'arrière, il dit aussi à Tobias de ficher le camp, en anglais.

– Qu'est-ce qui s'est donc passé ? Je ne comprends pas, dit Hördur.

Il lança un regard perplexe au Norvégien qui semblait aussi étonné que lui.

– Tu vas le relâcher ?

– Le seul tort de Tobias est sa cupidité, et de s'être trouvé au mauvais endroit. Allez, dehors ! Je n'ai pas de temps à perdre.

– Où vas-tu ?

Hördur était choqué. Il était déchaussé et nu sous la couverture, et son supérieur hiérarchique le chassait de la voiture pour l'abandonner dans le froid de l'hiver.

– À Skálholt, Sæmundur est là-bas, dit Grímur.

– Le péquenaud baraqué ?

– Oui, c'est lui qui est la cause de tout ça.

– Et tu ne veux pas que je vienne avec toi ?

– Non. Toi, tu vas demander où l'ambulance va emmener Baldur, et tu vas t'occuper de lui. Tu ne peux pas m'aider dans l'état où tu es.

Il faisait allusion à la nudité de son adjoint.

– OK.

Le boss n'avait pas tort. Il ne pourrait rien faire d'autre à Skálholt que glander à l'intérieur de la voiture. Il obéit donc et ouvrit sa portière. Il sentit aussitôt le froid s'emparer de ses jambes.

– Et les collègues de l'autre voiture ? Tu ne veux pas en prendre un avec toi ?

– Non, je n'ai pas le temps d'aller leur expliquer, dit Grímur en poussant Hördur dehors. Je vais m'en occuper tout seul, mais dis-leur quand même d'envoyer une voiture.

– Ici ?

Tout cela allait trop vite pour Hördur.

– Non, à Skálholt. Skálholt ! Allez, dehors !

– Bon, ça va, je m'en vais, dit Hördur.

Ses yeux se baissèrent vers le chemin gelé et le gravier, un supplice pour les pieds.

– Toi aussi. Dehors, dit Grímur à Tobias.

Il le dit en islandais, mais le Norvégien le comprit sans peine et ouvrit la portière.

Grímur sortit la pipe de Baldur de sa poche.

– Je l'aurai, ce salaud, chuchota-t-il en s'adressant à la pipe, et il la posa sur le tableau de bord.

– Bonne chance, dit Hördur.

– Ferme-moi cette fichue portière tout de suite, je n'ai pas de temps à perdre !

Hördur opina et claqua la portière. La voiture démarra aussitôt en projetant des gravillons dans toutes les directions. Les deux hommes regardèrent un instant le 4×4 qui s'éloignait. Le froid de la terre et les arêtes de mille petites pierres torturaient la plante de leurs pieds. Ça n'avait pas de sens. Ils resserrèrent leurs couvertures pour lutter contre le froid.

– Viens vite, allons dans l'autre voiture, dit Hördur.

L'autre voiture n'était pas très loin. Hördur se hâtait autant qu'il lui était possible sans trop se meurtrir les pieds.

– Qu'est-ce qui s'est passé ? demanda Tobias.

Il suivait Hördur et ne semblait pas être autant incommodé par le gravier que le jeune policier.

– Tu es mis complètement hors de cause. C'est Sæmundur le coupable.

– Je vous l'avais dit. C'est lui qui a mis les satanées laisses dans ma valise.

– Et Baldur a été retrouvé vivant. Dans l'écurie de Stóra-Hof, je crois.

Tobias s'arrêta net.

– Attends ! Tu dis que Sæmundur a transporté Baldur dans l'écurie ?

– Oui, à ce qu'il paraît.

Hördur s'arrêta lui aussi, en dépit du froid.

– Sais-tu quand il a fait ça ?

– Non, mais sûrement pendant la matinée. Ou bien vers midi, estima Hördur.

– Mais Sæmundur est venu me chercher à Reykjavík, et c'était nettement avant midi.

– Et alors ? Continuons d'avancer.

Il se remit en chemin, irrité de rester planté comme ça dans le froid.

– C'est pour ça qu'il ne voulait pas que je mette ma valise dans le coffre. C'est parce que Baldur s'y trouvait.

Tobias secoua la tête.

– Ça m'avait paru bizarre, justement.

– Qu'est-ce que tu es en train de marmonner ? demanda Hördur.

Il était à quelques mètres devant Tobias et lui tournait le dos. Il crevait de froid sous sa couverture et voulait se réfugier au plus vite dans la voiture des collègues.

– Ça n'a pas d'importance, répondit Tobias.

Et il se remit en chemin lui aussi, dans la direction de la voiture, heureux d'avoir recouvré sa liberté.

68

Fou de rage, Sæmundur jetait par terre les feuilles qui se trouvaient sur le bureau de Baldur. Rien dans tout cela n'avait d'utilité. Rien dans tout cela n'indiquait où se trouvait le temple. Le téléphone sonna à ce moment-là dans la poche de son anorak. Sæmundur l'ignora, il n'avait pas le temps de répondre, et il continua de chercher.

– Où est-ce que c'est ? finit-il par vociférer, hors de lui.

Il balaya de la main une pile de feuilles, et Hekla, alertée, se dressa sur ses pattes lorsqu'elles tombèrent sur le sol. Il vit alors apparaître un dossier qui avait été dissimulé par les feuillets. Baldur avait écrit « Plans des églises » sur la couverture.

Sæmundur vit aussitôt, en ouvrant le dossier, qu'il s'agissait d'une compilation des plans des dix églises construites à Skálholt à travers les siècles. Depuis les fondations de l'église actuelle jusqu'à l'église de Gissur le Blanc érigée peu après l'adoption du christianisme. Ces plans étaient des photocopies de pages de livres, sauf celui de l'église de Gissur que Baldur avait dessiné lui-même. Il avait joint à ces plans divers commentaires, par exemple sur le mystère sacré de leurs proportions et sur les liens avec d'autres édifices érigés en

Europe à la gloire de Dieu. Les réflexions de Baldur concernaient entre autres le bois que Klængur fit couper en Norvège pour sa cathédrale et les dimensions de l'autel que l'évêque Brynjólfur Sveinsson commanda pour son église.

Les plus nombreuses étaient cependant les réflexions sur l'église que l'évêque Gísli Jónsson fit construire au XVIe siècle et ses liens avec l'église paroissiale actuelle. Il y avait de nombreuses pages rien que sur ces deux églises. Sæmundur s'assit devant le bureau et se plongea dans ce dossier, ayant bon espoir d'y trouver la réponse qu'il cherchait.

Selon Baldur, l'église de Gísli avait été de loin la plus grande de toutes les églises qui s'étaient succédé à Skálholt. Elle occupait une bonne partie de l'est de la butte, maintenant désert, mais où se trouvait jadis le vieux cimetière. Un plan montrait les contours de cette église :

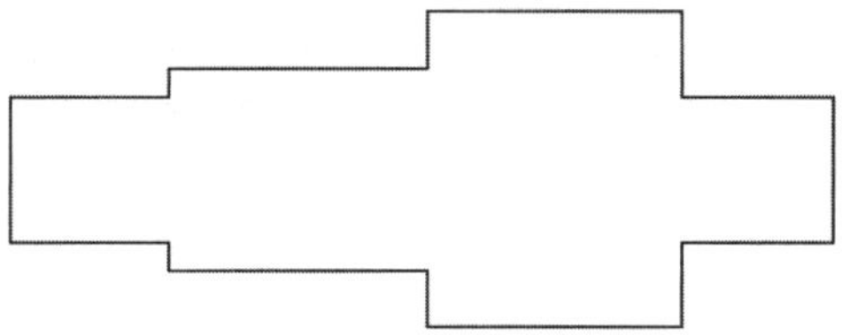

Église de Gísli, 1567-1650

Sur la page en regard figurait le plan de l'église actuelle, qui mettait en évidence la différence de taille entre les deux églises. L'église moderne était beaucoup plus petite que celle du XVIe siècle :

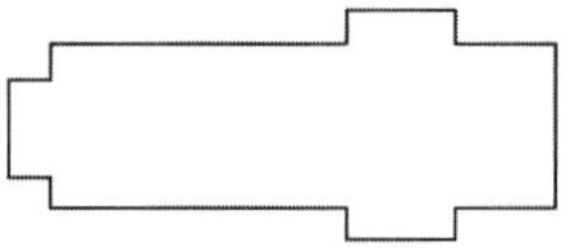

Église de Skálholt actuelle, 1963

Il y avait ensuite des spéculations sur ces deux églises et sur l'histoire de toutes les autres églises. Et tout particulièrement de la première en date, à laquelle on associait le nom de Gissur le Blanc. Le roi de Norvège, Ólafur Tryggvason, avait envoyé Gissur en Islande, en compagnie de Hjalti Skeggjason, avec pour mission de convertir les Islandais au christianisme. Cet objectif fut atteint en l'an mil, et l'église de Gissur le Blanc, la première église de Skálholt, fut selon Baldur construite peu de temps après. Ses fondations, à la différence de celles des églises ultérieures, ne furent jamais retrouvées. On disait cependant qu'elle mesurait 30 aunes en longueur et 10 aunes en largeur.

La raison pour laquelle Baldur s'intéressait tant à l'église de Gissur était très simple : il était convaincu qu'elle avait été construite exactement à la place du temple consacré à Odin, et que Ketill Hængur avait choisi la butte, qui de nos jours s'appelle Skálholt, pour y construire son temple car elle marquait le nord-ouest de la croix solaire : le siège d'Odin. En outre, Baldur pensait que ce site, d'abord sacralisé par Ketill, était devenu sacro-saint dans l'esprit des Islandais en l'an mil lorsque Gissur le Blanc y fit construire la première église de Skálholt. C'était une pratique courante sur le continent de bâtir les cathédrales et autres édifices religieux sur des sites qui étaient déjà sacrés dans l'esprit des gens, et il en fut de même en Islande, affirmait Baldur.

Le cœur de Sæmundur battit un peu plus fort, ses paumes devinrent moites.

– Où se trouvait l'église de Gissur ?

C'est la question qu'il se posait maintenant, puisque cette église était censée indiquer l'emplacement du temple de Ketill.

D'après Baldur, la réponse à cette question était simple, et reposait sur deux faits connus.

En premier lieu, il était quasi sûr que l'entrée de l'église actuelle était au même endroit que celle de l'église de Gísli, celle du XVIe siècle, car elles reposaient toutes deux sur les mêmes fondations.

En second lieu, l'autel était depuis les premiers temps ce qu'il y avait de plus sacré dans une église, et il était placé à l'est, de sorte que les membres de la congrégation faisaient face à l'orient, où le soleil se lève, et tournaient le dos à l'occident où il se couche : ils se détournaient des ténèbres pour accueillir la lumière. C'est pour cette raison que les porches des églises sont généralement orientés vers l'ouest, comme ce fut le cas de l'église de Skálholt dès le commencement. L'autel était également le cœur des temples païens : pendant les assemblées, le prêtre se tenait debout à côté de l'autel où était posé le bracelet d'argent sur lequel tous venaient prêter serment.

Baldur estimait que ces deux faits lui permettaient de déduire où se trouvait l'autel de l'église de Gissur le Blanc, et par là même l'autel de Ketill Hængur.

Sæmundur était arrivé au bas de la page, et il passa aussitôt à la suivante. Baldur y avait dessiné un plan où il superposait l'église actuelle et l'église de Gísli, le seuil des deux églises se trouvant au même endroit, conformément aux sources :

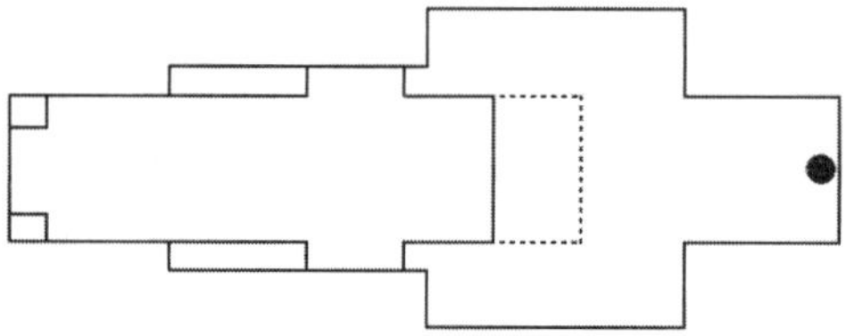

Sæmundur lut les notes qui accompagnaient le dessin. Sa respiration s'accéléra et ses lèvres répétaient chaque mot qu'il lisait.

Les pointillés indiquaient la limite orientale de l'église de Brynjólfur, celle du XVIIe siècle, que l'on devine encore de nos jours par une légère élévation du terrain. À l'emplacement du mur oriental de l'église de Gísli, il y avait maintenant une pente avec une haie en contrebas. Juste avant cette dénivellation, des pierres tombales étaient les vestiges d'un ancien cimetière.

Tout incitait Baldur à croire que l'autel de l'église de Gísli s'était situé là, au rebord de la pente, comme il était fréquent pour un autel au Moyen Âge. En d'autres termes, le point sur le plan indiquait l'emplacement de l'autel de l'église de Gísli et de toutes les églises avant elles, et par conséquent de l'autel du temple de Ketill Hængur. Là se trouvait le site sacré qui avait occupé une place spéciale dans l'esprit des Islandais dès les débuts de la colonisation.

– C'est pour ça qu'il a creusé derrière l'église… dans le cimetière, murmura Sæmundur.

Il se souvenait des paroles de la femme de la cafétéria.

– C'est là, en dessous, que se trouve la pierre d'autel sur laquelle Ketill faisait ses sacrifices.

Sæmundur leva les yeux du dossier qui l'avait fasciné pendant plusieurs minutes. Il se rendit jusqu'aux fenêtres étroites de la chambre et considéra le côté nord de l'église et le cimetière juste derrière.

– C'est là que se dressait le temple, dit-il dans un souffle.

Un frisson le parcourut. Toute cette attente, toutes ces années se cristallisèrent et s'anéantirent dans cet instant. C'est là que serait accompli le sacrifice de Sæmundur. Là que s'amorcerait l'alliance de l'Ordre de la Croix Solaire et des habitants de l'hémisphère Nord contre les sauvages du Sud et de l'Est.

Sæmundur leva les yeux vers le ciel. La lumière du jour commençait à faiblir. Le soleil allait bientôt se coucher.

– Il faut faire vite, dit-il à voix basse.

Il se tourna vers sa fille qui attendait, assise sur le lit. Elle faisait renifler à la chienne son jouet favori, la balle de caoutchouc multicolore.

– Viens, il faut nous dépêcher.

Il l'agrippa par la main pour l'entraîner hors de la chambre.

Ingunn se heurta alors à un objet dur qui dépassait du lit, mais qui était caché par l'épaisse couette.

– Aïe ! cria-t-elle sous l'effet de la douleur.

En soulevant la couette, elle fit apparaître le coin d'un coffret.

– Qu'est-ce que… ?

Sæmundur s'agenouilla devant le lit et en dégagea l'objet dissimulé. C'était un petit coffret couvert de terre, et qui paraissait très ancien.

– Est-il possible… ?

Il frotta la terre sèche qui recouvrait le coffret. Il comprit de quoi il s'agissait, ce que cela signifiait, il était fou de joie.

– Baldur a trouvé le temple ! hurla-t-il, rayonnant de bonheur.

69

– Páll, le propriétaire de l'avion, arrivera sur la piste dans quelques minutes, annonça Lovísa en rendant son portable à Orri qui était au volant.

– Merci, dit Orri sans quitter la chaussée des yeux.

Arrivé à une bifurcation, il prit la route de gravillons à gauche pour rejoindre la route nationale. Au même instant, une ambulance arrivait à toute vitesse et prenait la direction de la ferme et de l'écurie.

– Ils ont mis le temps, dit Embla en la suivant des yeux.

– Espérons que Baldur ne s'en tirera pas trop mal, dit Orri en regardant dans le rétroviseur.

– Il se remettra bien, j'en suis sûre, dit Embla.

– Et ma fille ? demanda Lovísa, angoissée.

– Ne vous faites pas de souci. Tout ira bien, affirma Embla.

– Complètement détraqué ! dit Lovísa, trop bas pour que les autres l'entendent.

– Est-ce que Páll a dit en combien de temps on sera à Skálholt ? demanda Embla.

– Dix minutes, répondit Lovísa.

À bord de la voiture qui fonçait sur la nationale, elle gardait les yeux rivés sur Vördufell, qui dominait l'horizon au nord-ouest. Derrière cette montagne, il y avait Skálholt – et Ingunn.

– Nous serons à Hella dans cinq minutes, et vous retrouverez Ingunn rapidement. Ne vous tourmentez pas.

Embla espérait que cela suffirait à lui donner du courage.

– Complètement détraqué ! répéta Lovísa. J'aurais dû stopper tout ça il y a longtemps. Je n'aurais jamais dû le laisser continuer comme ça aussi longtemps.

– Vous ne pouviez pas savoir qu'il irait aussi loin, dit Embla, pleine de compassion.

– J'aurais dû stopper tout ça, tout simplement. Le faire examiner par un psychiatre. Cela fait longtemps qu'il n'a plus vraiment sa tête.

Elle serra les poings et se tut. Elle pensa à sa vie avec Sæmundur, et où ils en étaient arrivés. Elle ressentit le besoin de continuer à parler.

– Il me rappelait mon père, reconnut-elle. C'est ça qui me plaisait chez lui. Et puis il a changé, il est devenu… devenu ce monstre.

En se recalant sur son siège, elle sentit le flacon de comprimés dans sa poche. C'était comme une sollicitation. Elle sortit le flacon et le fixa des yeux.

Embla regardait elle aussi le flacon, elle avait des doutes sur l'utilité de son contenu, surtout en ce moment. Elle prit Lovísa par l'épaule. Sa vie avec Adam lui parut subitement idyllique, comparée à celle de cette femme. Ils n'avaient aucune raison de se plaindre, leurs disputes régulières sur les enfants qu'ils n'avaient pas étaient une bagatelle à côté des épreuves qu'elle endurait.

– Des mois que je bouffe ces fichus comprimés.

Elle referma le poing sur le flacon. L'envie de prendre quelques comprimés pour apaiser ses souffrances. La migraine et la nausée. Elle céda, ouvrit le flacon et contempla le contenu.

Embla ne savait que dire, ni si elle devait intervenir. En fait, elle ne l'aurait sûrement pas blâmée si Lovísa y trouvait un réel secours. À son grand étonnement, celle-ci abaissa la vitre et retourna le flacon, semant les comprimés sur l'asphalte.

– Ça engourdit, et rien de plus. Je ne veux pas vivre comme ça. Il faut que j'aie les idées claires si je veux sauver ma fille. Ce n'est pas vrai ?

Elle tourna son visage blême vers Embla.

– Si.

Embla renforça son étreinte.

Leur voiture se rapprochait de Hella. Tandis que les deux femmes étaient assises à l'arrière, Valgard était toujours inconscient à l'avant, la tête contre la portière. Orri était au volant et n'intervenait pas dans la conversation entre Embla et Lovísa. Il ne savait pas vraiment de quoi il s'agissait. Ce qu'avait dit Lovísa lui avait cependant permis de comprendre que son mari et sa fille étaient concernés.

La voiture dépassa les premières maisons de Hella et Orri ralentit un peu l'allure.

– Où va-t-on maintenant ?

– La prochaine à droite, indiqua Lovísa.

Orri tourna brusquement et traversa l'agglomération. Il atteignit rapidement leur but, un terrain d'aviation situé au nord de la bourgade. Il consistait en deux pistes de gazon, avec une baraque en bois en guise de tour de contrôle. Sur une des pistes, un homme portant lunettes de soleil et casquette à visière bricolait quelque chose dans son avion, un Cessna 172 Skyhawk. Un monomoteur blanc comme neige, avec des rayures bleu roi du nez jusqu'à la queue.

– Páll est là-bas !

Orri partit dans la direction de l'homme et de son appareil, et s'arrêta sur le bord de la piste. Lovísa et Embla ouvrirent chacune leur portière et bondirent sur l'herbe encore chétive.

– Lovísa ! Qu'est-ce qui se passe ? demanda-t-il en ôtant ses lunettes de soleil.

Il avait tout de suite compris, au téléphone, qu'elle était en proie à une émotion extrême.

– J'ai fait aussi vite que j'ai pu.

– Je t'expliquerai ça plus tard. Il faut que tu nous emmènes tout de suite à Skálholt.

Pour Lovísa, ce n'était pas le moment de retracer tous les tenants et aboutissants de l'affaire. Cela attendrait, tant qu'Ingunn était sans défense.

– Bon, d'accord, mais c'est quelque chose de grave ?

Elle posa la main sur son bras.

– Páll ! Je te le dirai plus tard. D'accord ?

– Oui, pas de problème.

Il regarda Embla et lui tendit la main.

– Il me semble que je vous connais ?

– Moi ? Non, je ne crois pas.

– J'ai peut-être vu votre photo dans les journaux ? Je suis sûr de vous avoir vue, et il n'y a pas longtemps.

– Non, on ne me voit jamais dans les journaux, répondit-elle hâtivement.

Elle savait parfaitement où il l'avait vue. Connaissant ses compatriotes, l'info sur son arrestation avait dû battre un record sur Internet quelques heures auparavant. Qu'elle soit devenue une « star » jusqu'ici, à Hella, la surprit cependant.

– Ah bon, dit l'homme. Bizarre tout de même.

– Oui, vraiment bizarre, dit Embla, mais nous devons nous dépêcher.

– Oui, bien sûr. Allez-y, montez.

Páll remit ses lunettes de soleil.

– Il faut y aller tant qu'il fait jour. La piste de Flúdir n'est pas éclairée.

– Flúdir ? ! répéta Lovísa stupéfaite alors qu'elle montait dans la cabine.

– Oui, c'est la piste la plus proche de Skálholt.

– Mais c'est beaucoup trop loin !

– Je suis désolé, mais on ne peut pas atterrir à Skálholt. Il faut aller à Flúdir.

Lovísa se tut et prit place à l'arrière tandis qu'Embla s'installait à l'avant. Deux volants de forme très étrange lui faisaient face. De même pour le tableau de bord, qui comportait une multitude de cadrans, boutons, manettes et autres leviers dont elle ignorait totalement le nom et la fonction. Elle fut seulement frappée de la ressemblance de certains cadrans avec la fameuse croix solaire qui avait sinistrement accaparé toute cette journée. Ce symbole avait pollué son esprit.

– Je retourne à Stóra-Hof, leur annonça Orri.

– Merci ! dit Embla.

Páll monta en dernier. Il fit un signe à Orri et claqua la porte. La cabine se referma en donnant un son creux. Embla n'avait jamais auparavant volé dans un petit avion, elle avait seulement entendu dire par des collègues qu'ils étaient affreusement bruyants. « On vole à l'intérieur d'une boîte de Coca-Cola », c'était ainsi que l'un deux avait décrit son expérience. Embla prit subitement conscience de la petite taille de l'appareil, il était tellement fragile qu'il allait probablement se disloquer une fois dans les airs.

– Prêtes ? demanda Páll.

– Va le plus vite possible, enjoignit Lovísa.

– Attachez vos ceintures.

Páll lança le moteur et l'hélice se mit à tourner dans un vacarme effroyable. Comme la piste était orientée vers le nord, ils allaient décoller face au mont Hekla qui dominait au loin. Son imposante silhouette était bleu foncé à cet instant, car le soleil venait d'amorcer sa descente. Le Cessna s'élança sur la piste, puis il se détacha du sol et mit aussitôt le cap au nord-ouest.

Près de la piste, Orri regarda le petit avion prendre peu à peu de l'altitude avant de planer élégamment sur la voûte du ciel. Un instant plus tard, le silence régna sur le terrain d'aviation. Orri soupira. L'heure qui venait de s'écouler avait été semblable à un épisode de ces films d'action qu'il aimait tant regarder.

Il reprit sa place à bord de la voiture. Valgard n'était toujours pas revenu à lui. Orri avait peut-être frappé un peu plus fort qu'il ne l'avait vraiment souhaité. Il ne pouvait rien y changer. En tout cas, Valgard n'était un problème pour personne en ce moment, il avait l'air paisible comme un petit garçon. Alors qu'éveillé, c'était une véritable peste qui s'en prenait à tous et à tout.

Le cameraman démarra et repartit dans la direction de Stóra-Hof. Il aperçut un petit fast-food avant même d'avoir quitté Hella, et sa faim longtemps inassouvie se réveilla aussitôt. Son estomac ratatiné réclamait pitance. Il se gara.

– Tu veux quelque chose ? demanda-t-il à Valgard.

La star du petit écran ne répondit pas, sa tête reposait toujours contre la portière et ses yeux restaient fermés.

– Ah oui, c'est vrai, j'avais oublié que tu ne mangeais pas.

Il entra et alla droit au comptoir derrière lequel se trouvait une femme en tee-shirt rouge, avec le logo d'une marque de glaces sur la poitrine.

– Vous désirez ?

– Trois hot dogs et deux Choco-Lait.

– Avec quoi, les saucisses ?

Orri hésita et réfléchit. D'ordinaire, il commandait toutes les garnitures et tous les assaisonnements. Beaucoup d'oignons frits, surtout. Mais il y avait du changement dans l'air, un homme nouveau était devant le comptoir. Cette journée fatidique lui avait appris quelque chose, une miette de vérité qu'il n'aurait su par ailleurs identifier.

– Oui ? demanda la femme, irritée par son indécision.

– Eh bien, avec tout *sauf* les oignons frits et la rémoulade. Il faut bien manger sain de temps en temps, dit-il avec un large sourire.

70

Sæmundur était devenu une tout autre personne aux yeux de sa fille, avec ses pupilles dilatées aussi grandes que l'iris. Il contemplait le coffre du trésor, subjugué ; un coffret dont les arêtes étaient renforcées de ferrures rouillées.

– Le coffret confirme tout ! Le coffret confirme que Baldur a trouvé le temple !

Il frotta la terre sèche qui recouvrait le coffret, et il essaya de l'ouvrir. Mais il était fermé à clé. Sæmundur le prit dans ses mains, le souleva et le secoua avec précaution. Il entendit des objets remuer entre les vénérables parois de bois. Le contenu était pour lui une certitude. C'étaient des objets provenant du temple ancien. Les chevilles des montants du trône, des inscriptions runiques et peut-être même le bracelet d'argent porté par Ketill lors des cérémonies religieuses.

– Baldur avait raison, son hypothèse était la bonne !

Des filets de bave coulaient aux commissures de ses lèvres.

Ingunn assistait à la folie de son père, elle écoutait son soliloque et le regardait ausculter le mystérieux coffret. La chienne qu'elle tenait dans ses bras l'aidait par sa seule présence à supporter la situation, même si l'animal était incapable de comprendre sa tristesse et sa peur.

– Il faut que j'arrive à l'ouvrir.

Il reposa le coffret pour enlever la terre de la serrure. N'apercevant aucune clé autour de lui, il dégaina son couteau et enfonça la lame dans le trou, impatient de découvrir le contenu du coffret.

– En quoi pourrais-je vous être utile ?

L'offre inopinée venait de la porte. La cinquantaine et le cheveu gris, un homme qui respirait la bonté se tenait dans l'encadrement.

– Qui êtes-vous ? demanda Sæmundur en se levant d'un bond.

L'homme fut surpris en voyant le couteau que Sæmundur avait à la main, mais il n'eut pas peur. Il était habitué à voir des malheureux chercher asile à Skálholt, nombreux étaient ceux qui venaient se retirer pour tenter d'y voir clair dans leur vie après avoir essuyé des coups du sort. L'homme examina la porte forcée.

– Je ne suis que le gardien des lieux, mais ne serait-il pas plus à propos de vous demander qui vous êtes ? questionna-t-il, impassible, en passant les doigts le long du chambranle.

– Ça ne vous regarde pas.

Sæmundur rengaina son couteau et se baissa pour prendre le coffret.

– Viens, dit-il à Ingunn.

Il ne pouvait pas s'attarder dans cette chambre, une tâche urgente l'attendait et le soleil allait bientôt se coucher.

– Êtes-vous sûr que vous voulez partir ? Vous êtes le bienvenu parmi nous. Nous fêterons Pâques la semaine prochaine, c'est un beau moment pour faire la paix avec soi-même dans l'amour de Dieu.

Sæmundur éclata de rire.

– Pâques ?

Il se rua hors de la pièce, Ingunn dans son sillage, en passant devant le gardien immobile.

– Je veux la fête solaire des origines. Pas une minable imitation, grommela-t-il avant de s'éloigner, le coffret sous le bras.

– Comme vous voulez, répondit le gardien en regardant le trio disparaître au bout du couloir.

Il lui sembla approprié d'aviser la police de la présence de cet inconnu qui était de toute évidence instable et surexcité. Et qui était de surcroît armé d'un couteau. Il prit aussitôt le chemin de la cafétéria.

Pendant ce temps, Sæmundur se dirigeait à pas de plus en plus grands vers le vieux cimetière. En longeant le côté nord de l'église, il dépassa le grand calvaire de pierre et, un peu plus loin, les ruines de Thórláksbúdir et les vestiges de Virkishóll. Hekla gambadait derrière Sæmundur tandis qu'Ingunn suivait un peu en arrière, par habitude et parce qu'elle ne voulait pas désobéir à son père quand il était d'une humeur aussi inquiétante.

Derrière l'abside de l'église, le sol était légèrement surélevé, comme Baldur l'avait indiqué sur son croquis. On y voyait aussi de vieilles stèles, aux inscriptions rongées par le temps. Certaines étaient couchées sur le sol. L'ancien cimetière se trouvait à l'est de l'église, là où les os des évêques reposaient en terre consacrée. Sæmundur continua plus loin vers l'est, dépassa un muret et quelques tombes, jusqu'à ce qu'il arrive au bord d'une pente. En contrebas se dressait une haie et le sol formait une cuvette.

Il s'arrêta et inspira profondément. Il voulait jouir à fond, quoique brièvement, de cet instant.

Sa fille le suivait silencieusement. Elle n'osait plus demander ce qui se passait.

– Nous sommes arrivés, lui annonça-t-il en posant le coffret à terre.

Le jour faiblissait, et il n'avait pas le temps de l'ouvrir. Odin exigeait qu'il agît sans tarder. Par ailleurs, Sæmundur ne voulait pas abîmer le coffret avec son couteau. Surtout s'il contenait des objets que Ketill Hængur lui-même y avait déposés.

Sæmundur promena son regard autour de lui, sur les marais blêmes et la prairie où une mince couche de neige subsistait par endroits. La brise froide glissait sur ses joues. Non loin, les eaux de la Hvítá coulaient au pied du mont Vördufell, et Hestfjall dressait sa silhouette un peu plus au sud. On apercevait à l'est les cimes enneigées de Hreppafjöll, ainsi que Hekla et Tindfjöll.

– Nous sommes arrivés, répéta Sæmundur en tournant son visage vers le sud-est, vers le mont Godasteinn qui dominait tout le Sudurland.

À son sommet se trouvait Valaskjálf, la résidence d'Odin, qui faisait face en droite ligne au temple ancien qui lui était consacré.

– Me vois-tu maintenant ? ! appela Sæmundur.

– À qui parles-tu, papa ? demanda Ingunn, très inquiète.

– À Odin. Il est là-bas et il nous regarde. Assis sur son trône, Hlidskjálf.

Son père lui montrait du doigt Eyjafjallajökull, tout au loin.

– Papa ! Je veux aller à la maison. J'ai froid.

– Combien de fois faut-il que je te le répète ? Nous sommes chez nous ! s'écria-t-il. Jamais tu ne trouveras nulle part une telle demeure, je te le promets.

Ses yeux revinrent vers le glacier qui dominait les lointains.

– Ne sois pas fâché contre elle. Juge-la sur ses actes.

Sur ces mots, Sæmundur empoigna le manche ivoirin et tira le couteau de son fourreau. C'était l'instant parfait pour accomplir le sacrifice. Sæmundur le savait. Les ombres sur le flanc des montagnes le lui indiquaient. Le jour de l'équinoxe de printemps touchait à sa fin. La patience du dieu des Corbeaux atteindrait bientôt ses limites.

– Papa ! Qu'est-ce que tu fais ?

Terrifiée, Ingunn regardait fixement la lame aiguisée.

Le manche du poignard était en os de baleine, son pommeau de laiton doré avait la forme d'une croix solaire. L'antique symbole n'embrassait pas seulement la course du soleil dans les airs, mais aussi la vie de Sæmundur dans sa totalité.

– J'obéis, répondit-il.

Il s'avança doucement vers sa fille. Son cœur souffrait, mais il se sentait aussi soulagé. Son existence insignifiante avait enfin un sens. Se trouver sur le lieu même du temple créait un lien entre tous les fragments épars qu'il appelait sa vie.

– J'ai peur, papa, dit Ingunn en s'agrippant désespérément à Hekla.

– Il ne faut pas avoir peur, c'est pour toi que je vais le faire.

– Faire quoi pour moi ?

Des larmes commençaient à couler sur ses joues.

– C'est le moment parfait. Dès demain, Skinfaxi l'emportera sur Hrímfaxi, et la lumière de l'été dévorera les ténèbres de la nuit, proféra Sæmundur. C'est maintenant qu'il faut le faire.

– Papa, je ne te comprends pas, dit-elle en sanglotant.

– Tu n'as pas besoin de me comprendre, ma chérie. Mais il faut que tu me fasses confiance. Tu ne me fais pas confiance ?

Ingunn restait immobile, les bras autour de son chien.

– Tu ne me fais pas confiance, ma chérie ?

Ingunn ne pouvait qu'acquiescer, et elle sécha ses larmes.

– Tu es une bonne fille, approuva Sæmundur.

Il s'approcha tout près d'elle et de Hekla.

– Une bonne fille. Tout ira bien. Tu verras. Tu descends en droite ligne d'Odin, il te protégera contre tout mal.

– Lâche ce couteau, papa ! implora Ingunn.

– Après. Je lâcherai ce couteau après. Et tout ira bien.

Campé sur ses jambes écartées, il les dominait de toute sa stature.

– Je dois maintenant obéir à notre ancêtre.

Il saisit la laisse de la chienne et l'arracha à l'étreinte de sa fille. L'animal poussa un faible gémissement et Ingunn tomba.

– Non ! hurla-t-elle au moment où elle sentit le chien lui échapper.

Sæmundur ferma les yeux. Le moment était venu. Après tant de préparation. Après tant d'attente. L'instant sacré. Le lieu sacré. Où Ketill Hængur, mille ans plus tôt, avait sacrifié à Odin. Il était maintenant au même endroit et accomplissait la même tâche, entre les noirs sommets qui dessinaient la croix solaire tout autour de lui, qui étaient le reflet sur terre des lois divines et lui montraient où il devait avancer sur l'étroit chemin de la vie. Même si cette voie semblait être une impasse. Cela n'avait pas d'importance. Sæmundur avait en Odin une foi inconditionnelle. Il leva le couteau en l'air et le soleil mourant se refléta sur la lame tranchante. Les vers du *Rúnatal* résonnèrent puissamment dans sa tête. Sa main tenait fermement la laisse du chien et Ingunn était étendue à ses pieds.

– Non ! hurla Ingunn à nouveau.

Elle lança la balle en caoutchouc, le jouet de Hekla, aussi loin qu'elle put. Tous les muscles de la chienne tressaillirent aussitôt, elle suivit des yeux la balle qui s'envola jusqu'au-delà de la haie et atterrit dans la prairie. Une brusque secousse lui suffit pour se dégager de l'emprise de Sæmundur, elle dévala la pente et traversa les buissons à toute vitesse.

– Pourquoi as-tu fait cela ? !

Sæmundur était furieux. Couteau en main, il fulminait contre sa fille qui était à ses pieds.

– Non, papa, je t'en supplie.

Ingunn, couchée dans l'herbe, avait recommencé à pleurer.

– Pourquoi ne l'acceptes-tu pas avec joie ? Au lieu de faire obstacle. Tu ne vois donc pas que c'est un honneur ?

– Non, papa, je t'en supplie, gémit Ingunn.

Les larmes ruisselaient sur ses joues, dessinant une trace noire avec le rimmel.

– Non, papa, je t'en supplie, soupirait-elle entre les sanglots.

Elle se mit à se traîner lentement sur l'herbe, espérant ainsi échapper à la folie de son père.

71

Le petit avion de tourisme glissait au-dessus des terres basses du Sudurland. Le soleil allait bientôt se coucher. Jusqu'aux cimes enneigées de Tindfjöll et Hekla qui dominaient l'horizon à l'est, on ne voyait qu'étendues désertes érodées par le vent, vastes plaines alluviales et champs de lave rugueuse ; tel était l'aspect du Sudurland. Ici et là, des nappes de neige seraient bientôt effacées par le soleil de l'été. Devant eux, le lit de l'impétueuse Thjórsá fendait la terre comme une immense crevasse. Seule l'altitude permettait de mesurer et d'admirer la longueur de cette rivière. L'avion allait la dépasser au niveau des deux bras d'Árnes lorsque le téléphone d'Embla sonna.

– Excusez-moi, dit-elle, embarrassée, en prenant l'appareil.

C'était sa sœur qui avait essayé de la joindre toute la journée, du moins depuis la diffusion de l'info qui la disait impliquée dans une affaire de meurtre.

– Nanna, je ne peux pas te parler en ce moment, dit-elle aussitôt.

– Embla ? Qu'est-ce qui se passe ? Et où es-tu ? demanda Nanna qui entendait le vacarme du moteur.

– Dans un avion. En route vers Skálholt.

– Qu'est-ce qui se passe ? Qu'est-ce que tu as fait ?

Le ton était accusateur.

– Nanna, sérieusement, je dois raccrocher. Je n'ai pas le temps, répéta Embla.

De plus, elle n'appréciait pas le ton de sa sœur. Depuis sa plus tendre enfance, elle l'avait eu continuellement sur le dos. Cela ne s'était pas arrangé à l'âge adulte, loin s'en fallait. Nanna était convaincue qu'elle avait toujours raison. Elle comprenait la vie mieux qu'Embla et savait toujours ce qu'il fallait ou aurait fallu faire, ce qui ne manquait pas d'exaspérer sa cadette.

– Non, Embla, tu ne raccrocheras pas avant de t'être expliquée.

Nanna était fermement décidée à aller au bout de son sermon.

– Tu sais, Nanna, je n'ai pas du tout envie de t'écouter, alors tu la fermes, compris ? Et puis arrête de me parler comme si j'étais une gamine. C'est insultant et rien ne t'y autorise.

C'était peut-être un peu exagéré de sa part de se défouler en bloc sur sa sœur de toute la tension accumulée pendant la journée, mais cela lui faisait indéniablement du bien. Embla s'était trop longtemps laissé faire par Nanna et il était enfin temps de la remettre à sa place.

Nanna se tut.

– Très bien, dit-elle, un peu gênée. Pardon.

– Je te rappellerai plus tard dans la journée, dit Embla avant de raccrocher. Excusez-moi, dit-elle à Lovísa et Páll.

Ce n'était certainement pas le moment idéal pour un règlement de comptes familial.

Passé le second bras de la Thjórsá, ils aperçurent Flúdir au loin. Tout au nord, l'horizon était fermé par une barrière de montagnes, avant-poste des grands déserts de l'intérieur. À l'ouest, on voyait le mont Vördufell, la rivière Hvítá et Skálholt.

– Où se trouvent-ils, vous le savez ? demanda Lovísa.

Embla se pencha dès qu'on put distinguer la toiture sombre de l'église.

– Oui, je crois.

Elle sortit promptement le manuscrit qu'elle avait gardé dans la poche de sa veste et le feuilleta jusqu'à la dernière page qu'elle avait lue, là où Baldur disait être sûr que le temple d'Odin se trouvait à Skálholt. Il avait dessiné sur une double page les fondations de deux églises, l'église de Gísli et l'église actuelle. Le croquis indiquait aussi avec une grande précision l'emplacement que Baldur pensait être celui du temple. À l'est de l'église actuelle, là où s'étaient trouvés l'autel de l'église de Gísli et très probablement celui des églises antérieures.

– Baldur, tu es génial ! murmura Embla.

Ce carnet était un véritable trésor, et l'argumentation pour le positionnement du temple lui sembla à première vue sans faille.

– Quoi ? Vous avez trouvé ?

– Ici. Si Sæmundur sait ce que Baldur sait, alors ils sont ici. J'en suis sûre.

Elle lui montra le dessin du manuscrit.

– À l'est de l'église. C'est là que se trouvait le temple.

Lovísa s'inclina vers les vitres de l'avion. Le cours de la Hvítá divisait le paysage en deux. Sur la droite, Flúdir se rapprochait, tandis que Vördufell et Laugarás se succédaient à main gauche. L'église de Skálholt devint plus distincte, à côté de Laugarás. En la voyant, Lovísa sentit son cœur battre plus fort. La vue de l'endroit où se trouvait sa fille lui procurait une sorte de réconfort.

– Voilà Skálholt ! s'écria-t-elle en montrant l'église du doigt.

– Oui, je sais, mais nous devons atterrir à Flúdir, dit Páll qui tenait le manche à balai des deux mains.

– Tu ne peux pas passer à côté de l'église ? Elle est là-bas ! insista-t-elle en l'indiquant sur sa gauche.

– Je sais, Lovísa, mais je ne peux pas atterrir là-bas.

– Il n'y a pas de piste d'atterrissage plus près ?

– Il y en a une autre à Vatnsnes, au pied de Hestfjall, mais c'est tout aussi loin. Et comme il y a moins de trafic, ça vous prendrait plus de temps de trouver une voiture vers Skálholt. La meilleure solution, c'est Flúdir.

Lovísa devenait plus nerveuse à mesure que l'avion s'éloignait de Skálholt. Dans son esprit, il devait y avoir une meilleure solution que Flúdir. Elle regarda attentivement l'église qui semblait si proche, juste à côté, puis la route qui y menait. Ses yeux suivirent le ruban de la route, de la butte jusqu'au village de Laugarás. Elle vit alors une bien meilleure option. Sur une certaine distance entre Skálholt et Laugarás, la route était toute droite.

– Et là-bas ?

Elle pointa fébrilement l'index vers les abords de Laugarás.

– Où ça ? demanda Páll.

– Là-bas, en bas ! Sur la route à la sortie de Laugarás. Elle est toute droite, et elle est goudronnée. Tu ne peux pas atterrir là ?

Páll jeta un coup d'œil et fit la moue.

– Tu plaisantes ou quoi, Lovísa ?

– Tu as déjà atterri sur une route, non ?

Lovísa savait très bien que les pilotes d'avions privés ne dédaignaient pas d'atterrir sur un tronçon de route de temps à autre.

– Oui, mais pas dans ces conditions. Cette route est fréquentée, et il va bientôt être six heures. Ce serait beaucoup trop dangereux.

– Il faut que tu atterrisses ici !

– Je vais atterrir à Flúdir.

– Non, c'est beaucoup trop loin. Il faut atterrir ici !

Lovísa se pencha en avant et saisit le manche de commande. L'avion piqua aussitôt du nez.

– Lovísa ! protesta Embla dont l'estomac avait fait un bond.

– Arrête ! intima Páll.

Il l'écarta vivement des commandes. L'avion fut secoué et divers objets brimbalèrent à l'intérieur de la carlingue.

– Si tu ne veux pas atterrir, je le ferai à ta place.

C'était un ultimatum.

– Lovísa, il y a une voiture dans la côte.

Il lui indiqua une voiture d'un jaune criard à côté de l'église. Il examina aussi la route sinueuse qui descendait de la butte et la ligne droite juste avant Laugarás.

– Et puis je pense que c'est trop court pour atterrir. C'est tout simplement hors de question, affirma-t-il.

– Páll, il faut que tu atterrisses.

Elle hésita. Elle n'avait pas envie d'impliquer un ami dans cette histoire, mais elle se voyait contrainte par les circonstances de lui dire tout. Il fallait absolument que cet avion atterrisse le plus près possible de Skálholt.

– La vie de ma fille est en jeu, dit-elle d'une voix ténue.

Páll se tourna vers elle, stupéfait.

– Qu'est-ce que tu racontes ?

– Ingunn est en danger de mort. À Skálholt. C'est Sæmundur. Atterris, je t'en supplie.

Páll n'eut pas besoin d'en entendre davantage. La métamorphose de Sæmundur n'avait échappé à personne. Ces derniers temps, il était obsédé par les immigrés, qu'il considérait comme un fléau. Il commençait même à créer des problèmes dans des villages comme Hella et Hvolsvöllur, où vivaient de nombreux étrangers. Il lui arrivait de laisser éclater sa colère et d'interpeller les employés des magasins s'ils n'étaient pas islandais. Il devenait alors agressif et menaçant. Qu'il s'en prenne maintenant à sa fille était franchement étonnant. Mais on pouvait s'attendre à tout de la part de Sæmundur.

– Je vois, dit Páll en inspirant profondément.

– Tu veux bien atterrir ici ? demanda Lovísa.

– Oui, je vais essayer, répondit Páll. Je vais essayer.

Il ôta ses lunettes de soleil et réajusta sa casquette. La route de Laugarás était certes à peu près droite et semblait se prêter à l'atterrissage, mais ce n'était pas aussi simple que ça. Il n'avait pas la moindre idée de ce qui l'attendait au sol. De la largeur réelle de la chaussée. S'il y avait des nids-de-poule ou des vents latéraux, des panneaux de signalisation ou même des ralentisseurs. Atterrir sur une route exigeait des préparatifs, ce que Lovísa ne comprenait pas. Mais comme Ingunn était en danger de mort, Páll allait au moins essayer de poser son coucou à cet endroit – quitte à mettre leurs trois vies en danger.

Páll tourna le manche et orienta le Cessna vers Laugarás. C'était de la folie pure et simple, il le savait, mais les situations délirantes exigeaient des solutions délirantes. Non seulement l'automobile en face avait commencé à descendre de la butte en direction de Laugarás, mais Páll avait dû réduire son altitude au-dessus de l'agglomération, ce qui revenait à mettre en danger la vie d'un grand nombre de personnes.

Le pont de la Hvítá fila comme une flèche sur sa gauche. Il réalisa subitement la vitesse de sa descente lorsqu'il se trouva au-dessus de petites maisons au lieu de hautes montagnes. Les eaux de la Hvítá bouillonnaient en dessous d'eux, et des nuages de vapeur montaient des sources chaudes de Laugarás. Les maisons basses, les longues serres et les innombrables conifères étaient de plus en plus proches. Si Páll voulait réussir son atterrissage, il devrait faire preuve d'une extrême précision. Ses yeux ne quittaient pas l'emplacement exact sur lequel il comptait toucher terre, au-delà des dernières maisons et des derniers arbres. C'est là que commençait le tronçon rectiligne dont la longueur semblait suffisante pour le freinage. C'était du moins ce qu'il espérait.

– Allez-y doucement, dit Embla en voyant les maisons se rapprocher.

Les toitures, le sommet des arbres et les réverbères défilaient à toute allure. Le vrombissement tonitruant de l'hélice emplissait la cabine en dépassant les limites du supportable. Elle ferma les yeux et envisagea sérieusement de prier, pour la première fois de sa vie.

– Oui, dit Páll, l'esprit ailleurs.

Toute sa puissance de concentration était monopolisée pour l'atterrissage. La voiture devant eux, encore loin, ne posait pas de problème. Le plancher du fuselage frôla le faîte des épicéas et les dernières maisons de Laugarás disparurent dans leur dos.

– Cramponnez-vous bien !

Sur ces derniers mots, Páll posa les roues arrière de l'avion sur la route n° 31. Juste après, ce fut au tour de la roue avant d'entrer en contact avec la chaussée.

– Vous avez réussi ! s'écria Embla, soulagée d'être encore en vie.

– Ce n'est pas fini, dit Páll, les deux mains soudées au manche.

L'avion fonçait à 200 kilomètres-heure. Non seulement la ligne droite toucherait bientôt à sa fin, mais la collision avec la voiture en face deviendrait inévitable si Páll ne parvenait pas à ralentir sur-le-champ. Il appuya avec précaution sur les freins de façon à ne pas bloquer les roues, empêchant la queue de se soulever et l'appareil de zigzaguer. La vitesse diminuait mètre après mètre, tout comme la distance qui les séparait de la voiture.

– On n'y arrivera jamais, dit Embla, désespérée.

La route se déroulait inéluctablement et les piquets jaunes se succédaient rapidement sur les bas-côtés.

– On va y arriver, dit Páll avec conviction.

La distance entre la voiture et l'avion ne faisait que diminuer, mais il ne se laissait pas impressionner. Il maintenait le frein au plancher et s'agrippait aux commandes. Ça ne rimait à rien de perdre l'espoir dans un instant pareil. C'était, au contraire, le moment de s'obstiner. L'avion ralentissait de plus en plus, et la voiture en face faisait de même.

– On va y arriver, répéta Páll.

Et l'avion s'arrêta enfin, à quelques mètres de la voiture jaune qui s'était elle aussi immobilisée. Elle était occupée par deux jeunes gars complètement abasourdis. Une fille de leur âge était assise à l'arrière.

– On y est arrivés, murmura Páll en adressant un sourire aux jeunes.

– Je savais que tu en étais capable, dit Lovísa.

Elle avait l'air gaie, pour la première fois depuis très longtemps. C'était bien sûr une gaieté éphémère, car Ingunn était en péril.

– Dépêchons-nous, dit-elle à Embla qui venait tout juste de retrouver son souffle, la voiture nous attend.

Elle désigna d'un hochement de tête les jeunes et leur véhicule, une voiture de sport basse, un modèle qui avait été le top du top vingt ans auparavant, et sur le capot duquel était peint un énorme oiseau noir.

Embla détacha sa ceinture et mit pied à terre. Lovísa fit de même.

– Un grand merci, dit Lovísa à Páll.

– Tu ne veux pas que je t'accompagne ?

– Non, la police va venir, et elle est peut-être déjà là. Et il faut que tu dégages la route avant que ton avion se fasse emboutir.

– Bonne chance, dit Páll.

– Merci.

Lovísa claqua la porte. Elle vit qu'Embla avait entamé des pourparlers avec le conducteur de la voiture, et elle alla les rejoindre.

– C'était démentiel, mec ! dit le jeune au volant, visiblement surexcité.

Un visage couvert d'acné et une voix en train de muer.

– J'étais justement en train de dire à votre amie que c'était vraiment trop démentiel ! dit-il à Lovísa.

Son copain se pencha vers la vitre, tout aussi excité.

– On faisait juste un tour par là, dit-il en indiquant du pouce la direction, et puis on a vu un avion qui allait nous rentrer dedans. Génial, mec, génial !

– Génial ? dit l'autre. C'était pas génial, c'était démentiel ! Vous pouvez pas recommencer, des fois ? Juste une fois.

– Non, nous ne pouvons pas recommencer, dit Lovísa, mais nous avons un service à vous demander.

– Ce que vous voulez ! Plus cool que vous, j'ai pas encore vu, affirma de sa voix incertaine le jeune au volant.

– Conduisez-nous à Skálholt. Tout de suite.

– Vous êtes vraiment à fond pour la vitesse ! Vous avez déjà essayé le parachute ? demanda le copain.

– Ou le saut à l'élastique ? suggéra le conducteur à l'acné.

– Non, mais nous sommes très pressées, dit Lovísa.

– OK, pas de problème, tassez-vous à l'arrière avec Sigga, dit le conducteur. Je vous emmène aussi vite que je peux, mais des accros à l'adrénaline comme vous, vous trouverez ça plutôt tortue.

Il éclata d'un rire de crécelle et ouvrit la portière de la voiture de sport.

72

Ingunn, blême d'effroi, rampait pour échapper à son père. Le rimmel coulait sur ses joues.

– Non, papa, disait-elle entre deux sanglots.

– Où vas-tu, ma chérie ?

Sæmundur suivait sa fille couteau en main. Tout en comprenant sa frayeur, il voulait qu'elle saisisse l'importance de l'enjeu. Elle verrait alors la chose avec les mêmes yeux que lui. Il en était persuadé.

– Ne me fais pas de mal, supplia-t-elle.

Elle atteignit une stèle et s'adossa contre la pierre froide.

– Jamais je ne te ferai de mal, je te le jure. Mais nous avons besoin de l'aide d'Odin, tu le sais ?

Il sourit.

– Souviens-toi, « Jamais ne meurt le renom de qui a bien agi ». Nous n'avons donc pas de souci à nous faire.

– Non.

Ingunn se pressa contre la stèle. À cet instant, Hekla revint vers eux en courant, elle rapportait la balle de caoutchouc dans sa gueule et, haletante, la laissa tomber aux pieds de sa maîtresse.

– Hekla ! s'exclama joyeusement Sæmundur. Voici venir notre petite héroïne, juste avant le coucher du soleil.

Sæmundur pointa sa lame vers le chien et Ingunn.

– Ne la touche pas !

La voix était proche. Sæmundur et Ingunn tournèrent la tête et virent que c'était Lovísa, en compagnie d'une jeune femme. Toutes deux arrivaient en courant, à toute vitesse.

– Ne la touche pas ! cria Lovísa une seconde fois.

– Maman ! cria Ingunn de toutes ses forces.

Elle se releva et se précipita vers sa mère, se jeta en larmes dans ses bras et enfouit son visage dans la laine de son chandail.

– Tu es complètement fou ! rugit Lovísa.

– Que se passe-t-il ? Comment avez-vous fait pour nous trouver ?

– Tu as totalement perdu la tête, Sæmundur ! dit-elle en se tapant le front à plusieurs reprises. Tout est fini maintenant !

– Calme-toi ! hurla Sæmundur. Laisse-moi t'expliquer ça.

– M'expliquer ça ? !

– Je t'ai déjà dit qu'aujourd'hui est un jour important, commença Sæmundur, comme si cela pouvait justifier sa conduite.

– Tu es incroyable.

Lovísa était sidérée par le degré qu'avait atteint la folie de son mari.

– Aujourd'hui nous offre une occasion unique d'enrayer la peste étrangère.

– Vous ne voulez pas lâcher ce couteau ? demanda Embla, qui s'était postée à côté de Lovísa et d'Ingunn.

Comme tous ceux qui voyaient Sæmundur pour la première fois, elle était frappée par l'imposante stature de l'homme.

– Non, seulement quand la tâche sera accomplie.

Son regard était insaisissable, ses pupilles n'étaient que deux trous noirs.

– C'est ici que va naître l'union de tous les Européens du Nord.

Il tourna la paume de ses deux mains vers la terre.

– À l'endroit le plus sacré du territoire, le plus sacré du monde. Sur le site même du temple de la Croix Solaire.

– L'union des Européens du Nord ? Qu'est-ce que c'est ? demanda Embla.

Il fallait parler avec Sæmundur, gagner du temps. Grímur allait bientôt arriver, il saurait quoi faire face à un homme armé d'un couteau. En attendant, il fallait discuter et temporiser.

– Nous n'avons jamais pu nous entendre sur quoi que ce soit, nous nous sommes entre-tués dès les premiers temps, argumenta Embla.

– Jamais nous n'avons dû affronter un tel ennemi. Vous ne le comprenez donc pas ? Personne ne veut le comprendre ? rugit-il, excédé de devoir expliquer sans cesse les mêmes choses. Les Juifs des nazis étaient une plaisanterie en comparaison. Ce n'était jamais qu'une seule race, pas une multitude comme de nos jours. Nous avons pu vivre comme nous le voulions pendant mille ans, et puis sont arrivés les musulmans, les Thaïlandais et d'autres racailles qui viennent polluer notre sang et notre culture. C'est peut-être ça que vous voulez ? Vous n'aimez pas notre langue islandaise ? Ou notre culture islandaise ? Vous ne voulez pas préserver ces trésors ?

– Vous semblez oublier que cette prétendue « culture islandaise » est le produit d'un amalgame de populations diverses, et certainement pas d'un seul peuple. C'est d'ailleurs la raison de son inventivité.

Embla mesurait soigneusement ses paroles, il fallait poursuivre le dialogue sans qu'il mène au blocage. Faire parler Sæmundur jusqu'à ce que la police arrive et le mette derrière les barreaux.

– Vous n'avez rien compris à l'histoire de l'humanité, ma petite dame. C'étaient des hommes blancs, de l'hémisphère Nord. Ce n'étaient pas des musulmans, ou d'autres vermines asiatiques.

– Raciste !

C'était Lovísa, serrant Ingunn dans ses bras, qui invectivait son mari.

– Voilà ce qu'on s'entend répondre quand on dit la vérité. Les gens ont une peur bleue de la vérité. Je ne suis ni raciste ni nazi, Lovísa, seulement réaliste, et j'aime mon pays. Est-ce que c'est un crime maintenant ?

– Oui, depuis que tu menaces ta fille avec un couteau !

Ingunn émit un faible sanglot.

– Que je menace ma fille ? Elle n'a jamais couru le moindre danger.

– Ça en avait pourtant tout l'air.

– C'est parce que tu comprends tout de travers, Lovísa. Et c'est comme ça depuis le début. Moi, j'ose protester quand les étrangers volent le travail des Islandais.

Il remit alors le couteau dans son fourreau, au grand soulagement d'Embla.

– Et c'est pour ça que tu me traites de « raciste ». La vérité, c'est que j'ose dire tout haut ce que tout un chacun pense dans un magasin quand il a en face de lui un corniaud qui ne parle même pas l'islandais. Je suis la véritable voix du peuple.

Il se tourna vers Embla.

– Qu'avons-nous de commun avec ces gens-là ?

– Est-ce que vous ne faites pas une erreur d'interprétation ? Sur les croyances de vos modèles, les premiers habitants de l'Islande ?

– Comment pouvez-vous penser une chose pareille ?

Une lueur de fureur était apparue dans les yeux de Sæmundur, et Embla recula instinctivement d'un pas.

– Parce qu'ils étaient polythéistes, et qu'ils respectaient les autres croyances et les immigrants de leur temps. L'Islande était alors sans frontières et ouverte à tous, et vous voulez la fermer au reste du monde, répliqua Embla qui, pourtant, ne voulait surtout pas provoquer sa colère. Les premiers colons, justement, ont refusé cette uniformité, et ils ont permis la diversité.

Sæmundur éclata de rire.

– Qui es-tu, toi ?

De fait, il ignorait totalement avec qui il était en train de se disputer.

– Qu'est-ce qui t'a pris de sortir de sous ton caillou ?

Embla ne répondit pas, trop heureuse d'avoir réussi à gagner tout ce temps. Mais il ne fallait pas que Grímur tarde trop. Ce fut Lovísa qui répondit à sa place :

– Elle s'appelle Embla, et c'est grâce à elle que Baldur est en vie.

La surprise de Sæmundur crevait les yeux.

– Baldur est en vie ? Dieu soit loué, soupira-t-il.

– Qu'est-ce que tu dis ?

– On m'avait dit qu'il avait disparu, et qu'il était peut-être mort. J'ignorais qu'il était sain et sauf.

– Es-tu malade à ce point, mon pauvre ami ? Tu ne te souviens même pas de ce que tu as fait ?

– Moi ?

Sæmundur resta bouche bée.

– C'est toi qui as essayé de tuer Baldur.

– Qu'est-ce que c'est que cette ânerie ?

Il fronça les sourcils.

– Où es-tu allée pêcher ça ?

– C'est sans doute une bonne chose que tu sois malade au point de l'avoir oublié. Tu auras peut-être droit aux circonstances atténuantes.

– Arrête de me traiter de malade ! s'écria Sæmundur, exaspéré. Ce n'est tout de même pas moi qui avale des pilules à longueur de journée !

– Non, mais tu devrais t'y mettre. Tu n'aurais peut-être pas essayé d'assassiner Baldur !

En écoutant les époux se quereller, Embla avait tendu l'oreille quand Sæmundur avait nié toute responsabilité. Elle en avait été extrêmement surprise.

– La police va arriver, lui annonça-t-elle.

– La police ? Pour quelle raison ?

– Pour vous arrêter.

– Moi ?

– Est-ce que tu as complètement perdu la tête ?

Lovísa levait les bras au ciel.

– Tu ne te souviens donc de rien ? Tu vas peut-être aussi prétendre que tu n'as pas menacé ta fille ?

– Qu'est-ce que tu es allée imaginer, Lovísa ?

Sæmundur était stupéfait.

– Jamais je ne toucherai à un seul cheveu d'Ingunn, et tu le sais parfaitement. Je tiens plus à elle qu'à ma propre vie.

– Mais pas plus qu'à ton ami Odin, pas vrai ? C'est bien lui qui t'a demandé de la sacrifier ? Pour cette maudite clique de la croix solaire ?

– Fais attention à ce que tu dis, tu vas me forcer à te frapper ! Seule Ingunn compte pour moi dans la vie.

Sa fille lui tournait le dos, le visage enfoui dans la poitrine de sa mère.

– Tu le sais bien, Ingunn, tu le sais ? Je t'aime plus que tout et je ne te ferai jamais de mal.

Sa fille ne répondit pas. Après les événements de la journée, son père lui inspirait un grand effroi.

– Ma chérie ? Dis-leur, parle.

Ingunn trouva enfin le courage de tourner la tête vers son père. Mais elle restait agrippée à sa mère.

– Ma chérie, dis-leur la vérité.

Sæmundur regardait Ingunn droit dans ses yeux gonflés de larmes, il était sûr qu'elle allait acquiescer, sûr qu'elle voyait les choses comme lui-même les voyait. Qu'elle n'avait couru aucun danger, qu'elle était venue avec lui à Skálholt pour l'aider à mener à bien la tâche du jour.

– Papa, dit Ingunn d'une voix tremblante, tu es… dangereux, et tu… il faut te faire soigner.

Elle vit alors les yeux de son père se figer.

73

Dans le ciel bleu pâle au-dessus de Skálholt, quelques nuages étaient teints de rose et d'orangé par les rayons du couchant, comme dans un tableau. Le soleil dorait aussi les marches qui menaient au seuil de l'église de Skálholt, sa façade occidentale et le clocher. Cette féerie lumineuse accueillit Grímur quand il arriva à bord de son 4×4. Il se gara à côté de la Land Rover rouge et descendit prestement. Le gardien de l'école accourut aussitôt vers lui.

– Vous avez fait vite, dit l'homme affable.

Il avait appelé la police seulement une dizaine de minutes auparavant.

– Vous m'attendiez ? demanda Grímur, étonné.

– Oui, c'est moi qui ai appelé la police, à cause d'un homme qui se trouve dans les alentours.

Ne voyant pas l'utilité de dissiper le malentendu, Grímur demanda.

– Est-ce qu'il est grand, blond et barbu ? Accompagné de sa fille ?

– Exactement. Comment le saviez-vous ? Est-ce qu'il a causé des problèmes aujourd'hui ?

– Oui, on peut dire qu'il en a causé.

Grímur jugea superflu de préciser que Sæmundur avait fait plus que « causer des problèmes ».

– Où est-il ?

– Suivez-moi. Il y a des femmes avec lui maintenant.

Il guida le commissaire du parking jusqu'à la façade nord de l'église.

– Il est dans le vieux cimetière.

Arrivés au niveau de l'abside, ils aperçurent les protagonistes : Embla, Lovísa et Ingunn d'un côté, et Sæmundur qui leur faisait face, tout seul.

Dès qu'il vit arriver le gardien en compagnie du policier qu'il avait rencontré à Thingvellir, Sæmundur saisit le vieux coffret et s'enfuit dans la direction de la façade sud de l'église, pensant échapper ainsi à la police.

– Attrapez-le ! cria Embla à Grímur. Il a un couteau, et il menaçait Ingunn. Nous l'avons arrêté de justesse.

– Stop ! hurla Grímur en se lançant aussitôt à sa poursuite.

Il le vit à arriver à l'autre bout de la façade sud, dépasser les bancs adossés au mur et tourner au coin du parvis. Et il avait complètement disparu quand Grímur arriva au même endroit. Cela pouvait seulement signifier que Sæmundur s'était réfugié dans l'église. Grímur fit quelques pas jusqu'à l'entrée où il constata avec la plus grande satisfaction que la porte était grande ouverte.

– Où comptes-tu aller maintenant ? ironisa Grímur en pénétrant prudemment dans l'église – dans la prison de Sæmundur.

Il faisait un peu sombre à l'intérieur, la lumière du jour, filtrée par les vitraux, tombait sur les chaises vides et les piliers. Sur le mur du fond dominait le retable, une mosaïque très riche en couleurs qui montrait Jésus les bras ouverts et coiffé d'une auréole. Aux pieds de Jésus se trouvaient l'autel et une chaire avec une Bible ouverte.

On entendait l'écho de pas quelque part dans l'église. Grímur crut d'abord que cela venait de l'escalier qui permettait d'accéder à la bibliothèque du clocher, mais en écoutant plus attentivement il comprit que le son venait du sous-sol. Il revint alors dans l'entrée et descendit dans l'étroit escalier en colimaçon qui menait à la crypte. Les marches de bois craquaient sous ses pas et Grímur était prêt à tout, car il savait que Sæmundur était acculé et qu'il ferait n'importe quoi pour s'échapper, comme une bête dans une cage qui cherche bec et ongles à se soustraire à un sort inéluctable.

74

Embla, le gardien, Lovísa et Ingunn attendaient silencieusement à l'entrée de l'église. La suite des événements ne faisait aucun doute. Sæmundur était acculé dans l'église et Grímur, avec un renfort de policiers qui n'allait pas tarder, l'arrêterait. Le mari de Lovísa et père d'Ingunn serait appréhendé pour meurtre et tentative de meurtre, et il irait en prison pendant des années. Cela semblait inévitable.

À leur grande surprise, Sæmundur fit son apparition non loin d'eux, au sud de l'entrée, à un endroit où des fouilles archéologiques d'une certaine envergure avaient eu lieu les années précédentes. Ce fut d'abord sa tête qui surgit, puis tout le torse suivit dès qu'il se redressa. Le coffret sous le bras, il quitta l'aire de terrassement pour remonter sur la butte.

– Mais comment… ? balbutia Lovísa, stupéfaite de revoir son mari, et à plus forte raison sans le policier.

Elle se sentit subitement sans défense et prit Ingunn par l'épaule.

– Dans la voiture ! enjoignit-il aux deux femmes et à sa fille, essoufflé par sa course.

Il avait dégainé son couteau et le pointait vers elles.

– Tout de suite !

Embla, Lovísa et Ingunn ne se le firent pas dire deux fois et dévalèrent les marches vers le parking. Sæmundur les talonnait tandis que le gardien restait devant l'église.

– C'est toi-même et nul autre que tu fuis, déclama-t-il dans le dos de Sæmundur. Lâche ton arme et joins les deux mains. Jésus tend l'autre joue.

Sæmundur l'ignora et força les autres à continuer dans la direction de la Land Rover. Le 4×4 de Grímur était garé juste à côté.

– Pourquoi n'entres-tu pas dans la maison de Dieu ? Je sais que la vie peut être difficile, mais la haine ne la rend pas plus facile, continua le gardien résolu à faire appel à l'humanité de Sæmundur. Jésus ne juge pas. Jésus pardonne.

Il fit quelques pas en avant.

– Construis ta maison sur le rocher, et non pas sur le sable. Engage-toi sur le sentier étroit de l'église. La large route de la haine ne mène qu'à la perdition.

La patience de Sæmundur avait atteint ses limites. Il fit volte-face vers le gardien qui se trouvait une ou deux marches plus haut.

– Si tu n'arrêtes pas sur-le-champ tes bondieuseries bêlantes, je t'étripe sur place ! grogna-t-il.

Il pointa explicitement la lame noire de son couteau vers le ventre du bonhomme.

– Est-ce que c'est compris ?

Cela suffit à faire taire le gardien qui recula et faillit tomber à la renverse sur les marches.

– C'est bien ce que je pensais.

Sæmundur se retourna et ordonna aux femmes de monter en voiture. Elles obéirent aussitôt et prirent place sur la banquette arrière. Lui-même s'arrêta un instant près de la voiture de police et enfonça la lame de son couteau, de toutes ses forces, dans un des pneus avant. Un sifflement sonore se fit entendre et la roue se vida de son air. Puis il infligea le même sort à l'autre pneu avant. Il s'installa alors au volant et chercha les clés du véhicule.

75

En bas de l'escalier, Grímur s'avança prudemment dans l'antichambre de la crypte de l'église. Sur le mur de droite, un grand panneau racontait toute l'histoire de Skálholt. En face, sur un écran, le professeur Kristján Eldjárn[1] parlait des fouilles archéologiques. À la droite de Grímur se trouvait une bibliothèque et l'entrée de la crypte elle-même. Elle contenait un certain nombre de pierres tombales des XVIIe et XVIIIe siècles, ainsi que le sarcophage en pierre de l'évêque Páll Jónsson.

– C'est fini, Sæmundur, appela Grímur devant l'entrée béante. Tu as tout intérêt à te rendre maintenant.

Il se rapprocha du mur près de l'ouverture et inspira à fond. Les méfaits commis depuis le matin par le fermier l'avaient conduit ici, dans la crypte de l'église de Skálholt, où le bras de la justice allait enfin le saisir au collet.

Le commissaire jeta un coup d'œil circonspect dans la pièce. Il crut être victime d'une hallucination. Il n'y avait personne à l'intérieur. Puis il remarqua, dans un coin, une porte entrouverte.

1. Archéologue. Président de la république d'Islande de 1968 à 1980. *(N.d.T.)*

– Qu'est-ce que c'est que cette connerie ? marmonna-t-il.

Sans un regard pour le sarcophage, il traversa la pièce en courant. Un petit couloir souterrain menait de la crypte à l'air libre. Il se souvint alors de l'existence de ce passage qui avait relié pendant des siècles les églises successives aux quartiers des évêques et de leur entourage.

– Malédiction !

Grímur se courba pour emprunter le souterrain à son tour. À l'autre extrémité, il déboucha sur un champ de fouilles en cours, une aire de terre nue délimitée et quadrillée avec des pierres et des piquets. Au même instant, il entendit un crissement de pneus et une voiture démarrer. Il eut juste le temps de voir la voiture de Sæmundur quitter le parking et s'éloigner à toute allure.

– Non ! hurla Grímur en se ruant vers le parking.

Le gardien était planté sur les marches, encore secoué par l'affrontement avec Sæmundur.

– Il… il m'a menacé de son couteau ! dit-il en indiquant la Land Rover.

– Pourquoi ne m'avez-vous rien dit de ce souterrain ? demanda Grímur sans ralentir sa course.

Il était également furieux contre lui-même d'en avoir oublié l'existence. Arrivé devant son 4×4, il sortit en hâte les clés de la poche de son anorak.

C'est alors qu'il s'en aperçut.

Le 4×4 surélevé penchait trop vers l'avant. Un coup d'œil aux pneus avant lui apprit quelle avait été la dernière besogne du fermier à Skálholt.

– Merde ! jura Grímur en donnant un coup de pied au pneu dégonflé.

76

– Que se passe-t-il donc ? s'écria Sæmundur en assénant un coup de poing sur son volant.

La Land Rover dévalait la butte dans la direction de Laugarás. Il ne savait ni où il allait ni ce qu'il devait faire.

Embla, Lovísa et Ingunn, mortes de peur, étaient assises à l'arrière et ne disaient pas un mot. Hekla était allongée aux pieds de l'adolescente. Sæmundur n'était pas en état de conduire, il imprimait des secousses au volant à chaque mot qu'il proférait et la voiture faisait des embardées. Lovísa espérait que Páll et son avion étaient encore sur la chaussée, Sæmundur serait alors forcé de s'arrêter. Elle vit à son grand dam que l'appareil avait disparu. Páll avait donc réussi à redécoller. Et Sæmundur continua à rouler dans la direction de Laugarás.

– Qu'est-ce que je peux faire ? Qu'est-ce qui se passe ?

Sæmundur poursuivait son soliloque. Il ajusta le rétroviseur pour voir les femmes assises à l'arrière.

– Est-ce que tu le sais, Lovísa ? Est-ce que tu y comprends quelque chose ?

Son regard fut implorant un bref instant, comme celui d'un petit garçon qui espère que sa maman va balayer les obstacles d'un revers de la main.

– Arrête la voiture, Sæmundur, dit Lovísa. Tu sais que tu ne peux aller nulle part.

– Qu'est-ce que les flics me veulent ? Je n'ai rien fait de mal ! hurla-t-il en cognant sur le volant.

– Essaie de te rappeler, Sæmundur. Tu as commis un crime ce matin, tu ne t'en souviens pas ? Et tout à l'heure, quand nous sommes arrivées, la lame de ton couteau était à un cheveu d'Ingunn, tu ne t'en souviens pas non plus ?

Lovísa énonçait ces questions posément.

– Es-tu capable de t'en souvenir maintenant ?

Sæmundur ne répondit pas. Il essayait de repasser les événements de la journée dans son esprit. Sa femme avait raison, il n'était pas en état de se souvenir de quoi que ce fût. Tout se bousculait dans sa tête.

– Je... je ne me souviens pas... s'avoua-t-il à lui-même dans un souffle.

– Ce n'est pas grave, Sæmundur. Arrête la voiture, et on en parlera avec la police.

– Mais... je ne comprends pas.

La Land Rover traversa Laugarás entre les rangées d'épicéas qui bordaient la chaussée. Sæmundur, ignorant d'abord des routes secondaires à droite et à gauche, finit par tourner brusquement à droite dans un chemin de traverse juste avant le pont sur la Hvítá.

– Qu'est-ce que tu fais ? s'inquiéta Lovísa.

– J'ai besoin de calme pour penser clairement. Je ne peux pas penser clairement. J'ai besoin de penser clairement.

La petite route menait à l'hôtel Hvítá. Sæmundur tourna à gauche vers le terrain de camping aménagé sur la berge. Il arrêta la voiture sur l'herbe et ferma les yeux, dans un effort pour saisir au vol une pensée ballottée dans la tempête de son crâne. Puis il prit le coffret posé à côté de son siège et sauta à terre. Il n'avait pas arrêté le moteur, et les phares éclairaient, droit devant, les eaux de la rivière et la berge opposée.

– Qu'est-ce qu'on fait ? demanda Embla en suivant des yeux Sæmundur qui descendait d'un pas lourd vers la berge.

Elles entendaient le crissement des galets sous ses semelles de cuir.

– Appelez le policier et dites-lui où nous sommes. Je vais parler à Sæmundur, décida Lovísa.

Puis elle se tourna vers sa fille :

– Toi, tu restes ici. Compris ?

– Oui, répondit Ingunn, qui ponctua sa réponse d'un bref hochement de tête.

– Attendez.

Embla saisit Lovísa par le bras au moment où elle allait descendre.

– Je vous accompagne. Je ne vous laisse pas y aller seule.

– Très bien. Mais téléphonez au policier.

Embla acquiesça et descendit du 4×4 avec Lovísa. Ingunn resta à l'intérieur, le regard perdu devant elle, et Hekla dans ses bras.

Venant du pont blanc en amont, les eaux de la Hvítá coulaient avec une lenteur étrange. La masse arrondie et moussue du mont Vördufell dominait la scène. L'obscurité commençait à gagner du terrain tout autour, à l'exception des berges caillouteuses éclairées par les phares puissants de la Land Rover. Sæmundur avait posé le coffret à terre. Il le couvait des yeux comme s'il contenait le remède magique à tous ses malheurs. Puis sa main chercha le manche ivoirin du couteau. Le moment était venu d'ouvrir le coffret. Sa magie, celle du bracelet d'argent qu'il contenait sans l'ombre d'un doute, pouvait le sauver. Elle le défendrait contre les auras néfastes qui l'assaillaient en ce moment.

– Sæmundur ! Lâche ce couteau.

Lovísa descendait vers la berge. Derrière elle, Embla finissait de signaler à Grímur où ils se trouvaient, puis elle remit son portable dans sa poche.

– Un moment ! répondit Sæmundur sans lever les yeux du coffret.

Ayant inséré la pointe de son couteau profondément dans la serrure, il espérait que cela suffirait pour l'ouvrir, sans rien briser.

– Sæmundur, la police va venir t'arrêter. Tu ne peux rien faire pour l'éviter.

– Un moment, il faut que j'ouvre le coffret. Il les en empêchera.

– Arrête maintenant, Sæmundur.

Lovísa était affligée de voir son mari dans cet état.

– Je n'ai rien fait de mal, et le bracelet de Ketill le prouvera. Il y remédiera, il y remédiera.

Sæmundur s'escrimait pour forcer le coffret, certain qu'il contenait les objets sacrés capables de l'arracher à ses malheurs. Des runes, ou des chevilles du trône du temple, qui lui révéleraient l'avenir et ce qu'il devrait faire.

– Puisque tu es innocent, qu'allais-tu faire avec ton couteau quand nous sommes arrivées à Skálholt ?

– Je te l'ai déjà dit, il fallait que j'accomplisse ma tâche. Ce jour est unique et ne reviendra pas avant de nombreuses années.

– Écoute-moi, Sæmundur ! hurla Lovísa. Qu'est-ce que tu allais faire pour finir ta tâche ?

Sæmundur eut un air penaud, comme s'il avait été pris en défaut par son épouse.

– Quelque chose que tu ne m'aurais jamais pardonné.

– Que je ne t'aurais jamais pardonné ? ! Tu... tu allais assassiner notre fille ? Comment peux-tu parler ainsi ?

– Arrête de répéter cette absurdité. Je n'ai jamais eu l'intention de toucher à un seul cheveu d'Ingunn.

Sæmundur haletait. Il avait cessé de s'escrimer sur le coffret.

– Ce n'est pas pour me justifier... mais ce que je comptais faire était nécessaire.

Embla intervint. Elle aussi était lasse de ces réponses ambiguës.

– Qu'est-ce que vous voulez dire au juste ?

– Je ne suis pas fier de ce que je comptais faire, mais je n'avais pas le choix. L'Islande est menacée, et il faut faire face au danger.

Il fronça les sourcils.

– Par tous les moyens.

– En sacrifiant votre fille ? demanda Embla.

– Non, bien sûr que non.

Il se releva, honteux, la tête basse. Il décida de leur révéler ce qu'il avait eu l'intention de faire.

– En sacrifiant Hekla.

– Le chien ? s'étonna Embla.

– Il n'y avait pas d'autre moyen. Pour Odin et pour notre Ordre.

– Tu n'es pas seulement fou, tu es aussi un menteur éhonté ! lâcha Lovísa.

– J'en suis désolé, je sais que tu me trouves odieux, mais je ne pouvais pas faire autrement. Jusqu'à ce que tu m'arrêtes. Hekla serait morte pour nous. Une mort de martyre. Une véritable offrande.

Un sourire de dément apparut sur ses lèvres.

– Qu'y a-t-il de plus beau ?

Embla ne comprenait rien à ce qui se passait. Pour quelle raison Sæmundur niait-il son crime et y mêlait-il maintenant le chien ?

– Et votre intention de sacrifier ce que vous aviez de plus cher ? C'est ce que vous avez dit à Tobias, il nous en a parlé.

– Ce chien est le plus grand ami d'Ingunn. En le sacrifiant, j'aurais perdu ce que j'avais de plus cher au monde : Ingunn.

Le regard de Sæmundur se tourna vers la voiture, vers sa fille qui le regardait se quereller avec sa mère pour la énième fois.

– Ingunn ne m'aurait jamais pardonné. Même si j'espérais qu'elle me comprendrait plus tard. Et, qui sait, me serait peut-être reconnaissante, une fois que j'aurais réussi à débarrasser l'Islande de ses impuretés.

Ses yeux s'écarquillèrent.

– Et grâce à Hekla ! Vous vous rendez compte !

– Arrête de dire des bêtises, Sæmundur, coupa Lovísa. On a trouvé Baldur à moitié mort dans notre écurie, et c'est là que tu t'es dépêché d'aller dès ton arrivée à Stóra-Hof, Tobias en est témoin lui aussi.

Il eut un faible sourire.

– Je suis allé cacher le cadeau pour Ingunn.

– Qu'est-ce que tu racontes encore ?

Lovísa en avait plus qu'assez de ce délire. Elle se tourna vers Embla :

– Qu'est-ce qu'il raconte encore ?

– J'ai acheté un chiot ce matin, à Reykjavík, et je l'ai caché dans l'écurie, expliqua Sæmundur en tournant à nouveau son regard vers sa fille.

C'était tout ce qui lui était venu à l'esprit pour tenter de se racheter. Puisqu'il s'était vu contraint de prendre cette terrible décision : sacrifier Hekla, la meilleure amie de sa fille, pour l'avenir de l'Islande.

– Peut-être me comprendra-t-elle un jour, et ce qui est en jeu.

– Quel chiot ?

Embla était abasourdie. Tobias n'avait jamais mentionné de chiot pour Ingunn, et elle était sûre que le Norvégien n'aurait pas omis un tel détail. Tout cela était décidément bien étrange.

– Tobias ne le savait pas, parce que j'avais caché la cage à l'arrière de la Land Rover.

Sæmundur s'agenouilla de nouveau à côté du coffret.

– J'espère qu'il plaira à Ingunn, même si aucun autre animal ne peut remplacer Hekla, dit-il à voix basse.

Il recommença à triturer la serrure. Sans aucun résultat, le coffret résistait à tous ses efforts.

Lovísa échangea un regard avec Embla.

– Il est dans un autre monde. Ils en tiendront sûrement compte au tribunal. Il ne sera pas considéré comme responsable de ses actes.

– Arrête de me traiter de malade ! Tu devrais te rendre utile au lieu de m'accuser continuellement !

– Je crains que plus rien ne puisse t'être utile, mon ami.

– Si, j'ai besoin des objets magiques du coffret. Tu ne comprends donc pas qu'ils peuvent me tirer d'affaire.

Lovísa laissa échapper un petit rire ironique et adressa un regard entendu à Embla.

– C'est exactement ce que je voulais dire.

– Puisque je ne pourrai pas ouvrir ce maudit coffret sans l'abîmer, donne-moi ton Ægishjálmur.

Il se releva et tendit sa paume ouverte.

Un silence de mort tomba. Pendant quelques secondes, on n'entendit que le bruissement de la rivière.

Et Lovísa resta sans voix.

– J'ai besoin de ton Ægishjálmur, répéta Sæmundur, les yeux rivés sur le visage livide de sa femme. Il faut que je me protège contre tous les esprits mauvais qui m'assaillent. Lui seul pourra nous sauver.

Embla sentit le sol se dérober sous ses pieds. Elle oscilla légèrement, comme si la terre tourbillonnait, comme si elle se trouvait subitement en chute libre. Ses yeux se figèrent.

– Vous ?

Elle regarda fixement Lovísa, choquée et décontenancée.

– C'était… c'était vous, dit-elle dans un souffle.

77

Adam regardait l'ambulance s'éloigner de Stóra-Hof. Après examen, le médecin avait estimé que le mieux était d'emmener Baldur à l'hôpital de Selfoss où ils avaient tout ce qu'il fallait pour le prendre en charge.

Aux pieds d'Adam, seules quelques gouttes de sang indiquaient qu'un homme grièvement blessé était étendu sur le sol quelques instants plus tôt. Le médecin avait assuré à Adam que l'état de Baldur était satisfaisant, compte tenu de son âge et du sang qu'il avait perdu. Il aurait pu dire n'importe quoi à Adam. Il n'avait pas la moindre idée de ce que Baldur ressentait. Après avoir vu les bandages sur son cou et son visage blême, il avait simplement espéré qu'il se rétablirait.

L'atmosphère à Stóra-Hof avait changé en quelques secondes. Adam se retrouvait tout seul en compagnie des quatre juments. On voyait au nord-ouest le sommet de Vördufell, au pied duquel Embla était en train d'affronter Sæmundur. Beaucoup plus loin dans la même direction, là où le ciel se confondait avec la terre, l'air baignait dans une lumière dorée. Sous le ciel bleu, le coucher du soleil faisait l'effet d'un grand bûcher. Comme une ville en feu.

Ce spectacle lui rappela l'incendie de l'écurie. L'odeur de fumée était encore présente et Adam ne savait pas du tout quoi faire de ces chevaux. Certainement pas les ramener à l'intérieur de l'écurie, qu'il faudrait d'abord désenfumer et nettoyer.

Il fit quelques pas dans la direction des bêtes. Le crissement de ses semelles sur le sable lui fit prendre pleinement conscience du silence qui régnait tout à coup dans cet endroit qui n'avait été que passions, cris et tumulte peu de temps auparavant. Adam n'était pas habitué au silence. Enfant de la ville, il avait grandi dans un environnement bruyant : le moteur des voitures, le marteau des voisins, les rires des passants. Il n'y avait rien de tout cela ici. Seul le silence heurtait ses tympans.

Enfin, presque. En guettant désespérément le moindre son, Adam avait fini par détecter un piaulement faible et lointain. Comme si quelqu'un parlait derrière un mur ou à travers un oreiller. Il ne parvenait à déterminer ni la nature ni la provenance de ce son. Il regarda autour de lui et ne vit qu'une campagne sans relief, avec la ferme au milieu.

Il tressaillit. À l'étage de la maison d'habitation, une vieille femme l'observait derrière des rideaux en crochet. Ses cheveux rares et gris tombaient sur ses épaules et son visage était indiscernable. Plusieurs secondes s'écoulèrent. Adam ne savait pas ce qu'il voyait en réalité, s'il s'agissait d'une habitante de Stóra-Hof ou d'une revenante. Finalement, la femme se détourna et s'éloigna de la fenêtre. Les rideaux tremblèrent un instant avant de s'immobiliser. Plus rien n'indiquait que quelqu'un s'était trouvé là quelques secondes plus tôt.

– Qu'est-ce qui se passe ici ?

Adam sentit un frisson lui parcourir le dos. Décidément, il ne se sentait pas dans son élément à la campagne : la solitude, le silence, et maintenant un fantôme qui l'épiait. Il voulait repartir en ville au plus vite, s'engouffrer dans un café et revenir à une vie normale.

Le gémissement reprit au loin, et il frissonna encore plus fort que la première fois. Il était certain que c'était le fantôme, la vieille femme à sa fenêtre. Il avait jusque-là haussé les épaules quand on lui parlait d'esprits, de gobelins et du « cousin de la cousine d'untel qui avait vu un fantôme ». Peut-être étaient-ce là les représailles de ces créatures monstrueuses ? Peut-être ces histoires de fantômes étaient-elles vraies, après tout ?

Et pourtant. En tendant l'oreille plus attentivement, il eut le sentiment que le son ne venait pas de la maison, mais de l'écurie. Et qu'il ne lui était pas tout à fait inconnu.

– Qu'est-ce que ça peut bien être ?

Il jeta un coup d'œil vers l'écurie.

– Qu'est-ce qui me prend de parler tout seul comme ça ?

Il décida de remonter jusqu'à la source du son. En passant devant les chevaux, il remarqua qu'ils étaient très calmes. Cela le rassura. Au cinéma, les animaux avaient toujours peur quand il y avait du surnaturel dans l'air.

Adam franchit prudemment le seuil de l'écurie. Le piaulement s'amplifiait à chacun de ses pas. Il devint vite évident qu'il provenait du premier box, qui avait été occupé par une des juments. La porte du box, ouverte, laissait entrevoir un tas de foin et un objet indéterminé sous une couverture. Pas de doute, le son venait de là.

Adam s'approcha à pas de loup. Le piaulement n'avait plus rien d'inquiétant à si faible distance. Il était même devenu touchant, à vrai dire.

Adam avala sa salive et souleva doucement la couverture. C'était une cage. Elle contenait un petit chiot tout noir, enchanté d'avoir de la visite. Le petit animal essayait d'aboyer, mais il était beaucoup trop jeune encore, et il piaulait comme une souris ou un petit oiseau.

– Bonjour, dit Adam gaiement en se penchant vers le chiot. Tu n'es pas un fantôme, toi ?

Le chiot aboya et remua la queue.

– Veux-tu que je te prenne dans mes bras ?

Adam ouvrit la cage et saisit le petit animal qui se frotta aussitôt contre ses doigts.

– Une chance pour toi, cette couverture, dit Adam en le caressant derrière les oreilles. Tu as totalement échappé à la fumée.

Orri, le cameraman, fit irruption à cet instant dans l'écurie.

– Où est Baldur ? À qui parles-tu ?

– À lui.

– D'où est-ce qu'il sort, ce bout de chou ? demanda Orri.

Il sourit et caressa lui aussi le petit chien.

– Pas la moindre idée, répondit Adam qui n'était toujours pas revenu de sa surprise.

78

Un silence sépulcral régnait sur la berge. Embla regardait Lovísa dans les yeux.

– Vous… vous avez tout mis en scène, balbutia-t-elle.

Elle se sentait cependant largement dépassée. La femme qu'elle avait consolée, soutenue moralement et même considérée comme une amie après toutes ces épreuves, était en réalité la coupable, celle que la police recherchait. Son regard sur Lovísa avait changé du tout au tout en une seconde, c'était comme si le monde était tombé à la renverse.

– De quoi parlez-vous ? demanda Lovísa avec son plus beau sourire.

– C'est vous qui êtes derrière tout ça. Pas Sæmundur, réitéra Embla.

– Sæmundur est là, Embla, dit Lovísa en montrant son mari du doigt. Il a avoué. Il voulait tuer ma fille. Vous l'avez vu vous-même.

– Non, je l'ai vu un couteau à la main, à côté d'Ingunn et de Hekla. Il a dit lui-même que c'est le chien qu'il allait sacrifier.

– Vous vous rendez compte de ce que vous dites ? Vous allez peut-être le justifier d'avoir failli tuer Hekla ? Ne croyez pas ce qu'il dit.

Elle eut un rire bref.

– Il a perdu la raison.

En disant cela, elle montra Sæmundur du doigt comme s'il ne pouvait pas l'entendre.

– Où est l'Ægishjálmur ?

Sæmundur répétait sa question en tendant la main. Rien d'autre n'avait d'importance à ses yeux, certainement pas ce dont les femmes étaient en train de parler.

– Ingunn n'a jamais été en danger, et vous le saviez très bien, remarqua Embla. Vous faisiez seulement semblant d'avoir peur. Et cet épisode dans l'avion, ce n'était pas du cinéma ?

– Vous êtes folle ?

– Trêve de bavardages, donne-moi l'Ægishjálmur !

Le temps pressait, et Sæmundur devenait agressif.

– Vous ne l'avez pas sur vous, si j'ai bien compris ? demanda Embla en regardant Lovísa droit dans les yeux.

– Ça ne vous regarde pas.

– C'est pour ça que Sæmundur est complètement perdu. Il ne sait pas ce qui se passe, et c'est justement parce qu'il n'a rien fait.

– Embla, je ne sais pas ce qui vous prend. La police va bientôt venir arrêter Sæmundur, pas moi. C'est lui qui a assassiné une femme ce matin.

– Quelle comédie ! Et vous l'avez jouée dès que nous sommes arrivés à Stóra-Hof, Adam et moi ! dit Embla avec un soupçon d'admiration dans la voix. C'est pour cela que vous avez dessiné une croix solaire chez Baldur. Je me suis demandé pendant toute la journée pour quelle raison le meurtrier avait laissé une telle indication. Vous vouliez attirer les soupçons sur Stóra-Hof et Tobias. Le bouc émissaire parfait ! Membre de l'Ordre de la Croix Solaire et très versé dans les antiquités norroises. Pas difficile non plus de glisser les laisses de chat dans sa valise ! L'ennui, c'est que vous avez oublié de vérifier ses antécédents.

Embla eut un sourire triomphant.

– Si Tobias est ici, c'est parce qu'il cherche un trésor. C'est pour cela qu'il s'est inscrit dans l'Ordre. Pas par haine des immigrés.

– Un trésor ? répéta Lovísa d'un air méchant.

– Oui, il est chercheur d'or. Il parcourt le monde à la recherche de trésors vikings et il avait pensé que la croix solaire de Rangárvellir pourrait lui être utile.

– Lovísa ! Est-ce que c'est vrai ce que cette femme raconte sur Tobias ?

– Tout ira bien, Sæmundur, dit Embla.

Maintenant qu'elle savait qu'il n'avait été qu'un pion dans cette machination, Embla éprouvait une vague compassion pour lui, malgré la haine dont elle le savait capable. Sæmundur était complètement déboussolé, et il avait avant tout besoin d'assistance.

– Je… je ne comprends pas comment… ? hoqueta Sæmundur, la main toujours tendue.

Il avait du mal à penser clairement, surtout maintenant que la police le pourchassait. Il devait agir vite.

– Donne-moi ton signe magique, Lovísa. Tout de suite ! J'en ai besoin.

– Sæmundur ! Pouvez-vous me dire à quoi il ressemble ?

Embla voulait en avoir le cœur net.

– L'Ægishjálmur ? Il… il est gravé dans du bois flotté. C'est son père qui l'a gravé, quand elle était jeune. Lovísa le porte toujours sur elle.

– Exactement comme celui que nous avons trouvé près de la maison de Baldur !

– Ta gueule ! cracha Lovísa.

– Donne-moi le signe magique, j'en ai besoin, répétait sans cesse Sæmundur.

Il n'existait pas de meilleure protection contre les forces du mal, et il lui était absolument nécessaire. Tout rentrerait dans l'ordre dès que l'Ægishjálmur pendrait à son cou.

– Je ne l'ai pas sur moi, finit par lâcher Lovísa.

– Tu ne vas nulle part sans lui, objecta Sæmundur, désespéré.

Si elle ne le lui donnait pas, c'en était fait de lui.

– Tu te sépares à la rigueur de ton alliance, jamais de ton pendentif.

– Je l'ai perdu, déclara-t-elle d'un air sombre.

Elle porta la main à son front. Il était futile de continuer à jouer cette comédie. La découverte du pendentif chez Baldur l'avait démasquée. Juste une petite erreur. Il était clair qu'elle n'était pas en mesure de nier. Mais peut-être pourrait-elle fournir une explication.

– Chez Baldur.

– Quand ça ? Et qu'est-ce que tu faisais chez Baldur ?

– Je m'en suis aperçue sur le chemin du retour, dans la voiture. Il était trop tard pour revenir.

– Pourquoi ? De quoi parles-tu ? demanda Sæmundur qui n'y comprenait rien.

– J'ai tué l'employée de Baldur ! lâcha-t-elle froidement. Tu ne comprends pas ? Ton petit esprit ne le comprend pas ? Et j'ai essayé de le tuer lui aussi.

Elle regarda Embla, haletante.

– Tobias était le coupable idéal, et aujourd'hui était le jour idéal. Cela aurait dû se passer autrement. Vous deviez trouver les laisses des chats et ne pas chercher plus loin.

– L'incendie de l'écurie a tout mis en l'air, devina Embla.

– Je ne savais pas que Baldur était encore vivant. Je croyais l'avoir achevé sur place, dit Lovísa amèrement, mais cette idiote m'a interrompue et j'ai dû lui régler aussi son compte. Je n'ai pas assez longtemps étranglé Baldur avec la ceinture.

Lovísa retroussa une manche de son pull et lui montra une longue écorchure que Baldur lui avait faite avec ses ongles.

– Ce vieux connard avait réussi à me griffer, c'est pour ça que j'ai dû le cacher dans l'écurie.

Sæmundur comprenait peu à peu que c'était sa femme qui avait commis tous ces méfaits. Et que la police allait l'arrêter, elle. Pas lui.

– Mais… toi qui ne ferais pas de mal à une mouche, dit-il.

Lovísa se couvrit la face des deux mains.

– Qu'est-ce que tu as fait, Lovísa ? Pourquoi as-tu fait cela ?

Il posa ses deux mains sur ses épaules.

Lovísa leva les yeux vers son mari et trouva la force de lui répondre.

– Baldur m'a violée, dit-elle dans un souffle avant d'enfouir à nouveau son visage dans ses paumes.

– Hein ? ! s'écria Sæmundur.

– Un jour que tu étais sorti, il est venu et il m'a violée.

Sæmundur recula.

– Quand ?

– Il y a quelques mois.

– Et tu t'es vengée… murmura-t-il.

– Ce n'était pas mon intention, je suis allée le voir ce matin et ça a dégénéré.

– Et le hasard faisant bien les choses, vous aviez huit chats morts sous la main ? ironisa Embla.

Connaissant bien Baldur, elle n'ajoutait aucune foi aux « explications » de Lovísa. Peu d'hommes sur cette terre étaient aussi amènes que Baldur. Qu'il ait violé cette femme était d'une absurdité inouïe.

– Quand je me suis rendu compte de ce que j'avais fait, j'ai arrangé cette mise en scène, comme vous l'avez dit, ajouta Lovísa.

– Ça n'a aucune importance maintenant, dit Sæmundur. Nous n'avons plus qu'à ouvrir le coffret. Il va nous sauver. Il va nous sauver.

Il s'assit à côté du coffret et plongea son couteau dans la serrure rouillée.

– Il va te sauver, mon amour.

– Non, dit Lovísa. Ne l'ouvre pas.

– Tu ne comprends pas ?

Sæmundur voulait lui faire entendre raison.

– Ce qu'il contient te protégera. Tu as besoin de protection, maintenant que tu n'as plus ton Ægishjálmur. Tu ne peux pas rester vulnérable comme ça. C'est ça qui t'a fait du mal.

– Sæmundur, lâche ce coffret.

– Non, il contient d'autres runes magiques, j'en suis certain. Je les entends.

Il farfouillait dans la serrure.

– Ou même le bracelet de Ketill. Une fois sur ton bras, plus personne ne pourra te toucher.

– Laisse ce coffret tranquille ! hurla Lovísa.

– Où avez-vous trouvé ce coffret ? demanda Embla.

Elle soupçonna subitement que ce coffret jouait un rôle beaucoup plus important qu'il ne le paraissait. Non seulement parce que Lovísa avait visiblement peur de son contenu, mais aussi à cause de son aspect. Alors que Sæmundur semblait croire qu'il venait de Ketill Hængur et de l'Islande du IXe siècle, Embla vit tout de suite qu'il était loin d'être aussi ancien, en dépit de la rouille et de la terre.

– Je l'ai trouvé dans la chambre de Baldur, à Skálholt.

Il continuait à s'acharner sur la serrure avec son couteau.

– Ce fichu coffret n'a aucune espèce d'importance ! Baldur m'a violée, répéta Lovísa.

– Baldur l'a déterré là où se trouvait le temple de Ketill. Il est la preuve de tout.

– Je suis désolée, Sæmundur, mais ce coffre date d'il y a vingt ou trente ans, pas plus.

– Qu'est-ce que vous me racontez là ? lança-t-il, haineusement. Ce coffre provient du temple de Ketill. Il est la preuve de la croix solaire, du temple d'Odin, de la théorie, de tout !

– Non, ce n'est pas vrai, corrigea Embla. Il est la preuve de toute autre chose.

Elle tourna son regard vers Lovísa.

– Qu'y a-t-il dans ce coffre ?

– Elle ne le sait pas, affirma Sæmundur. Il est verrouillé à mort depuis des siècles.

– Qu'y a-t-il dans ce coffre ? répéta Embla.

– Je ne sais pas de quoi vous parlez.

– Ouvrez-le, dit Embla à Sæmundur.

– Je ne peux pas, je n'ai pas la clé. Je ne veux pas l'abîmer, c'est un objet sacré.

– Il n'a rien de sacré, déclara Embla.

Elle se précipita pour s'en emparer pendant que l'occasion se présentait.

– N'y touchez pas ! cria Sæmundur en la repoussant violemment.

Embla tomba et le coffret lui échappa des mains et se fracassa sur la roche dure de la berge.

– Vous voyez ce que vous avez fait ?

Sæmundur se rua vers le coffre brisé et son contenu éparpillé. À sa grande surprise, il n'y avait ni bracelet d'argent ni chevilles de trône, mais des papiers, des photos encadrées, des articles de journaux jaunis et des bibelots enfantins.

– Qu'est-ce que c'est que ces trucs-là ? Qu'est-ce que vous avez fait du trésor ?

– Reste où tu es, Sæmundur ! cria Lovísa.

Il n'en fit rien et s'approcha lentement des objets sur le sol.

– Non !

– Qu'est-ce que vous avez fait du bracelet d'argent ?

Il se pencha sur les photos encadrées. De vieilles photos de Lovísa petite fille en compagnie de son père.

– Qu'est-ce que c'est que ça ? D'où est-ce que ça sort ?

– N'y touche pas ! implora Lovísa, les joues ruisselantes de larmes. N'y touche pas, je t'en prie !

Embla était encore par terre, juste à côté de Lovísa dont la métamorphose subite l'effraya. C'était comme si un autre être humain avait pris possession de son corps. Même sa voix avait changé, l'effondrement était total.

– Non… non, implorait-elle.

Sæmundur lâcha les photographies et saisit un paquet de feuillets agrafés. Il approcha le premier feuillet de son visage, car il faisait maintenant très sombre, et l'orienta pour capter la lumière des phares de la Land Rover. Il put alors lire : Demande d'analyse sanguine (épreuve ADN).

– Non ! Pour l'amour de Dieu !

L'en-tête était celle du ministère de la Justice.

– Je ne comprends pas de quoi il s'agit, grommela-t-il.

Puis il vit que son nom figurait au bas de la page.

– Qu'est-ce que ça veut dire ?

Il voulut en avoir le cœur net et lut toute la page :

Attendu que (nom de la mère) Lovísa Dagsdóttir N° d'id. 210172-4069 m'a attribué la paternité de son enfant de sexe M/F, N° d'id. 170692-7799, je souhaite que le préfet de Hvolsvöllur procède à une demande d'analyse sanguine de la mère et de l'enfant. Je me déclare également prêt à me soumettre à une analyse du même type et m'engage à rembourser à l'autorité susmentionnée les frais occasionnés par lesdites analyses, si j'assume la paternité de l'enfant en conséquence des résultats obtenus ou par décision judiciaire.

Le document était signé par Úlfur Bjarnason, préfet du district de Rangárvellir, et il était daté de sept ans plus tôt. Il y avait aussi la signature de Vilborg et celle de Sæmundur, avec divers renseignements le concernant.

– Qu'est-ce que c'est que ça ?

Sæmundur, stupéfait, regardait Lovísa.

Il avait remarqué que c'était elle qui avait rempli les espaces blancs.

– Je n'ai jamais signé ce papier. Je n'ai jamais envoyé ça au préfet. Pour quelle raison… ?

– Arrête de lire ça, supplia Lovísa.

Sæmundur n'avait aucune intention de lui obéir. Il passa au second document, agrafé au premier, qui provenait également du ministère de la Justice : Résultats d'analyse sanguine (épreuve ADN).

– Qu'est-ce que c'est que ça ?

Et Sæmundur lut lentement le document. Il lut ce que Lovísa avait voulu garder secret à jamais.

79

La lumière crue des phares éclairait la feuille de papier et l'encre noire. La main de Sæmundur tremblait légèrement pendant qu'il lisait.

> Les résultats des analyses sanguines (épreuves ADN) effectuées sur des échantillons prélevés sur Sæmundur Loftsson (160362-2759), Lovísa Dagsdóttir (210172-4069) et Ingunn Sæmundardóttir (170692-7799), dans le but d'évaluer la probabilité d'un lien de filiation entre Ingunn Sæmundardóttir et Sæmundur Loftsson, ont permis d'établir que la probabilité de ce lien est négligeable, soit moins de 80 %.

Le document était signé par une femme, une généticienne, et daté de sept ans plus tôt comme le premier document. Sæmundur leva les yeux, l'air mauvais.

– Qu'est-ce que c'est que ça ?

Il avait l'air totalement déconcerté. Il était incapable de comprendre ce qu'il venait de lire alors que le sens en était parfaitement clair.

– Sæmundur, je t'en prie. Ne lis pas ça, ne t'en occupe pas. Il faut l'oublier, supplia Lovísa.

Elle s'était accroupie à côté de lui.

– Je viens de le lire ! Qu'est-ce que c'est que cette saloperie ?

– Je t'en prie, Sæmundur. Oublie tout ça. Fais comme si tu n'avais rien vu. Rentrons à la maison, tu veux bien ? dit-elle en posant une main sur sa jambe.

– De quoi parles-tu ? Réponds-moi ! hurla-t-il en se dégageant.

Lovísa eut un mouvement de recul.

– Je ne peux pas…

Elle ne put finir sa phrase, son émotion était trop forte et un sanglot bloquait sa gorge.

– Réponds-moi ! cria Sæmundur.

– Je suis tellement désolée, gémit-elle à travers ses larmes.

– Comment ? Pourquoi es-tu désolée ?

– Parce que… Ingunn… Ingunn n'est pas… n'est pas ta fille.

La phrase vint se graver comme au fer rouge dans la tête de Sæmundur. Elle plongea dans son cœur comme le poison d'une flèche.

– Qu'est-ce que tu dis ?

– Elle n'est…

– Quoi ? !

– Elle n'est pas ta fille, Sæmundur, répéta Lovísa.

– Qu'est-ce que tu dis ? Pas ma fille ?

Son regard se dirigea dans la direction d'Ingunn qui était restée dans la voiture et n'entendait rien de tout cela.

– Non, c'est le résultat de l'analyse sanguine.

– Quelle analyse ? ! s'exclama Sæmundur hors de lui, le feuillet à la main.

– L'analyse que j'ai fait faire. De ton sang, du mien et de celui d'Ingunn.

– Mais pourquoi ? !

– Parce que… parce que je le savais au fond de moi.

Lovísa était à demi étendue sur les cailloux de la berge, incapable de se relever. Elle était envahie par la nausée et sa migraine allait bientôt lui fendre le crâne. Son estomac se soulevait, la douleur devenait intolérable. Intolérable comme ce qu'elle allait devoir dire à voix haute. Sæmundur allait enfin savoir ce qu'elle avait jusque-là réussi à cacher au monde entier. Un secret qu'elle n'avait partagé qu'avec deux autres personnes.

Sæmundur s'approcha de sa femme et baissa les yeux vers elle. Des larmes avaient commencé à couler également sur ses joues et disparaissaient dans sa barbe blonde.

– La fille de qui, alors ? demanda-t-il en essuyant ses larmes.

Il ne pouvait tout de même pas pleurnicher comme une gamine.

Au lieu de répondre, Lovísa se tourna face contre terre et prit les pierres froides dans ses bras. Elle voulait que tout cela prît fin au plus vite. Elle voulait être revenue chez elle, et que rien de tout cela n'eût eu lieu.

– Vas-tu me répondre, oui ou non ?

Sæmundur la saisit par le col et la souleva. Ses pieds se décollèrent du sol.

– Non ! adjura Embla.

Elle avait assisté comme pétrifiée à leur querelle. Elle ne pouvait de toute façon rien faire, ni rien dire. Elle ne pouvait que regarder, écouter et les laisser régler leurs affaires eux-mêmes.

– Réponds-moi !

Il lâcha Lovísa qui tomba à terre.

– De qui, alors ? C'était Páll ?

Il avait remarqué la bonne entente entre les deux. Leurs excursions en avion. Leurs discussions devant une tasse de café, les minauderies et les effleurements continuels.

– Non, murmura Lovísa. Ce n'était pas Páll.

L'instant de vérité était arrivé, l'instant de l'inévitable. Son secret avait fini par la rattraper. Lovísa recomposa son visage. Ouvrit la bouche et reprit haleine. Regarda fixement les cailloux et scruta les ténèbres. Scruta aussi ses ténèbres intérieures.

– Qui ça ? ! criait Sæmundur.

Lovísa leva les yeux, droit dans les siens. Se prépara à expliquer l'inexplicable.

– C'était Dagur, dit-elle finalement avec détermination.

– Dagur ? Quel Dagur ?

Il leva la main, comme pour la gifler.

– Dagur… mon père…

Le dégoût altéra le visage de Sæmundur. Sa main retomba et il recula d'un pas.

– Qu'est-ce que tu… ?

– Ça a commencé quand j'étais jeune, dit-elle, la tête basse.

Les larmes ne coulaient plus sur ses joues, elles s'étaient taries.

– Quand il a commencé à venir dans ma chambre, et il a continué jusqu'à mes vingt ans… quand il est mort… quand j'y ai mis fin une fois pour toutes.

Son visage se transfigura.

– Il l'avait mérité.

– Tu veux dire… ? hésita Sæmundur.

– J'ai fait en sorte qu'il ait cet accident.

– Et… Ingunn ?

Sæmundur sentait ses genoux faiblir.

– J'ai soupçonné aussitôt que l'enfant était de lui, même si nous étions déjà ensemble. Mais je n'étais pas certaine. C'est après quelques années que j'ai décidé de mettre mes soupçons à l'épreuve.

Elle baissa la tête.

– Ils étaient justifiés.

Tout se mit à tournoyer sous les yeux de Sæmundur. Il se sentait incapable de faire face. Il se mit à errer sur la berge, les cailloux jaillissaient sous ses lourdes semelles.

– Je n'arrive pas à y croire, bredouillait-il, abattu.

– Mais ça ne change rien, hasarda Lovísa. C'est toi le vrai père d'Ingunn, pas lui. Tu étais tellement heureux quand tu as su que j'étais enceinte, tu te souviens ?

Sæmundur n'entendait pas Lovísa. Il était ailleurs. Dans un autre monde. Loin de tout ce qui l'entourait.

– Je n'arrive pas à y croire, répétait-il sans arrêt, hagard.

Il s'assit dans l'eau froide de la rivière. Il baignait dans le courant de la rivière, cela lui était égal. Tout lui était égal. Il enfouit son visage dans ses mains. Il voulait échapper par tous les moyens à cet instant, et à ce lieu. Il ne pouvait pas les affronter. Pas tout seul.

– Viens, Sæmundur, rentrons à la maison, implora Lovísa en se relevant.

Ces mots n'atteignirent pas Sæmundur. Ils ne parvinrent jamais jusqu'à lui. Il avait déjà exclu le monde extérieur.

– Aide-moi, murmura-t-il les yeux au ciel en dégainant son couteau.

La lame noire était presque invisible dans la pénombre.

– Non !

Lovísa alla vers son mari assis dans le lit de la rivière.

– Lâche ce couteau !

– La lignée prend fin avec moi, murmura-t-il les yeux levés vers le ciel. Elle n'est pas ma fille. La lignée finit avec moi. Ta souche meurt ici. Malheureusement. Tout cela pour rien.

Il sortit le recueil de poèmes de sa poche, feuilleta pour trouver le *Rúnatal*. Il était arrivé au sacrifice de Sæmundur.

– La lignée finit avec moi. Regarde !

Il taillada sa paume de la lame effilée.

– Le sang ne coule plus de ces artères !

Il commença la lecture de la strophe.

– « Sais-tu comment les tailler ? »

– Non, Sæmundur ! hurla Lovísa.

– « Sais-tu comment les lire ? Sais-tu comment les teindre ? » lut-il à voix haute.

Il récitait les lignes envoûtantes dans lesquelles Odin dévoile comment il a acquis la maîtrise des runes en se torturant. En s'autosacrifiant. Ce qui lui avait donné au moment crucial une force mystérieuse, une force surnaturelle réservée à une élite. Ce que Sæmundur allait lui-même accomplir. Seule une force surnaturelle pouvait l'aider dans cette épreuve. À chaque vers, il s'entaillait la paume ou le bras. Le sang rouge foncé s'écoulait dans la rivière. Sæmundur ne ressentait rien. Il ne ressentait plus rien.

– « Sais-tu comment tenter ? Sais-tu comment demander ? » murmurait-il en taillant de plus en plus profond.

Un sang chaque fois plus épais et plus sombre coulait le long de son bras.

– Non ! Arrête !

Lovísa, hystérique, s'époumonait et assénait des coups sur le dos de Sæmundur, mais rien ne pouvait l'arracher à sa transe.

– « Sais-tu comment sacrifier ? Sais-tu comment dédier ? »

Il prit une profonde inspiration avant de lire le dernier vers, celui qui complétait l'incantation.

– « Sais-tu comment anéantir ? »

Sæmundur consacra sa prière d'une longue et profonde entaille à travers le bras qui fit gicler le sang au même rythme que son cœur qui faiblissait. Il perdait de plus en plus de sang et sa vue se troublait. Un brouillard l'enveloppait, et les cris de Lovísa semblaient venir de très loin. Il ne sentait plus le froid de l'eau qui le baignait. Il ne sentait plus rien. Seul l'attendait le havre de félicité. Une meilleure vie, ailleurs.

Sæmundur tomba à la renverse dans une gerbe d'eau froide. Le ciel noir l'hypnotisait. Il continuait dans son délire à réciter ses incantations à Odin.

– « Hugur disparaît, tendant vers le ciel… »

Le sang ruisselait sur sa joue, Lovísa était dans l'eau à son côté. Elle le caressait, peignait ses cheveux mouillés, pressait ses plaies et lui parlait, mais lui ne sentait pas les doigts ni n'entendait les mots.

– « … la ruine des hommes menace s'il tarde… » dit-il comme à travers elle, vers la voûte céleste.

– Sæmundur ! Ne pars pas ! À l'aide ! cria-t-elle, mais nul n'était près d'eux.

Hormis Embla, désemparée. Quant à Ingunn, qui venait de descendre de la Land Rover, elle regardait, pétrifiée, son père au milieu de la rivière.

– « Thráinn pensant est un rêve pesant… »

Il sentit ses paupières s'alourdir. Il sentit comme le ciel était proche. Helgafell, le mont sacré, où il jouait enfant près de Stóra-Hof, recueillerait son corps. Le Valhalla tout en haut, couronne de la croix solaire, recueillerait son esprit. Il y rejoindrait bientôt ses ancêtres dans leurs libations.

– À l'aide ! implora Lovísa en pressant Sæmundur contre elle. Venez ! À l'aide !

Les filets de sang des plaies ouvertes se mêlaient à l'eau du glacier sous les yeux de Lovísa.

– Ne pars pas, chuchota-t-elle à son mari en lui baisant le front. Ne pars pas, tu t'en sortiras. Tu t'en sortiras, Sæmundur. Ne pars pas.

Il n'entendit jamais ces mots. Nul son ne parvenait là où il était maintenant. Nul sentiment. Ni haine ni méchanceté.

– « … étrange était le rêve de Dáinn », murmura Sæmundur avant de fermer les yeux pour la dernière fois.

80

C'était comme si le temps s'était arrêté. Comme si l'eau ne coulait plus, comme si le vent ne soufflait plus. Le silence. Le seul silence. Dans le lit de la rivière, Lovísa trempée jusqu'aux os caressait le front glacé de son homme mort. Sans un son. Embla était comme paralysée. Ingunn se tenait plus loin, à côté de la voiture de son père.

Un moment en suspens, comme une photographie ou un tableau. Comme si tous attendaient de voir ce que les autres allaient faire. Mais chacun restait coi. Nul ne voulait revenir à la réalité. Il valait mieux ne pas bouger et faire semblant. Faire comme s'il ne s'était rien passé.

Un crissement des gravillons de l'allée fut le premier son qui parvint à l'oreille d'Embla. Elle vit arriver une voiture de police et une Volvo blanche. Il y avait deux policiers à bord de la première voiture. Grímur et le gardien de Skálholt occupaient la seconde.

– Qu'est-ce qui s'est passé ici, au juste ? demanda Grímur en bondissant de la Volvo. Faites venir une ambulance, ordonna-t-il aux autres policiers.

Puis il se tourna vers Embla :

– Qu'est-ce qui est arrivé à Sæmundur ?

Immobile, muette, Embla était incapable de rendre compte des dernières minutes.

– Il… ce n'était pas lui.

– Qu'est-ce que vous dites ? demanda Grímur, avant de s'adresser aux deux policiers. Venez me donner un coup de main, vous autres !

Et il s'élança vers Sæmundur et Lovísa.

– Ne restez pas ici, dit-il à cette dernière.

Elle ne lui obéit pas.

– Allons, ne restez pas là, réitéra-t-il avec plus de force.

Un des policiers réussit à détacher les mains froides de Lovísa qui étreignaient Sæmundur. Grímur et l'autre policier purent alors sortir de la rivière le corps sans vie du fermier et le déposer sur la berge. Ses deux bras étaient ensanglantés, couverts de profondes entailles qui laissaient par endroits entrevoir l'os.

Qu'est-ce qui a bien pu se passer ? se demandait Grímur, consterné.

– Il va sûrement aller mieux bientôt ? demanda Lovísa, tremblante de froid.

– Vite, va chercher la pharmacie, ordonna Grímur à un des policiers.

– Toi, au bouche-à-bouche, dit-il ensuite à l'autre.

De son côté, il essaya de localiser un pouls, sans succès.

– Pas de pouls, annonça-t-il en s'asseyant à côté de Sæmundur.

– Il va sûrement aller mieux bientôt ? demanda Lovísa, revenue près d'eux.

– Que quelqu'un se charge de l'éloigner d'ici et de la réchauffer ! ordonna Grímur.

Il souleva le pull mouillé de Sæmundur, posa les deux mains sur le torse froid, entre les mamelons, et appuya avec une telle force qu'on entendit craquer le sternum.

– 1, 2, 3, 4, comptait Grímur à chaque compression jusqu'à ce qu'il arrive à trente.

Un des policiers, agenouillé, soufflait alors deux fois dans la bouche de Sæmundur et la cage thoracique se soulevait. Grímur guettait un battement de cœur mais n'en détectait aucun.

– Encore ! dit-il en reprenant le massage cardiaque.

Le troisième policier accourut avec la pharmacie et se mit aussitôt à appliquer des compresses sur les blessures, pendant qu'Embla emmenait Lovísa vers la Land Rover et Ingunn. L'adolescente était restée immobile depuis que son père était tombé dans la rivière pour ne plus se relever.

– Il va sûrement aller mieux bientôt ? demandait Lovísa en grelottant.

– Allons, allons.

Embla la fit entrer dans le véhicule, avec sa fille. Comme le moteur n'avait pas cessé de tourner, elle put mettre le chauffage au maximum. Elle-même attendit à l'extérieur de la voiture, d'où elle suivait les faits et gestes des policiers autour de Sæmundur, inerte sur la berge.

– 29, 30, compta Grímur à voix haute, et l'autre policier souffla aussitôt.

La poitrine se souleva et Grímur chercha aussitôt un signe de vie. Sans résultat. Toujours pas de battement de cœur.

– Encore, dit Grímur, et il reprit les compressions du thorax.

Les policiers se relayèrent pendant quelques minutes, tandis que le troisième pansait les bras de Sæmundur. Mais tous ces efforts pour le réanimer n'aboutissaient à rien. Ils étaient arrivés trop tard, et Sæmundur avait perdu trop de sang. Ses entailles étaient trop nombreuses et trop profondes.

– 30, compta Grímur une fois de plus, haletant et presque à bout de forces.

L'autre souffla, comme avant, deux fois dans la bouche de Sæmundur, mais Grímur s'arrêta là. Il cessa le massage et ramena le pull-over du fermier sur son thorax.

– C'est fini, dit-il dans un souffle.

– Qu'est-ce qu'ils font ? demanda Lovísa, voyant qu'ils avaient renoncé.

– Tout ira bien, dit Embla machinalement.

Elle-même était sous le choc. Sæmundur n'était pourtant ni son mari ni son père.

– Dites-leur de ne pas arrêter, lui demanda Lovísa. Dites-leur de ne pas renoncer. Sæmundur n'a jamais renoncé.

– Tout ira bien, répéta Embla.

L'ambulance fit enfin irruption sur les lieux. Le médecin et l'infirmier, voyant Sæmundur étendu à terre aux pieds des policiers, surent aussitôt qu'il était trop tard. Le médecin descendit de l'ambulance et s'approcha de Grímur.

– Il est mort, dit le commissaire.

Il pointa l'index dans la direction des femmes.

– C'est sa femme qui est à l'arrière. Examinez-la, elle est restée dans la rivière pendant un certain temps, il peut y avoir hypothermie.

– D'accord, fit le médecin.

Grímur le saisit fermement par le bras au moment où il tournait les talons.

– L'ado à côté d'elle est leur fille, glissa-t-il à voix basse, et je crois bien qu'elle vient d'assister à la mort de son père.

– Compris, acquiesça le médecin. Je vais lui donner quelque chose.

Il se dirigea aussitôt à grandes enjambées vers la Land Rover.

– Il va bientôt aller mieux ? demanda Lovísa aussitôt.

– Suivez-moi, s'il vous plaît, dit le médecin en lui tendant la main. Il faut vous débarrasser de ces vêtements trempés.

– Vous êtes venu sauver Sæmundur ?

– Venez donc avec moi.

Le médecin vit le regard éteint d'Ingunn.

– Toi aussi, viens avec nous.

– Où ça ?

– Dans l'ambulance. Avec ta mère.

– Et papa ?

Ingunn interrogeait Embla du regard.

– Viens, nous allons suivre le médecin, répondit Embla en lui tendant la main.

– Et papa ? répéta Ingunn.

Elle était dans un état de stupeur totale.

– Qu'est-ce qu'il va devenir ?

Embla parvint à lui répondre, les larmes aux yeux.

– J'en suis désolée, mais ton papa n'a pas pu tenir jusqu'au bout.

81

Embla referma la portière arrière de l'ambulance et essuya ses dernières larmes après un ultime regard à Lovísa et Ingunn à travers la vitre. Puis elle alla rejoindre Grímur et les autres policiers qui inspectaient soigneusement les lieux et essayaient de comprendre ce qui s'était passé.

Le coffret brisé était toujours sur la berge, ainsi que les photos et les feuillets épars. Le couteau était à côté de Sæmundur, tandis que le *Hávamál*, l'opuscule qui l'avait assisté dans sa bataille finale, baignait dans l'eau. Le cadavre reposait sous une couverture.

– Eh bien, soupira Grímur en ôtant sa casquette. Pouvez-vous me dire ce qui s'est passé ?

– C'était un coup monté.

– Qu'est-ce qui était un coup monté ?

– Sæmundur n'était pas l'assassin.

– Comment ça ? Ne me dites pas que vous avez encore une fois changé d'avis ?

– Si. On nous a roulés dans la farine, vous et moi, pendant toute la journée.

– Excusez-moi si je suis dur à la détente, et expliquez-vous.

– C'était Lovísa, dit Embla en lançant un regard vers l'ambulance. Lovísa était derrière tout ça dès le début. Elle a d'abord orienté nos soupçons vers Tobias, mais la découverte de Baldur dans l'écurie l'a contrainte à changer son fusil d'épaule, et Sæmundur est devenu le bouc émissaire.

– Lovísa ?

Grímur avait de la peine à le croire.

– Pourquoi ?

En guise d'explication, Embla lui indiqua les documents agrafés qui étaient sur le sol. Le premier feuillet était intitulé « Demande d'analyse sanguine (épreuve ADN) ». Grímur ramassa les documents et les lut.

– Je vois, dit-il gravement, bien qu'il y eût encore des lacunes à combler. C'était le contenu du coffret ?

Embla acquiesça d'un signe de tête.

La question suivante ne tarda pas.

– Qui est le père ?

Plusieurs secondes s'écoulèrent avant qu'elle pût donner la réponse à voix haute.

– Le père de Lovísa, finit-elle par dire en essayant de paraître impassible. Il a abusé d'elle pendant des années. Et elle a reconnu avoir causé sa mort.

Grímur lâcha un lourd soupir.

– Miséricorde ! Cette affaire n'aura donc jamais de fin.

Il réfléchit un moment.

– Il y a une chose que j'ai du mal à saisir, dit-il en plissant le front. Lovísa, après avoir tailladé Sæmundur comme une sauvage, voulait cependant qu'il reste en vie ?

– Non, ce n'est pas Lovísa. C'est Sæmundur lui-même qui s'est tailladé comme ça.

– Hein ? ! Pourquoi ?

– Il s'agit d'une coutume nordique très ancienne, répondit Embla en baissant la tête. La torture et la mort de la chair pour acquérir une force mystique, comme dans le *Hávamál*. Les dernières paroles de Sæmundur étaient adressées à Odin, et c'étaient des mots venant d'Odin lui-même à l'origine.

Embla considéra la couverture sous laquelle on devinait le corps du fermier.

– Il s'en est remis à son dieu pour faire face à l'adversité.

– Certaines choses dépassent les forces humaines, à ce qu'on dit, commenta Grímur.

Il contempla la berge rocheuse et la traînée de sang qui reliait le cadavre à la rivière toute proche.

– La Hvítá[1] n'a jamais été aussi rouge.

Il fit quelques pas.

– Ainsi, tout cela était une mise en scène ? Toute la journée ?

– Oui, c'est cela même. Cela n'a jamais rien eu à voir avec Odin ou l'Ordre de la Croix Solaire, mais avec le secret de Lovísa.

– Que Baldur a découvert, précisa Grímur.

– Oui, il est tombé, semble-t-il, sur ce coffret qui appartenait à Lovísa.

– J'ai toujours su que ces fouilles finiraient par lui causer des ennuis, mais jamais je n'aurais deviné que ce serait de cette manière.

– Avez-vous des nouvelles de lui ?

– Il a repris conscience. J'ai reçu un coup de fil de Hördur tout à l'heure. Il est au chevet de Baldur à l'hôpital de Selfoss. Je compte y aller dès que tout ceci sera terminé.

– Je suppose que nous sommes arrivés à la fin ? demanda Embla.

Le bout de son nez était tout rouge. Rien d'étonnant, car elle ne portait qu'une veste de velours et une jupe qui s'arrêtait aux genoux. En s'habillant ce matin-là, elle avait pensé rester au musée comme d'habitude, certainement pas courir par monts et par vaux jusqu'à la nuit.

– Oui, bientôt.

Grímur ôta l'épais anorak de son uniforme et le posa sur les épaules d'Embla.

– Ne me faites pas une hypothermie.

– Merci.

---

1. *Hvítá* signifie rivière Blanche. C'est le nom de plusieurs rivières glaciaires. *(N.d.T.)*

Elle ressentit instantanément la chaleur du vêtement.

– Moi aussi j'ai quelque chose pour vous.

– Ah bon ? s'étonna-t-il. Vous n'en avez pas fait suffisamment comme ça pour moi aujourd'hui ?

Il sourit. Il ne voulait même pas imaginer ce qui se serait passé si cette tête de mule lui avait obéi au lieu de suivre sa propre jugeote.

– Pas encore. Tenez, vous allez peut-être vouloir récupérer ceci.

Elle lui tendit le briquet qu'elle avait gardé dans sa poche depuis l'épisode de l'écurie.

– Il appartient à Baldur.

Grímur prit l'objet et lut le texte qui y était gravé : « Qui est sans frère a le dos nu. » Il lut la devise à plusieurs reprises et sentit le fardeau de cette longue journée s'évanouir sur ses épaules.

– Merci.

– De rien, dit Embla.

– Pour tout.

Grímur contemplait le briquet.

– Venez, allons voir comment Baldur se porte.

Il posa la main sur son épaule.

– D'accord ?

– Allons-y, dit Embla en souriant.

– Nous allons à Selfoss voir mon frère, annonça Grímur aux autres policiers, et il se dirigea vers la Volvo avec Embla.

Le gardien de Skálholt était toujours assis au volant.

Avant de monter en voiture, Embla lança un regard vers l'ambulance.

– Que vont-elles devenir ?

– Elles ont le temps de se remettre, mais Lovísa ne va pas rentrer chez elle avant longtemps, ça ne fait aucun doute.

– Et Ingunn ? demanda Embla, plus inquiète du sort de l'adolescente.

– L'avenir nous le dira, répondit Grímur en s'installant à l'avant.

– Sois forte, chuchota Embla dans la direction de l'ambulance avant de s'asseoir à l'arrière de la Volvo.

Les ultimes rayons du soleil léchaient la surface de la terre et maintenaient le jour en vie encore pour quelques instants. Le ciel, bleu foncé, serait bientôt noir comme charbon. Embla pensa à l'adoration dont cette boule de feu était l'objet depuis des siècles et des millénaires parmi les peuples de la terre. À tout le bien et tout le mal dont les hommes étaient capables au nom du soleil et des idées que leur inspire sa course dans le ciel. Il allait, une fois de plus, se coucher sur cette terre et se relever au matin comme s'il ne s'était rien passé, indifférent aux caprices et aux croyances de ces humains qui, sur la surface de la terre, levaient vers lui des yeux implorants, attendant des réponses aux énigmes les plus profondes de la vie.

82

Selfoss n'était pas très loin. Il faisait nuit, et personne n'avait envie de parler.

– Quelle ironie !

En laissant échapper ces mots, Embla mit fin au silence qui avait régné dans la voiture pendant presque tout le trajet.

– Comment ça ? demanda Grímur en lançant un regard vers l'arrière.

– Que Lovísa ait dû panser la blessure de Baldur pour masquer sa culpabilité. La blessure même qu'elle lui avait infligée le matin même. Elle lui a peut-être sauvé la vie !

– Elle était certainement disposée à faire n'importe quoi pour maintenir le secret sur son père.

Le gardien regardait Grímur du coin de l'œil. Il ignorait de quel secret il s'agissait, et il estimait n'avoir aucun droit de le savoir. Il continuait à conduire, toujours aussi calme, et il écoutait.

– Est-ce que le passé de Lovísa lui donnera une réduction de peine ? s'enquit Embla.

– Je ne sais pas. L'affaire sera longue et complexe, et sera avant tout pénible pour Ingunn. Personnellement, je crois que deux meurtres et une tentative de meurtre pèseront plus lourd que la violence qu'elle a subie dans sa jeunesse.

Grímur plongea son regard dans l'obscurité.

– Son père est peut-être le seul coupable, en fin de compte.

– Sæmundur et la femme de ménage de Baldur sont morts à cause de lui, ajouta Embla.

– N'est-ce pas l'ironie du sort ? hasarda Grímur. Que la femme de ménage étrangère de Baldur ait perdu la vie dans une affaire qui n'a finalement rien à voir avec la xénophobie, malgré les premières apparences ?

– Est-ce que ce n'est pas surtout affligeant ?

– Si, admit Grímur. C'est une atrocité et une infamie.

Ils retombèrent dans le silence. Le gardien de Skálholt conduisait toujours sans dire un mot. La Volvo laissa sur sa gauche la route qui menait à Hella, Hvolsvöllur et Stóra-Hof, puis ce fut le tour de la Thjórsá dont les eaux se dirigeaient vers les sables du Sud. Les premières maisons isolées de Selfoss apparurent. Le gardien tourna à droite avant d'entrer dans l'agglomération et ils arrivèrent très vite devant le centre hospitalier.

– Nous y sommes.

Le gardien arrêta le moteur.

– Tous nos remerciements, dit Grímur en lui serrant la main.

Embla et lui descendirent de voiture et entrèrent dans l'hôpital. Ils trouvèrent rapidement la bonne chambre. Baldur était couché. Hördur, qui avait troqué sa couverture contre une robe de chambre immaculée, était assis à côté de lui. Grímur s'avança et examina soigneusement son frère. Les cheveux, rares et gris, étaient tirés vers l'arrière, et les poches sous les yeux sagaces paraissaient énormes. Le nez lui aussi était volumineux, comme celui de Grímur. Le visage était constellé de petits pansements. Le bandage du cou était en revanche tout à fait conséquent.

– Salut, Baldur, dit Grímur.

Bref et distant comme à l'accoutumée, mais on sentait quand même l'émotion affleurer.

– De quoi j'ai l'air maintenant ? demanda Baldur d'une voix faible.

Il parvint cependant à esquisser un sourire.

– Tu as tenu le coup.

Il restait debout face à son grand frère, à la manière d'un iceberg, mais des larmes brillaient à la lisière de ses paupières.

– Je ne savais pas si…

Il ne put finir sa phrase. C'était comme si un être différent essayait de percer.

Baldur ouvrit les bras sans dire un mot.

Quelque chose se dénoua dans le cœur de Grímur, car il se pencha vers son frère et l'étreignit avec force.

– Dans quoi t'es-tu fourré ? murmura-t-il.

– Pas si fort, protesta Baldur en souriant.

– Excuse-moi.

Grímur lâcha aussitôt son frère et le regarda dans les yeux.

– Tu ne peux pas savoir combien j'ai eu peur pour toi.

– C'est le mot : je ne sais rien, car toute cette journée a été pour moi comme un sommeil sans rêve.

– Vous ne vous souvenez de rien ? demanda Embla qui avait pris position de l'autre côté du lit.

– Qui est-ce ? demanda Baldur. Je n'ai pas mes lunettes.

– Essaie les miennes.

Grímur ôta ses lunettes cerclées d'acier.

– Non, merci, je ne veux pas avoir l'air d'un idiot.

– Ne fais pas le malin.

Grímur posa doucement ses lunettes sur le nez de son frère.

– Embla Thöll ? s'exclama joyeusement Baldur. Je ne vous avais pas vue.

– C'est à elle que tu dois la vie.

– Non, il s'est sauvé lui-même, s'empressa de dire Embla. Vous vous souvenez ? L'écurie et l'incendie ?

– Non, vraiment, je ne vois pas. Quelle écurie ?

– On te racontera plus tard. Tu dois te reposer.

– Ce jeune homme, dit Baldur en indiquant Hördur d'un signe de tête, m'a appris que les gens de Stóra-Hof, Sæmundur et Lovísa, étaient impliqués dans cette affaire.

– Oui, dit Grímur, et aussi un coffret qui appartenait à Lovísa.

Baldur se rembrunit.

– Ah oui, ce coffret, dit-il d'une voix grave.

– Où l'avez-vous trouvé ? demanda Embla, plus curieuse qu'elle ne voulait en avoir l'air.

– Dans la butte à côté de Stóra-Hof, là où la vieille église se trouvait jadis, et que j'ai cru pendant un temps un emplacement plausible pour le temple de Ketill. C'est un endroit hanté de nos jours, disent certains. Comme Sæmundur, qui ne s'y aventure jamais.

Baldur porta la main au pansement de son cou.

– N'y touche pas, dit Grímur.

– Lovísa m'avait interdit d'y aller avec mon détecteur de métaux. Elle s'était même montrée très malpolie, ce qui m'avait étonné. J'en ai compris la raison quand j'ai trouvé et ouvert le coffre.

– Comment avez-vous réussi à l'ouvrir ?

– Ce n'était pas difficile. J'ai vu tout de suite que ce coffret était de fabrication récente, un article de série, et j'ai vite trouvé la bonne clé.

– Vous avez donc pris connaissance du contenu ?

– Oui. J'aurais pourtant préféré ne l'avoir jamais vu. J'ai bien sûr compris pourquoi Lovísa l'avait caché là, au seul endroit de Stóra-Hof où Sæmundur ne mettait jamais les pieds.

Il laissa tomber sa tête en arrière sur l'oreiller moelleux.

– Je ne savais pas quoi faire, reconnut-il. Si je devais rendre le coffret ou dire la vérité à Sæmundur. J'hésitais entre ma conscience et la loyauté envers un vieil ami.

– Que vous dictait votre conscience ? demanda Embla.

– Il me disait de remettre le coffret au même endroit et d'oublier ce que je savais. Mais je n'avais pas pris de décision finale, et c'est pour cela que je gardais le coffret.

On frappa doucement à la porte.

– Entrez, dit Grímur.

La porte s'ouvrit et Adam apparut dans l'encadrement.

– Adam !

Embla bondit vers lui, folle de joie, et le serra très fort contre elle.

– Je me suis dépêché autant que j'ai pu, dit-il.

– Je suis tellement heureuse de te voir !

– J'ai laissé Orri et Valgard à Stóra-Hof.

– Ça n'a plus d'importance maintenant.

Adam jeta un coup d'œil par-dessus son épaule.

– Est-ce qu'il est… ?

– Il va bien, répondit Embla. Tu veux lui parler ?

– Oui, bien sûr.

Ils s'approchèrent tous deux du lit de Baldur, qui demanda :

– Qui est ce jeune homme ?

– C'est Adam, mon fiancé.

– Adam et Embla ! dit Baldur en souriant. Rien que ça[1] ! J'ai hâte d'entendre les noms que vous donnerez à vos enfants. Ce ne sera pas une mince affaire.

Le couple eut l'air embarrassé.

– Oui, ce sera un problème, dit Embla en regardant Adam dans les yeux. Pas vrai ?

– Non, non, répondit Adam. On achètera un dictionnaire des prénoms, et le premier venu sera le bon.

– Sérieux ? chuchota Embla, souriante, en le prenant par la main.

Adam lui rendit son sourire.

– Pourquoi reporter ce qui importe vraiment ? dit-il en pressant la main d'Embla dans la sienne.

– Viens, il faut laisser Baldur se reposer, dit-elle.

Puis elle se tourna vers son vieux professeur.

– Nous allons dans le hall, Baldur.

---

1. Adam est le premier homme de la Bible et Embla la première femme de la mythologie norroise. *(N.d.T.)*

– Embla Thöll ! appela-t-il avant qu'elle ne quitte la pièce.

– Oui ?

– N'oubliez jamais la strophe composée en votre honneur.

– Comment ?

Embla ne comprit pas à quoi il faisait allusion.

– Promettez-le-moi.

– D'accord, dit Embla sans comprendre. C'est promis.

– C'est bien. Ainsi vous n'aurez pas de soucis à vous faire, et vous naviguerez sur une mer calme toute votre vie.

Embla s'attarda une seconde dans l'encadrement de la porte et jeta un regard à Grímur et Hördur, puis elle quitta la pièce.

– Qu'est-ce que ça voulait dire ? demanda Adam dans le couloir.

– Le pauvre, je crois qu'il est encore un peu confus. Rien de plus normal, après une pareille journée.

– Mais il se rétablit bien, je crois ?

– Oui, le médecin lui a dit de ne pas s'inquiéter. Il pourra rentrer à Reykjavík dans quelques jours.

Adam s'assit sur un banc dans le couloir.

– Dis-moi maintenant ce qui s'est passé. Vous avez rattrapé Sæmundur ?

– Sæmundur ? Par où commencer ?

Embla soupira.

– Ça m'est égal, du moment que tu me racontes tout.

– Très bien, mais écoute attentivement au lieu de penser à autre chose pendant que je te parle.

Embla lui rapporta avec toute la concision dont elle était capable ce qui était arrivé après qu'ils se soient séparés à Stóra-Hof, ainsi que la mise en scène de Lovísa pour protéger le secret sur son père et la véritable filiation d'Ingunn.

Adam écouta sans dire un mot, secouant cependant la tête aux passages les plus atroces. Après avoir tout digéré, y compris ce qui concernait Lovísa et son père, il demanda :

– Donc Lovísa a tué la femme de ménage, tenté de tuer Baldur et fait toute cette mise en scène, avec la croix solaire et les chats dans le bureau, pour mettre la police sur une fausse piste ?

– Oui, pour nous faire croire qu'il s'agissait d'une affaire de mythologie nordique, de sacrifice et ainsi de suite, et pour nous faire soupçonner Tobias. Alors que le véritable motif était son secret à elle.

– Est-ce qu'il y avait du vrai dans tout ça ?

– Qu'est-ce que tu veux dire ?

– Le temple de Skálholt, le trésor de Tobias, les hypothèses de Baldur, sans oublier la croix solaire de Rangárvellir ? Est-ce qu'il y a quelque chose de vrai dans tout ça ?

Embla réfléchit.

– La stèle trouvée par Baldur est une indication concernant la croix solaire, mais elle ne prouve rien. Les runes « UFK » pourraient appartenir à un mot plus long, ou bien tout simplement symboliser l'eau, la richesse et la lumière, qui sont les significations de chaque rune prise séparément.

Elle se renversa en arrière et soupira.

– Qu'est-ce qu'il y a, Embla ?

– L'archéologie n'a pas accompli grand-chose dans ce pays, reconnut-elle.

– Et la situation ne s'est pas améliorée quand tu t'es inscrite, dit-il pour la taquiner.

Embla partit d'un rire forcé.

– C'est seulement depuis quelques années que l'on a commencé à fouiller des sites importants, comme Skálholt et Thingvellir.

Elle sourit.

– On peut dire que l'Islande est encore un territoire vierge pour les archéologues.

– Et les théories de Baldur ?

– Elles peuvent certainement s'avérer utiles, répondit Embla. Ce n'est qu'en passant au crible la signification des contes populaires, de la tradition orale et des sagas que les archéologues sauront *où* ils doivent creuser et chercher.

– Les temples des Vikings, par exemple, suggéra Adam.

– Oui, pour ma part je pense que nous ignorons encore beaucoup de choses sur le passé des Islandais, et qu'elles seront dévoilées avec le temps.

Elle sourit de nouveau.

– L'Islande pourrait même devenir un paradis touristique.

– Un parc d'attractions viking ? demanda Adam, goguenard. « *Viking World* » ?

Elle lui décocha un léger coup de coude.

– Ce pays jouit de conditions exceptionnelles pour l'archéologie. Étant donné la faible densité de population, peu de sites ont été détruits antérieurement. Et puis nous avons les sagas des Islandais pour nous indiquer les bons endroits.

– Mais pourquoi est-ce que Baldur ne rend pas public ce qu'il a trouvé ? La stèle, les sites de la ferme de Ketill, ou bien sa recherche du temple ?

– Qui sait ? Peut-être parce que les universitaires ont décidé depuis longtemps que ce sont des idées de farfelu, une pratique assez courante dans ce milieu quand il est confronté à des idées nouvelles et déconcertantes. Baldur a probablement eu l'intention de trouver tout seul le temple à Skálholt, et de ne rendre public le résultat de ses recherches que par la suite.

– Tu penses donc que ce temple a vraiment existé à Skálholt ?

– Les arguments de Baldur me semblent assez convaincants. Il faudrait les mettre à l'épreuve.

– Et le trésor que Tobias voulait trouver ? Il est là-bas quelque part ?

– Pourquoi, tu veux partir à sa recherche ? ironisa-t-elle.

– Arrête de te fiche de moi comme ça.

– Ce que j'ai dit aux gamins ce matin au musée est également valable pour toi, puisque votre âge mental est similaire, dit-elle sur un ton moqueur, c'est qu'il y a probablement des trésors enterrés un peu partout. Il ne nous reste plus qu'à les trouver.

– Finalement, ce n'était pas un si mauvais investissement de ta part de faire archéologie. Tu ne pourrais pas nous trouver un petit trésor ?

– C'est déjà fait, dit-elle en l'embrassant sur la joue.

– C'était vraiment très gentil, apprécia Adam. Tu pourrais me dire des choses comme ça plus souvent.

– Que tu es mon petit trésor ? Ou que tu es mignon et spirituel ?

– C'est exactement ça, et surtout n'hésite pas.

Adam se renversa en arrière sur la banquette et étendit les bras pour jouir à fond de ce bain d'éloges.

– Et moi ? Je n'ai droit à rien en retour ?

– Je dois admettre que tu n'es pas si nulle, répondit-il, les yeux fermés.

Embla l'étreignit avec un large sourire. Cette journée fatidique lui avait appris à le voir sous un jour nouveau, et à ne pas considérer ce qu'ils avaient comme étant acquis d'avance. À ne pas juger tout naturel d'avoir trouvé un homme aussi charmant qu'Adam, qui l'adorait et voulait partager sa vie avec elle. C'est alors qu'elle comprit, dans un éclair, ce que Baldur avait voulu dire.

– Mais bien sûr ! s'écria-t-elle en desserrant son étreinte.

– Quoi ? Tu viens de te rappeler que je suis aussi intelligent ?

– La strophe. La strophe dont parlait Baldur.

– Tu as dit qu'il n'avait pas encore toute sa tête.

– Eh bien pas du tout !

– Qu'est-ce qu'il a voulu dire ?

– C'est dans le *Hávamál*. Baldur m'appelait toujours Embla Thöll[1] quand je suivais ses cours.

– Et alors... ?

Embla récita les vers :

1. Le sens du nom *Embla* n'est pas certain, mais il s'agit d'un arbre (peut-être l'orme). *Thöll* est un nom du pin. *(N.d.T.)*

– « Le pin dépérit sans la défense de l'écorce et des aiguilles. De même l'homme que personne n'aime. Pour quoi vivrait-il longtemps ? »

– OK, tu connais le *Hávamál* par cœur. Et qu'est-ce que ça veut dire ?

– Eh bien, grosso modo, qu'on ne survit pas longtemps si on n'aime personne.

– Bien vu, Baldur, bien joué, dit Adam en resserrant son étreinte.

– Oui, bien vu, Baldur, acquiesça Embla en replongeant dans les bras de son amoureux.

LUNDI 26 MARS 2007

L'esprit seul connaît
ce qui du cœur est proche,
chacun sait seul ce qu'il pense.
Il n'est pire peste
pour l'homme sage
que de ne rien pouvoir aimer.
(*Hávamál*, str. 95)

Épilogue

Cinq jours s'étaient écoulés. Embla n'était pas allée travailler, il fallait d'abord qu'elle retrouve son équilibre. Elle avait reçu, ainsi qu'Adam, un soutien psychologique. Leur douleur était à vrai dire négligeable, comparée à celle d'Ingunn soudainement abandonnée. Un père mort et une mère en prison. Son univers s'était écroulé d'un seul coup, mais elle avait tenu bon. Du moins pour l'instant. Le jour de l'enterrement de Sæmundur allait être une première mise à l'épreuve de sa force intérieure.

Embla et Adam se trouvaient pour l'occasion dans le salon de Stóra-Hof, tous deux vêtus de leurs meilleurs habits. Ingunn avait souhaité expressément qu'Embla l'accompagne à l'enterrement et soit assise à côté d'elle pendant la durée de la cérémonie. Un lien fort s'était créé entre elles lors de ce mercredi fatidique.

– Je vous remercie d'être venus.

Ingunn était assise dans le fauteuil vert où son père aimait se reposer. Hekla dormait à côté d'elle dans un panier de rotin, tandis que le chiot noir qu'Adam avait trouvé dans l'écurie frétillait dans le giron d'Ingunn.

– C'était la moindre des choses, dit Embla, puis elle se tut.

On n'entendait guère que le chiot qui se trémoussait entre les doigts de l'adolescente et la sœur de Sæmundur qui faisait du café dans la cuisine.

– Tu vas bien, Ingunn ? demanda doucement Embla, consciente que la question n'était pas vraiment de circonstance, mais elle était inévitable.

– Je ne sais pas.

Adam et Embla sentirent tous deux que la réponse venait du fond du cœur. Ingunn resta pensive un instant avant de reprendre :

– Une psychologue vient me voir.

– Qu'est-ce que tu en penses ? demanda Embla.

– C'est bien, répondit-elle sans détacher les yeux du petit chien. On a surtout parlé de papa.

– Oui, bien sûr. Elle t'a expliqué ce qui s'est passé ?

– Oui, et Didda aussi. La sœur de papa. Elle est ici depuis que c'est arrivé.

– C'est très bien.

Embla afficha un sourire pour masquer ses vrais sentiments. Entendre Ingunn parler de « son papa » lui faisait l'effet d'un coup au cœur. Elle seule, en dehors de Vilborg, Lovísa, Grímur, Baldur et Adam, connaissait le fin mot de l'histoire, et cela devait s'arrêter là. Ingunn s'effondrerait littéralement si elle apprenait qui était son père véritable. Elle avait encore des chances d'avoir une vie normale devant elle, mais à condition que le secret de sa mère reste dans le coffret verrouillé de leurs pensées.

– Servez-vous, je vous en prie.

Didda apporta sur un plateau une cafetière, des tasses, une canette de Coca pour Ingunn et un assortiment de pâtisseries.

Adam, jusque-là silencieux, attrapa un petit pain.

– Merci.

– Est-ce que Vilborg vient avec nous ? demanda Embla.

– Non, répondit Didda. Sa santé ne le permet pas. Une dame va venir lui tenir compagnie pendant la durée de l'enterrement. Après quoi nous l'emmènerons avec nous à Reykjavík.

– Elle habitera chez vous ?

– Non, c'est malheureusement impossible. Elle ira dans une maison de retraite.

Didda posa la main sur l'épaule d'Ingunn.

– Mais ma petite chérie vient avec moi, pas vrai ? dit-elle en posant un baiser sur sa joue.

– Tu nous rendras visite quand tu voudras, dit Embla.

Ingunn se contenta de faire un petit signe de tête et continua de jouer avec le chiot.

– Est-ce qu'il a un nom ? s'enquit Adam.

– Non, s'exclama Ingunn, je n'ai toujours rien trouvé. C'est papa qui avait baptisé Hekla.

– Et si tu lui donnais son nom ? suggéra Embla.

– Je ne peux pas. C'est une chienne, comme Hekla.

– Je vois.

Embla réfléchit un instant.

– Et Katla ? C'est un volcan, comme Hekla, et qui n'est pas très loin non plus.

Un léger sourire éclaira le visage d'Ingunn.

– Katla, dit-elle en regardant le chiot. C'est un beau nom.

Le portable d'Embla sonna.

– Excuse-moi.

Elle quitta le salon quand elle vit que l'appel venait du commissaire.

– Bonjour, quoi de neuf ?

– Tout va bien, répondit la voix grave de Grímur. Où êtes-vous ?

– À Stóra-Hof. C'est l'enterrement de Sæmundur tout à l'heure.

– Oui, bien sûr. Je l'ai vu dans le journal.

– Vous allez venir ?

– Non, je n'en vois pas la nécessité.

– Et Lovísa ? Je suppose qu'elle ne viendra pas ?

– Non, l'Autorité carcérale a jugé que ce n'était pas approprié.

– Ce sera plus dur pour Ingunn.

– Comment va-t-elle ? s'enquit Grímur sur un ton plus doux.

– Je ne sais pas bien. Elle ne parle pas beaucoup, mais elle a eu des entretiens avec une psychologue.

– Savez-vous ce qu'elle va devenir ?

– Elle va être prise en charge par la sœur de Sæmundur, Didda. Elle est arrivée dès mercredi.

– Et la grand-mère ?

– Vilborg ? Je viens d'apprendre qu'elle va être transférée dans une maison de retraite de Reykjavík. Elle va devoir habiter en ville après toute une vie passée à la campagne. La pauvre, soupira Embla.

– Ne la plaignez pas trop.

Embla était stupéfaite.

– Que voulez-vous dire ?

– D'après les interrogatoires, elle était au courant des abus sexuels que Dagur faisait subir à Lovísa.

– Une seconde.

Embla se dirigea vers l'entrée et sortit de la maison en refermant la porte derrière elle. Elle ne voulait surtout pas qu'Ingunn entende de quoi elle parlait au téléphone. Tout était calme dans le jardin, mais de lourds nuages assombrissaient le ciel du Sudurland.

– Pourquoi Vilborg n'est-elle pas intervenue si elle était au courant de ces sévices ?

– Je ne sais pas, dit Grímur.

– Et le meurtre de Dagur ?

– Selon Lovísa, personne n'était au courant, même pas Vilborg. On croyait qu'il était mort accidentellement, percuté par un tracteur, mais Lovísa a avoué l'avoir tué. D'un coup de pelle sur la tête.

– Mais alors, pourquoi a-t-elle porté cet Ægishjálmur à son cou pendant toutes ces années ? C'est son père qui l'avait fait pour elle quand elle était gamine.

– Ce sont des choses qui arrivent, soupira Grímur. Je ne connais pas très bien les mécanismes psychologiques, mais tout se passe comme si la fille cessait de ressentir la violence de cette relation et réévaluait sa place au sein de la famille, allant même jusqu'à se considérer comme la nouvelle compagne de son père.

– C'est pour cela qu'elle n'a pas détruit le contenu du coffret, présuma Embla.

– Probablement. Une partie d'elle-même l'aimait, malgré tout, et jusqu'à la mort.

– Tout à fait.

– Elle avait jugé nécessaire de détruire ce coffret en voyant Baldur ratisser le voisinage avec son détecteur de métaux. Mais il avait disparu quand elle a voulu le déterrer, et elle a compris instantanément que Baldur l'avait trouvé.

– Et elle a fait ses préparatifs pour le mercredi 21.

– Oui, c'est cela.

– Et la femme de ménage de Baldur ? Elle en a parlé ?

– Il est facile de tuer quand on a déjà tué. Elle n'en a pas dit plus.

Embla plissa les paupières dans un effort pour effacer les images que ce mercredi y avait laissées. Elle savait pourtant qu'elles y étaient gravées pour la vie. Elle décida alors d'aborder des sujets moins sinistres.

– Et Tobias ? Qu'est-il devenu ? Et le dénommé Ægir ?

– Ægir n'a pas trop mal pris notre erreur. Quant à Tobias, il est reparti en Norvège, ulcéré de ne pas pouvoir continuer à chercher son trésor. On ne peut pas en dire autant de mon adjoint, vous avez réussi à inoculer à Hördur le virus de l'archéologie.

– Qu'est-ce qui vous fait dire cela ? demanda Embla en riant.

– Il ne parle plus que de Steinkross, Vatnsdalsfjall et du trésor de Ketill Hængur. Il est absolument convaincu qu'il se trouve quelque part dans le Sudurland.

– Toutes mes excuses.

– Espérons seulement que cela n'aura aucune incidence sur son travail. Mais bon, il faut que j'y aille. Transmettez mon bonjour à tout le monde.

– Ce sera fait.

– Au revoir.

– Au revoir, dit Embla avant de raccrocher.

Elle parcourut du regard la rase campagne. Non loin, elle apercevait le toit du chalet, à côté du site de la ferme de Ketill Hængur, tandis que les innombrables cimes des montagnes scintillaient à l'horizon. La croix solaire était présente tout autour d'elle. Embla soupira et rentra dans la maison.

Dans le salon, Adam et Didda conversaient à voix basse tandis qu'Ingunn jouait avec la petite chienne.

– Katla, murmurait-elle en la caressant et en lui offrant ses doigts à mordiller.

Embla se rassit et accorda son attention tour à tour à la conversation entre Adam et Didda et aux jeux d'Ingunn et de Katla. Elle laissa le temps s'écouler ainsi. Elle reprit ses esprits lorsque quelqu'un frappa énergiquement à la porte. Didda alla ouvrir et fit entrer une femme d'une quarantaine d'années.

– Je vous présente Gunnur, de la résidence Grund à Reykjavík. Elle va rester ici avec mamie Vilborg pendant notre absence.

Adam et Embla saluèrent la nouvelle arrivante. Ingunn, elle, était encore dans son monde à part.

– Tout le monde est prêt ? demanda Didda en joignant les mains.

– Oui, confirma Adam en se levant.

Embla se leva elle aussi et posa la main sur l'épaule d'Ingunn.

– On y va ?

Ingunn fit oui de la tête et emporta Katla dans ses bras. Hekla les suivit tous dans la cour.

– Je vous attends, dit la femme de la maison de retraite à Didda.

– Vilborg est à l'étage, allez la voir si vous voulez, précisa cette dernière. Je ne sais pas si elle est endormie ou non. Nous n'en avons pas pour longtemps.

– Prenez tout le temps qu'il vous faudra, répondit la femme en adressant un signe de la main à Adam, Embla et Ingunn qui attendaient à côté de la voiture.

Puis elle referma doucement la porte et monta aussitôt à l'étage. Elle repéra rapidement la chambre de Vilborg et entra en se baissant sous la mansarde. La vieille femme était couchée sous sa couette. Gunnur s'assit au bord du lit.

– Vilborg, dit-elle doucement en effleurant son épaule.

Vilborg sursauta.

– Lovísa ?

– Non, je m'appelle Gunnur. Je suis venue vous chercher.

– Pour m'emmener où ?

– Vous allez habiter à Reykjavík. Vous y aurez votre chambre à vous.

– Où est Lovísa ?

– Elle est retenue ailleurs.

– Ailleurs ?

– Oui, elle est occupée.

– Et Sæmundur ?

La femme hésita.

– Je suis venue vous dire seulement que nous partons tout à l'heure. Si vous voulez emporter quelque chose avec vous maintenant. Le reste suivra plus tard.

– Je suis tellement fatiguée.

– Vous pourrez dormir dans votre nouvelle chambre.

– Je ne me sens pas bien. Mon âme ne trouve pas de paix.

– Ne vous en faites pas, vous serez contente là où vous allez.

– Je suis une mauvaise femme, insista Vilborg.

– Mais non, voyons. Je suis sûre que vous n'êtes pas une mauvaise femme.

Vilborg ferma les yeux en pressant fortement les paupières.

– L'esprit seul connaît ce qui du cœur est proche, récita-t-elle tout bas, chacun sait seul ce qu'il pense.

– Voyons, et si vous choisissiez maintenant ce que vous allez emporter ?

– Pas tout de suite, fit Vilborg à bout de forces. Je suis tellement fatiguée.

– Ce n'est pas grave, ça ne presse pas. Je retourne en bas en attendant.

– Oui, dit Vilborg.

Gunnur quitta la petite chambre, vestige d'un autre âge, pour laisser Vilborg en paix. Il y régna de nouveau un silence sépulcral. Ainsi que dans la maison. Et sur les terres qui l'entouraient. La vieille femme referma les yeux et s'apprêta à revenir au pays des rêves. Comme chaque fois depuis quinze ans, elle n'y trouva pas de rêves mais le même cauchemar, toujours le même.

Les images apparurent dans son esprit. Ses paupières frémirent. Une belle journée d'été. Pas un souffle de vent. Les oiseaux chantaient. Son mari, Dagur, fauchait l'herbe. Sa fille, Lovísa, à côté de lui. Vingt ans seulement, le ventre un peu rond. Dagur sifflait son air favori. Il sifflait le même air quand il allait voir Lovísa en douce. Il croyait qu'elle n'en savait rien, mais le cœur de Vilborg se brisait chaque fois qu'elle l'entendait siffler cet air.

Vilborg se leva de sa plate-bande et regarda fixement son mari et sa fille enceinte. Sa famille. Sa famille défigurée. Dagur l'avait défigurée. Il avait flétri ce qui était beau. Il avait tout pourri jusqu'à la racine. Vilborg saisit la pelle.

Dagur rit aux éclats. Vilborg serra le manche de la pelle. S'approcha. Les rayons du soleil qui effleuraient le toit blafard de la maison vinrent se poser sur le visage buriné de Vilborg. Buriné par l'anxiété. Défiguré par l'anxiété. Défiguré par la haine. Vilborg leva la pelle. Le soleil se refléta sur son tranchant juste avant le coup.

Reykjavík – Barcelone, 2007-2008

Remerciements

Einar Pálsson, pour tous les volumes des *Racines de la culture islandaise*, d'où proviennent la plupart des hypothèses mentionnées dans ce livre ; Bjarni Hardarson, pour les toponymes du district d'Árnes ; Orri Vésteinsson, archéologue, pour ses réponses à d'innombrables questions sur l'ère viking ; Sjón, pour avoir semé la graine qui a donné naissance à ce livre ; Thórarinn Thórarinsson, architecte, pour ses lumières sur les hypothèses d'Einar Pálsson ; Sigurdur Jónsson pour ses descriptions horribles mais instructives de sacrifices d'animaux ; Kristinn Ólason, directeur de l'école de Skálholt, pour son empressement à fournir des renseignements, et pour la même raison Sigurdur Sigurdarson, évêque consacrant auprès de l'église de Skálholt ; la société Náttúrulega pour sa carte de Skálholt ; Thráinn Bertelsson pour d'intéressantes conversations sur le sujet de ce livre ; Ágústa Edwald, archéologue, pour l'excursion sur les traces de Ketill Hængur dans le voisinage de Stóra-Hof, ainsi que les habitants de Stóra-Hof pour leurs renseignements sur la région (et tout particulièrement au sujet du fantôme de la butte de l'ancienne église) ; Baldur Hauksson pour ses informations très détaillées sur les avions de tourisme et les véhicules tout-terrain en Islande ;

Ásgardur pour tout ce qui concerne les chevaux ; le personnel de l'hôtel Hvítá pour leurs propos au sujet de Laugarás ; Sverrir Jan Nordfjörd pour la foule de bons conseils qui ont maintenu le livre sur la bonne voie ; Magnús Jensson pour les photos du cercle de Reykjavík ; Ármann Jakobsson, professeur de littérature islandaise ancienne, pour les courriels ; Gísli Ingimundarson de Lindarbrekka (Krosshóll) pour l'excursion sur les lieux ; Birgitte L. Pálsson pour son évocation de la vie d'Einar Pálsson ; Gudmundur Oddur Magnússon pour les livres sur la géométrie sacrée ; Hanna Eiríksdóttir pour diverses inspirations ; Fridbjörn E. Gardarsson, avocat, pour ses relectures ; Tryggvi Baldursson, étudiant en médecine, pour tout ce qui concerne la génétique et la médecine ; Fannar Ásgrímsson, Katrín Dröfn Gudmundsdóttir et Margrét Inga Gísladóttir pour la relecture et la chasse aux erreurs ; Andri Gudmundsson et Gunnur Jónsdóttir pour leurs propos stimulants ; Tómas Hermannsson et Jóhann Fridrik Ragnarsson pour leur foi inébranlable en ce livre ; Ragnar Helgi Ólafsson pour la couverture et la carte ; et maman et Elo pour tout le reste.

Je désire pour finir dédier ce livre à Sverrir Nordfjörd, mon père et meilleur ami. Tu as relu mes premières œuvres stylo rouge en main, tu as corrigé mon style et tu fus le premier à relire ce livre. Merci pour tout.

Dans la même collection

La Trahison de Rembrandt
Alex Connor

Le Lapin blanc
Nino Treusch

La Vierge africaine
Helle Vincentz

Une danse de trop
Donna Malane